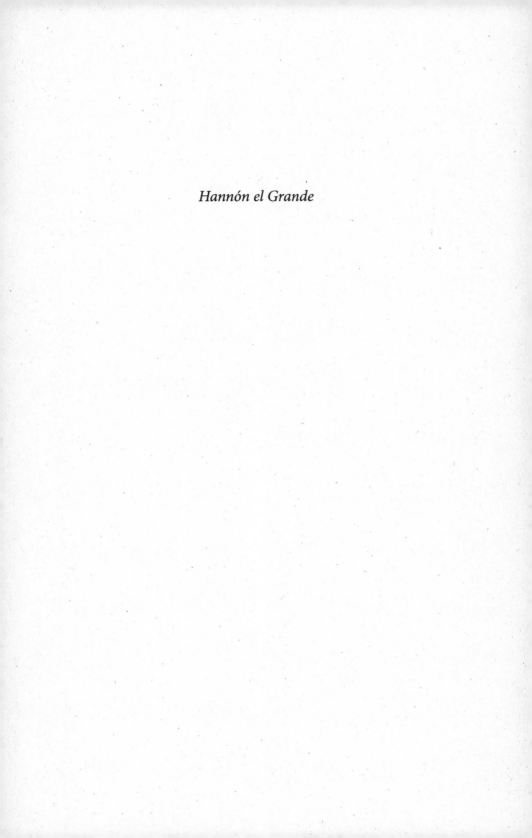

Hannón el Grande

JOSÉ LUIS SÁNCHEZ IGLESIAS

Hannón el Grande

El cartaginés que salvó a Roma

℗

ALMUZARA

Editorial Almuzara • Colección Novela Histórica
Director editorial: Antonio Cuesta
Editora: Rosa García Perea
Maquetación: Rosa García Perea

www.editorialalmuzara.com
pedidos@almuzaralibros.com - info@almuzaralibros.com

Editorial Almuzara
Parque Logístico de Córdoba. Ctra. Palma del Río, km 4
C/8, Nave L2, nº 3. 14005 - Córdoba

Imprime: Liberdúplex
ISBN: 978-84-11317-85-6
Depósito: CO-1770-2023
Hecho e impreso en España - *Made and printed in Spain*

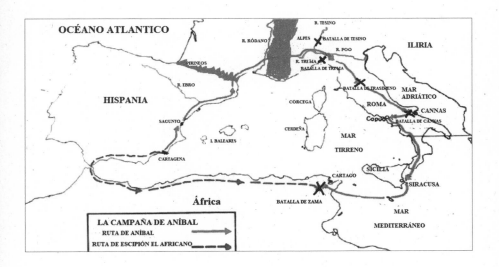

La campaña de Aníbal

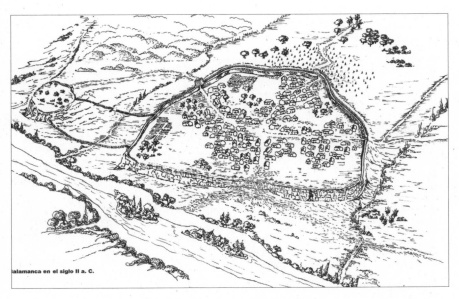

Salamanca en el siglo II a. C.

La península ibérica en el siglo II a. C.

CARTAGO a mediados del siglo II

A mi mujer,
a mis hijos,
y a la joya de la familia, mi nieta Olaia.

ÍNDICE

PREÁMBULO

Cartago, situada en el norte de África, abierta al mar Mediterráneo, fue fundada por emigrantes fenicios de Tiro a finales del siglo IX a. C. Tras la caída de Tiro en poder de los caldeos, Cartago se independizó y formó un poderoso Estado basado fundamentalmente en el comercio. Un siglo y medio después de la fundación de la ciudad, los cartagineses se instalaron en las islas Baleares. Luego dominaron la parte occidental de Sicilia, el sur de Cerdeña y, en alianza con los etruscos, repelieron a los griegos fuera de Córcega. De esta manera, controlaron la totalidad del comercio y la navegación en el Mediterráneo occidental y poseyeron numerosos territorios tanto en el interior como en el exterior de África: Mauritania, Numidia y también en Iberia, el sur de la Galia, Sicilia, Cerdeña y el sur de Italia. Cartago se había convertido en la mayor potencia comercial: controlaba todo el comercio del Mediterráneo por medio de una poderosa flota militar que protegía sus rutas comerciales y a sus barcos mercantes. Cartago contaba con un territorio de alrededor de setenta y tres mil kilómetros cuadrados y una población de cerca de cuatro millones de habitantes.

Pero todo cambió cuando Roma, después de someter a los diferentes pueblos de la península itálica, decide asomarse al Mediterráneo y choca con los intereses de Cartago, iniciándose así lo que se conoce como Primera Guerra Púnica en el año 264 a. C., y que duraría veintitrés años. La República de Cartago estaba gobernada por una oligarquía comercial que formaba el Consejo de los Ciento Cuatro o Senado y una Gerusía o Consejo de los Treinta Ancianos, que actuaban con capacidad consultiva y eran supervisados y elegidos por el primer Consejo. Ellos eran los encargados de elegir a los principales funcionarios con poderes ejecutivos del Estado: dos sufetes, elegidos anualmente de entre la oligarquía del país, que detentaban el poder político y religioso, pero no el mando militar. Este se adjudicaba normalmente al líder de la facción que más apoyos tenía en el Consejo.

Hannón «el Grande» era miembro de una de las familias más distinguidas de Cartago y líder del partido aristocrático, que basaba su poder en la posesión de grandes extensiones de tierras de cultivo en el norte de África. Se cree que nació en torno al año 280 a. C., y parece ser que debió su apodo de «el Grande» a sus éxitos logrados en África que, además de para enriquecerle, pusieron en posesión de Cartago gran parte de la zona meridional de Túnez, lo cual le valió también el odio de los africanos. Su mayor éxito fue su victoria contra los rebeldes de la ciudad libia de Hecatómpilos, cuando recurrió a su fortuna para mantener de manera privada al ejército cartaginés. Al inicio de la guerra contra Roma, Hannón «el Grande» fue designado por el Senado cartaginés como el comandante supremo del ejército, pero Cartago no se había preocupado de renovar su flota, gobernada como estaba por la facción de la aristocracia agrícola, por lo que se intentó que las batallas se dirimieran en tierra. En vista de que el resultado no era el esperado por Cartago, el Senado cartaginés envió al general Amílcar, perteneciente a una aristocrática familia, enfrentada a la facción encabezada por Hannón «el Grande», en apoyo de este. Mientras tanto, Roma, con mayor visión de futuro, entendió que la guerra se dirimiría en el mar y construyó una importante flota, inclinando la guerra a su favor. Amílcar (en púnico «hermano de Melkart», dios de los fenicios que los cartagineses denominarían Baal), fue el fundador de la estirpe de los Bárcidas (de *Barqa* o *Baraq*, «rayo, fulgor»), una serie de generales y hombres de Estado al servicio de Cartago. Su intervención contra Roma impidió que Cartago fuese totalmente destruida y Amílcar fue considerado un héroe para su pueblo. Cartago solicitó a Roma el final del conflicto y Amílcar renunció a su cargo y se alejó de la vida pública. Por el Tratado de

Lutacio del año 241 a. C. se pone fin a la Primera Guerra Púnica, después de tres años de enfrentamientos. Las condiciones establecidas obligaron a Cartago a abandonar la isla de Sicilia, devolver las armas utilizadas por el ejército de Amílcar y entregar a los prisioneros romanos, así como pagar los gastos de guerra y una fuerte indemnización a Roma. Hannón fue uno de los miembros enviados por los cartagineses para negociar la paz. Su decidido interés por llegar a un acuerdo con Roma y poner fin a la guerra entre ambas potencias provocó la sublevación de las tropas mercenarias que habían peleado junto a Amílcar Barca, al negarles el pago de sus servicios, origen de la llamada Guerra de los Mercenarios (Cartago no tenía ejército propio y recurría a mercenarios para resolver sus enfrentamientos armados). Durante este tiempo los mercenarios pusieron en verdadero peligro la integridad y supervivencia de la ciudad de Cartago y el Senado cartaginés tuvo que recurrir nuevamente a Amílcar Barca, pues Hannón «el Grande» se veía incapaz de derrotarlos. Aquel volvió a dar nuevamente pruebas de su sobrado talento militar al frente de un pequeño ejército y eliminó sin compasión alguna a los mercenarios y a sus familias. De este modo Amílcar evitó que su patria cayera en la órbita romana o fuera aniquilada por las tropas mercenarias, las cuales amenazaban seriamente la seguridad de Cartago.

Tras este notable, aunque sangriento triunfo, Amílcar Barca consiguió una enorme popularidad, y a pesar de los recelos de sus adversarios en el Senado cartaginés, encabezados por la facción que dirigía Hannón «el Grande», consiguió el puesto de comandante en jefe del ejército.

I

Año 221 a. C.

Ajax subió a la terraza del hermoso edificio en el que habitaba en *Kart-Hadtha*, aunque él, como griego que era, la llamaba Karjedón, la misma que los romanos conocían con el nombre de Cartago. Desde allí podía ver perfectamente la entrada al puerto comercial, el impresionante puerto comercial de la ciudad, y también el aún más imponente puerto militar, seguramente los más grandes y espectaculares de toda la *Ecúmene*. Y él, si de algo sabía, era de puertos, pues llevaba toda la vida recorriéndolos, llevando o yendo a buscar mercancías al oeste desde las islas que estaban al norte de las Columnas de Heracles, las que los fenicios habían llamado Columnas de Melkart y los romanos denominaban Columnas de Hércules, hasta el mar del Norte, cruzando el mar Tenebroso, y por el este, hasta la India. Llevaba varios días esperando ver llegar uno de sus barcos, el Alas del Viento, procedente de la ciudad ibera de Kart-Hadtha —la Cartago Nova que llamaban los romanos— con un cargamento de barras de plata y lingotes de hierro ibérico, el más apreciado para forjar las hermosas espadas iberas, las más deseadas por los guerreros de cualquier lugar y que Asdrúbal Jarto, apodado «el Bello», comandante en jefe de las tropas cartaginesas, enviaba a Kart-Hadtha.

Normalmente Ajax («águila» significaba su nombre en griego) ya no acudía a ver llegar a puerto los barcos de la compañía naviera de su propiedad o las de aquellos de otras compañías que había asegurado. Eran ya muchos los negocios en los que participaba y no haría otra cosa en todo el día si acudiese a ver llegar todos los barcos que, de una u otra manera, formaban parte de sus intereses. Pero en esta ocasión era distinto. El barco que esperaba ver llegar lo capitaneaba su hijo Alejo y era el primer viaje que este hacía como máximo responsable del barco. Confiaba plenamente en su aptitud y en su capacidad para gobernar un barco, pero el mar era muy traicionero y hasta el más experimentado capitán podía zozobrar con su barco si las condiciones se ponían muy adversas. Llevaba varios días subiendo a la terraza de su hermosa casa rogando a los dioses —Tanit, patrona de Cartago, Melkart y Dido— que aquel día viese aparecer tras el horizonte el Alas del Viento capitaneado por su hijo. Todavía tenía una excelente vista, al menos de lejos, no tanto cuando se trataba de leer los papiros comerciales, a pesar de que ya estaba a punto de cumplir los sesenta años, pero físicamente se encontraba en perfecta forma. El mar o los dioses habían sido muy generosos con él y todavía no presentaba el aspecto de un anciano, como muchos de sus conocidos con una edad similar a la suya y que ya parecían unos vejestorios; conservaba todo el cabello, aunque ya todo él de color gris, casi blanco, al igual que la barba, y sus músculos todavía estaban tersos.

El sol caía de lleno sobre la bahía, haciendo que las aguas del mar luciesen en todo su esplendor. Un mar tranquilo sin una sola ola en el horizonte y un cielo limpio, sin mácula, contribuía a aquel paisaje que le hipnotizaba y, como sugestionado, rememoró dieciséis años atrás, cuando en la terraza de la torre que Arzabal, primo de Amílcar, tenía en Gadir, oteaba el horizonte esperando ver aparecer las naves que le había proporcionado al general cartaginés para trasladar su ejército desde las Columnas de Heracles hasta Gadir. Esta, antigua colonia fenicia, se había convertido en la más importante ciudad comercial de toda la península ibérica. Ajax se había asociado con Arzabal y durante la guerra contra Roma habían prosperado comprando a los carpetanos —uno de los pueblos que formaban la confederación tartéssica— armas forjadas con un excelente hierro, canalizándolas a Sicilia, junto a salazones y cordajes que cambiaban por vasos griegos, orfebrería barata, collares de cuentas de pasta vítrea, espejuelos egipcios y toda clase de frascos de perfumes, todo ello muy apreciado por los pueblos que habitaban la península ibérica. Ellos se habían enriquecido con este comercio aumentando su flota de barcos mercantes, al contrario que la ciudad de Gadir que, desde que Cartago había sido derrotada por los romanos y puesto en peligro incluso su existencia debido a la sublevación de los mercenarios, había visto cómo el Senado cartaginés, La Balanza —nombre con el que era conocido popularmente el Senado, debido al relieve de una balanza que estaba esculpido en la fachada del edificio donde el Senado de ancianos celebraba sus reuniones—, había retirado las guarniciones de los castillos que vigilaban el río Tartessos. Las salinas estaban abandonadas, los embarcaderos podridos, las huertas que rodeaban la ciudad muertas, el trigo escaseaba, produciéndose de todo la mitad. La Balanza no recaudaba impuestos, pudiendo decirse que la ciudad había sido abandonada a su suerte, circunstancia que habían aprovechado sus vecinos: turdetanos, mastienos y oretanos, pueblos que formaban la confederación tartésica, para volver a ejercer su influencia sobre la ciudad. Sin embargo, para Ajax, Gadir seguía siendo una de las ciudades más hermosas que existían, sin tener nada que envidiar a Karjedón, con hermosos palacios rodeados de jardines y estanques y con oratorios callejeros dedicados a Melkart, el principal dios de la ciudad, al que se le había construido un santuario en la cima del promontorio sagrado donde se veneraba el *betilo* sagrado, una piedra esférica debajo de la cual se decía que estaban sepultadas las cenizas de Melkart. Hermosas casas de hasta cuatro pisos de altura se alineaban formando las limpias calles, las más ricas rematadas por terrazas y con torres-miradores desde las que los comerciantes vigilaban y esperaban ansiosos divisar sus naves mercantes con sus cargas de estaño, ámbar, oro y marfil, que luego distribuían por todo el Mediterráneo. La Balanza había prohibido que los cargueros griegos embarcasen los productos que llegaban a Gadir, pero lo que hacían los armadores era depositar las mercancías en otros puertos de la Península o de Marruecos para salvar esta prohibición. A Ajax, debido a su asociación con Arzabal, no le atañía esta normativa, pues sus barcos no figuraban como griegos en esas ocasiones, pero sin embargo sí lo eran cuando comerciaban con aquellas zonas del Mediterráneo que estaban vetadas para los cargueros cartagineses tras su derrota ante Roma.

Ajax vio en el horizonte aparecer uno tras otro los barcos de transporte que Arzabal y él habían proporcionado a Amílcar para que transportase a sus seis mil mercenarios, con los que se instaló en Gadir, acompañado de su yerno Asdrúbal Jarto «el Bello» y de su hijo mayor, Aníbal, de apenas nueve años. Se decía que Amílcar había llevado a su hijo con él para irlo adiestrando como estratega y para completar su educación, para lo cual se hizo acompañar de Sosilo de Lacedemonia, que a la sazón tendría unos veintisiete años, para que instruyese a su hijo en griego, gramática, retórica, dialéctica y otros conocimientos; aunque otros decían que Amílcar había llevado a su hijo con él ante el temor de que en Kart-Hadtha se produjese alguna desgracia y los sacerdotes decidiesen aplacar la ira de la diosa Tanit, recuperando una vieja tradición ya olvidada de sacrificar a los hijos mayores de cada familia.

Lo cierto es que Amílcar no perdió el tiempo una vez que llegó a Gadir y su primera campaña fue contra los turdetanos, pueblo de la confederación tartésica que habitaba en la región de Tarsis, región bañada por el río Tartessos, cuyas aguas sabían a hierro, y el Sangre, llamado así por el color de la escoria mineral que tenían sus orillas. Los tartesios eran increíblemente ricos, no solo por los metales que extraían de las montañas, sino también por el estaño y el oro existentes en los territorios del interior de la Península, habitados por los celtíberos, nombre con el que se designaban en general a una serie de pueblos como los arévacos, pelendones, lusones, bellos, tiros, berones, carpetanos, lusitanos, vacceos, vettones, várdalos, austrigones y caristios, con muchos de los cuales comerciaban. La confederación tartésica no disponía de buenos soldados y confiaban la defensa de sus ciudades a celtíberos asalariados de las tierras del norte, donde abundaban los jóvenes aguerridos que en nada valoraban la vida, siendo muy apreciados como mercenarios. Generalmente estos habitantes del norte eran de rasgos finos, tez clara y cabellos rizados. Vivían en poblados que construían en las mesetas de los cerros fluviales y habitaban en pobres cabañas de adobe y piedras con techos de ramas, sin más muebles que toscos bancos corridos donde se sentaban durante el día y dormían por la noche. Se vestían con mantos de lana muy sencillos, pero gustaban de adornarlos con broches, amuletos y abalorios que compraban a los mercaderes del sur.

Cuando Amílcar inició su expansión por el territorio tartésico, estos llamaron en su ayuda a dos tribus celtíberas de la Meseta, pero antes de que pudiesen llegar, Amílcar ya había invadido las tierras de Tarssis y conquistado sus poblados y sus minas. Remontó con su ejército el Betis y salió al encuentro de los celtíberos derrotándoles y dando muerte a sus caudillos. Muchos de sus guerreros se suicidaron al tener conocimiento de sus muertes, pero otros muchos decidieron pasarse a las tropas de Amílcar. Muchos de sus pueblos decidieron renovar los antiguos tratados que tenían con Gadir, comprometiéndose a pagar los mismos tributos y cumplir con las obligaciones que tenían antes, sobre todo las de mantener seguras y libres de bandidos las calzadas que conducían la plata de Sierra Morena a los puertos de la costa, siendo sometidas a la fuerza aquellas tribus que se negaron a hacerlo.

Estos éxitos militares de Amílcar devolvieron la prosperidad a Cartago, pues una parte de los beneficios obtenidos se trasladaron a Kart-Hadtha, lo que permitió que los armadores cartagineses volviesen a prosperar, al ser ellos los encargados de transportar esos excedentes, entre ellos Ajax y su socio Arzabal, aumentando el número de seguidores de Amílcar en el Senado cartaginés, en detrimento de los especuladores del partido agrícola, encabezado por Hannón «el Grande», que veían cómo día a día disminuían sus partidarios en el Senado, avivándose el rencor que este grupo tenía contra los Barca y sus partidarios. Pero Amílcar no enviaba a Kart-Hadtha todos los beneficios que obtenía, sino que una parte de ellos se los quedaba, aumentando así las riquezas de su familia, dedicándolos a pagar a su ejército —de manera que este le era totalmente fiel—, al igual que a pagar a los funcionarios de la ciudad, que ahora solo obedecían las órdenes de Amílcar, dejando a un lado a los representantes de La Balanza cartaginesa.

Hannón «el Grande», en vista de que el Senado cartaginés estaba totalmente controlado por los partidarios de Amílcar, envió una embajada a Roma, quejándose de la actuación de Amílcar, diciendo que no cumplía con las condiciones impuestas en el tratado de paz que había puesto fin a la guerra con Roma. El Senado romano envió una delegación encabezada por un par de senadores para investigar las acusaciones que había hecho Hannón «el Grande», quedando muy impresionados por los éxitos de Amílcar, y recordando a este que seguía en vigor el tratado firmado al acabar la guerra con Roma, por el que se salvaguardaban Denia y otras colonias marsellesas y griegas aliadas de Roma. Amílcar les hizo notar que si Cartago quería pagar la deuda contraída con Roma necesitaba obtener nuevos recursos y nuevos lugares donde conseguirlos. La embajada romana regresó a Roma no muy convencida de las explicaciones dadas por el estratega cartaginés. Por esos años murió la madre de Aníbal y llegaron a Gadir Asdrúbal Barca y Magón, hermanos de Aníbal, que se incorporaron al ejército de su padre. Atraídos por las espléndidas pagas y por las excelentes condiciones en las que se encontraban los mercenarios contratados, llegaban numerosos contingentes númidas que se ponían a las órdenes de Amílcar y que eran adiestrados por sus generales. El territorio de las colonias hispanas se había duplicado en apenas ocho años desde la llegada de Amílcar a Iberia, pero el general cartaginés no aceptaba a los gobernadores que La Balanza mandaba a las nuevas colonias, poniendo en su lugar a hombres de su confianza. Todo el comercio que realizaban con los turdetanos, como eran el trigo, el vino, el aceite, la cera, la miel, los tejidos, el minio, la sal fósil... se encauzaba por los armadores afines a los Barca a través de los puertos privados, como eran los de Adra y Baria, y otros de las Baleares o marroquíes para evitar el control del Senado cartaginés. Los barcos podían navegar por el Betis hasta los embarcaderos de Triana cuando las mareas eran altas y los más pequeños podían llegar aguas arriba hasta un poblado llamado Córduba.

Hannón «el Grande» seguía oponiéndose en el Senado cartaginés a todas estas actuaciones de Amílcar en Iberia, pero los mercaderes cartagineses, satisfechos con los beneficios obtenidos en la península ibérica, se alineaban con el partido o facción bárquida, aumentando el número de este y desoyendo las protestas del partido de los terratenientes agrícolas encabezados por Hannón.

Corría el año 229 a. C. cuando en un enfrentamiento con los carpetanos se cree —porque las noticias eran un tanto confusas— que, cuando vadeaba el río Belgio, Amílcar fue alcanzado por una lanza carpetana y cayó de su caballo. Lastrado por la pesada coraza, las grebas y el yelmo, se fue al fondo y el estratega cartaginés pereció. Asdrúbal Jarto «el Bello» decretó honras fúnebres militares y sacrificó a mil prisioneros carpetanos a la diosa Tanit para aplacar su ira, pues consideraba que la ira de la diosa era la causa de la muerte de su suegro. Al estratega cartaginés se le enterró en un sarcófago de mármol blanco, dentro de un espacioso hipogeo excavado en la roca. Por unanimidad el ejército proclamó a Asdrúbal «el Bello» como nuevo estratega de las fuerzas que había en la Península, obedeciendo la voluntad de Amílcar, a pesar de las objeciones que puso el delegado del Senado cartaginés, alegando que solo el Gran Consejo, a través del Consejo de los Treinta Ancianos que designaba a los sufetes anualmente, tenía potestad para nombrar al estratega de ultramar, pero le respondieron que los intereses púnicos en Iberia se estaban sosteniendo con el ejército privado pagado no por el Senado cartaginés, ni por el Consejo de los Treinta; tampoco por la tesorería de los sufetes, sino por las finanzas particulares de los Barca. Y si el ejército apoyaba a Asdrúbal «el Bello», este sería su comandante en jefe. Cuando la notició corrió por las calles de Gadir, a la tristeza y pesadumbre por la muerte de su general le sucedió el júbilo y la alegría por la designación de Asdrúbal como comandante supremo. Todo lo contrario de lo que sucedió en el Senado de Kart-Hadtha donde, al llegar la noticia de la muerte de Amílcar y su sustitución por Asdrúbal «el Bello», sin siquiera haber consultado al Senado, se inició un grito de protesta encabezado y dirigido por Hannón «el Grande», que hablaba de un golpe contra la república cartaginesa, pidiendo que La Balanza anulase ese nombramiento. Sin embargo, los partidarios de los Barca eran mayoría en el Senado e impidieron la anulación. La tensión entre los partidarios de una u otra facción cada vez eran mayores.

Asdrúbal «el Bello» inició su mandato tomando doce ciudades de los carpetanos, responsables de la muerte de Amílcar, pasando a cuchillo a todos los hombres y reduciendo a la esclavitud a las mujeres y a los niños, lo que hizo que muchos de los pueblos del levante y del sur acataran sin condiciones la autoridad de los Barca. Pero, terminado este escarmiento, Asdrúbal prefirió negociar con los distintos pueblos para que acatasen su dominio y se sometieran. Y solo cuando la diplomacia fracasaba recurría a los elefantes, entrenados para causar el pánico entre sus enemigos, y a la caballería númida para doblegarlos. Asdrúbal fundó al sur de la base militar de Acra Leuca, creada por Amílcar, la ciudad de Kart-Hadtha, siguiendo los deseos de su suegro, que los romanos llamaron Cartago Nova. La nueva Kart-Hadtha era casi tan hermosa como la ciudad africana de la que tomaba el nombre, a la que llegaban gran número de lingotes de plata y otros metales, tenía una abundante pesca y excelentes cosechas de grano y esparto. Se construyó un puerto tan grande o más que el que tenía Cartago, al que llegaban y del que salían toda clase de barcos mercantes transportando todo tipo de mercancías. Asdrúbal amuralló la ciudad por tierra y por mar, hizo construir dos castillos que protegían la entrada al puerto y se hizo edificar en la ciudad un palacio que no tenía nada que envidiar al más hermoso de los palacios de Cartago.

Pero Hannón «el Grande» no permanecía ocioso en Kart-Hadtha y, en vista de que no podía controlar el Senado cartaginés, pues la mayor parte de este estaba formado por seguidores de los Barca, dirigía sus esfuerzos hacia Roma, enviando emisarios que acusaban a Asdrúbal de no cumplir los acuerdos pactados con Roma y amenazando a las colonias griegas aliadas de esta. Asimismo, acusaba a Asdrúbal de poner en peligro la paz, de intentar convertirse en rey —al controlar a todos los funcionarios públicos de las colonias que iba creando—, de recaudar impuestos que no remitía a Cartago, de acuñar su propia moneda, de sobornar a los senadores púnicos e incluso de llevar una vida depravada y corrupta, habiéndose casado con la hija de un caudillo hispano cuando ya estaba casado con una cartaginesa. De forma anónima hizo llegar las mismas acusaciones a las ciudades de Ampurias y Sagunto y estas acudieron a Roma temiendo verse atacadas por las tropas de Asdrúbal. Roma contestó enviando una embajada a entrevistarse con Asdrúbal en Cartago Nova y llegaron a un acuerdo conocido como el Tratado del Iberus, por el cual este río se convertía en la frontera que las tropas cartaginesas no podían traspasar, quedando limitada su área de influencia al sur del Iberus.

Ajax entornó los ojos; le había parecido ver un destello en el horizonte, allí donde se fundían las líneas del mar y del cielo. El destello volvió a producirse. Efectivamente era un barco, pero estaba tan lejos que todavía no podía apreciar de qué armador se trataba. Eran muchos los barcos que cada día llegaban hasta Kart-Hadtha, aunque solo los barcos cartagineses podían atracar dentro del enorme puerto comercial de forma rectangular de Cartago, mientras que el puerto redondo se reservaba para los barcos militares. El resto de los mercantes tenían que atracar en la bahía exterior al puerto. Los puertos de Cartago, puesto que en realidad eran dos, se denominaban con el vocablo púnico *cothon* y estaban dispuestos de tal modo que los navíos podían pasar de uno a otro a través del gollete; accedían desde el mar por una entrada de unos veintiún metros de anchura, la cual se cerraba y abría con unas puertas, de bronce en la parte sumergida, y de hierro en la parte que se veía, y que una cadena de hierro movía. El primer puerto, reservado a los mercantes, estaba provisto de numerosos y variados amarres. En este se encontraban, evidentemente, talleres, almacenes y muelles para la carga y descarga de mercancías. Considerando que durante su apogeo Cartago sumaba una cantidad de cuatrocientos mil habitantes, la dársena comercial era un lugar atestado por mercaderes procedentes de distintos territorios del Mediterráneo. El segundo puerto, el militar y al que únicamente podían acceder los barcos de guerra o aquellos barcos mercantes que transportaban material militar, era circular y estaba rodeado por grandes muelles. A lo largo de estos muelles había hangares, que podían albergar doscientos veinte barcos de guerra, y sobre los hangares se levantaron almacenes para los aparejos. Delante de cada hangar se elevaban dos columnas jónicas, que daban a la circunferencia del puerto y de la isla el aspecto de pórtico. En el centro y sobre una isla se construyó un pabellón para el almirante, y de dicha construcción partían las señales de las trompetas y las llamadas de los heraldos. Desde ahí el almirante ejercía su vigilancia. La isla estaba situada enfrente de la entrada y se hallaba a mayor altura, así el almirante veía lo que ocurría en el mar, mientras que los que llegaban de más allá no podían distinguir con claridad el interior del puerto. Los arsenales eran invisibles incluso para los barcos mercantes; estos estaban rodeados de un muro doble y dotados de puertas, las cuales permitían a los mercantes pasar del primer puerto a la ciudad sin que pudieran atravesar los arsenales.

El barco se acercaba rápido al puerto y una sonrisa se dibujó en el rostro de Ajax. Acababa de reconocer el Alas del Viento, el barco que capitaneaba su hijo. Rápidamente descendió de la terraza y se dirigió a la entrada del puerto comercial, donde un contingente de guardias armados vigilaba la entrada. Aunque el Alas del Viento transportaba mercancías dirigidas a La Balanza y al ejército cartaginés, sin embargo su tripulación no podía conducir el barco hasta el puerto militar. Tenían que detenerlo antes de llegar a la zona militar y esperar que unas barcas transportasen hasta el barco a los soldados que ocuparían el lugar de los remeros del Alas del Viento y a la tripulación de cubierta, que dirigiría el barco hasta el interior, atracándolo en el lugar que el almirante le hubiese designado. Los remeros y la tripulación de cubierta abandonarían el barco y ocuparían las barcas, que los llevarían hasta la entrada del puerto comercial donde ya Ajax esperaba su llegada.

Todavía tardaron algunos minutos en aparecer los primeros remeros del Alas del Viento, todos ellos ciudadanos de Kart-Hadtha, aunque pertenecían a la clase más pobre, que no tenía otro medio para ganarse la vida, si bien todos ellos eran hombres libres. Todos conocían a Ajax y según salían le iban saludando y luego se dirigían, pasado el barrio de los remeros, a las tabernas y burdeles, muy numerosos en el arrabal que se extendía alrededor del puerto comercial, y que a aquellas primeras horas de la tarde ya se encontraban muy animados con gentes de un sinfín de lugares: fenicios, egipcios, griegos, libios, sirios, númidas, judíos, galos, romanos desertores de las legiones... Había una muralla marítima que iba desde cabo Kamat, al noroeste, pasando por cabo Kart-Hadtha, al nordeste, hasta el puerto, levantada sobre una costa que en casi todos los lugares era escarpada o pedregosa. Había una lengua de tierra que separaba el mar del lago de Tynes, al sur, demasiado estrecha para que pudieran desembarcar grandes ejércitos de ocupación. Kart-Hadtha solo podía ser atacada por tierra, pues el istmo apenas tenía cinco mil pasos de ancho, insuficiente para un gran ejército, pero la triple muralla que protegía la ciudad hacía casi imposible la empresa. Al norte, donde la muralla marítima se unía a las fortificaciones del istmo, había tres pequeños pasajes que llevaban de la bahía al suburbio de Megara, la zona más populosa de Cartago y donde muchos de los terratenientes cartagineses tenían sus hermosas residencias. Entre ellas sobresalía la residencia que había construido Amílcar Barca, un hermoso palacio de cuatro pisos de altura, con hermosas azoteas desde las que se divisaba toda la ciudad y el puerto, construido con mármol númida de vetas amarillas, que se elevaba sobre amplios basamentos, rodeado de un espléndido y amplio jardín en el que brotaban hermosas flores de todos los colores, y en medio del cual había una avenida de cipreses que conducía a la entrada principal, formando como una doble columnata de obeliscos verdes. Al sur de la ciudad, justo encima del lugar donde la muralla meridional se unía a la muralla del istmo mediante un sistema de torres, saledizos y entrantes, se levantaba la principal puerta de la ciudad, la puerta de Tynes. Justo en este lugar se iniciaba la calle Mayor, que atravesaba las fortificaciones mediante puentes tendidos sobre fosos, llegando hasta la enorme zona donde estaba el principal mercado de la ciudad. En la zona junto al puerto había una serie de establos, en la parte inferior para los elefantes, teniendo capacidad para unos trescientos y en la parte superior para los caballos, con capacidad para cuatrocientos. Y entre la muralla y el otro lado de la amplia calle había alojamiento para soldados, con una capacidad para unos veinte mil y para cuatrocientos jinetes. También estaban en este lugar las armerías, los talleres de carroceros y talabarteros, viviendas para los médicos que atendían a los soldados heridos o enfermos, veterinarios que se ocupaban de los elefantes y caballos, habitaciones para las mujeres y los niños de los soldados y habitaciones para las rameras. También en esta zona existían almacenes para las provisiones, para las armas, colosales cocinas del ejército y las letrinas: asientos con agujeros bajo los cuales pasaban carros con barriles.

Por fin apareció su hijo Alejo, después de haber entregado y firmado al capitán que se había hecho cargo del Alas del Viento el papiro en el que se indicaba la mercancía que transportaba y de comentarle que el barco necesitaba que le realizasen algunas reparaciones, por lo que debía ser dirigido, una vez que se hubiese descargado la mercancía, a los astilleros del puerto comercial. Padre e hijo se fundieron en un largo y emotivo abrazo. Hacía muchos meses que no se veían. Alejo era un joven alto, vigoroso, con un encrespado cabello negro y una rala barba, con unos ojos de color castaño, siempre brillantes, y una hermosa sonrisa que siempre iluminaba su rostro. Pero en esta ocasión su mirada parecía apagada y en su rostro había desaparecido la sonrisa. Su padre le miró fijamente.

—¿Qué ocurre, Alejo? ¿No habéis tenido una buena travesía? —le preguntó mientras le sujetaba por los hombros.

—Sí, hemos tenido una travesía estupenda, sin ningún problema. El Alas del Viento necesita algunas reparaciones, pero nada importante, nada que deba preocuparnos.

—¿Entonces a qué se deben esa tristeza y esa preocupación? —le preguntó Ajax a su hijo.

—¡Padre...! —titubeó Alejo—. ¡Ha ocurrido una terrible desgracia!

II

En las faldas de la colina de Byrsa, en cuya cima se encontraba el templo de Eshmún, Hannón «el Grande» había mandado construir su residencia urbana, un hermoso palacio de varios pisos que esa tarde estaba profusamente iluminado con antorchas y luminarias en todo el edificio y en los jardines que lo rodeaban, pues su dueño había invitado a cenar a un escogido grupo de senadores de La Balanza. El sol había empezado a ocultarse tras el horizonte cuando los primeros invitados a la cena comenzaron a llegar al palacio. Todos ellos eran viejos senadores pertenecientes a la facción de terratenientes que lideraba Hannón «el Grande». Este era miembro de una de las familias más distinguidas de Kart-Hadtha y jefe del partido aristocrático, integrado por los grandes terratenientes. Debía su apodo de «el Grande» a sus éxitos logrados en África, que pusieron en posesión de Cartago gran parte de la zona meridional de Túnez, lo cual le valió también el odio de los africanos, pero le permitió también obtener una gran riqueza especulando con los precios de los cereales y alimentos que procedían de sus posesiones terrestres y las de los integrantes de su partido.

Era un hombre de complexión fuerte, de estatura no muy alta, con un rostro severo cuya mirada parecía taladrar a los que osaban enfrentarla. El poco cabello que le quedaba era completamente blanco, al igual que la barba, aparentando más años de los que tenía, pues debía de estar a punto de cumplir los sesenta. Desde luego era más joven que los senadores que había invitado a cenar y que eran la facción más representativa de su grupo o partido, enfrentados visceralmente al grupo que apoyaba a la familia

Barca, que en aquellos momentos formaban mayoría en el Senado y que, favorecidos por la política expansionista y comercial de estos en Iberia, de la que se beneficiaban directamente, controlaban todas las decisiones de La Balanza, desechando todas las propuestas que iban contra las disposiciones que su líder y estratega en Iberia, Asdrúbal Jarto «el Bello», tomaba.

La cena, como no podía ser menos, resultó abundante y excelente: papillas de harina de trigo y caracoles aderezados con comino, servidos en fuentes de ámbar amarillas; erizos al *garum*, cigarras fritas y lirones confitados; aves en salsa verde servidas en platos de arcilla roja decorados con dibujos negros y langostas de mar. Todo ello regado con vino de Falerno sin rebajar. Una opulenta y exquisita cena que hacía que los comensales se relamiesen, aunque no estaba claro si era solo por la cena o por las bailarinas que, al son de la música de timbales, cítaras y flautas, bailaban con movimientos sensuales y apenas cubiertas por unos velos totalmente transparentes que mostraban la esbeltez de sus cuerpos, no dejando nada a la imaginación, y de las que esperaban poder disfrutar una vez terminada la cena. Esta transcurrió entre bromas y chascarrillos y, una vez que el último plato fue retirado y los comensales se pudieron lavar las manos en unas jofainas, el anfitrión ordenó que los músicos y las bailarinas se retirasen, ante la decepción de los invitados, que esperaban poder gozar de ellas, como otras veces había ocurrido.

—¡No os preocupéis! —exclamó Hannón—. Después volverán, pero ahora ha llegado el momento de que hablemos de política.

Los senadores sonrieron y el anfitrión ordenó que los criados rellenasen las copas de vino, dejasen las ánforas y se retirasen. No quería testigos de la conversación que iban a mantener. Los invitados guardaron silencio esperando oír al anfitrión y este, después de dar un buen sorbo a su copa, se dispuso a hablar.

—¡No podemos seguir así! —exclamó—. El Senado está en manos de los seguidores y partidarios de los Barca, que se están enriqueciendo a nuestra costa. Asdrúbal está favoreciendo los negocios de esos senadores, cuando no les hace suculentos regalos en plata para seguir teniendo el favor de estos en las decisiones que toma el Senado, mientras que los cereales y productos agrícolas que obtenemos de nuestras tierras se pudren en los almacenes, pues nadie nos los compra.

Todos los senadores asintieron con la cabeza. Estaban completamente de acuerdo con lo que su anfitrión acababa de decir.

—¿Y qué podemos hacer? —preguntó uno de los senadores—. Estamos en minoría en La Balanza y nuestras objeciones y propuestas son rechazadas una tras otra, mientras que las de los partidarios de los Barca son todas ellas aprobadas.

Hannón asintió con la cabeza.

—Tienes toda la razón del mundo, pero no podemos conformarnos. Yo esperaba que con las quejas y los informes que hemos dado sobre Asdrúbal a Roma, esta interviniese. Pero está visto que en estos momentos tiene otras preocupaciones, como es el control de los galos cisalpinos que amenazan su territorio, así que somos nosotros los que tenemos que precipitar los acontecimientos para que Roma intervenga, a pesar de los problemas que tiene.

—¿Y cómo lo podemos hacer? —preguntó uno de los senadores.

—No lejos de las fuentes del río Iberus, allá en Iberia, está el pueblo de los turdetanos, que obtienen de sus minas un hierro de excelente calidad para fabricar espadas. Estos, tradicionalmente, venden ese hierro a los habitantes de Sagunto, que a su vez se lo venden a los habitantes de Marsella. Ambas ciudades aliadas de Roma. Si conseguimos que los turdetanos nos vendan el hierro a nosotros, eso enfadará a Sagunto y tomará represalias contra ellos.

—¡Por eso no nos lo venderán! —exclamó uno de los senadores.

—Sí lo harán si les prometemos defenderles de cualquier agresión que puedan sufrir por parte de los saguntinos por habernos vendido el hierro —contestó Hannón—. Y además se lo pagaríamos a un precio mucho mejor que el que les ofrecen los saguntinos.

—¡Pero La Balanza nunca aceptará ese compromiso! —comentó otro de los senadores.

—El Senado no tiene por qué enterarse de esta operación. Podemos hacerla nosotros a espaldas del Senado y los turdetanos no pondrán en duda nuestra palabra y que no seamos representantes de Kart-Hadtha.

—¿Y qué pasará si Sagunto ataca a los turdetanos y estos piden nuestra ayuda? —preguntó otro de los senadores.

—Es la política de hechos consumados. Asdrúbal no tendrá más remedio que defender el honor de Kart-Hadtha y salir en su defensa atacando Sagunto —contestó Hannón—. De lo contrario ninguno de los pueblos de la Península que son vasallos nuestros y nos pagan impuestos se fiarán de nosotros. Y a Roma no le quedará más remedio que intervenir. Sagunto es aliada suya y no puede abandonarla a su suerte, pues de lo contrario los pueblos sometidos a ella tampoco se fiarán.

Los senadores permanecieron en silencio, como rumiando y asimilando las palabras dichas por Hannón «el Grande». Desde luego era toda una jugada maestra, pero muy arriesgada, pues podía desembocar en una guerra con Roma, ¡otra vez con Roma!, y no habían salido nada bien parados del primer enfrentamiento que habían tenido con ella. Habían perdido todas sus posesiones en el Mediterráneo y todavía estaban pagando los gastos de la guerra y la indemnización que los vencedores —Roma— les habían impuesto. Desde luego era una jugada muy taimada, pero muy arriesgada y peligrosa.

Un esclavo entró en el gran salón y, dirigiéndose a su amo, le habló al oído. Este asintió con la cabeza y se incorporó.

—Me vais a perdonar un momento, pero ha llegado un mensajero y se requiere mi presencia... ¡Y parece importante! Pensad mientras tanto en lo que os he dicho.

Y, enderezándose la túnica que le cubría, abandonó la estancia seguido del esclavo.

Los senadores llenaron sus copas mientras comentaban la proposición que había hecho Hannón «el Grande». Desde luego era una propuesta muy arriesgada, pero estaba claro que algo debían hacer, pues habían perdido por completo el control del Senado y sus intereses se estaban viendo muy perjudicados. Nadie compraba sus cereales ni sus productos hortícolas ni demás alimentos, y estos se pudrían en los almacenes, disminuyendo notablemente sus ingresos.

Hannón «el Grande» regresó y la amplia sonrisa que iluminaba su cara era la prueba evidente de que las noticias que había recibido eran buenas.

—Por la amplia sonrisa que ilumina tu rostro hemos de suponer que has recibido buenas noticias —le comentó uno de los senadores.

—Efectivamente, las noticias no podían ser mejores y voy a enviar un criado con un correo a uno de los sufetes para que convoque una reunión del Senado, extraordinaria y urgente, para mañana por la tarde. Necesito vuestras firmas para solicitarla.

Los senadores se miraron unos a otros, perplejos.

—¿Pero qué noticias has recibido que motivan una reunión extraordinaria del Senado? —preguntó uno de los senadores.

—Eso os lo cuento luego, pero ahora lo que urge es firmar la solicitud cuanto antes para que se pueda celebrar la reunión mañana —le contestó Hannón, mientras extendía el papiro en una mesita donde había colocado un tintero e iba llamando a cada uno de los senadores para que fuesen firmando.

* * *

Ajax y su hijo Alejo caminaban por la zona más elegante del suburbio de Megara, a rebosar a aquella hora de la tarde de toda clase de gente de los más diversos lugares de la *Ecúmene*: ligures, lusitanos, baleares, númidas y gentes del desierto, negros, galos, lacedemonios, fenicios, griegos, sirios, egipcios, judíos y fugitivos de Roma... Un pueblo tumultuoso y variopinto que llenaba las calles día y noche, con los trajes típicos de sus pueblos, vistosos y coloristas. Habían dejado atrás los barrios portuarios repletos de tabernas y meretrices y, pasado el ágora, habían llegado a las primeras calles de la colina occidental de Byrsa, donde abundaban las tiendas de bebidas calientes y las casas de baños que permanecían abiertas hasta media noche, y que servían de punto de encuentro para realizar acuerdos mercantiles, políticos y de todo tipo. En sus puertas los mancebos agitaban las campanillas y llamaban a los clientes a voz en grito.

—¿Cómo te enteraste de la muerte de Asdrúbal «el Bello»? —le preguntó Ajax a su hijo.

—¡Pura casualidad! —contestó este—. Acababan de terminar de cargar el Alas del Viento y el capitán al mando de los soldados que lo habían cargado me acababa de entregar el papiro firmado con la autorización para abandonar el puerto, cuando llegó un soldado a caballo y le susurró que el estratega Asdrúbal había sido asesinado. Se lo dijo en un susurro, pero no tanto como para que yo no lo oyese. El capitán salió de estampida con sus soldados olvidándose de mí.

—¿Y tú qué hiciste? —preguntó Ajax a su hijo.

—Sin perder tiempo subí al barco, mandé soltar amarras y abandonar el puerto. Me temía que una vez se conociese la noticia no permitirían la salida de ningún barco hasta que se esclareciese la situación y el ejército, con los hijos de Amílcar a la cabeza, decidiese qué hacer.

—Fue una decisión muy acertada —le dijo Ajax a su hijo.

Los dos hombres guardaron silencio. Habían llegado a la puerta de uno de los baños y rápidamente el encargado de ellos se acercó, invitándoles a entrar. Los dos hombres penetraron en él, después de haber acordado el precio con el maestro de los baños. Estos estaban iluminados por antorchas, lámparas de aceite y un fuego encendido entre cuatro estufas llenas de agua. El techo era de cristal grueso y permitía la entrada de la luz solar. Ajax y su hijo entraron en los vestuarios y se desnudaron.

—¿Y qué va a ocurrir ahora? —preguntó Alejo a su padre, continuando la conversación.

—No lo sé. Supongo que el ejército de Iberia querrá elegir a su estratega, como hicieron con Asdrúbal, pero estoy seguro de que La Balanza querrá que sean ellos, a través de los sufetes, los que lo elijan. Por eso es importante que la facción del Senado partidaria de los Barca, con Himilcón, su líder, a la cabeza, esté enterada cuanto antes y pueda tomar una decisión. Esa es la causa de que hayamos venido a estos baños. Sé que Himilcón los frecuenta y debe enterarse de lo ocurrido antes que la facción contraria a los Barca, con Hannón «el Grande» y sus partidarios, tenga noticia de ello.

Himilcón, del mismo nombre que el conocido navegante y explorador cartaginés que había llegado hasta las islas que se encontraban más al norte de las columnas de Melkart, en el mar Tenebroso, y que había vivido hacia el año 450 a. C., era el jefe del partido de los Barca en Kart-Hadtha y un gran amigo de Ajax, desde hacia muchos años.

Salieron de los vestuarios y dejaron hacer a los bañeros que se encargaban de bañar a los clientes, darles masajes y ponerles toda clase de ungüentos, como aceite de sésamo y esencia de flores, envolviéndolos luego en unas amplias toallas. Unas jovencitas solo cubiertas con un minúsculo taparrabos eran las encargadas de arreglarles los pies, las manos y la cabeza y, si lo deseaban, por medio *shiglu*, les proporcionaban toda clase de placer en unos reservados que había.

Alejo miró a su padre, pero este negó con la cabeza.

—Ahora no tenemos tiempo. Vamos a cenar algo y luego tenemos que acercarnos a la casa de Himilcón —le recordó su padre—. Esperaba haberle visto aquí, pero al no encontrarle tendremos que acercarnos a su casa. Es importante que sepa cuanto antes lo que me has contado.

En aquella misma calle se alternaban los baños y las tabernas, y en una de ellas padre e hijo entraron y buscaron un lugar apartado para cenar. Les sirvieron en una escudilla de barro sopa de pescado —donde flotaban suculentos bocados suavemente condimentados que tomaron con unas cucharas de marfil—, acompañada de unas tortitas calientes de trigo. Después les sirvieron unas codornices asadas rellenas de hierbas picadas y riñones guisados con picante, coles y puerros en salsa de vinagre. Todo ello acompañado de una garrafa de vino tinto servido en unas copas de cristal forradas en cuero oscuro. Desde luego el vino no se podía comparar con los vinos italianos que Ajax estaba acostumbrado a tomar, pero se dejaba beber. De postre les sirvieron harina remojada mezclada con queso fresco y miel. También aquí les ofrecieron pasar a unos reservados donde unas jovencísimas esclavas, por un módico precio, les podían proporcionar toda clase de placeres. Alejo miró a su padre con cara de súplica, pero este denegó con la cabeza.

—Cuando salgamos de casa de Himilcón puedes quedarte donde quieras, pero ahora es importante que le cuentes lo que has visto y oído —le dijo su padre mientras abandonaban la taberna.

Enseguida llegaron a la casa del jefe del partido Barca en La Balanza. Una hermosa casa de varios pisos que nada tenía que envidiar a los palacios existentes en la ciudad, rodeada de un hermoso jardín profusamente iluminado. Un criado les abrió la puerta y les hizo pasar a una sala decorada con unos hermosos mosaicos en el suelo, del tipo llamado *pavimentum punicum*, un tipo de suelo muy resistente, pulido y estético, fabricado con una argamasa de arena, cal, ceniza y arcilla a la que se incrustaban fragmentos policromos de cerámica, vidrio, piedras de colores y teselas de mármol. Muchas casas del lujoso barrio de Megara tenían pavimentos parecidos, siguiendo sin duda el modelo que tenía el suelo de la sala donde se reunía el Senado de la ciudad, desde luego mucho más lujoso. Unos hermosos frescos en las paredes completaban la rica estancia, que no tenía nada que envidiar al mejor de los palacios de la ciudad. No tardó en aparecer Himilcón, el jefe del partido de los Barca en Cartago, como la llamaban los romanos. Este era un hombre ya maduro, alto y de espaldas anchas, con abundante cabello, todavía negro, aunque ya iba tornándose del color de la plata en las sienes. Tenía una profunda mirada que penetraba a sus interlocutores. Himilcón y Ajax eran buenos amigos desde hacía bastantes años, por lo que la confianza era grande y mutua. El dueño de la casa los recibió con un fuerte abrazo.

—Supongo que este buen mozo es tu hijo. Hace mucho tiempo que no le veía, desde que era un niño —comentó Himilcón.

—Sí, efectivamente, es Alejo, mi hijo. Y no es extraño que no le hayas visto últimamente, pues ha estado de viaje y trae noticias importantes que es preciso que conozcas —contestó Ajax.

—Estupendo, pero antes de nada, decidme, ¿habéis cenado?

—Sí, ya lo hemos hecho.

—Bueno, pues no importa. Mi hija y yo estamos cenando y nos acompañaréis. Si os apetece tomar algo más, estupendo, y si no una buena copa de vino os vendrá muy bien.

—No, no queremos interrumpir vuestra cena. Podemos esperar aquí...

—De ninguna manera. Nos acompañaréis. No hay nada más que hablar.

Y cogiendo del brazo a los dos hombres se dirigieron al jardín, donde en una mesa había dispuesta una abundante cena. Una joven de cabellos cobrizos, recogidos en una coleta, que estaba sentada a ella, se puso en pie al ver llegar a los tres hombres.

—No sé si conocéis a mi hija Dido —dijo Himilcón—. Este es mi viejo amigo Ajax y su hijo... ¿Alejo has dicho que se llama...?

—Sí. ¡Alejo! —exclamó el joven, que no podía dejar de mirar a la joven, que le parecía de una belleza sin parangón. Esta llevaba una túnica ajustada que resaltaba sus formas, y en su rostro brillaban dos hermosos ojos que lucían como dos estrellas en una noche oscura. Una amplia sonrisa iluminaba su cara, de labios carnosos. El muchacho pensó que sería una delicia poder saborearlos.

Himilcón dio dos palmadas y un criado apareció presuroso.

—Trae dos copas para nuestros invitados —ordenó mientras les indicaba a estos dos sillas donde podían sentarse.

—¿Seguro que no os apetece cenar nada? —les preguntó.

—No, de verdad, gracias pero no. Acabamos de cenar en una de las tabernas que hay por esta zona y ha sido una cena abundante y muy buena. Hemos quedado más que satisfechos. Una copa de vino estará bien —le dijo Ajax mientras que su hijo no apartaba los ojos de la joven Dido. ¡Era realmente hermosa!

Himilcón y su hija ya estaban terminando la cena y mientras tanto hablaron de cosas insustanciales, pero terminada esta y mientras se lavaban las manos en unas jofainas, el anfitrión le preguntó al griego cuál era el motivo de su visita.

Ajax miró al criado que estaba retirando las escudillas, los platos y las fuentes, y el dueño de la casa comprendió.

—Déjanos una crátera de vino y retírate. Que no nos moleste nadie —le dijo al criado—. Los criados son de total confianza, pero es mejor asegurarse. Tú dirás —le dijo a Ajax una vez que el criado hubo desaparecido.

—Es mejor que te lo cuente Alejo. Acaba de llegar de Iberia, de Kart-Hadtha.

Himilcón posó sus ojos en el hijo de Ajax, esperando que este empezase a hablar. El joven carraspeó para aclararse la voz.

—¡Asdrúbal «el Bello» ha sido asesinado! —exclamó Alejo.

Himilcón se puso en pie de golpe y tiró la copa que había en la mesa.

—¿Pero qué dices? ¡Estás alucinando! —exclamó.

—¡No es ninguna alucinación! —exclamó el muchacho, y le relató lo mismo que le había dicho a su padre.

—¡Esto es una desgracia! —exclamó Himilcón después de que Alejo terminara su relato—. ¿Y quién lo asesinó? —preguntó.

—No lo sé y no me quedé a averiguarlo. Soltamos amarras y salimos del puerto antes de que la noticia corriese e impidiesen la salida de los barcos del puerto.

—Ya pasó lo mismo cuando murió Amílcar y los barcos quedaron retenidos en el puerto hasta que se aclaró la situación y Asdrúbal se hizo con el mando en Iberia —comentó Ajax.

Himilcón se mesó los cabellos.

—¡Esto es una verdadera desgracia! —repitió—. Y lo peor es que no ha dado tiempo a que las alianzas con los diferentes pueblos de Iberia se consoliden, y mucho me temo que muchos de esos pueblos no las respetarán.

Himilcón dio un sorbo a su copa de vino, que había vuelto a llenar, y rellenó las de sus invitados.

—¿Y quién conoce esta noticia? —le preguntó a Alejo.

—¡Nadie! —contestó el joven—. Mandé soltar amarras y abandonar el puerto sin dar ninguna explicación.

—¿Y solo tú escuchaste lo de la muerte de Asdrúbal?

—Sí, solo yo... Bueno, a mi lado había dos tripulantes de cubierta, pero no sé si llegaron a escuchar lo que dijo el soldado. Desde luego, si lo oyeron a mí no me hicieron ningún comentario y yo desde luego nada les comenté. ¿Por qué lo dices?

—Hace un momento me han informado de que Hannón «el Grande» está recogiendo firmas de los senadores para convocar mañana una reunión extraordinaria del Senado de Kart-Hadtha, algo por lo demás nada frecuente. ¿Una coincidencia? Yo no creo en las casualidades. Me temo que uno de esos marineros de cubierta que te acompañaban pudo oír, igual que tú, lo que dijo el soldado y que sea un confidente del grupo de Hannón.

—¿Y qué podemos hacer? —preguntó Ajax.

—¡Vosotros nada! ¡Ya habéis hecho bastante! Yo por mi parte voy a convocar para mañana una reunión de los senadores de la facción de los Barca para ponerles al tanto de lo que me habéis contado y ver qué postura tomamos.

Himilcón dio dos fuertes palmadas y cuando apareció un criado le dijo que le trajese un papiro, tinta y un cálamo para escribir.

—Padre, mañana me ibas a acompañar al gran mercado para ver unas cuantas cosas —le dijo Dido.

—Lo siento, hija, pero esto es más urgente. El mercado lo podemos dejar para otro día.

—Es que lo que quería ver lo necesito ya.

—Perdonadme, pero si queréis yo puedo acompañaros al mercado —le dijo Alejo.

La muchacha se quedó dudando mientras miraba a su padre.

—¡Me parece una excelente idea! —exclamó Himilcón—. Seguro que Alejo es mejor compañía que yo. Ya sabes que no me gustan esos sitios.

—¡Yo estaré encantado de acompañaros! —exclamó Alejo.

—¿Seguro que no os importa? —le preguntó la joven.

—En absoluto. Para mí será todo un placer. Además, hace una eternidad que no visito el mercado de Kart-Hadtha y seguro que veré algo que me pueda interesar y vos me podéis aconsejar.

—Bueno, se nos ha hecho tarde y tú tienes mucho que hacer —comentó Ajax dirigiéndose a Himilcón y poniéndose en pie.

—Mañana a media mañana paso a recogeros para ir al mercado —le dijo Alejo a la muchacha, y esta le mostró la mejor de sus sonrisas. Su padre se limitó a despedirse con la mano, pues estaba enfrascado en redactar la convocatoria con un cálamo en el papiro.

III

Un grupo de guerreros vettones cabalgaba de regreso a su ciudad, Salmántica, envueltos en la capa que llevaban sobre el *sagun*, su vestido de lana tradicional. Habían servido de escolta a los pastores que conducían un rebaño de cerdos que habían vendido a varios pueblos amigos del norte, como eran los astures y los cántabros. Los vettones, establecidos en la Meseta Central, eran fundamentalmente un pueblo ganadero, aunque también cultivaban grandes extensiones de cereales al norte de su ciudad, si bien en menor medida. Practicaban una economía colectiva, de manera que todo lo que obtenían pertenecía a la totalidad del pueblo, cuyo caudillo, asesorado por los más ancianos, repartía de forma equitativa. Un grupo de guerreros, dirigidos por el hijo de su caudillo, se encargaba de proteger sus tierras, sus ganados y sus caravanas comerciales para llevar sus excedentes de ganado y también de cereales, aunque en menor medida, a los pueblos vecinos que los solicitaban. También recibían la visita de mercaderes del sur, de la confederación tartésica antes y ahora de griegos y cartagineses que, a cambio de sus productos agrícolas y ganaderos, les traían vasijas, cerámicas y abalorios, así como telas de vistosos colores que transportaban de lugares muy lejanos. Últimamente los que más acudían eran los comerciantes cartagineses, y veían con recelo cómo este pueblo se iba apropiando, mediante pactos o por la fuerza, de los territorios vecinos del sur.

Un grupo bastante numeroso de vettones se había establecido a orillas del río Salamati, afluente del Durius, aprovechando un pequeño vado en el río, sobre un cerro elevado que ya había sido ocupado con anterioridad y fácilmente defendible debido a su altura y verticalidad, por lo que solo habían tenido que levantar una pequeña muralla en la parte norte del poblado, que era la más vulnerable. Vivían en unas pequeñas cabañas circulares de adobe con techo de ramas, sin más muebles que unos toscos bancos corridos, también de adobe, adosados a la pared de la cabaña, donde se sentaban durante el día y que les servían de lecho por la noche, con una abertura en el techo de la cabaña para que saliese el humo del fuego que, en el centro de la cabaña, les servía para cocinar y calentarse. Les gustaba adornarse con amuletos, broches y abalorios que intercambiaban con los mercaderes que llegaban del sur, siguiendo una ruta que comunicaba el norte de la Península con el sur y que era la más utilizada por los mercaderes. La vida para ellos tenía muy poco valor, por lo que no dudaban en arriesgarla. Los guerreros de la Meseta en general y los vettones en particular eran admirados y deseados por todos los pueblos vecinos, y muy apreciados por su valor y destreza en el uso de las armas, por lo que en muchas ocasiones eran contratados como soldados mercenarios por los pueblos iberos del sur.

Con la mejora en los instrumentos de labranza debido a la incorporación del bronce y del hierro pudieron poner en cultivo nuevas tierras y, poco a poco, su población fue aumentando, quedándose pequeño el castro que habitaban, por lo que comenzaron a instalarse en un segundo cerro, al este del primero, con unas características similares al que habitaban y separado del primero tan solo por un pequeño barranco que formaba un regato que, procedente del norte, iba a desembocar en el río Salamati, formando una vaguada que les servía para recoger el ganado de la ciudad. Este segundo cerro, mucho más grande que el anterior, también fue amurallado y permitió que gran parte de la población se instalase en él, de manera que Salmántica, la Salmantike que llamaban los griegos, se convirtió en uno de los núcleos poblados más importantes de la zona. Llamarlo ciudad quizá resultase excesivo.

Este grupo de guerreros que regresaba a su poblado, a orillas del río Salamati, era conducido por Albano, el hijo de su caudillo, Cedrick, ya bastante mayor y que tenía problemas de movilidad, debido a las secuelas que le habían dejado las múltiples heridas de guerra que había sufrido. Sin embargo era muy respetado y apreciado por su experiencia y sabiduría. Todo el mundo daba por hecho que a su muerte le sustituiría su hijo Albano, un joven de unos veinticinco años, de piel muy blanca, con una larga cabellera negra recogida en una coleta. Era de complexión fuerte y de altura considerable y tenía una gran agilidad y destreza con la espada recta de antenas, la espada típica que utilizaban estos pueblos y que era lo más valioso que tenía un guerrero. Eran enormemente elásticas por el hierro extremadamente puro con el que estaban forjadas y por su labrado en frío sobre dos láminas superpuestas de metal que los herreros iban trabajando en la fragua, a base de pequeños martillazos que iban endureciendo las caras, si bien el núcleo interior se mantenía blando y elástico.

¿Todo el mundo estaba convencido de que a Cedrick le sustituiría su hijo Albano? No, todo el mundo no era de la misma opinión. Había un pequeño grupo de familias, encabezadas por uno de sus guerreros, Elburo, que no veía con buenos ojos que el hijo de Cedrick sustituyera a su padre como caudillo de la ciudad. Consideraban que Albano no había hecho suficientes méritos para ser caudillo y que debían ser todos los pobladores de la ciudad los que eligiesen al nuevo caudillo. Pero de momento este grupo no tenía demasiados seguidores y el apoyo a su líder, Cedrick, y a su hijo Albano era mayoritario, lo que hacía que a estos no les preocupase demasiado la oposición de Elburo y sus seguidores. Este, además, tenía un carácter un tanto difícil pues, aprovechándose de su enorme envergadura, era un tanto díscolo y pendenciero y no eran pocos los habitantes de la ciudad que habían sufrido en sus carnes los golpes y a veces hasta las graves heridas que Elburo les había ocasionado, lo que hacía que la mayoría de la población no le viese con buenos ojos.

Pero, además, había otra cuestión que no era menos importante en las diferencias que tenían Elburo y Albano. Se trataba de Alda, «la más bella»; eso significaba su nombre y realmente hacía honor a él, pues era una joven de unos dieciséis años, muy morena, con un largo cabello de color azabache y un cuerpo de formas voluptuosas que hacía que todos los hombres de la ciudad se volviesen a mirarla cuando se cruzaban con ella. Unos ojos enormes de color castaño iluminaban un rostro en el que destacaban unos labios carnosos que siempre dibujaban una sonrisa. Tanto Albano como Elburo la pretendían, pero ella, de momento, no se decantaba por ninguno de ellos.

Una vez en la ciudad, Albano se acercó a la cabaña que ocupaba su padre para informarle de que todo había salido bien y que habían realizado una venta a muy buen precio. Sin embargo notó a su padre ausente, como si no le preocupase cómo había resultado la venta del ganado.

—Padre, ¿ocurre algo? Pareces preocupado —le dijo.

—Hemos recibido la visita de unos mercaderes del sur.

—Sí, ya me lo he imaginado. He visto, según venía hacia aquí, a unas cuantas mujeres enseñándose una serie de abalorios y cerámicas muy vistosas, y he supuesto que durante el tiempo que he estado fuera habíais tenido la visita de mercaderes. Pero no entiendo por qué estáis preocupado por la visita de esos mercaderes. Son gente pacífica...

—Los mercaderes no me preocupan. No se meten con nadie y respetan a todo el mundo...

—¿Entonces qué es lo que os preocupa? —preguntó Albano a su padre.

—¡Las noticias que nos han traído! Al parecer ha muerto asesinado el comandante en jefe del ejército cartaginés...

—¿Asdrúbal Jarto «el Bello»?

—Efectivamente, ¡Asdrúbal Jarto!

—¿Y cómo ha ocurrido?

—Parece ser que un esclavo del rey Tagus, que había sido ajusticiado por Asdrúbal por no respetar los tratados de paz, vengó la muerte de su amo asesinándole.

Padre e hijo permanecieron un momento en silencio. Cedrick le pidió a uno de sus hombres encargados de ayudarle y de su seguridad que le trajese dos cuernos de cerveza.

—¿Estás seguro de que te sentará bien? —le preguntó su hijo.

—A estas alturas de mi vida ya me da igual cómo me vaya a sentar. Lo que quiero es disfrutar de ella.

Albano asintió con la cabeza. Después de todo su padre tenía razón. Ya no podía vivir demasiado y ahora lo que tenía que hacer era disfrutar lo que pudiese, antes de que los dioses se lo llevasen a las praderas celestiales.

—¿Y qué va a pasar ahora? —preguntó a su padre.

—¿Por la muerte de Asdrúbal Jarto? —preguntó Cedrick a su vez a su hijo. Este asintió con la cabeza—. Pues... ¡no lo sé! —contestó—. Todo dependerá de quién ocupe su lugar.

Albano siguió mirando fijamente a su padre, esperando que este se explicase mejor.

—Cuando Amílcar Barca desembarcó en Iberia, sometió a los pueblos del sur, a los que formaban la confederación tartésica, a sangre y fuego. Todos aquellos que no aceptaron su dominio fueron sometidos a la fuerza, sus hombres y mujeres esclavizados, y les fueron arrebatadas sus riquezas, quedando desde aquel momento sometidos a los cartagineses, obligados a pagarles un tributo. Sus guerreros, si no querían ser esclavizados, estaban obligados a formar parte de su ejército.

Cedrick hizo una pausa para dar un buen sorbo a su cuerno de cerveza y prosiguió:

—A su muerte le sucedió su yerno, Asdrúbal Jarto. Este inició su gobierno atacando a los carpetanos, responsables directos de la muerte de su suegro, tomando un buen número de sus ciudades, cogiendo prisioneros a sus guerreros y sacrificándolos a sus dioses, para aplacar la ira de estos. Pero una vez que se cobró la venganza por la muerte de Amílcar, prefirió negociar pactos con los pueblos vecinos. Solamente utilizó la fuerza contra aquellos que se negaron ostensiblemente a negociar con él.

—¡Prefirió una política diplomática a la guerra! —exclamó Albano, interrumpiendo a su padre.

—Exacto. Prefería negociar que guerrear. Pero no te engañes, no le temblaba la mano cuando tenía que empuñar la espada contra aquellos que no querían hacerlo. Prueba de ello fue la derrota que le infligió al rey celtíbero Tagus y su ajusticiamiento posterior. No contaba con el juramento que había hecho el esclavo de este, Sodalis, de vengar la muerte de su amo.

—Te repito la pregunta, padre, pues empiezas a desvariar y no la contestas. ¿Y ahora qué va a pasar?

—Es una prerrogativa que nos podemos permitir los ancianos, desvariar. Pero es que ya he contestado a tu pregunta. Dependerá de quién sea el sucesor de Asdrúbal Jarto «el Bello». Si es de las características de Amílcar, habrá guerra en buena parte de Iberia. Si el sucesor es de las características de Asdrúbal, intentará pactar y renegociar los pactos que habían hecho. Pero me temo que de cualquier manera habrá guerra, sea quien sea el que le suceda.

—¡No entiendo, padre! —exclamó Albano.

—No ha pasado el tiempo suficiente para que los pactos que estableció Asdrúbal con los pueblos vecinos se consoliden. Probablemente estos pueblos romperán esos pactos y entonces al sucesor de Asdrúbal, sea el que sea, no le quedará más remedio que emprender la guerra contra ellos. Sea quien sea el que suceda al general cartaginés habrá guerra.

Un guerrero entró en la cabaña del líder del poblado y le interrumpió.

—Señor, Elburo, acompañado de varios hombres del poblado, quiere veros.

Padre e hijo se miraron extrañados, pues les sorprendía la visita de Elburo acompañado de varios hombres del poblado.

—Bueno, pues hazlos pasar —le dijo al guerrero.

Albano hizo intención de incorporarse para marcharse.

—¡Quédate! —le ordenó su padre.

Elburo, acompañado de varios hombres del poblado, escoltados por guerreros que formaban la escolta de Cedrick, entró en la cabaña. Previamente, los hombres del poblado habían sido registrados y obligados a dejar sus armas a la entrada de esta.

—¡Que los dioses estén con vosotros! —exclamó Elburo.

—¡Espero que también os acompañen a vosotros! —respondió Cedrick—. ¿A qué debemos vuestra visita? —les preguntó.

—Supongo que ya conocéis la noticia, pues corre de boca en boca por todo el poblado.

—Por el poblado corren toda clase de noticias. Unas son ciertas y otras no. ¿A qué noticia os referís? —preguntó Cedrick.

—A la que han traído los mercaderes griegos que vinieron.

—¿Os referís a la muerte del general cartaginés?

—Sí, a esa noticia me refiero.

—Pues sí, ya la conocemos, pero no creo que eso sea de nuestra incumbencia. Eso es algo que atañe únicamente a los cartagineses.

—Te equivocas. ¡Nos atañe a todos! —exclamó Elburo, que era el único de los visitantes que hablaba, limitándose los demás a asentir con la cabeza a todo lo que decía.

—Pues no veo en qué nos puede atañer a nosotros la muerte del caudillo cartaginés y quién pueda ser el que le suceda.

—La edad hace que ya no veas con claridad las cosas y permanezcas al margen de ellas —contestó Elburo.

Albano, el hijo de Cedrick, fue a levantarse como movido por un resorte, pero su padre lo detuvo reteniéndole por el brazo.

—¡Eso es un insulto y no estoy dispuesto a permitir que nadie insulte a mi padre y menos en su casa! —exclamó Albano.

—No era mi intención insultar a nadie —respondió Elburo.

—¿Entonces qué es lo que pretendías? ¿Según tú qué es lo que debemos hacer? —preguntó Cedrick.

—Pues atacar a los vacceos, con los que siempre hemos estado enfrentados y a los que su pacto con los cartagineses hacía intocables.

—Los vacceos son vecinos nuestros. Y sí, hemos tenido en ocasiones diferencias con ellos que nos han llevado a enfrentarnos. Pero ellos no se han aprovechado del tratado que tenían firmado con los cartagineses para atacarnos. Ahora nos llevamos bien. Nos han respetado durante ese tiempo. No veo la razón para acabar con esa paz y entrar en guerra con ellos.

—Es el momento de doblegarlos, conseguir sus cereales y obtener prisioneros —exclamó Elburo.

—No necesitamos sus cereales ni conseguir prisioneros y para nada queremos doblegarlos. Estamos en paz con ellos y así debe seguir. No haremos nada que pueda romper esa paz y no permitiré que nada ni nadie lo haga. Y ahora, si no tenéis nada más que decirme, quiero seguir hablando con mi hijo.

Los guardias, que habían permanecido a ambos lados de su caudillo, se acercaron a Elburo y a sus acompañantes, invitándoles a que abandonasen la cabaña. Este fue a protestar, pero la enérgica decisión de los guardias interponiéndose entre ellos y el caudillo Cedrick le hizo desistir y no tuvieron más remedio que abandonar la cabaña.

—Creo que habrá que tener vigilado a Elburo y a sus acompañantes, pues me temo que empezarán a soliviantar a los guerreros intentando convencerles de que debemos atacar a nuestros vecinos vacceos —le dijo Cedrick a su hijo.

—Sí, por eso no te preocupes, ya me encargo yo de tenerlos vigilados e impedir que solivianten a los guerreros —le contestó Albano—. De todas formas yo no me preocuparía mucho. Todo el mundo conoce a Elburo y son solo cuatro los que le siguen. Los mismos que han venido a acompañarle. El resto de guerreros no le apoyan y no tienen en cuenta sus baladronadas.

—Sí, lo sé, pero en tiempos de revueltas y cambios como los que nos ha tocado vivir, los que no están contentos con su suerte y son incapaces de cambiarla por ellos mismos se dejan influir por cualquier idea por descabellada que sea, sin ver las consecuencias que puedan acarrear. Es mejor que no nos confiemos y tengamos vigilados a Elburo y a sus partidarios, por pocos que sean.

—No te preocupes. Ya me encargo yo de hacerlo —contestó Albano. Y, dando un sorbo a su cuerno de cerveza, se puso en pie—. Ahora tengo que irme.

—¿Has quedado con alguien? —le preguntó su padre con una sonrisa pícara—. Aunque algunos dicen que ya somos muchos y formamos una de las ciudades más importantes de la zona, seguimos siendo un poblado, las noticias vuelan, y todo el mundo conoce la vida y las andanzas de todo el mundo.

—¿A qué te refieres, padre? —preguntó Albano con la misma sonrisa pícara que su padre había puesto.

—Me refiero a esa preciosidad de chiquilla que te ha entrado por los ojos y que me temo que, como te descuides, te va a entrar hasta el corazón. Alda creo que se llama.

—Padre, que termines de pasar bien el día y que los dioses te sean propicios —le dijo Albano a su padre sin dejar de sonreír, y abandonó la cabaña.

—¡No descuidéis la vigilancia! —les dijo a los guerreros que hacían guardia a la puerta de la cabaña.

—Si lo dices por Elburo, no te preocupes. No dejaremos siquiera que se acerque a ella. —le contestó el jefe de los guardias.

—Cuando termines tu turno de vigilancia búscame, quiero hablar contigo —le dijo Albano mientras le daba una palmadita en el hombro.

—Descuida, eso haré.

IV

El sol ya se ocultaba en el Campo de Marte en la ciudad de Roma, haciendo que las columnas del templo de Belona fuesen aumentando las sombras que proyectaban. Aulus Gelius y un par de amigos habían pasado la tarde allí, ejercitándose con unos palos que hacían las veces de espadas y haciendo ejercicio. Tenían dieciséis años y en menos de un par de años esperaban poder ingresar en la legión, su mayor deseo. Eran jóvenes, pletóricos de energía, pero sus familias no eran de origen patricio y no tenían antepasados cuyas imágenes decorasen el *impluvium* de sus casas, por lo que no formaban parte de la aristocracia de la República, como los Valerios, Flavios, Cornelios o Escipinones, etc., es decir, de las *gens* mayores. Por lo tanto les resultaría muy difícil, casi imposible, realizar el *cursus honorum* que permitía llegar a ejercer los principales cargos de la República, como eran los de cuestor, edil, pretor, cónsul, censor o, en último extremo, dictador, para terminar como senadores de la República. Sin embargo, sí tenían el suficiente dinero para aspirar a ser équites o caballeros, formando parte de la caballería de la legión. A eso es a lo que aspiraban y para eso se entrenaban todas las tardes en el Campo de Marte. Aulus Gelius era el que en principio tenía más probabilidades de conseguirlo y el que parecía estar en mejor forma física. De buena estatura y complexión atlética, tenía un cabello muy moreno y ensortijado y una mirada profunda con la que parecía examinar todo lo que veía.

Aquella tarde en la que el sol ya se ocultaba habían decidido acercarse al barrio de la Subura, y es que se había producido en ese barrio un descomunal incendio que había ocasionado decenas y decenas de muertos y otros tantos desaparecidos y aquel día la Subura era el centro de todas las conversaciones de la ciudad. Los tres amigos tenían curiosidad por ver el desastre acaecido, a pesar de lo peligroso que resultaba adentrarse en el barrio. Los tres jóvenes abandonaron el Campo de Marte por la puerta Fontus, llegando hasta el Foro, que dejaron atrás, y se encaminaron hacia el nordeste, dejando a su izquierda el barrio del Argiletum. Luego giraron hacia la derecha y se encaminaron hacia el barrio de la Subura. La Subura era un barrio situado en el valle entre los montes Viminal y Esquilino, una brecha que se abría hacia el nordeste entre las elevaciones de las colinas y que fue aprovechada desde época muy temprana por los romanos más humildes para construir sus casas. Una Roma muy diferente a la que estaban acostumbrados a ver los tres jóvenes, en las que los senadores y los caballeros en raras ocasiones ponían sus pies. Miraban a su alrededor y ya no veían togas con franjas púrpuras ni literas llevadas por esclavos. Habían dejado atrás la Roma aristocrática, el mundo de los senadores y generales victoriosos, y ahora se veían rodeados de gentes que vestían con humildes túnicas raídas y se cubrían con mantos de lana basta y sucia. Los edificios públicos, tanto civiles como religiosos, habían dejado paso a casas pequeñas construidas con materiales muy pobres, pegadas unas a otras formando una enmarañada red, o a construcciones más altas, de hasta cinco o seis pisos, las llamadas *insulae*, casas de apartamentos humildes construidas de forma caótica, muy juntas unas de las otras, creando entre ellas una imbricada red de callejones y callejas propensas a los incendios por los materiales con las que estaban construidas, como el que había tenido lugar hacía un par de días. Aquello era la Subura, que se había convertido en uno de los barrios más populosos de Roma. La densidad de población era allí muy superior a la de los distritos aristocráticos, ya que las grandes *insulae* daban cobijo a decenas de familias que se hacinaban en sus pequeños apartamentos, que en algunos casos no eran más que un par de habitaciones oscuras y mal ventiladas. Un lugar ruidoso, sucio, lleno de gente a cualquier hora del día o la noche. Un espacio en el que los comerciantes invadían las calles con sus puestos, las prostitutas ofrecían sus servicios en tabernas o soportales y los rateros campaban a sus anchas, dispuestos a despojar de su bolsa al paseante incauto. La Subura era, en efecto, la Roma de las tabernas y los prostíbulos, de los talleres humildes y los comercios baratos. Era la Roma de los más pobres, hombres y mujeres que arrancaban a la jornada un pedazo de pan y un puñado de legumbres para ponerlo en el plato frente a sus hijos. Pese a todo ello, era sin duda un lugar lleno de vida, en el que el descanso era poco menos que imposible. Por el día, los comerciantes anunciaban a gritos sus productos, los clientes regateaban, unos y otros discutían, los niños chillaban y los animales, que compartían cada espacio con los humanos, ladraban, bramaban y mugían. Por las noches el panorama no mejoraba, ya que muchos transportistas aprovechaban la menor afluencia de gente en las calles para mover sus carros, cargar y descargar sus productos. Todo ello en medio de gritos, amenazas y blasfemias contra los dioses. Los borrachos entraban y salían de las tabernas, en busca de vino barato y sexo de pago, cantando o dando alaridos. ¡Eso era la vida en la Subura! Pero sobre todo era uno de los barrios más peligrosos de Roma, en el que nadie se atrevía a aventurarse por sus calles sin hacerse acompañar de una escolta de esclavos armados con buenas porras. Un lugar en el que, en ausencia de los triunviros, la policía que vigilaba el orden, se imponía la ley del más fuerte. Adentrarse en las callejas de la Subura tras la puesta de sol, para aquellos que no estuviesen acostumbrados a ella, era el camino más seguro para perder la virtud, la bolsa, e incluso la vida.

Aulus Gelius conocía perfectamente este barrio, pues no en vano había nacido y vivido en él los primeros quince años de su existencia. Sus padres se ganaban la vida como buenamente podían en la Subura, hasta que un golpe de suerte le propició a su padre una buena suma de dinero, que no malgastó y que invirtió en una serie de negocios de compraventa de mercancías, que le proporcionaron suculentos beneficios y que, arriesgándose, volvió a invertir. Era la cabeza visible de una serie de negocios en los que participaban una serie de senadores que, por su condición aristocrática, no podían hacerse visibles, so pena de perder su prestigio y su condición. El padre de Aulus Gelius no tenía ese problema; nunca formaría parte de esa aristocracia, pero sí podía enriquecerse y mejorar sus condiciones de vida y las de su familia. Y no desaprovechó la oportunidad que se le brindaba, por lo que pudieron abandonar el miserable apartamento en el que vivían para instalarse en la colina del Palatino, donde buena parte de los patricios tenían su residencia urbana. Su padre compró la casa de un viejo senador que había fallecido, pagando un buen precio por ella, y abandonando de esa manera el peligroso barrio de la Subura. Mas Aulus Gelius, que se había criado allí y se movía en él como pez en el agua, no dejó de frecuentarlo, por eso no dudó en proponer a sus nuevos amigos realizar una visita al barrio y ver cómo había quedado tras el incendio que había arrasado varias *insulae* y causado un buen número de muertos. Sus nuevos amigos no eran desconocedores del peligro que suponía visitar la Subura, sobre todo después de la puesta del sol, pero podía más la curiosidad por ver lo que se contaba que había ocurrido y conocer aquel barrio del que todo el mundo hablaba, pero que ellos no conocían por el miedo a adentrarse en él. Pero su juventud e inconsciencia hacía olvidar cualquier precaución o temor. Eso y la confianza que tenían en Aulus Gelius, que les aseguró que yendo con él no corrían ningún peligro.

Cuando penetraron en el barrio, a los amigos de Aulus Gelius les pareció haberse trasladado a otro mundo, un mundo caótico y desenfrenado, donde las miradas que se cernían sobre ellos no auguraban nada bueno, y lamentaron haber decidido acompañar a su amigo a la Subura. Tenían miedo e inconscientemente se acercaron más a su compañero, aferrándose a los palos que llevaban y que les habían servido de espadas mientras practicaban en el Campo de Marte, en tanto miraban todo aquello que ocurría a su alrededor con ojos desorbitados. Iban por una calle ancha atestada de gente de toda clase, cada cual peor vestido, que los miraban extrañados, cuando de un callejón oyeron voces y gritos. Aulus Gelius se detuvo y se aproximó al callejón, donde cuatro individuos mal encarados y peor vestidos tenían acorralado a un joven que, con un palo, intentaba mantenerlos a raya. Era evidente que el joven no pertenecía al barrio, pues llevaba una costosa túnica y calzaba unas hermosas sandalias de las que no se veían por aquella zona.

—¡Cuatro contra uno! ¡Eso no está nada bien! Vamos a seguir ejercitándonos, pero ahora de verdad —gritó Aulus Gelius.

Y enarbolando su palo se lanzó contra los cuatro individuos gritando. Sus amigos hicieron otro tanto, más por miedo a quedarse solos a la entrada del callejón que porque les apeteciera. Los cuatro individuos que tenían acorralado al joven, sorprendidos por la irrupción de aquella fuerza desatada contra ellos, no fueron capaces de reaccionar. El primero de ellos recibió en la cabeza el golpe que le había lanzado Aulus Gelius y quedó allí tendido. Un segundo atacante, el que estaba más cerca del joven acorralado, tampoco fue capaz de reaccionar: recibió de este también un fuerte golpe en la cabeza y se desplomó sobre el suelo, lleno de barro y suciedad. Los otros dos atacantes no esperaron a que llegasen junto a ellos los otros dos jóvenes que, blandiendo sus palos, corrían hacia ellos también gritando como diablos enfurecidos, y emprendieron una carrera huyendo callejón adelante.

Aulus Gelius detuvo a sus dos amigos, que pretendían seguir a los individuos que huían y, agarrando del brazo al joven al que habían socorrido, tiró de él.

—Vámonos antes de que recobren el conocimiento esos dos y sus amigos regresen con un buen número de compinches —comentó Aulus Gelius, abriéndose paso entre los curiosos que se habían apostado a la entrada del callejón.

Caminando deprisa se dirigieron hacia la salida del barrio, desandando el camino que poco antes habían recorrido.

—¡Gracias! —acertó a decir el joven al que habían salvado, por lo menos, de una brutal paliza, mientras seguía a duras penas a Aulus Gelius.

—Luego me las das, ahora hay que salir cuanto antes del barrio —le dijo mientras miraba hacia atrás, echando una ojeada para ver si alguien los seguía.

Pero los únicos que iban detrás eran sus dos compañeros, que a duras penas podían seguir el ritmo impuesto por su amigo. Cuando llegaron al cruce de la vía Tirgulina con la vía Collatina giraron a la derecha y aflojaron el paso. Estaban llegando a la vía Nomentana, que los conducía directamente al Foro que ya divisaban. Ya no había peligro, habían abandonado la Subura y los delincuentes que pululaban por allí. Estos tenían el barrio como lugar de sus fechorías y no se atrevían a salir de él por miedo a ser interceptados por los triunviros que durante la noche patrullaban por la ciudad, principalmente por la zona noble de la misma.

—Bueno, creo que ya podemos parar y descansar un rato —dijo Aulus Gelius, y se detuvo para coger aire. Los tres jóvenes que le seguían apenas si tenían resuello y tardaron unos minutos en poder articular palabra.

—¡Gracias! —repitió el joven al que habían salvado de los desaprensivos que le rodeaban—. Soy Escipión Emiliano y estoy muy agradecido a los dioses que os han puesto en mi camino, porque creo que me habéis salvado la vida.

—No creo que los dioses hayan tenido nada que ver en esto. Más bien la casualidad. Y no sé si te hemos salvado la vida, pero lo que sí es seguro es que te hemos librado de una buena paliza —contestó Aulus Gelius—. Lo que no entiendo es qué hacía solo un joven de tu posición, al anochecer, en un barrio como la Subura. ¿Acaso es que desconocías lo peligroso que es este barrio?

—No, lo sé perfectamente, pero no venía solo. Me acompañaban tres amigos. Bueno, al menos eso creía yo que eran, y veníamos preparados —y enseñó el robusto palo que llevaba—. Pero cuando aparecieron esos cuatro, mis «amigos» —y recalcó lo de «amigos»— salieron corriendo sin esperar a más y me abandonaron.

—Pues ya los puedes tachar del grupo de tus amigos —comentó Aulus Gelius—. Has dicho que te llamas Escipión. ¿Tienes algo que ver con el general Publio Cornelio Escipión?

—¡Es mi padre!

Aulus Gelius miró a sus amigos que, con los ojos muy abiertos, no daban crédito a lo que acababan de oír.

—Nos has dejado impresionados. Perteneces a una de las familias más aristocráticas de Roma: a la de los Cornelio Escipiones.

—Bueno, no es para tanto.

—Desde luego tú no tendrás problemas para realizar el *cursus honorum* y llegarás a lo más alto.

—Pues ya veis. Si lo logro será gracias a vosotros, pues dudo mucho que sin vuestra intervención hubiese salido con vida de aquel callejón de la Subura.

Aulus Gelius y sus amigos se encogieron de hombros. No sabían qué decir.

—¿Y vosotros qué hacíais en la Subura? —preguntó el joven Escipión Emiliano.

—Habíamos terminado de entrenarnos en el Campo de Marte y teníamos curiosidad por ver cómo había quedado el barrio tras el incendio.

—¿Vais todas las tardes a entrenaros al Campo de Marte? —preguntó Escipión Emiliano.

—Sí —contestaron al unísono los tres amigos.

—¿Puedo acompañaros?

—Por supuesto que sí. Para nosotros será un gran honor que nos acompañes —contestó Aulus Gelius.

Sin más palabras, Escipión Emiliano se despidió de los tres jóvenes, que se quedaron mirando sin decir nada cómo el joven se iba alejando.

—¿Creéis que vendrá con nosotros al Campo de Marte? —preguntó uno de los jóvenes a sus amigos.

—No, pienso que no. Sus palabras de hoy han sido fruto del agradecimiento por haberle librado de aquellos cuatro matones, pero mañana se le habrá olvidado. La aristocracia no se junta con el resto de los mortales y Escipión Emiliano pertenece a lo más selecto de ella.

Mas Aulus Gelius se equivocó. Al día siguiente por la tarde, cuando llegaron al Campo de Marte, ya estaba allí el joven Cornelio Escipión esperándoles y haciendo ejercicio, lo que no dejó de sorprender a los jóvenes. Pero se libraron muy mucho de decir nada y lamentaron haber dudado de la palabra del joven Escipión. Pronto comprobaron que este se encontraba en una gran forma física. Desde luego no se pasaba el día tumbado en el *triclinium* de la espléndida mansión en la que habitaba. Y sobre todo con la espada de madera con la que entrenaban era sumamente diestro, mucho más que los dos amigos de Aulus Gelius. No ocurría lo mismo con respecto a este, que también se manejaba perfectamente con ella. Todas las tardes los cuatro jóvenes entrenaban en el Campo de Marte, y entre ellos fue surgiendo y afianzándose una buena amistad, sobre todo entre Escipión y Aulus Gelius. Pero no solo se limitaron a ejercitarse físicamente y en el combate con la espada de madera. El joven Escipión era un enamorado de la cultura griega, debatiéndose entre el tradicionalismo romano, del que era partidario Aulus Gelius, y la influencia helenística, siendo esto motivo de innumerables controversias entre los dos jóvenes. Escipión había entablado amistad con el historiador Polibio, cuando este fue trasladado a Roma junto a otros exiliados aqueos, ofreciéndole su patrocinio y la protección de su poderosa familia y entablándose entre ellos una gran amistad. De Polibio aprendió mucha literatura griega y la refinada cultura helenística, pero sin olvidar las virtudes romanas que habían hecho de la república romana la gran potencia que era, virtudes en las que coincidía con las ideas de Aulus Gelius. Los dos jóvenes fueron afianzando su amistad a medida que el tiempo iba pasando y que la situación política en el Mediterráneo se iba volviendo más complicada y peligrosa.

V

Cuando Ajax y su hijo Alejo salieron de la casa de Himilcón, el joven se despidió de su padre. Tenía otras necesidades que satisfacer y ahora ya no había motivo para no hacerlo.

—¡Nos vemos en casa! —le dijo Alejo a su padre.

—Hijo, cuida mañana a la hija de Himilcón. Es un buen amigo desde hace un montón de años y por nada del mundo querría que le ocurriese nada a la muchacha, y menos estando bajo tu responsabilidad. ¿Me entiendes, verdad? Además, el mercado puede ser un lugar peligroso. Ten cuidado.

Alejo sonrió.

—Descuida, Dido estará en buenas manos. Nada le ocurrirá —y alzando la mano se despidió de su padre.

Este se quedó viendo cómo su hijo se alejaba; era un gran muchacho, responsable, trabajador y muy despierto, pero tenía una debilidad: las mujeres. Era todo un conquistador y Ajax, después de haber visto la hermosura de la hija de Himilcón, estaba seguro de que su hijo no permanecería indiferente. De ahí su advertencia. No quería que de ninguna manera pudiese hacerle daño a la muchacha, lo que a buen seguro enturbiaría la relación con su amigo Himilcón. En fin, se mantendría alerta para impedir que su hijo desplegase todas sus dotes de seducción con la chica. Aunque ya era tarde, el gentío en la ciudad apenas si había disminuido y sus calles más céntricas seguían abarrotadas de gentes de lo más variopintas. No le apetecía irse a su casa pero tampoco deambular por la ciudad, por lo que decidió acercarse hasta la tienda de Anthousa en la puerta de Tynes, donde se encontraba el mercado más grande de la ciudad, que a pesar de la hora seguía muy animado. Anthousa era una mujer de origen griego, de mediana edad, todavía hermosa, de cabellos negros que, si no blanqueaban, era porque ella se los teñía con alguno de los muchos colorantes que tenía en su tienda, en la que además de tintes, tenía toda clase de ungüentos para el cuerpo y perfumes de lo más variados, que alguno de los barcos de Ajax traían de Oriente. La tienda estaba bien surtida de todos aquellos productos que se utilizaban como cosméticos: albayalde, que mezclado con cola de pescado rellenaba las arrugas del rostro; harina de habas, para untar los pechos y el vientre, proporcionando a la piel una tersa tirantez; frascos de antimonio que daban brillo a los ojos; *dropax*, pasta depilatoria compuesta de vinagre y tierra de Chipre; disolución de azafrán y goma de Arabia, con polvo de oro para teñir la cabellera. Las estanterías de la tienda estaban repletas de frascos y cajas que contenían esencias egipcias y hebreas, aromas de Arabia, perfumes y afeites embriagadores traídos por las caravanas del interior de Asia a los puertos fenicios, a Grecia y a Cartago, como el nardo de Sicilia, el incienso y la mirra de Judea, el aloé de la India... Además de vender también camafeos de cornalina, ónix y ágata, esmeraldas, topacios y amatistas. Todos estos productos, proporcionados en su mayor parte por los barcos de Ajax o asegurados por su compañía, le dejaban unos buenos dividendos, haciendo de Anthousa una de las fortunas más importantes de Kart-Hadtha. Desde hacía ya algunos años Ajax y Anthousa mantenían una relación sentimental, pero sin ataduras de ningún tipo. Cada uno vivía en su casa y solamente estaban juntos cuando les apetecía o necesitaban estarlo. Las cosas marchaban bien así y no había por qué cambiarlas.

Cuando Ajax entró en la tienda la dueña estaba atendiendo a unos clientes también griegos que estaban haciendo acopio de un buen número de productos, lo que dejaría unos buenos dineros en la caja de Anthousa. Mientras terminaba de atender a sus clientes, Ajax se entretuvo contemplando los frascos y las cajas que llenaban los estantes. No dejaba de admirar y sorprenderse por las cualidades que esos productos traídos de tierras tan lejanas tenían o decían tener.

—¿Necesitas algo de esto? —le preguntó la mujer una vez que hubo despachado a sus clientes.

Ajax, que había permanecido ensimismado contemplando el frasco que tenía entre las manos, no se había percatado de que los griegos ya habían abandonado el local y Anthousa había cerrado la tienda.

—¿Ya has cerrado? —le preguntó—. Todavía hay mucha gente en el mercado.

—Sí, pero estoy cansada y hoy ha sido un buen día. Tengo hambre, pues casi no he tenido tiempo ni de almorzar. ¿Quieres acompañarme?

—Ya he cenado, pero acepto gustoso una copa de vino mientras tú cenas.

Pasaron al interior de la tienda, en el piso superior donde Anthousa tenía sus habitaciones, y le sirvió a Ajax una copa de vino mientras ella daba buena cuenta de la cena que una criada ya le tenía dispuesta.

—Estás muy callado, absorto, como en otro mundo muy lejos de aquí —comentó Anthousa—. ¿Ocurre algo?

Ajax apuró su copa de vino y la volvió a llenar ante el estupor y la sorpresa de Anthousa, que nunca le había visto beber tan deprisa.

—Sí, claro que ocurre y me temo que no es nada bueno.

La mujer guardó silencio esperando que Ajax siguiese hablando, pero en vistas de que este permanecía en silencio decidió tomar la palabra.

—¿Me lo vas a decir o me vas a dejar con la intriga? ¿Lo que haya ocurrido nos va a afectar a nosotros? —preguntó.

—Nos va a afectar a todos y todos sufriremos las consecuencias.

—¿Quieres dejar de dar vueltas y contarme lo que ha ocurrido?

Ajax volvió a apurar su copa de vino ante la dura mirada de Anthousa.

—¡Asdrúbal «el Bello» ha muerto!

La mujer, que iba a llevarse a los labios su copa de vino, dejó la mano suspendida en el aire.

—¿Qué dices? Creo que el vino te está haciendo desvariar.

—No es ningún desvarío. Asdrúbal ha muerto asesinado.

—¿Quién te ha contado eso? —preguntó Anthousa, que le había dado un buen sorbo a su copa y se la había vuelto a llenar.

—Mi hijo Alejo, que ha llegado esta tarde de Iberia, de Kart-Hadtha.

—¿Y es fiable esa noticia? Porque aquí no se tiene ningún conocimiento de eso y algo tan grave habría trascendido de alguna manera.

—No ha habido tiempo. Seguramente habrán impedido la salida de todos los barcos hasta que allí se tenga la situación controlada.

—¿Y qué va a pasar ahora?

—Pues no lo sé. Hannón «el Grande» ha convocado una reunión del Senado para mañana, lo que nos hace pensar que ya está al tanto de la noticia.

—¿Pues no dices que habrán impedido la salida de todos los barcos de Kart-Hadtha? ¿Cómo se va a haber enterado Hannón?

—Mi hijo se enteró cuando un soldado le llevó la noticia al oficial que le estaba dando la documentación para poder abandonar el puerto. Junto a él había dos marineros que posiblemente también oyeron la noticia, y puede que alguno de ellos sea un confidente de Hannón. Si no es así, ¿por qué iba a convocar una sesión urgente del Senado para mañana? —preguntó Ajax.

—¡Podría ser una casualidad!

—¡Yo no creo en las casualidades! —exclamó Ajax.

—¿Y tú cómo sabes lo de la reunión del Senado? Tú no eres senador.

—No, efectivamente. Pero fuimos a casa de Himilcón a comunicarle la noticia y fue él el que me informó de que Hannón y su grupo de senadores afines habían solicitado una reunión extraordinaria y urgente del Senado.

—¿Y qué va a pasar ahora? —preguntó Anthousa.

Ajax meneó la cabeza y una vez más llenó su copa de vino.

—¡No lo sé! Supongo que Hannón y su grupo de senadores afines tratarán por todos los medios de que los sufetes nombren comandante en Iberia a un hombre suyo. Sin embargo me imagino que los Barca, con todo el ejército apoyándoles, nombrarán comandante a uno de ellos. Supongo que a Aníbal, el hijo mayor de Amílcar y el preferido del ejército. Cuando los sufetes y el Senado quieran tomar una decisión se encontrarán con que el ejército de Iberia ya la ha tomado, como ocurrió con Asdrúbal cuando sucedió a su suegro.

—No parece que la idea te haga muy feliz —comentó Anthousa.

—Aníbal, al igual que fue su padre, es un gran guerrero, muy inteligente, pero demasiado atrevido. Y también al igual que su padre, de quien lo mamó, tiene un odio visceral a los romanos. Algunos dicen, aunque yo no sé si será verdad, que les juró odio eterno. Sea como sea, lo que es indudable es que no seguirá la política diplomática que llevaba su cuñado. Habrá guerra... y la guerra no es buena para el comercio. Ojalá me equivoque, pero me temo que se avecinan malos tiempos para nosotros.

El silencio se instaló en la estancia y Anthousa cogió la mano de Ajax entre las suyas.

—Se ha hecho muy tarde —dijo él—. Creo que es hora de que me vaya a mi casa.

—No, por favor, quédate esta noche conmigo —y sin soltar la mano de Ajax tiró de él hacia ella, fundiéndose los dos en un ardoroso beso.

* * *

El día había amanecido espléndido, con un luminoso sol que se había ido instalando en el cielo encendiendo toda la ciudad que, como siempre, se encontraba abarrotada de gente que llenaba sus calles y mercados, formando un conjunto de vestimentas multicolores de lo más variopinto, al igual que sus voces y lenguas, en las que se mezclaban idiomas de toda la *Ecúmene*. Sin embargo no era un día normal: una extraña sensación flotaba en el ambiente. Desde primera hora de la mañana Hannón «el Grande» y los senadores afines a él se habían reunido en una de las salas del edificio del Senado, La Balanza, sin permitir la entrada a la sala a ninguna otra persona que no fuese senador y no perteneciese al grupo de los aristócratas terratenientes de los que Hannón era su jefe. Otro tanto ocurría con los senadores afines al grupo de los Barca, del cual Himilcón era su líder. La gente que deambulaba cerca de La Balanza había visto entrar a unos y a otros con el gesto contraído y cara de preocupación en sus semblantes, y allí llevaban encerrados toda la mañana sin dar ninguna explicación, ni siquiera a los sufetes, que eran la máxima autoridad de la República cartaginesa y que no acertaban a comprender qué estaba ocurriendo, lo que hacía que también en sus rostros se reflejase la preocupación que les embargaba. Aquello era totalmente inusual y esa preocupación se fue transmitiendo poco a poco a la multitud que ocupaba las calles y los mercados.

Alejo, como había prometido, fue a buscar a Dido, la hija de Himilcón, a su casa para acompañarla al mercado que había cerca de la puerta de Tynes, el más importante y surtido de la ciudad. Y a ninguno de los dos les pasaron desapercibidos la inquietud y el nerviosismo que se respiraban en la ciudad.

—¿Tú crees que ya saben lo ocurrido? —le preguntó Dido a Alejo mientras caminaban en dirección al mercado.

—No, creo que no. Esa preocupación y ese nerviosismo que se observan en sus rostros creo que son por el desconocimiento que tienen. Han visto acudir a los senadores a La Balanza sin que hubiese programada una reunión del Senado e intuyen que algo pasa, pero no saben qué es lo que ocurre, porque saben que si algo no va bien los más perjudicados serán ellos. La mayoría son comerciantes y, cuando hay problemas, los primeros y más afectados son ellos. Y esa preocupación es la que se manifiesta en sus rostros.

—¿Y tú qué crees que ocurrirá? —preguntó Dido.

—Pues no lo sé. Yo no estoy al tanto de cómo está la situación política, pero si hemos de hacer caso a mi padre, dice que será el ejército de Iberia el que elija a su comandante en jefe, y este será uno de los Barca, pues son ellos los que lo han contratado y lo mantienen, al igual que a todos los funcionarios que hacen efectivo el dominio que Kart-Hadtha tiene en Iberia.

—Sí, esa creo también que es la opinión de mi padre. Además cuentan con el apoyo de todos los senadores adeptos a los Barca, con mi padre a la cabeza. ¡Será un Barca el que será elegido como comandante del ejército en Iberia!

—Sí, creo que eso lo tiene asumido hasta el grupo de senadores contrarios a los Barca —contestó Alejo—. La cuestión es saber quién será el elegido y qué talante tendrá, si conciliador y diplomático como lo fue Asdrúbal, o belicoso como lo fue Amílcar.

Los dos jóvenes habían llegado al mercado que, como era habitual, estaba repleto de toda clase de gente con las más variopintas vestimentas.

—Pronto lo sabremos. ¿Qué te parece si nos acercamos a los puestos de ropa, pues quiero ver algunas túnicas y algunos pañuelos? —preguntó Dido.

—Lo que tú digas, pues yo estoy a tu entera disposición para lo que gustes mandar.

La joven le sonrió con aquella hermosa sonrisa que le había cautivado desde el primer momento que la vio. La muchacha se estuvo probando un buen número de túnicas mientras Alejo la observaba detenidamente, estando cada vez más prendado de aquel hermoso cuerpo, de aquella sonrisa cautivadora y de aquellos ojos grandes que iluminaban todo a su alrededor.

—No me estás sirviendo de gran ayuda —le dijo Dido después de haberse probado un buen número de túnicas y haber preguntado a Alejo qué le parecían.

—Es que todas te sientan como a una diosa y las embelleces tan pronto como te las pones, deslumbrando por completo.

—Pues entonces vas a tener que verlas sin que me las ponga para que no te deslumbres —dijo la muchacha con una amplia sonrisa.

Otro tanto le pasó cuando le pidió su opinión sobre unos pañuelos de seda que quería adquirir.

—Pues no me has servido de gran ayuda a la hora de aconsejarme —le dijo la muchacha, haciendo una mueca como si estuviera enfadada.

—Yo no tengo la culpa de que con tu sola presencia embellezcas todo lo que está a tu alrededor —le dijo Alejo.

—Anda, halagador, menudo pico tienes, pero me temo que no se te puede creer nada de lo que dices.

—Pues créeme cuando te digo que eres lo más hermoso que hay en el mercado y me atrevería a decir... No, no me atrevo a decirlo sino que lo aseguro, que eres lo más hermoso que hay en toda la ciudad.

—¡No te creo nada! —le dijo la muchacha, pero se notaba que lo decía sin la menor convicción y sin embargo se la veía totalmente halagada.

—¿Puedo invitarte a almorzar en uno de estos puestos que hay en el mercado? —le preguntó Alejo—. Así trataré de compensar que no te haya servido de mucha ayuda.

—Pues mira, voy a aceptar tu invitación. Además mi padre se pasará todo el día en la reunión del Senado y tendría que almorzar yo sola.

—¡Vaya, qué desilusión! —exclamó Alejo—. Yo pensé que aceptabas porque te agradaba mi compañía.

—Puedes estar seguro que si acepto la invitación es porque me agrada tu compañía. Esa es la razón principal. Si encima evito tener que almorzar sola, mucho mejor.

Alejo, en ese momento, tuvo el deseo de besar a la joven, pero consiguió controlarse al acordarse de lo que le había advertido su padre al despedirse de él la noche anterior, y tampoco quería asustarla. ¡Ya habría tiempo para ello! Pero desde luego le costó un gran esfuerzo no hacerlo y poder saborear aquellos labios tan sensuales.

Ajax no había dormido mucho aquella noche, y no fue únicamente porque Anthousa y él disfrutasen uno del otro durante bastante tiempo, sino porque cuando, ya exhaustos, intentaron dormir, la cabeza de Ajax no dejaba de dar vueltas intentando adivinar qué depararía el futuro a Kart-Hadtha una vez que el ejército cartaginés eligiese a su comandante en jefe, porque estaba seguro que sería el ejército el que lo elegiría, por mucho que tratase de oponerse Hannón «el Grande» y el grupo de senadores afines a él. No tenían mayoría, así que lo único que podrían hacer sería protestar y patalear. Los partidarios de los Barca tenían mayoría en el Senado y lo que harían sería confirmar la elección que hubiese hecho el ejército cartaginés en Iberia. De eso no le cabía la menor duda. La cuestión era a quién elegiría el ejército, y esa elección es la que le mantenía insomne aquella madrugada. Estaba convencido de que elegirían a un hijo de Amílcar Barca, pero en aquellos momentos eran tres los hijos de este que había en Iberia, aunque estaba casi seguro de que el que tenía más posibilidades era el hijo mayor, Aníbal, un excelente guerrero, buen estratega, muy inteligente y muy querido —casi podía decirse que adorado— por el ejército de Iberia. Pero había algo de él que no le terminaba de convencer. Aníbal no se parecía a su cuñado, el fallecido Asdrúbal, y prefería el enfrentamiento a la diplomacia. En ese sentido era un digno hijo de su padre, y en especial de todos era conocida su animadversión hacia Roma. Y eso era lo que le daba miedo a Ajax, que esta animosidad contra el pueblo romano, o mejor dicho, contra sus políticos y líderes, le llevase a un enfrentamiento con ellos. Ajax no creía que Cartago, como la llamaban los romanos, estuviese todavía en condiciones de enfrentarse a Roma para vengar las duras condiciones que esta había impuesto al pueblo cartaginés tras derrotarlo en la guerra que habían mantenido y que todavía seguían pagando.

Todavía no se había levantado Anthousa cuando Ajax ya había preparado un suculento desayuno y se había sentado a saborearlo.

—¿Dónde vas tan temprano? —le preguntó ella después de darle un beso como saludo de buenos días.

—Quiero acercarme al puerto. Alejo me dijo que el Alas del Viento necesitaba alguna reparación antes de volver a salir a la mar y quiero comprobar si, como me dijo mi hijo, apenas tienen importancia y que esas reparaciones se hacen bien. Ya sabes tú que como no esté uno encima terminan haciendo verdaderas chapuzas, y eso en un barco que se hace a la mar cargado de valiosas mercancías, aparte de ser ruinoso, puede costar vidas humanas.

—¿Te veré a la hora del almuerzo? —preguntó la mujer.

—No te lo aseguro. Es más, casi te diría ya de antemano que no. Esta tarde se reúne el Senado y quiero estar al tanto de esa reunión. Ya paso yo por aquí cuando termine.

Ajax se despidió de Anthousa y se encaminó hacia el puerto comercial.

Las calles de la ciudad, a pesar de lo temprano de la hora, ya estaban abarrotadas de gente que iba de un sitio a otro, de un mercado a otro. Ajax meneó la cabeza intentando alejar los desazonadores pensamientos que ocupaban su mente. Amaba aquella ciudad aunque no hubiese nacido en ella. Kart-Hadtha, o Karjedón, como él la llamaba, era su patria y por nada del mundo querría verla doblegándose otra vez ante Roma, y se temía que, si se volvían a enfrentar a ella, eso sería lo que ocurriese. Llegó a la puerta que permitía la entrada al puerto comercial, donde un buen número de soldados montaban guardia. Ajax era bien conocido de todos ellos y no pusieron ningún impedimento para permitirle el paso. Se dirigió al astillero, donde ciertamente al Alas del Viento le estaban realizando algunas pequeñas reparaciones. Efectivamente, su hijo tenía razón y no presentaban ningún problema. En un par de días estaría listo para volver a surcar los mares. En los almacenes que tenía en la ciudad ya tenía dispuesto un cargamento de vasijas de cerámica y tallas de marfil y de cristal púnicas que transportarían hasta las Columnas de Melkart, y desde allí se cambiarían por plata y cobre procedente de los pueblos del centro y del norte de la península ibérica. Ajax ya se estaba despidiendo del capataz responsable de la reparación del Alas del Viento cuando un par de soldados se acercaron a él.

—Tienes que acompañarnos —le dijeron—. El almirante desea verte.

El almirante era la máxima autoridad de los dos puertos de Kart-Hadtha, tanto del civil como del militar, y habitaba en la pequeña isla de forma circular que estaba unida al atracadero por un pequeño dique situado al sudeste de la dársena circular.

*　*　*

Hannón «el Grande» se pasó toda la mañana reunido con los senadores que pertenecían a su grupo, grandes terratenientes contrarios a los Barca. Solamente los que habían acudido la noche anterior a cenar al palacio de Hannón estaban al tanto de lo ocurrido, por lo que tuvo que explicar al resto que el comandante militar de Iberia había sido asesinado. Ahora lo que procedía era ponerse de acuerdo en la forma de actuar en la reunión del Senado que había convocada para aquella misma tarde y poder elegir rápidamente a un comandante para las tropas de Iberia.

—Aunque estemos presentes todos los senadores de nuestro grupo, no tenemos mayoría —comentó uno de los senadores—. El grupo de Himilcón nos supera en número. Mientras eso siga sucediendo nunca conseguiremos ganar una votación.

—Por eso hemos de procurar que no puedan asistir todos los senadores de su grupo —contestó Hannón—. Sin embargo de nuestro grupo no puede faltar nadie, y esa es la razón por la que permaneceremos en La Balanza hasta que se ponga fin a la reunión del Senado y se haya elegido al nuevo comandante.

—Quizá ellos no se hayan enterado de lo ocurrido en Kart-Hadtha de Iberia y falte el número suficiente de senadores para que nosotros podamos obtener la mayoría —comentó otro de los senadores.

—El barco que trajo la noticia lo capitaneaba Alejo, el hijo del armador Ajax, un buen amigo de Himilcón y también partidario de los Barca. El hecho de que también Himilcón haya convocado a su grupo de senadores esta mañana quiere decir que están al tanto de la noticia.

—Entonces no tenemos ninguna opción. Acudirán todos los senadores de su grupo y ganarán la votación —comentó otro de los senadores.

—Bueno, las calles de Kart-Hadtha son peligrosas y los accidentes ocurren con mucha frecuencia. Recemos a Melkart para que algunos de esos senadores puedan sufrir un percance que les impida acudir a La Balanza. No es que yo quiera que les pase nada, pero en este caso no nos vendría mal.

Los senadores sonrieron con malicia mientras que Hannón siguió hablando.

—Por eso, para evitar que alguno de nosotros pueda sufrir un percance, permaneceremos aquí, en esta sala, hasta que todos juntos acudamos a la asamblea del Senado. No recibiremos visitas ni abandonaremos esta sala bajo ninguna circunstancia.

Los senadores asintieron con la cabeza, mostrando así su conformidad con las palabras de Hannón.

En otra sala de La Balanza, Himilcón informaba de lo sucedido en Iberia al grupo de senadores afines a los Barca, ante el estupor y la sorpresa de estos, que no podían dar crédito a lo que su líder les estaba diciendo. Una vez que hubo terminado de contar lo sucedido en Kart-Hadtha, el líder del partido de los Barca procedió a hacer el recuento de los senadores que habían acudido a la convocatoria que había realizado. Faltaban unos cuantos padres de la patria y, cuando Himilcón preguntó a sus compañeros si sabían por qué no habían acudido a la convocatoria, todos se encogieron de hombros, aunque empezaron a hacer suposiciones de por qué no habrían acudido, y la tónica general era que los senadores que faltaban lo más probable es que no se encontrasen en Kart-Hadtha. En las convocatorias extraordinarias del Senado era frecuente que faltasen bastantes senadores, sobre todo si estas no se realizaban con bastante antelación. Y en esta ocasión la premura con la que se había realizado haría que faltasen bastantes senadores.

—Con los que estamos ahora mismo aquí todavía obtenemos mayoría, pero con un par de vosotros que faltéis habremos perdido la votación. Por lo tanto es preciso que esta tarde no falte absolutamente nadie de los que aquí estamos. Hemos de tratar de localizar a todos los que podamos de los compañeros ausentes para traerlos a la votación.

—Pues entonces no perdamos más tiempo hablando y vamos a distribuirnos entre nosotros los compañeros que faltan, para intentar localizarlos y hacer que esta tarde estén aquí todos.

No perdieron más tiempo hablando y, una vez que se hubieron repartido entre ellos los senadores que faltaban, abandonaron La Balanza dispuestos a traer a sus compañeros costase lo que costase.

VI

Albano, después de dejar a su padre, bajó a la orilla del río Salamati, donde a aquella hora las mujeres del poblado estaban lavando sus ropas. Le acompañaban un grupito de guerreros que siempre le servían de escolta. Quería ver una vez más a la joven Alda y comprobar si de alguna manera ella pudiera interesarse por él, porque la muchacha, de una belleza inusual, le había entrado por los ojos y le estaba llegando al corazón. Cuando la joven vio acercarse a Albano se le iluminaron los ojos, pero procuró por todos los medios disimular la alegría que la visita del guerrero le producía. Los guerreros que acompañaban a Albano permanecieron a una cierta distancia, haciendo requiebros a algunas de las jóvenes que se encontraban en el río lavando, pero sin perder ni un momento de vista al hijo de su caudillo. La joven Alda se hizo de rogar, poniéndoselo difícil a Albano al rechazar todas las proposiciones que este le hizo de salir a pasear con ella, lo que motivó que este abandonase la orilla del río de muy mal humor. No entendía a aquella cría, pues Alda era una cría consentida y caprichosa. Quizá lo mejor era olvidarse de ella y no volverle a hacer ningún caso, pero en el fondo sabía que no pasarían más de un par de días para volver a estar pendiente de ella, de manera que ocupase todo su pensamiento. Además no quería dejarle el campo libre a Elburo, que también se había encaprichado de la chiquilla y trataba de vencerle en esa batalla en la que se disputaban el amor de la joven.

Elburo también había abandonado el poblado aquella mañana, acompañado del grupo de vecinos que le eran fieles, todos ellos contrarios a Cedrick, el caudillo vettón de Salmántica. De lo que tenían que hablar era algo que no podía ser escuchado fuera del grupo que formaban, pues les podía ir la vida en ello y el poblado no era un sitio seguro para hacerlo. A pesar de que, para muchos, el poblado era considerado uno de los poblamientos más importantes de la Meseta Central, sin embargo parecía que los adobes con los que estaban construidas las cabañas que les daban cobijo tenían ojos y oídos, y todo lo que ocurría en el poblado enseguida era conocido por todos sus habitantes, por lo que lo más seguro era hablar fuera del poblado, lejos de las miradas y de los oídos de cualquiera de sus habitantes. Ya habían abandonado el poblado y se disponían a vadear el río cuando se percataron de la presencia de Albano y del grupo de guerreros que le acompañaban. Vieron cómo se dirigían al río acercándose a donde estaban las mujeres lavando la ropa, y Elburo intuyó que el hijo del caudillo iba en busca de la hermosa Alda, lo que hizo que la sangre le empezase a hervir, y si no hubiese ido acompañado de los guerreros que le cubrían las espaldas, hubiese intentado acabar con él. Pero cuando vio que Albano regresaba sobre sus pasos y no parecía de muy buen humor, supuso que la joven no había accedido a sus peticiones, por lo que recobró la alegría y el buen humor. Cruzaron el río y se metieron en la arboleda que había, lejos de cualquier mirada y oídos ajenos. Era importante discutir qué tenían que hacer y ver todas las opciones de las que disponían antes de tomar una decisión. Una vez que se aseguraron de que en los alrededores no había nadie se sentaron formando un corro, dispuestos a encarar el asunto que los había llevado hasta allí, sin distracciones como las que en aquellos momentos interferían en la mente de Elburo, que no podía apartar de su cabeza la imagen de Albano alejándose del río y dando puntapiés a todo lo que se cruzaba en su camino. Esa misma tarde intentaría abordar a la chiquilla, y a buen seguro que él tendría más suerte que la que había tenido el hijo del caudillo. Ni por un momento pasó por su cabeza que a él le pudiese pasar lo mismo. Pero ahora lo importante era centrarse en lo que habían ido a hablar allí sin distracciones de ninguna clase.

—No podemos desaprovechar la oportunidad que se nos brinda ahora con la muerte del caudillo cartaginés —les dijo a sus acompañantes—. Es el momento de enfrentarnos a los vacceos y derrotarlos definitivamente, haciendo que se sometan a nosotros.

—Pero ya has escuchado a Cedrick. De ninguna manera quiere que nos enfrentemos a ellos —comentó uno de sus acompañantes—. El caudillo del poblado es un obstáculo que no podremos vencer.

—Los obstáculos se eliminan, y en caso de que no se puedan eliminar, se rodean o se pasa por encima de ellos —contestó Elburo.

Los hombres que le acompañaban se miraron unos a otros sin entender qué quería decir.

—¡Explícate! —le dijo uno de ellos.

—Es muy sencillo. Si Cedrick no se aviene a razones lo eliminamos y nos ponemos uno de nosotros en su lugar.

—¡Tú, por ejemplo! —exclamó otro de sus acompañantes.

—Sí, ¿por qué no? Aunque lo más importante es que sea uno de los nuestros.

Todos guardaron silencio. No veían nada claro aquella idea. Una cosa era no estar de acuerdo con las decisiones del caudillo, y otra muy distinta eliminarlo. Aquello eran palabras mayores.

—Vamos a imaginar por un momento que conseguimos acabar con Cedrick —comentó otro de los hombres—. Queda su hijo Albano. Este no permanecerá de brazos cruzados y es más, la mayoría del poblado querrá que él ocupe el puesto de su padre.

—Por eso es imprescindible acabar también con la vida de Albano. Muertos el líder y su hijo nadie osará enfrentarse a nosotros y seremos los dueños del poblado.

Todos guardaron silencio. Aquello podía ser muy peligroso. De hecho ya lo era y podía costarles la vida a todos ellos.

—¡No será nada fácil! Cedrick abandona en contadas ocasiones su cabaña y Albano, por su parte, va siempre muy bien protegido por una escolta de guerreros —comentó otro de los hombres.

—Nadie ha dicho que sea fácil. Pero siempre surge el momento en el que se puede hacer. Lo que hay que hacer es estar preparado para hacerlo y aprovechar la ocasión —comentó Elburo—. Ya se nos ocurrirá algo para acabar con el viejo Cedrick; en cuanto a Albano, ya habéis visto que por el poblado y sus alrededores solo va acompañado de un grupito no muy numeroso de guerreros. Es cuestión de escoger el momento y superarlos en número.

Todos guardaron silencio. Aquello que les proponía Elburo era muy grave y podía costarles muy caro. En vista de que nadie decía nada, Elburo decidió presionarles.

—¿Queréis acabar con la política que está llevando el viejo Cedrick, o preferís seguir como hasta ahora? —les preguntó.

—¡No queremos seguir como hasta ahora! —contestaron al unísono.

—¿Tenéis alguna propuesta mejor para cambiar esa situación? —preguntó Elburo.

Todos guardaron silencio. Nadie tenía una propuesta mejor.

—Pues entonces está decidido. Acabaremos con Cedrick y su hijo en cuanto se nos presente la ocasión. Para ello hemos de establecer un sistema de vigilancia sobre ellos, de manera que en todo momento sepamos dónde están. Así, en cuanto se presente la ocasión, el que los esté vigilando avisa al resto y acabamos con ellos. Estableceremos turnos de dos personas para vigilar tanto al padre como al hijo. ¿De acuerdo? ¿Alguna objeción? Pues si no hay objeciones vamos a establecer los turnos de vigilancia.

* * *

Los soldados acompañaron a Ajax a la isla que había en el puerto militar a través de la dársena que comunicaba con él y se dirigieron hacia la torre, desde la que se contemplaban perfectamente los dos puertos y cualquier barco que quisiese penetrar en ellos. El almirante, un hombre ya entrado en años, totalmente calvo y con una prominente barriga —lo que indicaba que el ejercicio no era su afición preferida y sí el buen comer y beber—, se encontraba sentado en un sillón acompañado de un hombre bastante más joven que él, y que Ajax reconoció rápidamente como uno de los sufetes de la república cartaginesa. Después de los saludos de rigor y de que el almirante le diese las gracias por haber accedido a hablar con él, sabiendo que era un hombre muy ocupado, el almirante le indicó que se sentase en una silla que había frente a él, junto al sufete que le acompañaba. Con dos palmadas llamó a un criado y le pidió que trajese una copa para su invitado. El almirante y el sufete ya tenían frente a ellos sendas copas de vino junto a una bandeja de dátiles.

—Ya conoces a Baldo —le dijo el almirante—. Ha venido a verme esta mañana intrigado porque un grupo de senadores pidieron ayer una reunión extraordinaria del Senado para esta tarde.

El almirante dio un buen sorbo a su copa de vino a la vez que cogía un par de dátiles. Los colores que mostraba su rostro indicaban bien a las claras que el vino era una de sus aficiones preferidas. Una vez que hubo llenado su copa continuó hablando.

—Baldo, como sufete de la República, junto a su compañero, son los únicos que pueden convocar las reuniones del Senado. Lo lógico es que se les informase de para qué quieren la reunión los senadores que la han pedido, pero como han presentado el número suficiente de firmas para hacerlo, los sufetes no tienen más remedio que convocar la reunión, aunque no sepan el móvil de la misma. Esa es la razón por la que ha venido a verme esta mañana, por si yo supiera el motivo por el que se ha pedido esa reunión.

El almirante hizo otra pausa para dar otro buen sorbo a su copa y volver a llenarla antes de continuar hablando.

—Yo no tengo ni idea, aunque sí me ha llamado la atención que desde ayer que llegó tu barco, el Alas del Viento, capitaneado por tu hijo, no ha llegado al puerto comercial ningún otro barco procedente de Kart-Hadtha de Iberia, cuando raro es el día que no llegan varios. ¿Tú sabes algo? ¿Sabes para qué se ha solicitado la reunión del Senado y el porqué de la ausencia de barcos que proceden de la península ibérica?

Ajax se encogió de hombros negando con la cabeza. Si los senadores no habían tenido la deferencia —ya que obligación no tenían— de informar a los sufetes del motivo de solicitar la reunión del Senado, no iba a ser él quien les proporcionase la información.

—No. Yo no sé nada. Claro que yo no soy nadie para que me tengan que informar. Si no lo han hecho con vosotros menos lo iban a hacer conmigo.

—Ya —contestó el almirante—. Pero como tu barco es el último que ha llegado procedente de Iberia y desde entonces no ha llegado ningún otro, pensé que quizá tu hijo sabría algo y te lo hubiese comunicado.

—Pues no —mintió Ajax—. Lo único que me dijo mi hijo es que habían tenido una buena navegación, pero que el barco, el Alas del Viento, tenía algunos desperfectos, cosas sin importancia, pero que era preciso reparar, y por eso me he acercado esta mañana para ver de qué se trataba y cómo iba la reparación. No sé nada más.

—¡Es todo muy extraño! —exclamó el sufete, que hasta ese momento había permanecido en silencio—. Que el grupo de senadores seguidores de Hannón hayan convocado esa reunión y estén reunidos sin soltar prenda sobre el motivo de la misma, es desde luego como mínimo totalmente inusual. Y que otro tanto hayan hecho los senadores partidarios de los Barca con Himilcón a la cabeza, sin que estos tampoco hayan dicho nada, es igualmente muy insólito.

—Pues la verdad, no sé qué decir —comentó Ajax.

El almirante estaba llenando una vez más su copa. Desde que Ajax había entrado en la sala ya había perdido la cuenta de las veces que la había llenado.

—Si la memoria no me falla, y no suele hacerlo, la última vez que ocurrió algo parecido, con reuniones a toda prisa de los senadores de ambos grupos pidiendo también una reunión extraordinaria del Senado, fue cuando el comandante del ejército en Iberia,

Amílcar Barca, murió en combate contra los carpetanos. El Senado se reunió en una sesión extraordinaria, aunque en aquella ocasión todo el mundo sabía que Amílcar Barca había muerto, pues la noticia había llegado rápidamente y se había extendido por toda la ciudad. Fue en plena reunión del Senado para nombrar a su sucesor cuando el Senado fue informado de que el ejército de Iberia había elegido como sucesor a Asdrúbal, yerno de Amílcar...

—¿Estás insinuando que la convocatoria extraordinaria del Senado quizá sea porque Asdrúbal Jarto «el Bello», comandante del ejército en Iberia, haya muerto? —preguntó el sufete.

—Yo no insinúo nada. Me he limitado a constatar un hecho: la similitud en ambos casos —contestó el almirante.

—De cualquier manera —intervino Ajax— esta tarde es la reunión del Senado y saldremos de dudas.

—¿Vas a acudir a la asamblea? —le preguntó el almirante.

—Sí, por supuesto, siempre lo hago. Tengo autorización para acudir a algunas reuniones del Senado y esta es una de ellas. Quiero estar informado de primera mano y cuanto antes de lo que se decide. Mis negocios así lo requieren —contestó Ajax—. Y tú, Baldo, no te preocupes. Sea lo que sea por lo que se reúne el Senado no podrás hacer nada...

—Sí, eso ya lo sé, pero si conozco el motivo de la reunión ya sabré a qué atenerme y la forma como se desarrollará esta.

—Sí, siempre es bueno estar bien informado y cuanto antes mejor. Allí nos veremos esta tarde. Si no queréis nada más de mí os dejo porque tengo muchas cosas que hacer.

Y despidiéndose del almirante y del sufete Ajax abandonó la estancia y el puerto militar. Una vez fuera del edificio no pudo por menos que sonreír. Toda la ciudad en vilo, hasta los más altos funcionarios de ella preocupados todos ellos por la reunión de los senadores. No lo sabía con seguridad, pero estaba casi convencido de que, a poco que los senadores se retrasasen en sus decisiones, cuando se quisiesen dar cuenta se encontrarían que el nuevo comandante del ejército en Iberia ya había sido nombrado por el ejército allí establecido y, presumiblemente, sería alguien de la familia Barca. Pero sería divertido escuchar las discusiones en el Senado, tanto de los partidarios de Hannón «el Grande» como las de los partidarios de los Barca, con Himilcón a la cabeza.

Ajax acudió a comer a casa de Anthousa, que en esta ocasión y a pesar de la mucha gente que acudía a la tienda sí hizo un descanso para comer con el griego, aunque este le había dicho por la mañana que no sabía si podría hacerlo. Este le contó la conversación que había tenido aquella mañana con el almirante del Chotón y con uno de los sufetes.

—¿Y por qué no les has querido decir lo que sabes? —le preguntó la mujer—. A ti qué más te da que sepan o no el motivo de la reunión del Senado. Ellos no pueden hacer nada para alterarla.

—Sí, ya lo sé. Pero cuando hay algo importante que afecta a mis barcos, ninguno de los dos me informa, y conocer a tiempo alguna decisión puede hacer que gane o pierda un buen puñado de *shekels*. ¿Por qué he de tener yo consideración con ellos? Déjalos que se devanen la cabeza pensando qué es lo que ocurre.

—Desde luego, a ti es mejor tenerte como amigo que como enemigo —comentó Anthousa.

—Tú eres mi amiga. No tienes que preocuparte —le dijo Ajax cogiéndole la mano.

* * *

Desde mucho antes de la hora fijada por el Senado para su reunión, una considerable multitud había ido llenando el Foro donde estaba situada La Balanza, el edificio donde el Senado celebraba sus reuniones. Muy pocas personas aparte de los sufetes, los senadores, los funcionarios de la República y los escribas tenían acceso al edificio, protegido tanto en el exterior como en el interior por la guardia ciudadana. A Ajax le costó abrirse camino entre la multitud para llegar al pasillo que la guardia había abierto para que los senadores y todos los que podían acceder a La Balanza pudiesen hacerlo. Poco a poco iban accediendo los padres de la patria pertenecientes al grupo de los Barca, pues los senadores afines a Hannón no habían abandonado el edificio desde que se habían reunido por la mañana.

La sala de sesiones de La Balanza, donde el Senado deliberaba y tomaba sus decisiones, estaba formada por seis semicírculos concéntricos de piedra donde sentados se instalaban los ciento cuatro senadores, los ancianos que formaban la Gerusía o Consejo de los Treinta Ancianos y los sacerdotes de la mayoría de los templos. Los dos sufetes presidían la sesión desde un elevado trono de madera frente a los semicírculos de piedra y dos escribas frente a ellos tomaban nota de todo lo que allí se decía, flanqueados por miembros de la guardia ciudadana que velaban por el mantenimiento del orden en las sesiones del Senado.

Cuando Ajax llegó se instaló en uno de los palcos que había para los invitados a las sesiones. Desde allí observó como los senadores ya estaban en sus sitios esperando a que se iniciase la sesión. Pero se fijó en Himilcón que, evidentemente nervioso, iba de un sitio a otro sin perder de vista las puertas de entrada a la sala. No sabía qué es lo que le podía ocurrir, pero era evidente que algo no iba como él deseaba. Ya era la hora fijada para el comienzo de la sesión cuando Himilcón se acercó al trono de madera donde estaban los sufetes y estuvo conversando con ellos. Los sufetes no parecían estar muy de acuerdo con lo que les decía el jefe del partido de los Barca, pues no hacían más que negar con la cabeza.

—Lo sentimos, pero eso es algo anormal y totalmente inusual —decía uno de los sufetes—. No podemos retrasar el inicio de la sesión del Senado. Ya tenía que haber empezado, por lo que ya vamos con retraso.

Himilcón parecía insistir, pero los sufetes no dejaban de negar con la cabeza. Hannón «el Grande», como jefe del partido aristocrático, también se acercó a ver el motivo de que la sesión no se hubiese iniciado ya.

—Himilcón desea que se retrase el inicio de la sesión, pues faltan unos cuantos senadores de su grupo —le explicó uno de los sufetes.

—¡Pero dónde se ha visto tal cosa! —exclamó Hannón—. ¿Desde cuándo se ha de esperar a iniciar una sesión del Senado porque faltan unos cuantos senadores?

—¡Volved a vuestros puestos, pues la sesión comienza ya! —exclamó uno de los sufetes. Y, dando un golpe a un gong de bronce que había entre los dos sufetes, daba por iniciada la sesión. Rápidamente Hannón, que apenas si había tenido tiempo de volver a su sitio, levantó el brazo indicando que quería tomar la palabra.

Ajax mientras tanto se acercó al lugar que ocupaba Himilcón a preguntarle qué es lo que ocurría.

—¡Nos faltan unos cuantos senadores! —exclamó—. Sin ellos no tenemos mayoría y perderemos la votación que se produzca.

—¿Estaban perfectamente informados de lo que ocurría y de que su presencia era imprescindible en la sesión de esta tarde? —preguntó Ajax.

—Totalmente. Hemos estado reunidos esta mañana aquí mismo y todo el mundo sabía que su presencia era imprescindible. Les ha tenido que ocurrir algo.

—Sí, me temo que algo les ha ocurrido, y lo que sea no ha sido precisamente accidental —comentó Ajax—. Has pecado de ingenuo, conociendo como conoces a Hannón y sus malas artes. Teníais que haber permanecido todos juntos aquí mismo hasta la hora de la sesión para evitar lo que ha ocurrido.

—¿Piensas que la ausencia de los senadores se debe a Hannón?

—¿Todavía lo dudas? ¡Como si no lo conociéramos todos!

—¿Y ahora qué podemos hacer? —preguntó Himilcón—. Porque como pida una votación, y lo hará, seremos derrotados, y una vez que el Senado lo apruebe ya no habrá nada que hacer.

En aquellos momentos Hannón «el Grande» estaba informando a todo el Senado y de paso —porque lo que se decía dentro rápidamente era conocido en el exterior— a todos los reunidos fuera de La Balanza —que era tanto como decir que a toda la ciudad— de la muerte de Asdrúbal Jarto «el Bello», comandante en jefe del ejército de Iberia. Un silencio sepulcral se produjo tanto en la sala del Senado como en el Foro, donde la multitud se agolpaba una vez que la noticia corrió desde el interior de La Balanza hasta el exterior.

—¡Escúchame bien! —le dijo Ajax al líder del partido de los Barca—. Tenéis que impedir por todos los medios que se produzca la votación.

—¿Y cómo vamos a poder impedirlo? —preguntó Himilcón.

En aquel momento Hannón ya estaba diciendo que era deber y obligación del Senado elegir al nuevo comandante en jefe del ejército de Iberia.

—Por lo tanto es imprescindible que estudiemos los candidatos más idóneos para ese puesto, los presentemos ante el Senado y este elija a la persona más adecuada —decía Hannón «el Grande».

—¿Has escuchado lo que está pidiendo Hannón? —preguntó Ajax, pero no esperó la respuesta de Himilcón—. ¡Eso es lo que hay que impedir a toda costa! No podemos permitir que se produzca esa votación, pues saldría elegido el candidato que propusiese Hannón y que lógicamente será una marioneta en sus manos.

—¡Te repito lo mismo! ¿Cómo vamos a poder impedir que se celebre la votación? —volvió a preguntar Himilcón.

Ajax guardó silencio durante unos momentos. Mientras tanto Hannón estaba enumerando las virtudes que debería tener el nuevo comandante en jefe del ejército de la península ibérica, ante la atenta mirada de todos los que se encontraban en la sala de reuniones.

—Los sufetes no pueden proceder a la votación mientras haya senadores en el uso de la palabra o estén pendientes de que se la concedan, ¿no es así? —preguntó Ajax.

—¡Sí, efectivamente! —exclamó Himilcón.

—Pues bien, tú y tu grupo de senadores tenéis que estar hablando en esta sala todo el tiempo para impedir que se produzca la votación. Da igual lo que digáis, pero debéis manteneros en el uso de la palabra continuamente hasta que llegue la noticia de que el ejército de Iberia ya ha elegido a su comandante en jefe, porque eso es lo que va a pasar, y no creo que tarde en llegar esa noticia.

Ajax hizo una pausa. Hannón seguía hablando y aquello favorecía sus intereses. La vanidad del líder del grupo de los aristócratas, intentando lucirse en su oratoria, viendo a todos los que abarrotaban la sala pendientes de sus palabras, le impedía darse cuenta de que estaba favoreciendo la estrategia que Ajax le estaba proponiendo al líder del partido de los Barca.

—Cuando murió Amílcar, apenas trascendió la noticia a Kart-Hadtha. El Senado se reunió para elegir a un sucesor, pero no dio tiempo a hacerlo, pues rápidamente llegó la notificación de que el ejército ya había elegido a Asdrúbal como comandante en jefe del ejército. Ahora ocurrirá lo mismo, enseguida llegará esa información y vosotros tenéis que estar en el uso de la palabra para evitar que se pueda llegar a la votación. Sois un grupo numeroso, así que organizaos para tener siempre el uso de la palabra.

Una vez que Hannón «el Grande» terminó su discurso, con toda parsimonia regresó a su asiento en la sala, visiblemente satisfecho de cómo se estaban desarrollando los acontecimientos. Estaba completamente convencido de que en esta ocasión su propuesta saldría adelante y el nuevo comandante en jefe del ejército de Iberia sería un hombre de su entera confianza. Himilcón levantó el brazo para indicar que quería tener la palabra. Uno de los sufetes se la concedió y el líder del partido de los Barca, también con toda parsimonia, se dirigió al centro de la sala para empezar su intervención, no sin antes haber dejado dicho a sus compañeros de partido que elaborasen el orden de intervención de todos ellos. Debían estar en el turno de la palabra todo el tiempo que hiciese falta para impedir que el Senado votase al nuevo comandante en jefe del ejército, dando tiempo a que este fuese elegido por el propio ejército de la península ibérica.

VII

Alejo, el hijo de Ajax, y Dido, la hermosa hija de Himilcón, después de haber pasado la mañana en el mercado donde la joven adquirió varias prendas, entre ellas un hermoso pañuelo de seda que Alejo se empeñó en regalarle, y algún que otro objeto que le había llamado la atención, decidieron acudir a una de las tabernas cuando el hambre les indicó que ya era la hora del almuerzo y tenían los pies doloridos de tanto caminar de puesto en puesto. Los dos jóvenes estaban congeniando a la perfección y entre ellos parecía que había química.

—¿Entonces tienes que volverte a embarcar en cuanto hayan reparado el barco? —le preguntó la muchacha con un poso de tristeza en la mirada.

—Esa es la intención de mi padre —contestó Alejo—. Quiere que me curta en el mar transportando mercancías de un sitio a otro antes de pasar a dirigir las operaciones desde tierra. Dice que ya está cansado y que le gustaría despreocuparse de los negocios y disfrutar de la vida. Vamos, que quiere que en unos cuantos años yo le releve en la dirección de los negocios.

—¿Y a ti te gusta esa idea? —le preguntó Dido.

—Sí, no me disgusta la idea. Creo que continuando su labor me podré labrar un buen futuro.

Los ojos de la joven se entristecieron todavía más de lo que ya estaban y bajó la mirada para evitar que el muchacho se percatara de ello.

—Pero ahora que te acabo de conocer no me gustaría abandonar Kart-Hadtha. Me gustaría que nos conociésemos más y eso no podremos hacerlo si yo en un par de días, que es lo que tardarán en hacer las reparaciones que el Alas del Viento necesita, tengo que embarcarme hacia algún lugar lejano.

Alejo hizo una pausa para dar un sorbo a la jarra de vino que tenía mientras los ojos de la joven empezaron a brillar.

—¿Tú quieres que me quede en la ciudad y nos sigamos viendo? —le preguntó.

—Sí —contestó la muchacha.

—Entonces hablaré con mi padre y le pediré que me deje en Kart-Hadtha una buena temporada aprendiendo a dirigir desde aquí sus negocios.

Dido agarró la mano de Alejo y, llevándosela a los labios, la besó mientras sus ojos brillaban iluminando todo su rostro, embelleciéndolo aún más. Los dos jóvenes pasaron la tarde juntos, aunque en esta ocasión abandonaron las abarrotadas calles de la ciudad y se fueron a pasear por una de las playas que estaban cerca de la capital. En ella, cogidos de la mano mientras las olas, que suavemente descargaban en la arena, mojaban y refrescaban sus pies, los dos jóvenes se sentían dichosos y plenamente felices. El sol ya se ocultaba tras el horizonte, tiñendo de una variada gama de colores el cielo, cuando los dos jóvenes decidieron volver a la urbe.

—¡Tenemos que irnos! —comentó Dido—. Va a oscurecer pronto y a mi padre no le gusta que esté fuera de casa cuando la noche cae sobre la ciudad.

Y los dos jóvenes abandonaron la playa y se dirigieron hacia la urbe, donde sus calles seguían abarrotadas de gente de lo más variopinta.

—¿Podemos vernos mañana? —le preguntó Alejo a la joven cuando llegaron a la puerta de su casa.

—Sí, claro que sí. Ya no tengo que comprar nada en el mercado, pero podemos salir a pasear como esta tarde. Ha sido un paseo maravilloso. Me he encontrado muy a gusto.

—Yo también me he sentido muy bien.

—¿Cuándo sabrás si puedes quedarte en la ciudad o si por el contrario te tienes que embarcar? —preguntó la muchacha.

—Esta noche intentaré hablar con mi padre, si es que acude a dormir a casa. Anoche no lo hizo y desde que estuvimos en tu casa no le he vuelto a ver. Pero haré todo lo posible por localizarle y hablar con él —contestó Alejo—. Pero no te preocupes, mi padre aceptará lo que yo le diga. Nunca ha tratado de imponerme nada y siempre ha cumplido mis deseos.

—¡Pues tener un padre así es una suerte! —exclamó la joven—. El mío es muy comprensivo, pero como algo no le guste no da su brazo a torcer y tengo que aceptar su voluntad.

—Bueno, es diferente. Tú eres una mujer...

—¿Y por eso no puedo tener voluntad propia y tengo que someterme a los deseos de mi padre, por mucho que se preocupe por mí y me desee lo mejor? —preguntó muy seria Dido.

—No sé... Es diferente...

—¡Bueno, se ha hecho muy tarde y tengo que entrar en casa!

Y la muchacha, dando media vuelta, entró en la mansión, dejando con la palabra en la boca a Alejo, que no entendía aquella reacción de la joven, reacción que había estropeado el final de aquel día tan maravilloso que habían pasado juntos.

—¡Mujeres! —exclamó Alejo mientras se encogía de hombros y daba media vuelta alejándose de la casa—. ¡No hay quien las entienda!

* * *

En La Balanza Himilcón continuaba hablando haciendo uso de su derecho a hacerlo sin tener un límite de tiempo para acabar. Era un continuo darle vueltas al mismo asunto sin que le llevase a ningún lugar en concreto, lo que estaba empezando a poner nervioso a Hannón «el Grande», y mucho más cuando Himilcón, ya con la voz fatigada de estar tanto tiempo hablando, abandonó el estrado para dejar en su lugar a un compañero de su grupo, que comenzó a relatar los acontecimientos que tanto Hannón como Himilcón habían realizado durante su intervención. Hannón «el Grande» intuyó la jugada que pretendían los senadores afines al partido de los Barca y se levantó protestando ostensiblemente, pero uno de los sufetes le conminó a que guardase silencio o abandonase la sala. El líder del partido aristocrático no tuvo más remedio que sentarse en su escaño y guardar silencio. De nada le había servido impedir que varios senadores del grupo opositor hubiesen podido acudir a la reunión de la asamblea de senadores después de haber sufrido unos extraños accidentes. El resto de compañeros podían permanecer en el uso de la palabra siempre que lo deseasen durante días y días sin que nadie pudiese impedírselo, y Hannón se temía que lo harían hasta que llegasen noticias de Iberia.

Ya la noche había caído sobre Kart-Hadtha cuando los sufetes dieron por finalizada la sesión, decidiendo continuarla al día siguiente a primera hora de la mañana, puesto que habían solicitado su intervención un buen número de senadores, todos ellos pertenecientes al grupo de los Barca. Estos, junto a Himilcón, decidieron reunirse para preparar la estrategia del día siguiente, que no era otra que la que habían venido realizando aquella tarde, esperando y confiando en que llegasen pronto buenas noticias de Kart-Hadtha de Iberia.

Hannón y su grupo decidieron también reunirse para ver si había alguna manera de impedir que el grupo de senadores del partido de los Barca pudiesen continuar monopolizando las intervenciones en el Senado, de manera que este no pudiese realizar la votación final, antes de que se recuperasen de los extraños accidentes que habían sufrido los senadores del grupo de los Barca, pues si lo hacían antes de que sus compañeros perdiesen el uso de la palabra la votación se decantaría de su lado, ya que formaban mayoría. Y ahora ya habían aprendido la lección. No acudirían solos a ningún sitio y siempre llevarían una buena escolta de hombres armados para impedir que pudiesen sufrir cualquier extraño accidente.

Aquella tarde Ajax, una vez que estuvo seguro de que el grupo de senadores habían entendido perfectamente las consignas dadas por su líder y que no abandonarían la tribuna de oradores hasta que los sufetes diesen por terminada la sesión, decidió acercarse al puerto para comprobar cómo iban los arreglos que el Alas del Viento precisaba. No eran nada importantes y por esa razón deberían tenerlo terminado en poco tiempo. Pero ya se sabía qué ocurría con los trabajadores de los astilleros: si no estabas encima de ellos para que agilizasen el trabajo se lo tomaban con toda parsimonia, y eso todo buen comerciante sabía que no solo era tiempo perdido, sino también dinero que dejaba de entrar en sus arcas. Pero no quería acercarse él solo, por lo que decidió pasar a ver a su amiga Anthousa y ver si esta quería acompañarle. Sin embargo aquella tarde esta estaba muy ocupada, había acudido mucha gente de los alrededores de Kart-Hadtha, atraídos por la convocatoria extraordinaria del Senado, y aprovechaban su estancia en la ciudad para comprar todos aquellos perfumes, hierbas y demás ungüentos que precisaban y que la tienda de la griega —aunque no era la única que se los podía proporcionar— sí era la que tenía más surtido y variedad y también mejor precio. Además, una vez que cerrase la tienda, tenía que realizar inventario de los nuevos cargamentos que habían llegado, por lo que le resultaría imposible dedicarle su tiempo a Ajax. Este decidió posponer la visita al astillero para el día siguiente y no le quedó más remedio que cenar solo y acostarse pronto.

A la mañana siguiente se acercó al astillero para ver cómo iba la reparación del Alas del Viento. En esta ocasión los operarios habían sido eficientes y el barco estaba prácticamente terminado, a falta de algunos pequeños retoques que al día siguiente estarían acabados. Sin embargo le llamaron la atención los corrillos que los trabajadores habían hecho hablando en voz baja y comentando lo que parecía ser una noticia importante. Ajax se acercó a uno de esos corrillos en el que había más conocidos suyos y les preguntó:

—¿Qué ocurre que parecéis tan alterados cuchicheando?

Los operarios dejaron de hablar y se miraron unos a otros sin saber qué hacer. Al final uno de ellos, que era el que parecía llevar la voz cantante, se decidió a hablar.

—Da igual, dentro de nada lo sabrá todo el mundo —dijo, dirigiéndose a sus compañeros. Y mirando a Ajax apuntó—: Ha llegado un trirreme militar procedente de Kart-Hadtha de Iberia. El capitán que lo mandaba traía órdenes muy precisas de informar al Senado de que Asdrúbal «el Bello» ha sido asesinado traicioneramente. El ejército, por su parte, ha decidido nombrar como nuevo comandante en jefe del ejército de Iberia al hijo mayor de Amílcar Barca, el joven Aníbal.

—¿Y lo saben ya los sufetes y los senadores? —preguntó Ajax.

—El capitán del trirreme ha ido directamente a La Balanza a informar, así que lo más probable es que ya lo sepan.

Ajax se despidió de los trabajadores de los astilleros y decidió ir a La Balanza. En ella la algarabía era considerable. Los sufetes estaban a punto de dar por finalizada la sesión matinal del Senado cuando había irrumpido en la sala el capitán del trirreme procedente de Kart-Hadtha. Como embajador del ejército de Iberia podía acceder directamente a la sala donde tenía lugar la reunión de los senadores y dirigirse a estos. Tuvo unas pequeñas palabras con los dos sufetes y estos interrumpieron al senador que estaba en el uso de la palabra, dando permiso al militar para que se dirigiese a los senadores que, recelosos y sorprendidos, se miraban entre sí extrañados de aquella intrusión, aunque la mayor parte de ellos, al ver al emisario del ejército cartaginés de Iberia, sospechaban qué les iba a decir. Este no se anduvo con rodeos ni preliminares. Se limitó a saludar cortésmente a los senadores para después informarles de que Asdrúbal Jarto, comandante en jefe del ejército cartaginés en Iberia, había sido vilmente asesinado y que el ejército, reunido en su totalidad y por unanimidad, había decidido nombrar como su sucesor a Aníbal Barca, hijo mayor de

Amílcar Barca. Un griterío ensordecedor de protesta provocado por los senadores procedentes del grupo de Hannón estalló en la sala, que a su vez fue contrarrestado por los aplausos y vivas dados por los senadores afines al grupo de los Barca encabezados por Himilcón, que respiraba aliviado y lleno de satisfacción.

Los dos sufetes intentaban por todos los medios poner orden y acabar con aquel guirigay, pero fue inútil. La noticia había trascendido fuera de La Balanza ocurriendo lo mismo que en el interior, por lo que el griterío y el estruendo eran aún mayores. Los sufetes no tuvieron más remedio que dar por finalizada la sesión, convocando una nueva asamblea para el día siguiente a primera hora. Cuando Ajax se acercó a Himilcón este le dio un fuerte abrazo; su rostro era el retrato de la felicidad.

—¡Lo hemos conseguido! —exclamó—. Los senadores no tendrán más remedio que dar por bueno y confirmar el nombramiento de Aníbal. ¡Lo hemos conseguido! —repitió, y juntos abandonaron La Balanza.

—Hoy me acompañas a comer a mi casa y me da lo mismo si ya lo has hecho o no, pero te vienes a mi casa. Tenemos que celebrar el nombramiento de Aníbal. Ayer tocaba llorar por la muerte de Asdrúbal, sin embargo hoy toca celebrar el nombramiento de su cuñado.

—Acepto tu invitación muy gustoso —contestó Ajax mientras se encaminaban a la mansión que Himilcón tenía.

—¿Y qué puedes decirme de Aníbal? —le preguntó Ajax mientras caminaban—. ¿Lo conoces bien?

—Nadie aquí en Kart-Hadtha conoce bien a Aníbal —comentó Himilcón—. Abandonó la ciudad acompañando a su padre cuando este se dirigió a Gadir. Pero era un niño de apenas ocho o nueve años. Allí en Iberia creció y se hizo un hombre, por lo tanto lo que sabemos de él es lo que nos ha llegado a través de aquellos que han vivido junto a él y lo que unos y otros dicen, pero a saber qué hay de verdad.

—¿Y qué es lo que se dice de él? —preguntó Ajax.

—Pues hay bastante coincidencia en las opiniones. Todos aseguran que tiene un valor excepcional y una inteligencia para cuestiones militares única, siendo un gran estratega. Pero también todos opinan que es demasiado osado y atrevido y que tiene un odio visceral a los romanos. Algunos aseguran que su padre, Amílcar, le pidió que jurase odio eterno a los romanos hasta acabar con ellos. Seguramente serán habladurías de la gente, pero desde luego estos no son santo de su devoción. Yo lo he visto dos veces en las que acudió aquí como embajador de su cuñado Asdrúbal y me llevé una buena impresión de él, pero no puedo especificar y ampliar más. Lo que sí te puedo asegurar es que, al contrario de su cuñado, no será la diplomacia la espada que esgrima.

—Bueno, el tiempo y las decisiones que tome harán que lo vayamos conociendo —comentó Ajax.

Los dos hombres habían llegado a la casa de Himilcón y salió a recibirles Dido, la hermosa hija del dueño de la casa, que no pudo disimular su sorpresa al ver al padre de Alejo. Le dio un fuerte abrazo a su padre mientras este le señalaba.

—Ya conoces a Ajax, hoy nos acompañará en la comida.

—Claro, es el padre de Alejo —contestó la joven—. ¿Y a vosotros qué tal os ha ido? Porque parece que venís un tanto alterados.

—No es para menos —contestó su padre. Y después de dar instrucciones para que les pusiesen la comida, se dispuso a contar a su hija lo sucedido en La Balanza.

***

Ya era muy tarde cuando Ajax abandonó la mansión de Himilcón. Sin embargo en la ciudad todavía había bastante movimiento de personas que iban de unas tabernas a otras, o a las salas de baños y masajes que todavía permanecían abiertas, aunque prácticamente todas las tiendas ya habían cerrado. Ajax se dirigió hacia su casa procurando ir por las calles más anchas y frecuentadas, porque

Kart-Hadtha, a partir de ciertas horas, no dejaba de ser un lugar peligroso para todos aquellos que se despistaban por los lugares menos frecuentados y menos iluminados, donde se podía perder la bolsa y también la vida. Cuando llegó a su casa sin el menor percance se encontró con que su hijo estaba esperando a que llegase tomándose una copa de vino.

—¡Te estaba esperando! —le dijo mientras llenaba otra copa de vino para su padre. Sabía que a este siempre le gustaba tomar una copa antes de irse a la cama. Decía que le relajaba y le ayudaba a dormir, y él había cogido la misma costumbre—. Parece que en La Balanza la mañana ha sido movidita —comentó.

—¡Por lo que parece ya te has enterado de las últimas noticias! —le contestó su padre.

—¿De que el hijo mayor de Amílcar Barca, Aníbal, es el nuevo comandante del ejército cartaginés en la península ibérica? —preguntó a su vez Alejo, pero indudablemente era una pregunta retórica, porque él mismo la respondió—. Sí, ya me he enterado. En la ciudad no se habla de otra cosa. ¿Y a ti qué te parece?

—No tengo una opinión formada de él. Era un niño cuando abandonó Kart-Hadtha y desde entonces solo lo he visto en un par de ocasiones y de lejos, cuando regresó a la ciudad como enviado de su cuñado Asdrúbal, pero no he hablado nunca con él.

Ajax hizo una pausa para dar un sorbo a su copa de vino y continuó hablando:

—Lo que sí te puedo asegurar es que, por lo que dicen, no es como su cuñado Asdrúbal. La diplomacia de Aníbal, según comentan los que lo conocen bien, es la espada, y será esa la que utilice para conseguir sus propósitos.

—¿Y cuáles son estos? —preguntó Alejo.

—Como digno hijo de su padre, siempre según la opinión de los que mejor lo conocen, pretenderá recobrar el orgullo herido tras la derrota contra Roma, poniendo fin al pago de la fuerte indemnización de guerra que los romanos nos impusieron, lo que indudablemente nos acarreará problemas.

Ajax dio un último sorbo a su copa.

—En fin, me temo que se nos ha acabado la tranquilidad de la que hemos venido gozando estos últimos años. No sé si para bien o para mal, pero por lo que cuentan de Aníbal, la vida va a ser diferente. Por cierto, esta mañana estuve en los astilleros y el Alas del Viento estará listo en un par de días...

—De eso precisamente quería hablarte —comentó Alejo después de darle un sorbo a su copa de vino.

VIII

Aulus Gelius, como casi todas las tardes desde hacía bastante tiempo, llegó al Campo de Marte dispuesto a entrenarse y perfeccionar el manejo de la espada. En esta ocasión no le acompañaban sus dos amigos inseparables, que eran sus acompañantes habituales en el entrenamiento diario. Unos asuntos imprevistos habían obligado a sus compañeros a ausentarse aquella tarde. Aulus Gelius confiaba en que Publio Cornelio Escipión sí pudiese acudir, como venía haciendo desde que le libraron de una más que segura paliza, si acaso no de algo peor, aquella noche en la Subura. Desde entonces el joven Escipión siempre los había acompañado en sus entrenamientos y entre los dos jóvenes había fructificado una noble amistad.

No se equivocó el joven Aulus Gelius y allí estaba su amigo Escipión, practicando ejercicios en solitario y recibiéndole con una amplia sonrisa.

—¿Hoy no te acompañan tus dos amigos? —le preguntó después de los saludos de rigor.

—No, hoy les ha surgido no sé qué imprevisto que hace que no puedan acudir —contestó Aulus Gelius.

—Pues me alegro, porque tengo que comentarte algo.

—¿Y se puede saber qué es?

—Sí, claro que sí. Pero luego, cuando terminemos el entrenamiento. Yo ya llevo un rato haciendo ejercicio y no querría quedarme frío.

Y los dos jóvenes, después de unas cuantas carreras y flexiones, cogieron sus espadas, que en esta ocasión ya no eran de madera, si bien tenían mellado el filo para evitar cortes, aunque un buen golpe con ellas podía hacer mucho daño y dejar un buen moratón si no rompía algún hueso, por lo que debían tener cuidado con ellas. Aunque en ocasiones, en el fragor de un combate, se olvidaban de todas las precauciones empleándose a fondo y alguno salía magullado.

Cuando el sol ya comenzaba a ocultarse y las sombras alargaban las columnas del templo del dios Apolo los dos jóvenes, cansados y sudorosos, dieron por finalizado el ejercicio y se encaminaron hacia la poza Trigarium, situada en el centro del meandro que formaba el río Tíber, y donde se podía ir a nadar si el día acompañaba. Una vez que se hubieron refrescado dándose un buen baño y se hubieron vestido con túnicas limpias se dirigieron, cansados pero satisfechos, hacia una de las tabernas que había cerca del Foro.

—Bueno, ¿me vas a decir eso que tenías que contarme? —preguntó Aulus Gelius, picado por la curiosidad. Escipión sonrió.

—¡Se dice que la curiosidad mató al gato! —exclamó, riéndose.

—No creo que a mí me mate, pero cuando algo pica lo mejor es poner remedio a eso que te lo produce.

—Bueno, dejémonos de sofismas y vamos al asunto, que quizá pueda interesarte.

—¡Pues soy todo oídos! —exclamó Aulus Gelius.

Los dos jóvenes ya habían entrado en una de las tabernas que había cerca del Foro y se habían sentado a una de las mesas que estaban más apartadas para así poder hablar tranquilamente, pues la taberna se iba llenando y el fragor de las conversaciones iba en aumento. Pidieron una jarra de vino y algo para ir picando —unos trozos de queso de oveja y unas aceitunas—, pues el ejercicio les había abierto el apetito.

—Te cuento —dijo Escipión después de haber dado un buen sorbo a su copa de vino—. Mi padre adoptivo quiere presentarse a las próximas elecciones consulares. Si todo sale como espera y es elegido, el Senado le asignará un par de legiones y un territorio para actuar. En ese supuesto quiere que yo le acompañe formando parte de la caballería para que me vaya fogueando.

—¡Eso es una gran oportunidad para ti! —exclamó Aulus Gelius.

—Sí, efectivamente, y pienso aprovecharla, pero me gustaría que tú también me pudieses acompañar. Mi padre no es nada partidario de conceder favores así por las buenas si estos no vienen precedidos de una buena causa y un esfuerzo. Por eso había pensado que si tú te incorporases, junto conmigo, al equipo que luchará para que salga elegido cónsul, mi padre valorará el trabajo realizado y entonces estoy seguro de que aceptará que tú también te incorpores a la caballería de una de sus legiones, a la misma que me haya designado a mí.

—Entonces lo que me estás pidiendo es que trabaje contigo para conseguir que tu padre adoptivo sea elegido cónsul.

—Efectivamente. Para ser elegido cónsul no basta con que uno sea el mejor y el que más méritos tiene, sino que ha de convencer a los electores, y para ello hay que realizar una buena campaña a favor del candidato...

—Pero yo no he participado nunca en ninguna campaña de ese tipo... No tengo ni idea de qué es lo que hay que hacer.

—Yo sí y estarías conmigo, ayudándome a mí, consiguiendo partidarios de mi padre, organizándole reuniones y haciendo que acuda cuanta más gente mejor, todos ellos aplaudiéndole...

Escipión hizo una pausa para comer un trozo de queso y algunas aceitunas y continuó hablando.

—A veces no quedará más remedio que hacer algo sucio. Esa es la parte menos grata de este asunto, pero no quedará más remedio que hacerlo, porque los partidarios de los otros candidatos lo harán y nosotros tendremos que adelantarnos a ellos para impedirlo.

—¿Algo sucio? ¿Como qué? —preguntó Aulus Gelius.

—Pues... boicotear alguna reunión de alguno de los adversarios de mi padre. Ellos lo intentarán con las que organicemos nosotros, así que ni para ellos ni para nosotros será algo nuevo.

Escipión dio un sorbo a su jarra de vino y le preguntó:

—¿Qué me dices?

—¡Pues no sé! —exclamó Aulus Gelius—. Eso de boicotear las reuniones de los oponentes... no me parece que sea jugar nada limpio...

—La política es así, y no solo tienes que gastar mucho dinero para conseguir que un buen número de personas acudan a tus reuniones para aplaudirte y vitorearte, sino que también tienes que gastar mucho para pagar a aquellos que puedan boicotear las reuniones de tus adversarios...

—¿Pues sabes lo que te digo? Que no me gusta la política.

—¿Pero sí te gustará pertenecer a la caballería de la legión de un cónsul? ¿O acaso no? Pues ese es el precio que hay que pagar. Si formas parte de nuestro equipo ya me encargaré yo de que mi padre lo sepa y te elija para que formes parte de los équites de su legión.

—¡Sí, eso sí! ¡Es lo que más me gusta y a lo que aspiro! —exclamó el joven.

—Pues no se hable más. Tú vendrás siempre conmigo y yo te iré diciendo qué es lo que tenemos que hacer. Vamos a brindar por ello.

Pero la jarra de vino se había vaciado ya y los jóvenes tuvieron que llamar la atención del tabernero para que se la rellenase.

—¡Una cosa! —exclamó Aulus Gelius después de haber brindado y dado un buen sorbo a su jarra—. ¿Y mis dos amigos no podrían también formar parte de ese equipo?

Escipión meneó la cabeza y arrugó el ceño.

—¿Formar parte del equipo a favor de mi padre...? Sí, claro que podrían, pero a ellos no les puedo asegurar que una vez que mi padre sea elegido cónsul y disponga de una legión puedan formar parte de la caballería de ella. A ti sí te lo puedo asegurar, pues ya he tanteado a mi padre, le he hablado de ti, de tus virtudes, y le he convencido de que eres un buen jinete y que podrías formar parte de su caballería. Pero formar parte de los équites de una legión es algo muy solicitado y me parece que mi padre ya tiene elegida su caballería...Veo imposible incluir a tus amigos... Ahora, si ellos quieren formar parte del equipo que apoyará a mi padre para los comicios, no veo ningún impedimento.

—Bueno, se lo podemos proponer sin mencionarles nada de entrar en la caballería y que ellos decidan.

—Sí, si es así, no veo inconveniente.

—Bueno... ¿y cuándo empezamos? —preguntó Aulus Gelius.

—Pues ahora mismo. Tenemos una reunión en la que el encargado de la campaña de mi padre nos dará las instrucciones y nos dirá qué tenemos que hacer.

Y los dos jóvenes acabaron sus jarras de vino, pagaron al tabernero y abandonaron la taberna. Tenían una larga noche por delante.

* * *

Hannón «el Grande» paseaba por los jardines de su espléndida mansión mientras hacía tiempo para que llegasen los senadores de su grupo. No todos, solo había convocado aquella mañana a los más importantes, a los que tenían más peso político dentro del partido, los mismos a los que había invitado a cenar la noche que tuvieron noticias de la muerte de Asdrúbal «el Bello». Estos fueron llegando, algunos juntos, otros por separado, pero todos a la hora convenida estaban en la mansión de Hannón. Sabían que la puntualidad era una de las virtudes que más apreciaba el anfitrión y ninguno quería que cayese sobre él el enfado del dueño de la casa. En esta ocasión lo único que les sirvieron los criados de Hannón fue una copa de vino acompañada de unos dátiles confitados. Nada de unas viandas exquisitas y mucho menos el acompañamiento de música y baile. La ocasión no era precisamente la más apropiada para la diversión. Todos estaban preocupados y enfadados con la noticia que había traído la tarde anterior el representante del gobierno cartaginés en Iberia y lo que era peor, no creían que se pudiese hacer nada para cambiarlo. El ejército cartaginés ya había tomado su decisión y nombrado a su comandante en jefe y, como ocurrió cuando Asdrúbal fue elegido, era la familia Barca la que pagaba ese ejército y la que tenía mayoría en el Senado de Kart-Hadtha. Se mirase por donde se mirase no había forma de evitarlo, de ahí la sorpresa al recibir la invitación de Hannón para aquella mañana, antes de que tuviese lugar la reunión del Senado, que se produciría aquella tarde. ¿Acaso Hannón tenía alguna carta oculta en aquel juego político? Pronto salieron de dudas, porque en cuanto los criados se retiraron dejando bien llenas las copas de vino de los invitados y las cráteras a su alcance, Hannón tomó la palabra. Era evidente que ya no podían modificar nada de la decisión tomada por el ejército cartaginés en Iberia, que nombraba al hijo mayor de Asdrúbal, Aníbal, comandante en jefe de ese ejército, y su minoría en el Senado de Kart-Hadtha no hacía otra cosa que ratificar ese nombramiento.

—¡Pero sí hay algo que podemos hacer! —les dijo Hannón a sus invitados. Y ante el estupor de estos y la cara de sorpresa que pusieron continuó hablando.

—Todos vosotros estabais aquí cenando la noche que conocimos la muerte de Asdrúbal y yo os había propuesto un plan para acabar con la mayoría del grupo de los Barca en el Senado. ¿Os acordáis?

Los senadores se miraron unos a otros entre sorprendidos e ignorantes, hasta que uno de ellos preguntó:

—¿Te estás refiriendo al proyecto de comprarles hierro a los turdetanos para provocar la reacción y el enfado de Sagunto contra ellos?

—Efectivamente, a ese mismo proyecto me estoy refiriendo. Creo que ha llegado el momento de ponerlo en práctica —contestó Hannón.

—Pero el Senado de Kart-Hadtha nunca aceptará realizar esa compra, precisamente porque sabe las consecuencias que puede tener.

—¿Y quién ha dicho que el Senado tenga que estar informado y enterarse de esa compra? Iremos unos cuantos de nosotros (tres o cuatro, no más), y diremos que vamos como representación del Senado. Yo seré uno de ellos, y soy lo suficientemente conocido para que ningún turdetano pueda dudar de mi representatividad. El Senado de Kart-Hadtha se enterará cuando Sagunto haya atacado a los turdetanos y estos pidan la ayuda de La Balanza. Entonces Aníbal no tendrá más remedio que acudir en ayuda de los turdetanos atacando Sagunto. Además, por lo que he oído, no creo que el nuevo comandante en jefe del ejército de Iberia ponga muchos inconvenientes en atacar a los saguntinos. Estos son aliados de Roma y el joven Aníbal, por lo que dicen los que le conocen, parece que ha heredado de su padre el odio hacia Roma, lo cual nos favorece.

—Pero eso provocará posiblemente otra guerra con Roma y todavía estamos pagando el último enfrentamiento que tuvimos contra ellos —comentó uno de los senadores de más edad.

—Bueno, ahora no tiene por qué ocurrir lo mismo, además eso nos proporcionará el motivo para destituir a Aníbal y buscar la paz con Roma. Quizá conseguir la paz con esta nos cueste tener que ampliar la indemnización que le estamos pagando ahora, pero eso es un coste que podemos asumir si con ello conseguimos eliminar a la mayoría de senadores partidarios de los Barca en La Balanza y volver a tener el control de Kart-Hadtha.

Todos guardaron silencio con la cabeza baja, observando la copa de vino que tenían entre sus manos.

—¿Hay alguna objeción a este plan, o acaso alguno de vosotros tiene otro mejor para acabar con la mayoría de los senadores partidarios de los Barca en La Balanza y de paso sustituir a Aníbal por uno de los nuestros? —preguntó Hannón.

El silencio fue la única respuesta mientras se oía cómo algunos de los senadores apuraban sus copas de vino. Pasados unos segundos sin que nadie dijera nada, Hannón volvió a tomar la palabra.

—Bien, entonces está decidido. Iremos a pedirles a los turdetanos que nos vendan su famoso hierro. Necesito tres voluntarios de vosotros que me acompañen en ese viaje, formando la delegación que desde este momento se constituye en representación oficial del Senado de Kart-Hadtha.

Tres senadores levantaron la mano un poco titubeantes, no muy decididos, pero Hannón rápidamente los dio por válidos.

—Perfecto, ya tenemos constituida la comisión que esta misma tarde saldrá en un trirreme que ya está preparado rumbo a Gadir y desde allí, a través del río Betis, llegaremos a Turdetania. Ni que decir tiene que esta operación requiere un absoluto secreto. Solo vosotros, los que estáis aquí, sois los conocedores de la misión que llevamos. No podéis comentarlo con nadie, ni siquiera con vuestras familias, y tampoco con los senadores de nuestro grupo. ¡No podéis comentarlo absolutamente con nadie! El éxito de la operación radica precisamente en eso, en que nadie tenga conocimiento de lo que tramamos. ¿Queda lo suficientemente claro?

—¿Y qué explicación daremos a nuestras familias sobre un viaje tan precipitado? —preguntó uno de los senadores que había levantado la mano como voluntario.

—¿A estas alturas de vuestra vida y con vuestra edad todavía tenéis que dar una explicación si embarcáis en un trirreme? —preguntó Hannón, pero no esperó la respuesta—. Si os pregunta alguien, pero solo si os preguntan, diréis que vais a Kart-Hadtha de Iberia a felicitar al nuevo comandante en jefe del ejército. Recordadlo bien, porque esa será la versión que daremos todos. Esta tarde, a la misma hora que empiece la sesión en La Balanza, nos pondremos en camino. Todo el mundo estará pendiente de la asamblea del Senado y nadie prestará atención a un trirreme que abandona el puerto. Eso es todo.

Los senadores fueron abandonando la mansión de Hannón en el más absoluto silencio, temerosos de que cualquier comentario fuese escuchado por algún oído interesado y todo el plan se viniese abajo.

Y efectivamente, a la misma hora que los sufetes abrían la sesión del Senado en La Balanza, con gran expectación, tanto dentro como fuera del edificio, con una gran multitud en el Foro ansiosa por saber qué iba a ocurrir en el interior, un trirreme abandonaba el puerto comercial con Hannón y tres senadores más como únicos pasajeros.

*   *   *

Ajax, como otras muchas personas que tenían cierta consideración en la ciudad, acudió a La Balanza para ver cuál era la reacción del grupo de Hannón a la noticia de que el ejército de Kart-Hadtha de Iberia ya tenía un nuevo comandante en jefe. Sin embargo, aquella tarde los pensamientos de Ajax estaban dándole vueltas a la conversación que había tenido la noche anterior con su hijo Alejo. Bueno, más que conversación había sido un monólogo el que su hijo había realizado. Prácticamente solo había hablado él y no le había dado ninguna otra alternativa, ninguna opción.

«No voy a embarcarme en el Alas del Viento ni voy a capitanear ningún otro barco», le había dicho a su padre cuando este le comentó que en un par de días la nave estaría lista para partir. Y la única explicación que le había dado es que le sería mucho más útil en la ciudad, ayudándole a dirigir los negocios desde allí. No había habido forma de convencerle. Y Ajax, por más vueltas que le daba, no lo entendía, pues hasta hacía nada de tiempo parecía que la mayor ilusión que su hijo tenía era la de recorrer la *Ecúmene* capitaneando los barcos de las compañías de su padre.

«Además, las cosas parece que se van a poner interesantes en la ciudad con la elección del hijo primogénito de Amílcar como nuevo comandante en jefe del ejército de Iberia», le había dicho. Pero lo que más sorprendido le había dejado era cuando había comentado que quizá se apuntase al partido que dirigía Himilcón, partidario de los Barca, contrario y enfrentado al de los terratenientes que capitaneaba Hannón «el Grande».

Tan imbuido estaba en sus pensamientos que no se había percatado de que la sesión en el Senado ya había comenzado, pero de una forma tranquila y sosegada, lo que nadie se esperaba. Fue

Himilcón el que le hizo volver a la realidad cuando, acercándose a la tribuna de invitados donde se encontraba Ajax, le cogió del brazo haciendo que abandonase el palco para que nadie pudiese escuchar lo que hablaban.

—¡Aquí está pasando algo muy extraño! —exclamó Himilcón cuando se cercioró de que no había nadie cerca que pudiese escuchar su conversación.

Sorprendido, Ajax regresó a la realidad en la que se encontraba, dejando de lado las deliberaciones sobre su hijo.

—¿Por qué dices eso? —preguntó Ajax.

—¿A ti te parece normal que el partido de Hannón acepte sin más que Aníbal, el hijo de Amílcar, haya sido elegido comandante en jefe del ejército de Iberia, sin consultar con el Senado?

—¿Eso han hecho? —preguntó, extrañado.

—¿Pero en qué estás pensando que no te enteras de lo que ocurre en la sala? —mas no esperó la respuesta—. No solo lo han aceptado, sino que han formado una comisión para felicitar a Aníbal por su nombramiento, comisión que se trasladará a Kart-Hadtha de Iberia para hacerlo.

—¿Pero qué me estás diciendo? —preguntó Ajax, totalmente sorprendido.

—Lo que estás oyendo.

—¿Y quién forma parte de esa comisión?

—Pues es de lo que se está hablando ahora. Cuántos miembros ha de tener y quiénes deben formar parte de ella.

—Supongo que Hannón querrá formar parte de ella. Claro que si es para felicitar a Aníbal, me extrañaría muchísimo que lo hiciese.

—Pues es de lo más extraño. Hannón no ha acudido esta tarde a la reunión del Senado, al igual que otros tres senadores de su grupo, por lo que volvemos a tener mayoría a pesar de las bajas que tuvimos ayer y que todavía no se han recuperado.

—¡Todo esto es muy extraño! —exclamó Ajax—. Esta mañana me he acercado al *cothon* para asegurarme de cuándo estaría listo el Alas del Viento. Mi hijo ha cambiado de idea y ya no quiere capitanear el barco, sino que quiere quedarse en la ciudad para ayudarme a dirigir los negocios desde aquí. Debe de pensar que me estoy haciendo viejo y que necesito ayuda para hacerlo. Bueno, a lo que iba, cuando llegué al puerto me llamó la atención un tri-rreme que estaba listo para partir, y cuando pregunté a dónde se dirigía y quién iba en él, pues parecía que no había mucho movimiento en su interior, no supieron o no quisieron decirme nada. Me resultó muy extraño conociendo la locuacidad habitual de los encargados del puerto.

—No lo sé. Todo me está resultando muy extraño y sorprendente —comentó Himilcón.

—Otra cosa más. ¿Ha hablado mi hijo Alejo contigo para decirte que quiere formar parte del partido vuestro, afín a los Barca?

—¿Que quiere ingresar en nuestro grupo?

—Sí, eso me ha dicho. Pensé que quizá hubiese hablado contigo y tú le hubieses ofrecido hacerlo —contestó Ajax.

—No, nunca he hablado con tu hijo, ni de eso ni de ninguna otra cosa. Ahora, la que habla maravillas de Alejo es mi hija Dido. Desde que estuvieron en el mercado y pasaron el día juntos no tiene otro nombre en la boca que el de tu hijo y no para de ponderar las virtudes que tiene.

—¿Sabes? —comentó Ajax—. Yo no creo en las casualidades, nunca he creído en ellas porque la vida me ha demostrado que por regla general no existen. Alguna, de tarde en tarde, podría darse, pero cuando coinciden varias en un mismo momento y lugar, eso no son casualidades. Y aquí, ahora, tanto en lo que pasa en La Balanza como la decisión de mi hijo y las palabras de alabanza de tu hija son demasiadas casualidades. Algo se nos está escapando, y por el bien de Kart-Hadtha y por el nuestro personal deberíamos averiguar qué es.

—Ahora tengo que regresar a la asamblea, pero luego pásate por mi casa y seguimos hablando —le dijo Himilcón, antes de regresar a su puesto en el Senado.

IX

Albano, el hijo del caudillo salmantino, estaba sentado en una peña que sobresalía al sur del poblado, contemplando cómo frente a él, bajo el cerro, discurría mansamente el agua del río Salamati, entre las choperas que lo bordeaban. La vista era impresionante y, como el día era claro y despejado, se podían contemplar a lo lejos las montañas cubiertas aún de nieve que bordeaban la Meseta Central. Había contemplado ese paisaje desde que recordaba tener uso de razón y sin embargo no dejaba de admirarlo y de impresionarle, porque era de una belleza sin igual. A lo lejos se divisaban unos jinetes que se acercaban al río, dispuestos sin duda a cruzarlo por el vado que el Salamati presentaba en aquella zona, la única por la que se podía cruzar con ciertas garantías de éxito, siempre y cuando el río no llevase mucha agua, pues por el resto, debido a su caudal y a las corrientes de este, resultaba una temeridad hacerlo. Los jinetes llegaron al río y se dispusieron a cruzarlo. Ya estaban más cerca y Albano creyó distinguir entre ellos a Aldair, su hombre de confianza, al que había pedido que vigilase a Elburo, pues no se fiaba de este. Aldair le había pedido a Albano que doblase la escolta de guerreros que siempre le acompañaban y que su padre, Cedrick, el jefe del poblado, no abandonase por ningún motivo su cabaña sin antes habérselo comunicado, para que pudiese proporcionarle una buena escolta de guerreros. Tenía la sospecha de que Elburo, a través de alguno de los hombres que le seguían, estaba vigilando tanto a Albano como a su padre, y no podía ser con ninguna otra intención sino la de eliminarlos. Por eso, y siguiendo las órdenes de Albano, él a su vez había sometido a vigilancia a Elburo.

Este había abandonado la ciudad con sus compañeros, y por lo que llevaban parecía que se disponían a emprender un largo viaje, por lo que Aldair, acompañado de un par de guerreros, se dispuso a seguirle después de haber informado a Albano. Ya habían pasado un par de lunas desde que tanto Elburo como Aldair habían abandonado el poblado y no había vuelto a tener noticias de ellos. Se temía que tanto a uno como al otro les pudiese haber ocurrido algo. Eran muy malos tiempos, tiempos muy revueltos para viajar por la Península. Tras la muerte de Asdrúbal «el Bello» le había sustituido su cuñado Aníbal, el hijo primogénito de Amílcar Barca, pero en la Península no se habían asentado y consolidado los pactos que aquel había realizado con una buena parte de los pueblos de esta y algunos de ellos se habían levantado en armas contra el gobierno cartaginés, o bien se habían enfrentado entre ellos, como había ocurrido con los turdetanos y saguntinos. Sagunto había atacado a los turdetanos, no se sabía muy bien por qué, y Aníbal había decidido castigar a los saguntinos por esta acción. Pero Sagunto era una poderosa y bien amurallada ciudad que no era fácil de vencer, y Aníbal había decidido asediarla. No, desde luego no era buen momento para viajar por la península ibérica, pues los caminos no eran nada seguros y se corría el peligro de perder la vida. Pero en esta ocasión parecía que eso no había ocurrido, pues los jinetes ya estaban terminando de cruzar el vado del río Salamati y ya se podía distinguir perfectamente que se trataba de Aldair y los guerreros que le acompañaban. Albano se levantó de la peña en la que estaba y se dirigió a la entrada del poblado, en la parte norte del mismo, a esperar la llegada de Aldair.

—Me alegro de que regreséis sanos y salvos —les dijo cuando estos cruzaron la puerta norte de la ciudad, una puerta en esviaje para dificultar la entrada de los posibles atacantes. Los jinetes parecían cansados y los caballos, sudando, resoplaban por los ollares.

—Me refresco un poco y acudo a tu cabaña a informarte —le dijo Aldair.

Albano asintió con la cabeza y, después de hablar un momento con los guerreros que hacían guardia en la puerta, preguntándoles si necesitaban algo, se alejó de la puerta y se dirigió a su cabaña, seguido de los guerreros que siempre le acompañaban y que cuidaban de su seguridad. No tardó en llegar Aldair, al que le pidió que se sentara al tiempo que le ofrecía un cuerno de cerveza.

—La he echado de menos —dijo Aldair después de haber dado un buen sorbo.

—Bueno, cuéntame, ¿has conseguido averiguar a dónde ha ido Elburo? —le preguntó Albano.

—Sí, y no te creas que ha sido fácil hacerlo sin que descubriese que le seguíamos. Están los caminos muy peligrosos y los pueblos muy soliviantados, habiendo escaramuzas entre unos y otros. Ha sido todo un triunfo conseguir evitarlos. Pero sí, he conseguido averiguar a dónde se dirigía Elburo.

—¿Y a dónde ha ido? —preguntó Albano.

—¡A Cartago Nova, como la llaman los romanos! —exclamó Aldair.

—¿A Cartago Nova? ¿Y qué se le ha perdido a él en esa ciudad cartaginesa? Eso queda muy lejos de nuestro territorio y no tenemos relación alguna con los cartagineses.

—No ha ido a entrevistarse con los cartagineses. ¡Ha ido a ver a Aníbal, el comandante en jefe del ejército cartaginés en la península ibérica!

—¿A Aníbal? —preguntó, escéptico, Albano—. ¿Y para qué habrá querido entrevistarse con Aníbal? ¡Esto no pinta nada bien! —exclamó Albano.

—No, a mí tampoco me da buena espina. No me gusta nada.

—Pues la cuestión es que el único que nos lo puede decir es el propio Elburo, y desde luego no lo va a hacer. Tendremos que tener los ojos bien abiertos y estar muy atentos en los próximos días.

* * *

Alejo y Dido paseaban cogidos de la mano por la playa, fuera ya de las murallas que protegían la ciudad. Los dos jóvenes no habían dejado de verse desde el primer día que Alejo acompañó a la joven al mercado de la ciudad y se habían enamorado, disfrutando de su amor todo el tiempo que tenían libre. El amor que había surgido entre los dos jóvenes era la principal razón por la que Alejo se había negado a abandonar Kart-Hadtha capitaneando alguno de los barcos de su padre que cruzaban el Mediterráneo transportando mercancías. La atracción que sentía por la muchacha era tan fuerte que era el centro de sus pensamientos, aunque tampoco había mentido a su padre cuando le había dicho que podía ser mucho más útil quedándose en la ciudad y desde allí ayudarle a llevar los múltiples negocios que este tenía. Después de todo su padre, aunque se encontrase en una gran forma física y su salud no se resintiese con el paso de los años, estos no pasaban en balde y no tardarían en pasarle factura. Para entonces, cuando eso ocurriese él ya se habría familiarizado con todos los negocios y sería capaz de llevarlos perfectamente. Eso era mucho más importante que capitanear un barco, por importante que esto fuese.

Por su parte, a Dido el joven le había entrado por los ojos: guapo, fuerte, amable y muy comprensivo, era muy diferente de los jóvenes que hasta entonces había conocido, hijos de los senadores que formaban parte del grupo de los Barca, que su padre dirigía, y que en lo único que pensaban era en pasárselo bien, aprovechando la buena situación económica de la que disfrutaban sus padres y viendo a las mujeres únicamente como objetos de adorno que solo les servían para poder disfrutar. Alejo era todo lo contrario y eso había enamorado a la joven. Sin embargo, por mutuo acuerdo, habían decidido mantener su relación en secreto, pues desconocían la actitud que tomarían sus padres. Alejo no tenía dudas de que su padre no se opondría a esa relación pues admiraba a Himilcón, al que consideraba un buen amigo, y estaría muy orgulloso de emparentar con él gracias a la relación que mantenían sus hijos. Pero Dido no podía decir lo mismo de su padre. Había perdido a su madre cuando tan solo era una niña y desde entonces su padre se había volcado en ella haciendo las veces de madre y padre, procurando que tuviese todo el amor del mundo y protegiéndola del mundo exterior. La tenía como en una urna a la que no permitía que se acercase nadie, y todos aquellos jóvenes que en algún momento habían querido aproximarse a ella habían sido rechazados automáticamente por su padre. Por eso, y a pesar de la buena amistad que su padre tenía con Ajax y las palabras favorables que le había oído decir cuando lo había mencionado, no estaba segura de que fuese a aceptar esa relación. De ahí que hubiesen preferido mantenerla en secreto, aunque no sabían por cuánto tiempo podrían hacerlo.

—¿Es verdad que Aníbal ha puesto cerco a Sagunto? —le preguntó a Alejo.

—Sí, eso se comenta —contestó el joven.

—¿Y por qué? —volvió a preguntar la muchacha—. Que yo sepa Sagunto no nos ha hecho nada.

—No, a nosotros no, pero Sagunto ha atacado a los turdetanos por vendernos hierro y parece ser que Kart-Hadtha había prometido acudir en auxilio de ellos si Sagunto los atacaba. Aunque esto no parece que esté muy claro, pues nuestro Senado parece ser que no tenía noticias de eso.

—No entiendo nada —comentó Dido—. ¿Por qué Sagunto ataca a los turdetanos por vendernos hierro? ¿Es que no pueden vender su hierro a quien les parezca?

—Todo es muy complicado y va en razón de las alianzas que se establecen entre los pueblos. Sagunto es aliada de Roma y esta es enemiga nuestra. De hecho todavía estamos pagando la indemnización por la guerra que perdimos ante ellos. Por lo tanto no quiere que se nos venda hierro.

—Entonces, si Sagunto es aliada de Roma y nosotros ahora estamos atacando a Sagunto, Roma intervendrá contra nosotros.

—Pues... posiblemente —contestó Alejo.

—¿Estamos todos locos o qué? ¿No tuvimos suficiente con la guerra que mantuvimos contra Roma que ahora nos arriesgamos a sufrir otra? No entiendo nada.

—No es fácil de entender, pero posiblemente será lo que ocurra. Aníbal es un digno hijo de su padre, y este era un acérrimo enemigo de Roma. Se comenta que posiblemente Aníbal esté sitiando Sagunto para obligar a Roma a intervenir, y así ya tener la disculpa perfecta para declarar la guerra a Roma.

—Decididamente nos hemos vuelto todos locos. ¡Otra guerra contra Roma! ¿No tuvimos suficiente con perder la primera?

—Roma nos humilló con las indemnizaciones que nos impuso, eliminó el comercio que teníamos en el Mediterráneo y se apoderó de las islas que eran nuestras. El rencor hacia Roma no ha hecho más que crecer, sobre todo en los mandos militares de los Barca, pero también en buena parte de la población. Yo creo que Aníbal lo que está haciendo es preparar la guerra contra Roma. Sagunto le da igual, es la disculpa para que sea Roma la que nos declare la guerra.

—Entonces... ¿habrá guerra? —preguntó Dido.

—Me temo que sí, todo indica que la habrá. De hecho Aníbal ha dejado el sitio de Sagunto en manos de sus generales y se ha dirigido con un poderoso ejército hacia el interior de la Península. Dicen que va en busca de trigo y alimentos y también de guerreros para su ejército. Los guerreros celtas del interior de la Península son muy apreciados por su valor y lo aguerridos que son, y Aníbal los quiere para su ejército.

—¿Y tú cómo sabes todo eso? —preguntó Dido.

—En la calle y en las tabernas no se habla de otra cosa, y los mercaderes que llegan de Iberia son los que proporcionan las últimas noticias de primera mano.

—¿Y qué va a ser de nosotros? —preguntó Dido, echando los brazos al cuello de Alejo.

—Pues correremos la misma suerte que el resto de los habitantes de Kart-Hadtha. No te preocupes. Todo irá bien y si las cosas se complican siempre podemos fletar un barco y dirigirnos a Grecia, la tierra de la que es oriundo mi padre y que de momento está en paz.

Dido arrastró a Alejo a la arena de la playa y lo besó ardorosamente, como si no fuese a haber un mañana.

Hannón «el Grande», acompañado de tres senadores, desembarcaban del trirreme que los había conducido de Kart-Hadtha de Iberia, la que los romanos llamaban Cartago Nova, a Kart-Hadtha en África, o Cartago. Desembarcaban contentos, satisfechos, con una amplia sonrisa que iluminaba todo su rostro. Y no era para menos: habían conseguido lo que se proponían. Hannón, en cuanto desembarcó, había vuelto a reunir en su casa a los más fieles senadores de su grupo. Reunir a todos hubiese sido una imprudencia por su parte, pues algunos de ellos no tenían la completa confianza de su líder. Hannón había mandado preparar una suculenta cena a base de perritos panzudos que se cebaban con orujo y aceitunas, típico plato cartaginés, acompañado de una hermosa langosta de mar, todo ello regado con un buen vino de Falerno. Los viejos senadores estaban un poco decepcionados, pues en aquella ocasión no había habido acompañamiento musical y lo que más sentían ellos: el vistoso baile de las hermosas bailarinas. Pero en aquella ocasión Hannón no quería que se prolongase la velada. La travesía desde Cartago Nova había sido buena y el mar no había presentado grandes dificultades, sin embargo un oleaje un tanto fuerte había impedido que descansasen en sus hamacas, por lo que el cansancio del viaje se notaba en sus cuerpos. Ya no eran jóvenes y eso lo notaban.

—Las cosas han salido tal y como yo había planeado. Los turdetanos, confiados en las palabras que les dijimos asegurándoles que Kart-Hadtha los protegería, aceptaron vendernos su hierro, lo que provocó (tal y como yo preveía) la ira de Sagunto, que realizó varios ataques de castigo contra los turdetanos. Cuando estos acudieron a Aníbal como nuevo comandante en jefe del ejército cartaginés pidiendo castigo para los saguntinos, este ni siquiera se molestó en averiguar qué es lo que había ocurrido, ni quién había prometido ayuda a los turdetanos. Lanzó a su ejército contra Sagunto, aunque tomar al asalto una ciudad como esa, bien amurallada y con un importante ejército capaz de defenderla, no es tarea fácil, por lo que Aníbal ha decidido asediarla. Y así están las cosas. Los saguntinos, por su parte, han pedido ayuda y protección a Roma, como aliados suyos que son, y es de esperar que esta no tarde en enviar sus naves a levantar el sitio de Sagunto enfrentándose al ejército de Aníbal, tal y como nosotros queríamos que pasase. Ahora solo nos queda esperar los acontecimientos y ver cómo Roma derrota a Aníbal. Así nosotros podremos recuperar el control del Senado de Kart-Hadtha y, por lo tanto, el poder.

Los senadores sonrieron satisfechos y alzaron sus copas de vino para brindar por la derrota de Aníbal y su vuelta al control del Senado.

Por su parte, Himilcón y el grupo de senadores afines a los Barca estaban totalmente sorprendidos y desorientados. No entendían de dónde había salido la orden de comprar hierro a los turdetanos. Desde luego del Senado de Kart-Hadtha no había salido, y tampoco habían sido ellos los que habían aprobado un ataque a la ciudad ibérica de Sagunto. Aníbal no les había pedido su autorización, y por su cuenta y riesgo había dado la orden de sitiar Sagunto. Si esa era la política del nuevo comandante en jefe del ejército de Kart-Hadtha iban a tener problemas. La oposición, con Hannón a la cabeza, protestaría —otra cosa no podrían hacer—, pero en esta ocasión tendrían toda la razón, y había unos cuantos senadores en su grupo que no eran fieles seguidores de los Barca y que podrían cambiar de grupo si esa iba a ser la política de Aníbal: actuar sin contar con ellos, algo que por otro lado a Himilcón, personalmente, y a su grupo de senadores tampoco les gustaba. Los senadores de los Barca defenderían a Aníbal; eran incondicionales suyos y apoyaban todas sus acciones, pero tampoco querían ser relegados y que no se contase con ellos a la hora de tomar una decisión. No querían ser unas meras comparsas.

—¿No te parece que tengo razón? —le preguntaba Himilcón a Ajax mientras cenaban, esta vez en casa de Ajax, en la hermosa terraza cara al mar, en una noche tibia y muy agradable mientras observaban los barcos atracados en el puerto comercial.

—Y Hannón y su grupo habrán protestado, como es natural —supuso Ajax.

—Han puesto el grito en el cielo y con toda la razón del mundo. Gritan que Kart-Hadtha se ha convertido en una dictadura en manos de Aníbal, que nos conducirá a la destrucción completa.

—¿Habéis intentado hablar con Aníbal a ver qué explicación os da?

—¡No sabemos exactamente dónde está! —exclamó Himilcón.

—En Sagunto, sitiando la ciudad. ¿No has dicho eso?

—No, las últimas noticias que tenemos es que ha dejado a varios de sus generales al mando del ejército que está sitiando Sagunto y que él con otro ejército se ha dirigido hacia el norte. Tampoco sabemos a dónde y con qué finalidad. No sabemos nada, actúa libremente y sin dar explicaciones, aunque se comenta que ha ido hacia el norte de la Península en busca de trigo y de guerreros celtas.

Ajax meneó la cabeza mientras llenaba las copas de vino. Se estaba bien allí en la terraza con una buena copa en la mano, saboreando un excelente vino mientras les llegaba la brisa del mar.

—No me gusta nada lo que me estás diciendo... Pero si te he de decir la verdad, no me ha sorprendido demasiado. Las noticias que yo tenía de Aníbal que tú me contaste, y de otra gente que lo conocía y lo había tratado, iban en ese sentido, pero nunca llegué a imaginar que se manifestasen tan pronto, nada más hacerse con el mando del ejército. ¿Y qué es lo que vais a hacer? —preguntó Ajax.

—Vamos a esperar a que sepamos dónde está e intentaremos hablar con él. Ya hay una comisión de senadores encabezada por mí que partiremos a hablar con Aníbal... en cuanto sepamos dónde anda. ¿Y tu hijo Alejo? No lo he vuelto a ver. ¿Anda otra vez de viaje? —preguntó Himilcón cambiando de tema.

—No. Me dijo que no quería volver a navegar. Que prefería quedarse aquí en la ciudad y ayudarme a dirigir los negocios a estar en el mar navegando de un sitio a otro. Que llevar un barco lo podía hacer cualquiera, con unos mínimos conocimientos de navegación, pero que para dirigir todas las empresas que yo llevo, para eso hay que irlo aprendiendo poco a poco y que, antes que yo por la edad deje de hacerlo, quiere estar bien preparado.

—Así, como que no quiere la cosa, te ha llamado viejo —respondió sonriendo Himilcón—. Pero creo que no le falta razón al chico. Le resultará mucho más práctico y beneficioso que aprenda junto a ti a llevar los negocios.

—No lo dudo, pero un par de años navegando por la *Ecúmene* le servirían para tener una mejor visión del mundo que le rodea y para tener más perspectiva. Eso fue lo que yo hice y no me ha ido mal.

—Sí, a todos los padres nos gustaría que nuestros hijos siguiesen nuestra senda, transitando los mismos caminos que nosotros recorrimos, pero siguiendo nuestros consejos para evitar que cometan los mismos errores. Pero la juventud de hoy día tiene otras miras y otras perspectivas que no coinciden con las nuestras. A veces pienso que les hemos hecho la vida demasiado fácil. Hablo por mi hija Dido...

—Creo que tu hija Dido es en buena medida la responsable de que Alejo haya preferido quedarse en la ciudad —le interrumpió Ajax.

—¿Cómo dices? ¡No entiendo qué quieres decir!

—Has estado tan ocupado con la política que no te has percatado de lo que ocurría a tu alrededor, fuera de las paredes de La Balanza.

—Deja de hablarme en jeroglíficos y explícate, porque no entiendo qué me estás diciendo o queriendo decir.

—Tu hija Dido y mi hijo Alejo se han enamorado. Al menos salen juntos todos los días cogidos de la mano, buscando lugares apartados donde no puedan verlos personas conocidas.

—¿Cómo lo sabes? ¿Te lo ha dicho tu hijo? —preguntó, indignado, Himilcón.

—No, a mí mi hijo no me ha dicho nada, porque de haberlo hecho le habría dicho que lo primero que tenía que hacer era pedirte a ti permiso. Ya le avisé cuando fue a acompañarla al mercado, que con tu hija no se jugaba. Y el aviso sigue en vigor.

—¿Y entonces cómo te has enterado de que salen juntos? No será el bulo lanzado por algún pretendiente rechazado...

—¡No! —volvió a interrumpirle Ajax—. Yo tengo a mucha gente que trabaja para mí y me informan de todo lo que ocurre en la ciudad, sobre todo de las cosas personales que más me puedan atañer. Han sido varias personas las que me han dicho que los han visto al atardecer, paseando cogidos de la mano por la playa y en actitud muy cariñosa.

Himilcón guardó silencio y Ajax aprovechó para llenar otra vez las copas de vino. Creía que su amigo lo necesitaba.

—¿Y qué vamos a hacer? —preguntó al cabo de unos momentos Himilcón—. ¡Porque algo tendremos que hacer!

—Espera a que yo hable con mi hijo y me dé una explicación. Alejo es un buen muchacho, noble, sincero y bien parecido, y económicamente no tiene que envidiar a nadie. Su futuro con mis negocios está más que garantizado. No podrías desear mejor pretendiente para tu hija...

—Pero mi hija es muy joven, es casi una niña —esta vez fue Himilcón el que interrumpió a Ajax, que no pudo por menos que sonreír.

—A todos los padres sus hijos siempre les parecen unos niños y para ellos no dejan nunca de serlo. Y si en vez de ser un hijo es una hija, y a eso le añades que no ha tenido una madre que se preocupase por ella y ha sido el padre el que ha tenido que hacer esas dos funciones... entonces qué te voy a contar, nunca dejará de ser una niña y no habrá pretendiente en el mundo, por bueno que sea, que a su padre le parezca digno de su hija.

Himilcón bajó la cabeza y le dio un sorbo a su copa de vino.

—Creo que tienes razón, pero entiéndeme... ¡Es mi niña! El tesoro más valioso que tengo, y la he cuidado con todo mimo. Ante mis ojos no habrá hombre en el mundo que se la merezca y yo siempre la veré como una niña, por muchos años que haya cumplido.

—¿Y no te gustaría verla feliz junto a un hombre capaz de darte unos cuantos nietos, pequeñuelos que corran por la casa haciendo trastadas y alegrándote la vejez? —preguntó Ajax.

—No me había parado a pensarlo. Sigo viéndola como una niña y ni se me había pasado por la cabeza que pudiera darme nietos —contestó Himilcón.

—Ya sé que los matrimonios no se hacen por amor. Los arreglan las familias por cuestión de intereses. Eso es lo que se suele hacer. Seguramente habrá partidos mejores que mi hijo Alejo, pero te puedo asegurar que es bueno, noble y trataría a tu hija como si de una reina se tratase. Con él no le faltará nunca de nada, y si están enamorados pueden llegar a tener una vida plena de felicidad. A fin de cuentas eso es lo que tú y yo queremos para nuestros hijos, que sean felices.

Ajax hizo una pausa mientras rellenaba las copas de vino y alzó la copa.

—Brindemos por la felicidad de los chicos si es eso lo que ellos quieren... ¡Y tampoco está tan mal que nuestras dos familias emparenten! Tú y yo seríamos consuegros y seguro que pelearíamos por ver quién le da más caprichos a los nietos. Eso es lo que hacen los abuelos, ¿no es así?

—Bueno, bueno... no corras tanto. Primero vamos a hablar con los chicos, yo con mi hija Dido y tú con tu hijo Alejo. Veremos a ver qué nos dicen y cuáles son sus planes. Luego ya podemos seguir esta conversación —dijo Himilcón.

—Sí, creo que tienes razón. Me había dejado llevar y había adelantado acontecimientos. Esperemos a ver qué nos dicen los chicos.

X

Albano por fin había conseguido que Alda, la hermosa joven —casi una niña, pues apenas si tenía diecisiete años—, aceptase dar un paseo junto a él por los alrededores del poblado, por las choperas que bordeaban el río Salamati, que en aquella ocasión discurría sinuoso transportando un buen caudal de agua, por lo que hacía más complicado atravesar el vado por el que solían hacerlo. Sin embargo, varios jinetes se habían atrevido a hacerlo y azuzaban a sus caballos para que no se dejasen arrastrar por la corriente, que aquellos días era bastante fuerte. Albano había cogido la mano de la joven Alda y acababa de declararle su amor cuando se percató de los apuros que estaban pasando los dos jinetes que intentaban cruzar el vado del río. Uno de ellos era Aldair, su hombre de confianza. Albano se dirigió hacia los guerreros que a cierta distancia siempre le acompañaban para velar por su seguridad y, tomando una cuerda que llevaban a lomos de uno de sus caballos, se introdujo en el río hasta que el agua le llegó a la cintura —más habría sido muy peligroso, pues la corriente le arrastraría— y lanzó la cuerda a los dos jinetes que trataban de vadear el río intentando vencer a la corriente que los arrastraba. Aldair consiguió coger el extremo de la cuerda y Albano, tirando de ella, pudo acercar a su hombre hasta la orilla. Uno de los guerreros que le acompañaban hizo otro tanto con la cuerda que también llevaba y se la lanzó al jinete que acompañaba a Aldair. De esa forma consiguieron impedir que los dos jinetes fuesen arrastrados aguas abajo por la corriente, donde ya no podrían salir del río. Agotados por el esfuerzo, los guerreros se tumbaron sobre la hierba a la orilla del Salamati.

—¿Por qué os habéis arriesgado a vadear el río viendo lo fuerte que baja estos días la corriente? —le preguntó Albano a su hombre—. Podíais haber esperado a que el caudal de agua remitiese y la corriente fuese menor.

—No podíamos esperar. Es importante que conocieseis rápidamente las noticias que os traemos —exclamó, jadeando por el esfuerzo, Aldair.

Alda, un poco apartada, observaba la escena con el susto todavía en el cuerpo por lo que acababa de presenciar.

—¿Y qué noticias son esas tan importantes por las que habéis arriesgado vuestras vidas? —preguntó Albano.

—El general cartaginés Aníbal ha conquistado sin gran esfuerzo la ciudad de Arbucala haciéndose con un gran botín, sobre todo en trigo y guerreros, a los que ha hecho prisioneros. Y ahora, con un gran ejército de unos veinte mil soldados de a pie y unos seis mil jinetes, además de cuarenta elefantes, se dirige a nuestra ciudad. En un par de días los tendremos a las puertas de las murallas, pues se mueven muy deprisa.

Aldair no se había equivocado. Dos días más tarde los vigías apostados en los caminos que llevaban a la ciudad informaron a Cedrick y a su hijo Albano de que un poderoso ejército se acercaba a la ciudad. Aldair no había exagerado lo más mínimo, o incluso puede que se hubiese quedado corto en cuanto al número de efectivos que se acercaban a la ciudad al mando de Aníbal.

—¿Y qué podemos hacer? —preguntó Albano a su padre—. Hacerles frente es una locura. Moriríamos todos.

—Sí, estás en lo cierto. No tendríamos ninguna oportunidad. Nosotros no somos un pueblo guerrero. Cuando luchamos es porque no nos queda más remedio, pero hacerlo contra tan gran contingente sería un suicidio.

—Podemos salir al encuentro de Aníbal e intentar parlamentar. Quizá solo quiera plata o trigo y podamos llegar a un acuerdo. Mientras tanto voy a mandar a Aldair a que visite los poblados vecinos pidiéndoles ayuda. Quizá así consigamos frenar a los cartagineses.

—Por intentarlo no perdemos nada. Coge a unos cuantos guerreros que le acompañen y que los dioses le sean propicios.

* * *

Aulus Gelius y su amigo el joven Escipión no tenían un momento
de descanso apoyando la candidatura de Publio Cornelio Escipión
al consulado. Desde primera hora de la mañana estaban ya dispuestos a acompañar al candidato en sus paseos, principalmente
por el Foro, pero también por los mercados de la ciudad, en los
que este saludaba a todos los que se encontraba y estrechaba sus
manos. Previamente ya habían contratado a un buen número de
personas que acompañaban al candidato, formando un enorme
séquito que se deshacía en elogios hacia él e informaba de sus virtudes a todos con los que se cruzaban. Al candidato le acompañaba un *nomenclator*, normalmente un esclavo de su casa que se
había aprendido los nombres de todas las personas importantes
de la ciudad con un buen número de clientes, para que cuando el
candidato se cruzase con ellos le dijese su nombre y así este poder
saludarlo por su nombre, lo que no dejaba de halagar a estos. No
podían organizar mítines, pero sí organizar comidas a las que
se invitaba a las personas que contaban con una mayor clientela,
para que estos luego obligasen a sus clientes a votarles. La jornada,
desde que el candidato salía de su casa hasta que regresaba a ella,
era verdaderamente agotadora, pero para el joven Escipión y para
su amigo Aulus Gelius no acababa ahí pues, cuando la noche caía
sobre la ciudad, se dedicaban a recorrer esta pintando en las paredes de las casas los nombres de los adversarios políticos ridiculi-
zándolos, y también contratando a grupos de desalmados que se
incorporaban a los paseos de los adversarios para boicotear estos.
Pero como esa era una táctica que usaban todos los candidatos que
disponían de suficientes fondos para hacerlo, el joven Escipión y
su amigo Aulus Gelius contrataban a jóvenes que acompañaban

al séquito de Escipión cuando paseaba por la ciudad y se encarga-ban de expulsar a los alborotadores que trataban de boicotear el paseo del candidato, que ofrecía toda clase de dádivas si era ele-gido, a sabiendas de que la mayor parte de ellas, sino todas, no podría cumplirlas. Pero eso daba igual, de lo que se trataba era de no decir nunca no a las peticiones que los ciudadanos le hacían.

A Aulus Gelius aquello no le gustaba lo más mínimo. No le parecía correcto y creía que todo era un engaño para los ciudada-nos que formaban los *comitia centuriata*, que eran los que elegían a los cónsules. Pero Publio Cornelio Escipión era conocedor del trabajo que venía realizando junto a su hijo y le había felicitado en varias ocasiones, prometiéndole que si era elegido cónsul forma-ría parte, junto a su hijo, de su grupo de caballería. Y eso era lo que Aulus Gelius quería por encima de todas las cosas, y daba por bien empleado el trabajo y el esfuerzo que tenía que realizar para seguir con la campaña de Publio Cornelio Escipión.

Por fin los *comitia centuriata* tuvieron lugar y, como era de pre-ver, Publio Cornelio Escipión salió elegido cónsul. En la fiesta que dio en su casa para celebrarlo estaban sus más fieles amigos y tam-bién invitó a Aulus Gelius. Este y su amigo Publio estaban can-sados pero se mostraban satisfechos, y su felicidad fue máxima cuando Publio Cornelio Escipión se acercó a ellos con una copa de vino en la mano para darles las gracias por el trabajo realizado y brindar por sus futuros triunfos como cónsul.

—Cuento con vosotros dos para formar parte de la caballería de una de las legiones que tengo que formar —les dijo después de haber brindado con ellos.

Los dos jóvenes se miraron y sonrieron. Lo habían conseguido, principalmente Aulus Gelius, pues el joven Escipión ya contaba con ello. En aquellos momentos Aulus Gelius se sentía el más feliz de los mortales, sin ser consciente de que Roma se estaba prepa-rando para una segunda guerra contra Cartago, que llevaba casi ocho lunas asediando Sagunto, ciudad aliada de Roma.

* * *

Albano, acompañado de un par de guerreros, llegó hasta el campamento que había levantado Aníbal al norte de la ciudad. Portaban una bandera hecha con lana blanca y ramas de olivo, como signo distintivo de que querían parlamentar. Unos cuantos guerreros númidas salieron a su encuentro y los escoltaron hasta el campamento cartaginés, llevándolos hasta la tienda en la que Aníbal había establecido su cuartel general. Después de ser concienzudamente cacheados, para asegurarse de que no portaban ningún tipo de arma, fueron introducidos en la tienda donde se encontraba el comandante en jefe del ejército cartaginés acompañado de sus principales generales, que le habían acompañado en aquella expedición. Para sorpresa de Albano, Aníbal le habló en su propia lengua; afortunadamente, pues ni él ni los guerreros que le acompañaban hablaban el idioma púnico. Albano contempló a aquel cartaginés de imponente planta, pero sobre todo lo que más le llamó la atención fue su profunda mirada, que parecía atravesar a sus interlocutores.

—¿Qué es lo que queréis? —les preguntó Aníbal.

—Mi pueblo es un pueblo guerrero. Pero solo vamos a la guerra cuando nos atacan, siempre que no podamos evitarla dialogando. Y eso es lo que queremos, dialogar para evitar un enfrentamiento con vosotros.

—No hay nada que dialogar. Si no queréis la guerra entregadnos trescientos talentos de plata y trescientos rehenes y levantaremos el cerco.

—No tenemos tanta cantidad de plata. No somos una ciudad rica —contestó Albano.

—Sí, sois una ciudad rica. Eso al menos es lo que me ha contado un vecino de vuestra ciudad. Quizá no tengáis esa cantidad de plata, pero sí tenéis ganado y trigo en abundancia. Dadme el equivalente a los trescientos talentos de plata en ganado y trigo, y los trescientos rehenes y levantaremos el cerco de la ciudad. Tenéis dos días a contar desde hoy. Si al tercero no lo habéis hecho asaltaremos la ciudad y la saquearemos, y supongo que ya sabéis lo que eso significa.

Sí, Albano sabía lo que significaba el saqueo de una ciudad: asesinatos, violaciones, pillaje y la destrucción completa de la ciudad.

A una señal de Aníbal los númidas que los habían escoltado les obligaron a salir de la tienda y los acompañaron fuera del campamento.

Albano, según regresaba, se preguntaba quién sería el vecino que había informado a Aníbal sobre la riqueza de la ciudad, y solo había un nombre que se le venía a la mente: Elburo. Ahora ya sabía qué había ido a hacer Elburo a Cartago Nova, había ido a traicionarles. Era capaz de cualquier cosa con tal de conseguir hacerse con el mando de la ciudad.

En la cabaña de su padre, adonde se dirigieron tras la visita al campamento cartaginés, estaban los más ancianos del poblado, a los que su padre consultaba cuando la ocasión lo requería. Y esta, sin dudarlo, era una de ellas, pues estaba en juego la subsistencia del poblado.

—¿Qué ha pasado? —preguntó su padre en cuanto vio entrar a su hijo en la cabaña—. ¿Habéis podido hablar con Aníbal?

—Verle, le hemos visto, pero lo que se dice hablar apenas nos ha dejado decir algo. Pide, para no arrasar la ciudad, trescientos talentos en plata y trescientos rehenes. Lo único que acepta es sustituir los trescientos talentos de plata por su equivalente en trigo y ganado, y los trescientos prisioneros son innegociables. Tenemos dos días para hacérselos llegar.

—¿Y si no lo hacemos? —preguntó uno de los ancianos que acompañaban a Cedrick.

—Arrasará el poblado y permitirá a sus hombres que lo saqueen —contestó Albano.

Un silencio abrumador se adueñó de la cabaña. Los ancianos habían bajado la vista al suelo y contemplaban las pieles que lo cubrían como si fuese la cosa más extraordinaria del mundo, pero

Albano estaba seguro de que en esos momentos, aunque sus ojos estuviesen fijos en las pieles, ni siquiera eran capaces de verlas.

—El equivalente a trescientos talentos de plata en trigo y ganado es todo lo que tenemos para alimentar a nuestro pueblo el próximo invierno —comentó Cedrick en un tono de voz casi inaudible—. Si se lo entregamos el invierno que viene será muy duro, no tendremos con qué alimentarnos, ni podremos sembrar llegado el momento. Y los trescientos prisioneros que nos piden será lo más granado de nuestros hombres, aquellos que nos defienden, trabajan nuestros campos, cuidan nuestros ganados y nos buscan alimento. Será la muerte de la ciudad.

—Si no lo hacemos será la destrucción del poblado, entregado a la lujuria y a la avaricia de sus soldados; seremos asesinados y nuestras mujeres también, después de haberlas violado. Eso es lo que ocurre cuando se saquea una ciudad, y los guerreros africanos de Aníbal están ansiosos de riqueza y sedientos de sangre y de mujeres —comentó Albano—. ¡Además tenemos un traidor entre nosotros!

Todos los ancianos se miraron unos a otros, como queriendo encontrar al traidor allí mismo.

—¿No os preguntáis por qué Aníbal ha venido hasta aquí habiendo tantas ciudades y poblados en la Meseta más ricos que el nuestro? —les preguntó. El silencio fue la única respuesta—. Un vecino nuestro fue hasta Cartago Nova a informar a Aníbal de que Salmántica es un poblado rico, con buenos guerreros, y en la incursión que el general cartaginés está haciendo por la Meseta en busca de plata, cereales y guerreros, no sabemos bien para qué, ha incluido nuestro poblado. ¿No os imagináis quién ha sido ese vecino?

—¡Elburo! —gritaron varios ancianos.

—Efectivamente, Elburo. Mandé a uno de mis hombres que lo tuviese siempre controlado y fue él quien me indicó que había ido a Cartago Nova.

—Bueno, darle su merecido ahora no es lo primordial. Lo urgente es ver qué hacemos: si obedecemos y entregamos el trigo y ganado, y los prisioneros o nos preparamos para hacerle frente —comentó Cedrick—. Cualquiera de las dos soluciones es mala.

—¡Quizá tengamos una tercera opción! —exclamó Albano.

* * *

Ajax se había pasado todo el día examinando las mercancías que algunos de sus barcos estaban a punto de subir a bordo para emprender viaje y asegurar aquellos otros barcos que no eran de su propiedad, pero a los cuales su empresa les proporcionaba un seguro después de comprobar el estado del barco, las mercancías que iba a transportar, su lugar de destino y el recorrido que iba a realizar. Si se hacía bien y se minimizaban todos los riesgos era un buen negocio, pues el precio del seguro era muy elevado. Aunque claro, por mucho cuidado que se pusiese siempre se corrían riesgos y a veces, afortunadamente las menos, el barco no llegaba a su destino, y entonces su compañía tenía que pagar al armador del barco el precio que habían considerado que valía el barco con toda su mercancía. Era un trabajo delicado y que precisaba de una gran experiencia para valorar todos los riesgos. Por eso, en vista de que su hijo Alejo había decidido quedarse en Kart-Hadtha, Ajax había decidido que le acompañase a todas partes y se convirtiese en su sombra con los ojos bien abiertos, aprendiendo todo lo que era necesario saber para continuar con el trabajo de su padre una vez que este decidiese abandonarlo. Claro que era un trabajo que suponía gran dedicación, lo que hacía que no le quedase mucho tiempo libre. Y eso es lo que menos gracia le hacía a Alejo, pues le quitaba tiempo de estar con Dido. La relación entre ambos jóvenes seguía adelante ahora que ya habían obtenido el beneplácito de sus padres, sobre todo el de Himilcón, el padre de la joven, que seguía viendo a su hija como una niña y no terminaba de aceptar que ya era toda una mujer, una hermosa mujer abierta al amor.

—¿Y entonces Himilcón no termina de llevar bien que su hija y Alejo estén juntos? —preguntó Anthousa.

Como otras muchas noches Ajax había terminado el día cenando en casa de Anthousa, y en la conversación había surgido la relación entre los dos jóvenes.

—Sí, lo acepta, porque no le queda más remedio y porque es mi hijo. Hablé con él sobre el tema y le hice prometer que la relación con la chica no era un capricho pasajero. Himilcón es mi amigo y por nada del mundo permitiría yo que mi hijo viese en Dido un simple capricho, un juguete para pasar el rato y luego la abandonase cuando se cansase de ella.

—¿Y te lo prometió? —preguntó Anthousa.

—Sí, por supuesto que sí. Me dio su palabra de que estaba plenamente enamorado de la muchacha y que quería que fuese la madre de sus hijos. Si yo hubiese visto que no era sincero, no le hubiese permitido seguir adelante. También habló con Himilcón para pedirle permiso para salir con su hija y, aunque a regañadientes y porque creo que no le quedó más remedio, se lo concedió.

—Pues sí que va en serio la cosa —comentó Anthousa, rellenando las copas de vino.

—De todas formas no te creas que tienen los dos tortolitos mucho tiempo para estar juntos, pues he puesto a Alejo a trabajar a mi lado, el trabajo es mucho y le lleva casi todo el día. Así les dará tiempo a los dos para comprobar si el amor es verdadero o un simple capricho de jóvenes con la sangre muy caliente.

—¡Como Alejo salga a su padre desde luego que ha de tener la sangre muy caliente!

—¡No sé por qué dices eso! —exclamó Ajax mientras abrazaba a Anthousa y le daba un ardoroso y sensual beso.

—¿Y cómo van las cosas en La Balanza? —le preguntó la mujer una vez que finalizaron sus besos y mientras rellenaban sus copas de vino—. Porque aunque tú no eres senador, estás más enterado de lo que ocurre en ella que muchos de los que tienen su asiento en La Balanza pero no se enteran de lo que ocurre allí.

Ajax soltó una estruendosa carcajada y estuvo a punto de ahogarse con el vino que en ese momento estaba bebiendo. Una vez que dejó de toser y pasó el mal trago meneó la cabeza.

—No digas esas cosas cuando esté bebiendo, porque en una de estas me ahogo y te quedas sin pareja.

—¡Bueno, me buscaría otra! —exclamó Anthousa.

Ajax se quedó mirándola muy serio.

—No me gusta que se bromee con ciertas cosas y una de ellas es esa.

—Lo siento. No pretendía ofenderte.

—No me ofendes, pero hay ciertas cosas con las que no me gusta bromear. Bueno, contestando a lo que me preguntabas, en La Balanza, como en toda la ciudad, las cosas están muy alborotadas. Hannón y su grupo de senadores están armando mucho barullo, protestando con las decisiones que está tomando Aníbal sin contar para nada con el Senado de Kart-Hadtha. No contó con nadie para establecer un cerco sobre Sagunto, que ya dura unas cuantas lunas, y lo último de lo que tenemos noticias es que ha dejado el cerco a Sagunto en manos de Maharbal y de unos cuantos de sus generales, concretamente dos de sus hermanos, y él se ha embarcado en una expedición militar hacia el interior de la Meseta en Iberia. No sabemos muy bien con qué finalidad, pero lo cierto es que se está enfrentando a los pueblos que en ella habitan, oretanos, carpetanos, vacceos y vettones. Y por supuesto no ha pedido autorización al Senado de Kart-Hadtha. Actúa por libre y eso, por supuesto, no gusta a nadie, ni siquiera al grupo de senadores que le apoyan, con Himilcón a la cabeza.

—¿Sagunto es aliada de Roma, no es verdad? —preguntó Anthousa.

—Sí, efectivamente.

—¿Y Roma no ha respondido ante la agresión a una ciudad aliada suya?

—Roma en estos momentos está en guerra contra Iliria, no es cuestión de abrir otro frente en Iberia —contestó Ajax—. Pero no creo que tarde mucho en acabar esa guerra. Iliria no es enemigo para Roma y entonces será el momento de acudir en ayuda de Sagunto.

—Pues como se retrase un poco, cuando quiera ayudar a los saguntinos ya será tarde y lo mismo la ciudad ya está en manos de Aníbal.

—Sagunto es una ciudad bien amurallada con fuertes defensas. He estado en varias ocasiones en ella y te puedo asegurar que no va a ser sencillo conquistarla. De momento Roma ha enviado un par de trirremes a Sagunto.

—¿Un par de trirremes? —preguntó extrañada Anthousa—. ¿Espera ayudar a Sagunto con un par de trirremes?

Ajax no pudo por menos de sonreír.

—No son tan ingenuos. Seguramente será una embajada para amenazar a Aníbal y pedirle que abandone el sitio de Sagunto. El hijo de Amílcar, como digno sucesor de su padre, no lo hará, y entonces Roma no tendrá más remedio que declarar la guerra a Kart-Hadtha.

—¿Y no crees tú que eso es lo que está buscando Aníbal, que sea Roma la que declare la guerra?

—Sí, yo también soy de esa opinión. De hecho, se comenta que la expedición que está haciendo en la Meseta de la península ibérica es para conseguir alimentos y soldados para luchar contra Roma. Creo, y me gustaría equivocarme, que Aníbal está preparando la guerra contra Roma. Se nos avecinan tiempos difíciles, por lo tanto es mejor que los aprovechemos al máximo.

Y, acercándose a Anthousa, la empezó a acariciar mientras la besaba apasionadamente.

* * *

Ya estaba a punto de finalizar el plazo dado por Aníbal a la ciudad de Salmántica cuando un emisario se acercó al campamento cartaginés para indicarles que habían decidido aceptar las condiciones impuestas para evitar el saqueo de la ciudad, es decir, la entrega de trigo y ganado por valor de trescientos talentos de plata y la entrega de trescientos rehenes, todos ellos hombres. Acordaron que el trigo y ganado, y los rehenes abandonarían la ciudad y se quedarían en un lugar acondicionado fuera del poblado, donde serían vigilados por un fuerte contingente de soldados del ejército numantino a la espera de que Aníbal regresase, pues se iba a desplazar más hacia el norte con el grueso de su ejército. Así lo hicieron y un buen número de carros, el equivalente a los trescientos talentos de plata en trigo junto al ganado, abandonaron la ciudad y, una vez que hubo terminado la salida del trigo y el ganado de ella, comenzó la salida de los trescientos rehenes que, fuertemente escoltados, fueron abandonando la ciudad. Las mujeres de la ciudad pidieron permiso al cartaginés que había quedado al mando de los soldados de Aníbal para visitar a sus hombres, pues no habían tenido tiempo de despedirse de ellos, una vez que el grueso del ejército cartaginés, con su general al frente, ya había abandonado la ciudad. El jefe cartaginés no vio ningún impedimento en que las mujeres de la ciudad pudiesen acudir a despedirse de sus hombres, pues estos estaban desarmados y bien vigilados por los guerreros cartagineses. Sin embargo no cachearon a las mujeres salmantinas, por lo que no se percataron de que, bajo sus ropajes sueltos y ampulosos, ocultaban las armas de sus hombres, que guardaban en sus casas. Cuando estos tuvieron las armas en su poder se alzaron contra los cartagineses que los vigilaban que, cogidos por sorpresa, no pudieron repeler la agresión y cayeron bajo las espadas de los salmantinos. Estos huyeron y se dispersaron por el monte. Aníbal, una vez que fue informado de lo ocurrido, regresó y en esta ocasión tomó por las armas la ciudad de Salmántica. Sin embargo no permitió que sus guerreros saqueasen la ciudad, robando y violando a sus mujeres, en reconocimiento al valor demostrado por estas al proporcionarles armas a sus hombres y ayudarles a vencer a los guerreros cartagineses. Pero no les perdonó los trescientos talentos en trigo y los trescientos guerreros, esta vez seleccionados por los propios generales cartagineses. Y al primero que cogieron fue a Albano, el hijo del caudillo de la ciudad, para asegurarse de esa manera de que la ciudad no volvería a levantarse en armas contra Kart-Hadtha. Albano sería llevado junto al resto de los rehenes a la capital cartaginesa en Iberia, pero él luego sería trasladado a la capital cartaginesa en África, lo más alejado posible de su ciudad, para asegurarse de que no intentaría escapar y regresar a ella. Aunque eso sí, como hijo del caudillo de la ciudad sería tratado con toda cortesía y sería responsabilidad del Senado y de los sufetes, que serían los encargados de que su estancia en Kart-Hadtha fuese lo más agradable posible, como otros tantos hijos de caudillos iberos que eran retenidos en la capital cartaginesa.

XI

Hannón «el Grande» estaba indignado y su enfado era cada vez mayor. Iba de un lado a otro de la sala en la que se reunía su grupo en La Balanza sin dar crédito a las noticias que le habían llegado de Sagunto, que seguía sitiada por las tropas de Aníbal. Aunque al parecer este, personalmente, había abandonado el asedio y se había dirigido hacia el norte de la Meseta, pero sin quitar un solo guerrero de los que asediaban la ciudad, dejando a Maharbal al mando de las tropas sitiadoras. Los romanos habían enviado un par de trirremes a Sagunto. «¿Qué pensaban? ¿Que con un par de trirremes iban a asustar a los cartagineses?». Ya suponía que en ellos los que iban eran los embajadores romanos encargados de convencer a Aníbal de que abandonase el asedio. Pero las palabras, llegados a ese punto, no servían de nada. Solo la fuerza era capaz de hacer cambiar los acontecimientos, y los embajadores romanos, como era de esperar, no habían conseguido nada y Sagunto seguía sitiada. Los argumentos que Maharbal y los generales cartagineses habían dado es que Sagunto estaba por debajo de la línea que el río Ebro marcaba como frontera entre Roma y Cartago —nombre que daban los romanos a Kart-Hadtha—, línea de influencia según el tratado que Asdrúbal había acordado con Roma. Pero los romanos habían argüido que ese tratado no había sido firmado y que además Sagunto era un aliado de Roma. Si no cejaban en el asedio, Roma tendría que intervenir.

Pero Hannón estaba muy enfadado. Cuando Roma quisiese hacerlo ya sería tarde. Sagunto, después de ocho lunas de asedio, estaba a punto de caer. Aníbal había regresado de su incursión al norte de la Meseta y había llegado dispuesto a acabar con el sitio de la ciudad. Mientras tanto los romanos se habían embarcado en los dos trirremes y habían puesto rumbo a Kart-Hadtha en África. «¿Para qué? ¿Acaso no sabían que en el Senado cartaginés los partidarios de los Barca todavía tenían mayoría y no votarían nada que fuese en contra de las decisiones tomadas por estos?».

No, las cosas no estaban saliendo como él las había planificado y se temía que no habría manera de echar a Aníbal del poder. Además, había otra cosa que sus informadores, muchos y de todas partes, no habían conseguido averiguar: ¿qué había ido a hacer Aníbal al norte de la Meseta Central? Los pueblos que la habitaban nunca habían estado sometidos a los cartagineses. Eran unos pueblos díscolos que de ninguna manera apoyarían a Aníbal si lo que este pretendía era empezar una guerra contra Roma.

Un senador de su grupo entró en la sala donde Hannón se encontraba. No sin miedo —pues todos eran sabedores de que no le gustaba que le interrumpiesen—, le anunció que los embajadores romanos habían llegado a Kart-Hadtha y habían pedido verse con los sufetes y con el Senado cartaginés, por lo que los sufetes acababan de convocar una reunión para aquella misma tarde de todo el Senado en La Balanza. Hannón asintió con la cabeza.

—Avisa a todos los senadores de nuestro grupo para que vengan ahora mismo a La Balanza. Quiero verlos a todos aquí ya, sin esperar a esta tarde. ¡Y que no falte nadie!

Himilcón también había sido informado de la llegada de los embajadores romanos y había cursado la misma orden para los senadores de su grupo, con el añadido de que acudiesen a La Balanza bien protegidos con esclavos de sus domicilios. No quería bajo ningún concepto que pudiesen sufrir un «accidente» como ya había ocurrido en una ocasión, quedando en minoría en el Senado. A la hora prevista de aquella tarde los sufetes dieron por abierta la sesión con la presentación de los embajadores romanos. Fabio, el principal negociador romano, en nombre de sus compañeros y de Roma, que hablaba por su boca, dio los mismos argumentos que les habían dado a los cartagineses en Sagunto. Esta ciudad era aliada de Roma y por lo tanto estaba bajo su protección. Cualquier ataque a la ciudad ibérica sería considerado un ataque a la misma Roma, por lo tanto, impelían al Senado cartaginés a que obligasen a su comandante en jefe a levantar inmediatamente el asalto a la ciudad de Sagunto. No sabían si este había puesto sitio a la ciudad por su propia iniciativa o bajo las órdenes del Senado, pero fuese como fuese tenían veinticuatro horas para darles una respuesta y esperaban que esta fuese satisfactoria, iniciando la retirada del asedio a la ciudad de Sagunto.

Los embajadores, una vez que terminaron de hablar, sin esperar a lo que pudiesen decir los senadores, abandonaron La Balanza para regresar a sus naves. Hannón «el Grande» pidió la palabra y empezó un discurso en el que criticaba a Aníbal, acusándole de dictador e imprudente al haber puesto sitio a una ciudad aliada de Roma sin haber pedido autorización al Senado cartaginés, máxima autoridad. Hannón no escatimó calificativos insultantes y vejatorios contra Aníbal y pidió que inmediatamente se enviase una delegación a Sagunto, recordándole que era el comandante en jefe del ejército cartaginés en la península ibérica y que por lo tanto estaba a las órdenes que le dictase el Senado cartaginés; y este le exigía que, sin la más mínima dilación, levantase el sitio de la ciudad y regresase a Kart-Hadtha para ser enjuiciado por desobediencia y traición.

Una vez que Hannón terminó su disertación y los sufetes consiguieron poner orden en la asamblea, donde los vítores y aplausos a las palabras del líder del partido aristocrático se mezclaban con los silbidos que el grupo de los Barca lanzaban, Himilcón pidió la palabra y se dirigió al centro de la sala, donde empezó su disertación rebatiendo una por una las acusaciones vertidas sobre Aníbal por Hannón. El comandante en jefe del ejército cartaginés tenía plena autoridad y libertad para declarar la guerra a todo aquel que fuese considerado enemigo de Kart-Hadtha, y Sagunto lo era desde el momento que había atacado a los turdetanos por haber vendido su hierro a los cartagineses, acto que de ninguna manera el Senado cartaginés podía permitir, mucho más considerando que Sagunto se encontraba por debajo de la línea que marcaba el río Ebro, zona bajo la influencia cartaginesa. Por lo tanto Kart-Hadtha tenía plena libertad para actuar sobre Sagunto para castigarla.

La tarde discurrió alternándose las intervenciones de los senadores del partido aristocrático con las de los senadores del grupo de los Barca sin que en ningún momento llegasen a un acuerdo, por lo que los sufetes, cuando ya había caído la noche sobre la ciudad, pusieron fin a las intervenciones de los senadores y decidieron pasar a las votaciones para dar una respuesta a los negociadores romanos al día siguiente. En esta ocasión no faltó ninguno de los senadores y la votación, como cabía esperar, salió favorable al partido de los Barca: el Senado cartaginés no obligaría a Aníbal a abandonar el sitio de la ciudad de Sagunto.

—Tampoco creo que Aníbal hubiese aceptado la decisión del Senado si este hubiese decidido que tenía que abandonar el sitio de Sagunto —le comentó Himilcón a su amigo Ajax en casa de este, donde había acudido para comentarle lo que había ocurrido en La Balanza, pues en esta ocasión Ajax no tenía autorización para acudir a la sesión del Senado y había invitado a Himilcón a cenar en su casa y así tener información de primera mano.

—¿Y qué crees que va a ocurrir ahora? —preguntó Ajax.

—Pues, inexorablemente, la guerra. Roma nos declarará la guerra. Acaban de ser elegidos los dos nuevos cónsules en Roma y esta ya ha puesto fin a la guerra que mantenía con Iliria. Tiene las manos libres para dedicarnos todos sus esfuerzos.

—Según me comentan algunos de los capitanes de mis barcos que vienen del norte de Italia, hay revueltas en la Galia transalpina —comentó Ajax.

—Sí, eso hemos oído, pero en cualquier caso no son de gran importancia y Roma mandará a un pretor con algunas tropas a resolverlo. Serán los dos cónsules elegidos, Publio Cornelio Escipión y Tiberio Sempronio Longo los que se encargarán de la guerra contra nosotros si Roma, como es de suponer, nos declara la guerra —comentó Himilcón.

—Se avecinan malos tiempos para todos. Mis barcos, aquellos que comerciaban con las ciudades italianas, voy a tener que dirigirlos hacia otros lugares si no quiero perderlos, pues es fácil que esta guerra, si se produce, se dirima en el mar, que dejará de ser un lugar seguro para el comercio.

Ajax hizo una pausa para llenar las copas y esperar a que el criado les terminase de servir unas perdices estofadas que olían de maravilla.

—No sabes cuánto me alegro de que mi hijo Alejo decidiese quedarse en tierra y trabajar desde aquí conmigo. No me gustaría que le hubiese sorprendido este enfrentamiento bélico navegando por el mar.

—Y, hablando de tu hijo y de mi hija Dido, ¿cómo ves tú esta relación? —preguntó Himilcón.

—Yo la veo muy bien. Los dos parecen estar muy ilusionados y se los ve muy enamorados.

—Sí, pero ya sabes tú que el amor no lo es todo. Hay otras muchas cosas muy importantes que pueden hacer que una relación siga adelante y llegue a buen puerto, o por el contrario fracase.

—Sí, ya sé que el amor por sí solo no basta para que una relación llegue a buen puerto. Pero es que en este caso, aparte de que los dos, tu hija y mi hijo, están profundamente enamorados —solo hay que verlos cuando están juntos para comprobarlo—, tienen todo aquello que se necesita para ser feliz. Tienen el futuro resuelto y este lo ven con los mismos ojos, es decir, que el camino que han de recorrer es el que desean los dos y quieren hacerlo juntos, tienen una misma forma de pensar y de entender la vida... ¿Qué más se precisa para ser felices?

—No lo sé, no lo sé —repitió Himilcón—. Pero yo no estoy tan seguro como tú. Sigo viendo a mi hija como una niña caprichosa, como siempre ha sido, quizá por mi culpa, porque al perder a su madre siendo tan pequeña siempre ha obtenido de mí todo lo que ha querido. No lo sé, pero no la veo con la suficiente madurez para llevar una casa y cuidar y educar a unos hijos que supongo que no tardarán en llegar...

—Eso espero —le interrumpió Ajax— y ya verás cómo, para entonces, cuando tengas entre tus brazos a un pequeño o una pequeña, verás que tu hija sí es lo suficientemente madura para cuidarlo y educarlo y llevar su casa haciendo feliz a su marido. No te quedará más remedio que aceptarlo, y cuando lo hagas desaparecerán todos tus miedos e inseguridades. Hazme caso, déjalos vivir su vida y disfruta viéndolos felices.

Himilcón no dijo nada. Le dio un sorbo a su copa de vino y pensó que quizá su amigo Ajax tenía razón y que los fantasmas que veía no eran otra cosa que el fruto de sus miedos por la situación tan tremenda e inestable que estaban pasando, lo que hacía que no viese otra cosa más que un futuro lleno de nubarrones y tormentas, lo que trasladaba a la relación de su hija. Ajax debía de tener razón, y debía estar contento de que en aquellos tiempos tan difíciles en los que su futuro o incluso su vida podían estar en el aire, su hija tuviese unos brazos poderosos que la cobijasen y protegiesen, y Alejo parecía ser la persona más indicada para ello.

***

Al día siguiente, a primera hora de la mañana, el Senado de Kart-Hadtha ya estaba reunido esperando la llegada de los negociadores romanos, que no tardaron en llegar orgullosos, caminando muy erguidos, como mirando por encima del hombro a todos los que estaban en la asamblea, sabiéndose el centro de todas las miradas.

Fabio, el principal negociador, miró a su alrededor y levantó la mano interrumpiendo a uno de los sufetes que había comenzado a hablar.

—Supongo que ya habéis deliberado, tiempo habéis tenido para llegar a una conclusión. Yo por mi parte traigo, entre los pliegues de mi toga, en un lado la paz y en el otro la guerra. ¿Qué elegís? —preguntó con la cabeza muy alta y el cuello muy estirado, mirando con desdén a todos los senadores.

—¡Elígelo tú mismo! —exclamó el sufete que había sido interrumpido por el negociador romano.

Este paseó la vista por toda la sala y exclamó en voz muy alta para que todo el mundo pudiese escucharlo perfectamente.

—¡Elijo la guerra! ¡Desde este mismo momento Roma declara la guerra a Cartago!

Y abandonó la sala seguido de los demás negociadores romanos, que en ningún momento, ni el día anterior ni aquella mañana, habían abierto la boca. Se habían limitado a acompañar a Fabio, como invitados de piedra en aquella representación que allí había tenido lugar.

En la sala se produjo un silencio sepulcral. Ni Hannón y sus seguidores, ni Himilcón y los suyos dijeron nada. El segundo sufete, que hasta ese momento no había dicho nada, se puso en pie.

—Senadores, estamos en guerra contra Roma. Que Melkart, Tanit, Eshmún y los demás dioses nos asistan. Enviaremos un trirreme a la península ibérica para informar al comandante en jefe, Aníbal, para que se prepare para la guerra contra Roma, y también propongo subir todos esta misma mañana en procesión hasta el santuario del dios para solicitar su ayuda y realizarle unas ofrendas.

El santuario se encontraba en la cima de la colina de Byrsa. Unos sesenta escalones llevaban hasta una amplia explanada donde se encontraba el templo.

Todos los senadores, en silencio, fueron abandonando la sala de reuniones. Himilcón al salir se encontró con Ajax, que lo estaba esperando. Tampoco en aquella ocasión había podido acudir a la asamblea de los senadores, aunque ya conocía lo que había ocurrido, pues la voz de que estaban en guerra contra Roma se había extendido rápidamente fuera de La Balanza y en el Foro los gritos de entusiasmo y los vítores llenaban todo el espacio. El pueblo estaba claro que quería la guerra contra Roma, quería desquitarse de la derrota sufrida en la contienda anterior y de las duras condiciones que los romanos les habían impuesto. Ahora sería diferente, derrotarían a los orgullosos romanos y les impondrían unas condiciones tan duras o más que las que les habían impuesto a ellos.

—¿Qué posibilidades de vencer a los romanos tenemos? —le preguntó Ajax a su amigo Himilcón sentados a una mesa frente a unas jarras de vino en una de las muchas tascas que en torno a La Balanza había.

Los dos hombres habían decidido no acompañar al resto de los senadores y a la enorme multitud que los seguía a realizar ofrendas al dios. Tanto uno como otro estaban convencidos de que la guerra la tenían que disputar ellos, no los dioses, y solo sería su valor y su inteligencia los que les permitirían vencer en esa contienda. Himilcón meneó la cabeza.

—No lo sé. Roma, por las noticias que nos han llegado, ha construido una poderosa flota...

—Nosotros también tenemos una buena flota... —le interrumpió Ajax.

—Sí, pero no la hemos modernizado ni aumentado y además, en todo el Mediterráneo no tenemos ni un solo sitio donde nuestras naves puedan atracar.

—Sí, eso es cierto. Lo sé muy bien porque lo he recorrido con mis barcos mercantes de arriba abajo. Roma se apoderó de todas las islas en las que una flota de barcos podría repostar: Sicilia, Córcega, Cerdeña... Por mar es imposible llegar hasta la Península, que Roma controla de un extremo a otro. ¿Entonces? —preguntó Ajax.

—Roma, por el contrario, puede traer sus legiones hasta Kart-Hadtha en África sin ningún problema y también llevarlas a la península ibérica con su imponente flota. Nosotros si queremos llegar hasta Roma tendríamos que hacerlo por tierra.

—¡Por tierra! ¿Cómo?

—El único camino es dirigirse hacia el norte desde Iberia, atravesar los Pirineos, cruzar la Galia y atravesar los Alpes para llegar al norte de la península romana.

—¡Pero eso es una locura! ¡Eso es imposible! —exclamó Ajax.

—Efectivamente, tú lo has dicho. Eso es una locura e imposible de realizar. Si por un casual un ejército consiguiese realizar ese camino sin perecer en el intento (ten en cuenta que hay un montón de pueblos que no son amigos nuestros y que nos atacarían), entonces ese ejército llegaría al norte de la Península completamente diezmado y agotado, siendo una presa muy fácil para cualquier legión romana. Sería un desastre total. No, lo mires como lo mires es imposible, por eso no estoy feliz y me temo que Roma nos vuelva a derrotar, y entonces las condiciones serán todavía mucho más duras.

—¿Le vas a hacer llegar tus temores a Aníbal?

—No, ¿para qué? Aníbal no ha escuchado nunca a los senadores de La Balanza, ni siquiera a los de su propio partido. Él, con sus hermanos y los generales que forman su núcleo principal, son los únicos que toman las decisiones. Lo único que le importa es la península ibérica. Fíjate en lo que te voy a decir —y se arrimó más a Ajax, hablándole en un susurro—, y esto que no salga de aquí. A veces pienso que si Roma conquistase Kart-Hadtha de África pero no pusiese un pie en la península ibérica, Aníbal no movería un dedo para recuperarla. Establecería su reino (sí, su reino, pues se comporta como un rey) en la península ibérica y se olvidaría de sus hermanos cartagineses de África.

—¡Es muy fuerte eso que estás diciendo! —exclamó Ajax.

—Sí, ya lo sé. No me hagas mucho caso. A veces tengo esos malos pensamientos fruto del estado de ansiedad en el que uno vive.

* * *

Hannón, por su parte, se encontraba satisfecho. Por fin Roma había declarado la guerra a Kart-Hadtha, o como la llamaban los romanos, Cartago. A partir de este momento él la iba a llamar así, pues esperaba que Roma fuese capaz de derrotar a Aníbal. Vamos, de eso no le cabía la más mínima duda, y ya se las arreglaría él para que el partido de los Bárcidas no solo quedase en minoría, sino que desapareciese por completo, pues Roma acabaría con todos los descendientes de Amílcar Barca. Lo único que lamentaba era que Roma hubiese tardado tanto en decidirse, claro que comprendía las razones que había tenido para demorarse en tomar esa decisión. No quería mantener dos frentes abiertos y, hasta que no puso fin a su conflicto con Iliria, no había decidido enfrentarse a Cartago. Lo que había motivado que Sagunto, que había conseguido resistir durante ocho lunas el asedio cartaginés, al final hubiese sucumbido ante Aníbal, tal como informaban las últimas noticias que venían de la península ibérica, y el precio que habían tenido que pagar había sido muy alto. Los saguntinos habían resistido heroicamente, pero al final el hambre y la sed habían podido más que su valor y ya, sin fuerzas, totalmente agotados, incendiaron la ciudad y se refugiaron en la acrópolis. Pero no fueron enemigos para los guerreros de Aníbal, que habían entrado en la ciudad a sangre y fuego, acabando con todos aquellos que tenían un hálito de vida: hombres, ancianos y niños habían perecido bajo las espadas de los sitiadores, al igual que las mujeres, que después de ser violadas una y cien veces habían sido asesinadas sin miramientos. No había habido prisioneros que esclavizar, pues ninguno de los defensores podían ser vendidos como esclavos, tal era su estado de inanición.

—Bueno, eso nos ha venido bien, aunque con más retraso del esperado, para que al final Roma declarase la guerra a Cartago —comentaba Hannón a un grupito pequeño de senadores que habían sido elegidos para viajar a Kart-Hadtha, la Cartago Nova que llamaban los romanos, para informar de la declaración de guerra que Roma les había declarado.

El trirreme con ellos a bordo había partido del puerto de Cartago aquella misma mañana y confiaban tener una buena travesía y llegar pronto a la espléndida ciudad de Cartago Nova, fundada por Asdrúbal «el Bello» sobre la antigua ciudad de Mastia, relacionada con la cultura tartésica, y construida a imagen y semejanza de la Cartago africana, no teniendo nada que envidiar a esta.

«¿Qué es lo que haría Aníbal?». Eso es lo que se iba preguntando Hannón mientras navegaba camino de Cartago Nova. Durante el tiempo que Sagunto había estado sitiada había establecido una red de espías que le iban informando de cómo se iban desarrollando los acontecimientos, pero esta red no se limitaba solo a la península ibérica, sino que también había conseguido establecer esa red en Roma y estaba perfectamente informado de lo que ocurría en el Senado romano. Sin embargo, ninguno de los espías había conseguido averiguar qué es lo que se proponía hacer Aníbal. Este, por lo que le decían los informadores de Hannón, daba por supuesto que una vez que Roma hubiese resuelto el problema que la había tenido entretenida con Iliria, volvería sus ojos hacia Cartago. Sagunto sería una mera disculpa para declararle la guerra, por lo que la información que Hannón y el grupo de senadores le llevaban no sería ninguna sorpresa para él. Por eso, en un principio, había pensado no formar parte de la delegación que acudiría a Cartago Nova. Sin embargo, la falta de noticias de lo que pensaba hacer Aníbal y cómo encararía la guerra era lo que le había llevado a formar parte de esa delegación y ver si así, personalmente, conseguía averiguar algo. Como máximo representante del Senado cartaginés sería recibido por el comandante en jefe y le preguntaría directamente cómo pensaba actuar para defender Cartago del ataque de las legiones romanas, que sin ninguna duda realizarían.

La mar se estaba embraveciendo y las olas, debido a un fuerte viento que se había levantado, cada vez eran más altas, lo que hacía que el barco fuese menos estable y fuese dando vaivenes. El capitán había mandado recoger velas y el barco avanzaba a duras penas por el esfuerzo de los remeros. No querrían los dioses que, ahora que las cosas empezaban a decantarse favorablemente para él y su grupo, esperando que no tardando mucho pudiese alzarse con el control del Senado y así hacerse con el poder, fuesen a perecer en aquella tormenta que se estaba formando. Hannón, a pesar del fuerte viento, de la lluvia que arreciaba con fuerza y de las olas que barrían la cubierta del trirreme, bien agarrado a una de las cuerdas que sujetaban el palo mayor, permanecía en cubierta. No le gustaba navegar, pero era mayor la claustrofobia que sufría si bajaba al interior de la nave, como habían hecho los senadores que le acompañaban. Empapado completamente, viendo cómo las olas azotaban la cubierta del barco, bien sujeto a la cuerda que le unía al palo mayor, rezaba a todos los dioses rogándoles que consiguiesen superar la tormenta sin que la nave zozobrase. A lo lejos le pareció distinguir otro trirreme que, en sentido contrario, luchaba también contra la tormenta. Aunque también llevaba las velas replegadas le pareció que se trataba de un trirreme cartaginés que también intentaba superar la tormenta y llegar a Cartago. No era un barco comercial, sino un barco de guerra, y se preguntó quién iría en él. Esperaba que no se tratase de Aníbal, pues si así era su viaje a Cartago Nova y los apuros y dificultades que estaban pasando habrían sido en vano. No podrían entrevistarse con el comandante cartaginés y no conseguiría averiguar cuáles eran sus intenciones.

* * *

El trirreme que a Hannón le había parecido entrever entre las enormes olas que la azotaban efectivamente era una nave de guerra que se dirigía a Cartago, pero en ella no iba Aníbal. Transportaba a una serie de prisioneros, principalmente hijos de caudillos iberos, que permanecerían como rehenes en Cartago como garantía de que sus ciudades permanecerían fieles a la república cartaginesa. De lo contrario, si no lo hacían, sus hijos pagarían las consecuencias. Allí, con el mar de por medio, no tendrían la tentación de fugarse y serían la garantía de que sus ciudades y pueblos permanecerían fieles al general cartaginés. Uno de esos rehenes era Albano, el hijo de Cedrick, caudillo de la ciudad vettona de Salmántica. Este, con el susto metido en el cuerpo ante aquel mar enfurecido que levantaba el trirreme para luego hundirlo, permanecía en cubierta atado con una de las cuerdas que estaban sujetas al palo mayor, al igual que los otros prisioneros. Mientras se sujetaba a la cuerda con la que había sido atado pensaba que se había equivocado por completo al creer poder engañar a Aníbal cuando este les había exigido los trescientos talentos en plata y trescientos rehenes. Los remeros, a diferencia de los de otros países, no eran esclavos, sino hombres libres, aunque los más desfavorecidos de la escala social. Albano nunca había viajado en barco, de hecho podían contarse con los dedos de una mano las veces que había visto el mar, pero desde luego nunca había montado en un barco y por descontado no podía decirse que aquella experiencia fuese muy agradable.

El hijo del caudillo vettón, mientras que las olas azotaban la cubierta del barco, intentaba distraerse para no pensar que en cualquier momento el barco podía hundirse, y especulaba que después de todo no habían salido tan mal parados. No sabía cómo podrían pasar el invierno en su ciudad, pues les habían tenido que entregar todo el trigo que tenían, por lo que se temía que pasarían hambre y el invierno se haría muy largo; también se encontrarían indefensos, pues habían sido cogidos como rehenes los mejores guerreros. Pero por lo menos la ciudad no había sido saqueada ni destruida y sus mujeres no habían sido violadas y, al igual que los ancianos, conservaban la vida.

Pasada la tormenta el mar se tranquilizó y la navegación se hizo más llevadera, aunque Albano, junto al resto de los prisioneros, permaneció atado al palo mayor. Estaba claro que no era hombre de mar sino de tierra adentro, que era donde más a gusto se sentía.

XII

Sin ningún otro contratiempo, el trirreme que transportaba a Hannón y al grupito de senadores cartagineses llegó a Cartago Nova. Aníbal estaba pasando el invierno en aquella ciudad y tardó unos días en recibir a los senadores cartagineses, lo que provocó el enfado de estos, que esperaban ser recibidos rápidamente. La disculpa que les dieron fue que el comandante cartaginés estaba muy ocupado realizando los preparativos para la defensa de las ciudades y territorios cartagineses en la península ibérica, ante el presumible ataque de las legiones romanas. Sí, el comandante cartaginés ya había sido informado de la declaración de guerra realizada por los emisarios romanos y se había puesto en marcha para prepararse y preparar a su ejército. Había mandado traer un buen número de elefantes de África y estaba aumentando el número de guerreros que conformaban su ejército. Sin embargo, no les dio ninguna información de cómo pensaba actuar ante el más que seguro ataque romano a los territorios cartagineses en Iberia. Y sin más explicaciones y poniendo como disculpa lo atareado que estaba, despachó a los senadores cartagineses. Estos, muy enfadados, intentaron por otros medios obtener información de cuáles iban a ser las intenciones y los proyectos de Aníbal, pero ni siquiera los informadores que Hannón tenía en Cartago Nova y que le suministraban la información que el líder aristocrático manejaba supieron decirle cuáles eran las intenciones de este. El mutismo en el ejército cartaginés era total, y Hannón y sus compañeros tuvieron que embarcarse camino de Cartago enfadados y muy molestos por no tener ni la más remota idea de cuál era el plan de Aníbal para defenderse de las legiones romanas.

El trirreme con los prisioneros iberos llegó también sin ningún contratiempo más a Cartago. Como los rehenes eran los hijos de los caudillos de las ciudades y pueblos iberos que se habían convertido en aliados de las tropas cartaginesas, no podían ser tratados como cualquier prisionero, sino que se alojarían en las casas de los principales hombres políticos o militares de Cartago. Así, Albano, el hijo del caudillo vettón de Salmántica, fue alojado en la mansión de Himilcón, quedando este a su cargo y bajo la responsabilidad del líder del partido de los Barca. Albano no conocía el idioma púnico y tampoco ninguno de los otros idiomas que hablaban buena parte de los cartagineses, como eran el latín o el griego, por lo que lo primero que hizo Himilcón fue ponerle un instructor que le enseñase, además del idioma, las costumbres cartaginesas.

Albano, a pesar de las circunstancias que le habían llevado a Cartago, pronto se encontró a gusto en la casa de Himilcón. En ella todo el mundo, desde el dueño de la casa hasta el último de los criados, se volcó en hacerle su estancia lo más agradable posible. Era un rehén, pero no un prisionero cualquiera. Era el hijo del caudillo de una importante ciudad ibera y como tal había que tener con él toda clase de consideraciones. Así se lo hizo saber Himilcón a todos los integrantes de su casa, criados y esclavos, pero también a su hija Dido, que cuando conoció al joven ibero había quedado impresionada con su porte, su gallardía y también por lo apuesto que era. Albano pronto se ganó la simpatía de todos los integrantes de la casa, especialmente del dueño de la misma, con el que salía a pasear a menudo por la ciudad hablando de lo diferente que resultaba la ciudad cartaginesa de su ciudad allá en la península ibérica. Albano resultó ser un joven despierto que aprendía rápidamente, por lo que en poco tiempo ya se defendía en el idioma que utilizaban los cartagineses, así como en griego, por lo que cada vez eran más frecuentes las conversaciones con

Himilcón. Este quedó admirado de cómo Albano había conseguido vencer a los guerreros cartagineses que vigilaban los trescientos prisioneros que habían tenido que entregar a Aníbal gracias al ardid empleado por las mujeres para proporcionarles las armas a los hombres.

—¿Entonces llegaste a conocer en persona a Aníbal? —le preguntó Himilcón mientras tomaban una copa de vino en el jardín de la mansión de este después de haber disfrutado de una sabrosa comida.

—Bueno, yo no diría tanto. Hablé con él en un par de ocasiones, cuando fui a parlamentar para decirle que no disponíamos de los trescientos talentos de plata que nos había exigido para no saquear la ciudad, y cuando se enteró de que yo era el responsable de haber derrotado a los guerreros que nos vigilaban. Nada más. No puede decirse que llegase a conocerle.

—Bueno, pero alguna impresión te causaría. ¿O no?

—Me pareció un hombre decidido que sabía perfectamente lo que quería y estaba dispuesto a conseguirlo.

En ese momento apareció Dido en busca de su padre. Había varios senadores de su grupo que reclamaban su presencia.

—Lo siento, Albano, me gustaría seguir hablando contigo pero tengo que dejarte. El deber me llama —le dijo Himilcón apurando su copa de vino y poniéndose en pie.

—No te preocupes, padre, yo ocuparé tu lugar y haré de anfitriona con nuestro huésped —dijo Dido. Y lo cierto es que Albano era considerado en aquella casa un huésped más que un rehén.

La verdad es que a Dido el joven guerrero ibero le había causado desde el primer momento una muy agradable impresión. Era encantador, educado, simpático y apuesto, muy apuesto. Con su larga cabellera negra recogida en una coleta que se movía de forma acompasada cuando caminaba, no dejaba indiferente a ninguna mujer; sus enormes ojos negros que iluminaban su rostro, con unas largas pestañas, parecían dos imanes que atraían las miradas de todas las mujeres, jóvenes y no tan jóvenes, con las que se cruzaba; y sus labios, carnosos y siempre entreabiertos en una sonrisa que le acompañaba a todas partes, eran el deseo de muchas mujeres, que hubiesen dado cualquier cosa por poder saborearlos. Dido tenía que hacer un esfuerzo por alejar de su mente aquellos pensamientos que la asaltaban cada vez que se encontraba frente a Albano, pues no entendía cómo podían abordarla y apoderarse de ella cuando estaba profundamente enamorada de Alejo, el hijo del amigo de su padre. Desde que tenía una relación con este no tenía más ojos que para él, su pensamiento y su corazón le pertenecían por completo y no existía ni la más mínima fisura en el amor que sentía por el muchacho. ¡Hasta entonces! Porque la aparición de Albano había trastornado todo aquello y ahora ya dudaba, pues no estaba segura de que su amor por Alejo fuese tan fuerte y convincente como ella creía. Cuando se encontraba frente al joven guerrero ibero se mostraba nerviosa, insegura, no le salían las palabras y la mirada del muchacho la trastornaba completamente. Sin embargo, cuando no estaba con él su imagen, su sonrisa y sus enormes ojos la asaltaban constantemente perturbando su tranquilidad, y podía decirse que desde que el joven guerrero se había instalado en su casa el sosiego y la tranquilidad habían desaparecido de su vida. Inconscientemente le buscaba por la mansión para acercarse a él, y cuando no estaba porque había salido con su padre se ponía de mal humor, que le duraba hasta que Albano regresaba. Sin embargo, cuando Alejo aparecía por su casa para invitarla a salir y estar con ella se alegraba y disfrutaba de la compañía del joven, de sus besos y sus abrazos, y por un momento se olvidaba del joven guerrero ibero. Entonces volvía a ser la de siempre y la tranquilidad volvía a adueñarse de ella, pero desgraciadamente esa serenidad desaparecía en cuanto regresaba a su casa y volvía a encontrarse frente a Albano y el desasosiego volvía a adueñarse de ella. Fatalmente Alejo cada vez estaba más ocupado con los negocios de su padre, que apenas le dejaban tiempo para otra cosa que no fuese alimentarse y dormir, no muchas horas por cierto. Alejo nunca hubiese pensado que el trabajo de su padre fuese tan absorbente y cansado, sobre todo por las muchas horas que había que dedicarle para que fuese bien.

Dido empezó a estar en un sinvivir. Si se encontraba con Albano el nerviosismo y el desasosiego se apoderaban de ella; y si no estaba frente a él se preocupaba de dónde podría estar, qué estaría haciendo, y se preguntaba si a él le pasaría lo mismo. Pero el joven guerrero ibero no había hecho nada que indujese a pensar que le ocurría lo mismo que a ella. Se comportaba de la manera más natural, actuando con total normalidad, siempre amable y educado, no solo con ella, sino con todos los de su casa, fuesen criados o esclavos.

Himilcón, por su parte, estaba muy contento con el joven Albano. No había desaprovechado el tiempo y las lecciones de idiomas, que un profesor le proporcionaba, habían tenido un gran éxito, de manera que en poco tiempo Himilcón ya podía hablar en su propio idioma con el muchacho, además de en griego y un poco en latín. Este idioma se lo había pedido el propio Albano, y las razones que le había dado el joven para querer aprender esa lengua le habían parecido muy razonables.

—Mi tierra y mi ciudad ahora mismo están ocupadas por vuestros hombres, pero el resto de las regiones bañadas por el mar Mediterráneo han sido invadidas por Roma, por lo que puede decirse que es un mar romano. No sé lo que deparará el futuro, pero creo que por ahora es bueno aprender su idioma, el latín, tanto para negociar con ellos como para comerciar.

Y Himilcón no tuvo más remedio que aceptar que el joven tenía razón y no tuvo ningún inconveniente en que el profesor le enseñase también latín al joven ibero. Sin embargo, el jefe del partido de los Barca en Cartago permanecía totalmente ignorante de los sentimientos que paulatinamente se iban adueñando del corazón de su hija, y es que los problemas en su grupo político y en el Senado cartaginés cada vez eran mayores. Eran muchos los senadores que cada vez estaban más disconformes con la actitud y el comportamiento del comandante del ejército cartaginés en la península ibérica. Aníbal no rendía cuentas al Senado de sus actos y movimientos o de sus intenciones. Pero es que tampoco informaba al grupo que lo apoyaba y que tenía que debatir en La Balanza defendiendo sus actos y su actitud cuando la mayoría de los senadores de este grupo no estaban nada contentos con esa actuación. En aquellos momentos, pasado el invierno, lo único que los senadores cartagineses sabían era que Aníbal, con un poderoso ejército formado por unos noventa mil infantes, unos doce mil jinetes y treinta y siete elefantes, había cruzado el río Ebro a pesar de la oposición de las tribus de allende el río, como eran los ilergetes, bargusios y auretanos. Previamente había mandado a Kart-Hadtha un buen contingente de tropas: unos doce mil jinetes carpetanos y olcades; unos catorce mil guerreros tersitas, mastienos y oretanos y mil baleares para tranquilizar a los senadores cartagineses que temían que el cónsul Tiberio Sempronio Longo, recientemente elegido, desembarcase en África con las dos legiones que le había designado el Senado romano; mientras el otro cónsul elegido, Cornelio Escipión, iría a atacar las colonias de la península ibérica. Esto, aunque tranquilizó un poco al Senado cartaginés, no evitó que Hannón «el Grande», desde su escaño en La Balanza, tronase exigiendo la cabeza de Aníbal por no informar al Senado de sus intenciones y de sus movimientos, pues los desconocían completamente. Las sesiones se tornaron tormentosas y los enfrentamientos continuos entre los partidarios de los Barca, con Himilcón a la cabeza, y los detractores de estos, con Hannón como su cabeza visible.

Himilcón llegaba a su casa completamente agotado después de las duras sesiones en el Senado, sintiendo además que defendía una causa en la que no creía, pues en aquella ocasión Hannón y sus seguidores tenían razón. Aníbal se estaba comportando como un dictador y sin embargo él y sus seguidores tenían que defenderle, lo que le creaba un verdadero problema de conciencia. Cuando llegaba a su casa la conversación con Albano le relajaba, porque el muchacho entendía por lo que estaba pasando.

—¿Entonces no sabéis dónde se encuentra Aníbal y ese poderoso ejército que dirige? —le preguntaba Albano mientras esperaban a que les sirviesen la cena. Dido, por su parte, iba de un lado al otro de la cocina vigilando que todo estuviese en su punto.

—No tenemos ni la menor idea. La única explicación que encuentro es que quiera atacar alguna de las colonias del norte aliadas de Roma y desde allí embarcar su numeroso ejército hacia la península italiana —comentó Himilcón—. Pero ¿dónde están los barcos que transportarían a ese descomunal ejército? No tenemos noticias de que ningún trirreme haya salido hacia el norte del Mediterráneo. Y para transportar ese ejército se necesitaría un número muy elevado de barcos que en Kart-Hadtha no hay y, que nosotros sepamos, tampoco se están construyendo.

—¿Y llegar a la península italiana por tierra? —preguntó Albano.

—¡Eso es imposible! —exclamó Himilcón—. No se trata de un grupito pequeño de jinetes. Son miles y miles de infantes y de guerreros de caballería, además de treinta y siete elefantes. Tendrían que cruzar los Pirineos y luego los Alpes, y además de las dificultades geográficas de atravesar todas esas montañas, tendrían que cruzar regiones ocupadas por pueblos que no son amigos y que no tolerarán que un ejército tan numeroso pase por sus tierras. Además hay otro problema. ¿Cómo alimentar a un número tan elevado de guerreros? No, solo un loco intentaría llegar a la península italiana por tierra porque, aunque en el supuesto de que, por un extraño milagro, consiguiese hacerlo, su ejército llegaría tan diezmado y en tan malas condiciones físicas que sería una presa fácil para las legiones romanas que le estarían esperando. No, la llegada por tierra hay que descartarla totalmente.

—Pues hacia algún lugar se dirige ese ejército, y siendo tan numeroso no pasará desapercibido. Pronto se sabrá hacia dónde va —comentó Albano.

* * *

Himilcón y Albano no eran los únicos que se preguntaban hacia dónde se dirigía Aníbal con el numeroso ejército que había formado. Anthousa ya se disponía a cerrar su tienda aquella noche, después de un largo día en el que los clientes no la habían dejado ni un momento de descanso, cuando la griega vio entrar en la tienda a Hannón «el Grande».

—¿Por qué vienes aquí? —le dijo mientras se asomaba a la puerta por si algún conocido lo había visto entrar. Cuando vio que no era así, la cerró rápidamente.

—Tenía que verte y hablar contigo. Es importante.

—Pues haz como hemos quedado. Me envías el aviso por un criado y nos vemos donde siempre.

Ese lugar era una casa que Hannón tenía en las afueras de la ciudad y que utilizaba para encuentros fortuitos que no quería que se supiesen.

—Eso lleva demasiado tiempo y me urgía verte y hablar contigo —respondió Hannón.

—¿Tanto me echas de menos que no puedes esperar a hacerlo como siempre lo hemos hecho? —preguntó Anthousa, poniendo cara interesante y haciéndole una caricia a Hannón.

—Quita, no seas zalamera. Que eso se te da muy bien, pero ya sabes que conmigo no sirve.

—Anda, mira qué serio ha venido el señor. Bueno, ¿y qué es eso tan importante que te ha traído a mi casa incumpliendo todas las normas que nos habíamos impuesto?

—Necesito que te enteres de una cosa. Seguro que tú puedes hacerlo.

—Me sobrevaloras, pero bueno. ¿De qué me tengo que enterar?

—Sabemos que Aníbal ha salido de Cartago Nova con un poderoso ejército dirigiéndose hacia el norte, pero no sabemos hacia dónde va. Seguro que Ajax, debido a su amistad con Himilcón, tiene que saberlo. Necesito que lo averigües. Es muy importante.

—Lo intentaré, pero creo que en esta ocasión Ajax no sabe nada, porque de lo contrario me lo habría comentado —dijo Anthousa.

—Es imposible que Himilcón no lo sepa. Él y Ajax son amigos, muy buenos amigos. Seguro que le ha comentado a dónde se dirige Aníbal. Pon en marcha todos tus encantos con Ajax, al que tienes comiendo y bebiendo de tu mano, y averigua qué sabe.

—De acuerdo, pondré en marcha todos mis encantos, los mismos que pongo contigo, y veremos a ver qué es lo que sabe —y mientras lo decía le acariciaba sensualmente.

Hannón la apartó de su lado, aunque con delicadeza.

—No, hoy no y aquí en tu casa menos, nos podrían sorprender. Te espero mañana cuando cierres la tienda en mi casa de las afueras, y de paso ya me dices qué es lo que has averiguado. Además, tú tienes una buena red de informadores que viajan por todo el Mediterráneo y los países limítrofes. Seguro que alguno ha visto a Aníbal o sabe dónde se encuentra.

—Haré lo que pueda —le dijo la mujer mientras se acercaba a él y le besaba apasionadamente. Después se dirigió a la puerta, la entreabrió y observó el exterior. Cerciorándose de que no había nadie, le hizo una seña a Hannón para que saliese.

—¡Hasta mañana! —exclamó este, y salió rápidamente colocándose una capucha y evitar así ser reconocido.

* * *

Aulus Gelius estaba feliz. Había conseguido lo que desde niño había anhelado, formar parte de los équites de una legión romana. Publio Cornelio Escipión había salido elegido cónsul y el Senado le había otorgado el mando de dos legiones con el encargo de apoderarse de las ciudades de la península ibérica que Cartago controlaba. Publio Cornelio Escipión estaba reclutando esas dos legiones y le había dado el mando de una *turma* de caballería a su hijo Cornelio Escipión. Este, en cuanto lo supo, fue en busca de su amigo Aulus Gelius y le hizo el ofrecimiento de pertenecer a la *turma* que él iba a capitanear. El joven no cabía en sí de gozo y no pudo por menos que abrazar a su amigo.

—No es ningún favor que te hago —le había dicho este—. Has trabajado muy duro. Mejor dicho, hemos trabajado muy duro para conseguir que mi padre fuese elegido cónsul y lo hemos conseguido. Hemos hecho un buen trabajo y mi padre, que es agradecido, cuando me ha dicho que capitanease la *turma* de caballería me ha pedido expresamente que quería tenerte en ella, pues es conocedor de tus habilidades con la espada y de tu valor y, por supuesto, es sabedor de nuestra amistad, y no hay nada mejor que tener un buen amigo a tu lado cuando se entra en combate.

—De todas formas dale las gracias a tu padre. Podía haber elegido a otro cualquiera y sin embargo te ha pedido que me elijas a mí. Os lo agradezco a los dos. ¿Y cuándo tenemos que incorporarnos? —preguntó Aulus Gelius.

—Cuanto antes. El Senado ha encargado a mi padre que vaya a la península ibérica o como ahora se llama, Hispania, para arrebatarles las principales ciudades que controlan los cartagineses, así que quiere ponerse rápidamente en camino en cuanto estén constituidas las dos legiones que van a estar bajo su mando.

—¿Y el otro cónsul elegido, Tiberio Sempronio Longo?

—Sempronio Longo tiene la orden de trasladarse a África para atacar a los cartagineses en su propia casa, y eso hará en cuanto también tenga constituidas sus dos legiones.

—¿Tú crees que conseguiremos derrotar a los cartagineses? —preguntó Aulus Gelius.

—Estoy convencido de ello. Ya lo hemos hecho una vez, y entonces la república romana no era tan poderosa como es ahora. No hay ejército capaz de derrotar a una legión romana. Cartago pagará muy caro su atrevimiento al atacar a un aliado de Roma y demostraremos al mundo que nadie puede hacerlo sin sufrir un buen castigo.

—Voy a comunicar a mis padres la noticia. Mi madre echará unas lagrimitas, pero estarán muy orgullosos de su hijo. Nos vemos.

—Que los dioses te acompañen, amigo.

XIII

En la ciudad de Salmántica las cosas no iban nada bien. El paso de Aníbal por ella, aunque no había sido saqueada ni destruida, la había dejado sin sus principales güerreros —sus trescientos mejores hombres— y sin cereales para pasar el invierno y poder sembrar cuando llegase el tiempo de la sementera. Se temían un invierno muy duro: de por sí los inviernos ya eran muy duros en la Meseta, las heladas se sucedían unas a otras cubriendo de blanco el paisaje que rodeaba la ciudad, cuando no nevaba, aunque en ese caso las temperaturas no eran tan gélidas. ¿Pero de qué iban a vivir? Solo les quedaba la caza y el poco ganado que les había quedado, pues Aníbal había completado lo que faltaba de cereales llevándose el ganado. Pero no tenían otra cosa, así que de una manera o de otra tendrían que salir adelante. Los más ancianos y los niños serían los más perjudicados y las primeras víctimas.

Pero a Cedrick, el líder vettón de la ciudad, había otro asunto que le preocupaba: ¡Elburo! Estaba convencido, su hijo se lo había asegurado, de que había sido él el que les había vendido a Aníbal, y la prueba de ello es que Elburo, a pesar de ser un buen guerrero, no había sido escogido entre los trescientos rehenes que el caudillo cartaginés había exigido y que no habían tenido más reme-dio que proporcionarle. Cedrick, sin la ayuda de su hijo Albano y los guerreros que le apoyaban, temía que el traidor de Elburo intentase hacerse con el poder y convertirse en el nuevo caudi-llo de Salmántica. Su hijo le había puesto sobre aviso y le había pedido a su padre, antes de ser llevado como rehén, que se procu-rase una guardia de antiguos guerreros —los jóvenes se los había llevado Aníbal— o de mujeres que manejasen bien las armas para que le protegiesen. El pueblo estaba con él y en contra de Elburo, al que no apreciaban lo más mínimo, y además había otro punto a su favor: los guerreros que apoyaban a Elburo también habían sido hechos prisioneros y llevados como rehenes, así que el traidor de momento se había quedado sin apoyos. Pero Cedrick estaba seguro de que, de una manera o de otra, intentaría hacerse con el poder, y la única manera era deshacerse de él.

Cedrick tuvo problemas para conseguir una numerosa escolta de veteranos guerreros que le protegiesen, así que decidió que tendría una escolta de mujeres. Estas se habían comportado muy bien cuando se enfrentaron a los cartagineses y demostraron que tenían valor y sabían utilizar las armas. Además, el caudillo de la ciudad abandonaba en contadas ocasiones su cabaña y sin embargo estaba informado de todo lo que ocurría en el poblado, y cuando lo hacía, su guardia de mujeres siempre le acompañaba. Así que por ese lado respiraba con cierta tranquilidad. Por lo tanto, lo más urgente en aquellos momentos era conseguir alimentos para que el pueblo no se muriese de hambre durante el invierno y, después de darles muchas vueltas, le habían surgido algunas ideas que quizá pudiesen salir bien. Convocó una asamblea de vecinos, hombres y mujeres, y seleccionó a los más diestros y diestras con las armas, principalmente con el arco y las hondas, encargándoles la misión de abatir a todo ser vivo que fuese comestible en los alrededores del poblado y en los bosques que allende el río existían. Por otro lado escogió entre los más ancianos a un grupo de vecinos que recorrerían como embajadores los poblados vecinos, tanto vettones como de vacceos, solicitando su ayuda para que les proporcionasen trigo para poder sembrar, que devolverían con creces en los años venideros cuando sus campos volviesen a ser un mar de espigas doradas, como eran habitualmente. Confiaba en la sabiduría de los ancianos para convencer a los líderes de los pueblos vecinos con los que, normalmente y salvo en contadas ocasiones, se llevaban bien. Las mujeres, que ya habían demostrado con creces su valor y su inteligencia, se encargarían de la vigilancia y defensa de la ciudad, mientras que los demás cazaban y procuraban traer alimentos para todos los vecinos. Ahora solo quedaba rezar a los dioses para que estos se mostrasen magnánimos y velasen por ellos.

—¿Y qué vamos a hacer con Elburo? —preguntó uno de los ancianos que constituían el grupo que ayudaba a Cedrick en el gobierno de la ciudad—. Nos ha traicionado. Si él no hubiese ido a vendernos a Aníbal, este nunca hubiese decidido venir a nuestra ciudad y hoy no nos encontraríamos como estamos, sin alimentos y sin guerreros que nos defiendan.

Todos asintieron afirmando con un movimiento de sus cabezas.

—No podemos permitir que se vaya sin castigo —comentó otro de los ancianos.

—Si no le damos su merecido, cualquiera del poblado pensará que puede hacer lo que le venga en gana, que no le ocurrirá nada.

—Quizá ahora no sea el mejor momento para hacerle pagar por su traición —comentó otro de los ancianos.

—¡Explícate! —exclamó Cedrick—. ¿Por qué ahora no es el mejor momento?

El anciano que había hablado se revolvió en el asiento corrido, pegado a la pared, en el que estaban sentados.

—Elburo es un buen guerrero, muy diestro con la espada, la lanza y también con el arco. Quizá de los mejores del poblado, seguramente únicamente superado por tu hijo Albano. Necesitamos cazadores para poder alimentarnos y él puede ser uno de los que consigan más piezas; si necesitamos defendernos él puede ser un elemento muy importante en la defensa del poblado. ¡Creo que en estos momentos prescindir de él sería un error!

Todos guardaron silencio. Indudablemente no habían tenido en cuenta la situación en la que se encontraban en ese momento. Uno de los ancianos se puso en pie para hablar.

—Si no castigamos su traición ahora que se acaba de producir, ¿cuándo lo haremos? Pueden pasar muchas lunas hasta que consigamos volver a tener alimentos suficientes y muchas más para que nuestros niños se conviertan en jóvenes guerreros capaces de defendernos. El momento de castigar su traición ha de ser ahora. Pasado el tiempo no tendría sentido, su traición se habrá olvidado y nuestra gente, la gente de nuestro poblado, ya no entendería que se le castigase.

—Además, hay otra cosa que no hemos tenido en cuenta —comentó otro de los ancianos puesto en pie—. Si nos ha traicionado una vez, es seguro que volverá a hacerlo en cuanto tenga la más mínima oportunidad de conseguir lo que quiere, que no es otra cosa que desbancar a Cedrick y hacerse con el poder. Esa fue la causa de su traición y no parará hasta conseguirlo.

El silencio volvió a adueñarse de la cabaña donde el caudillo, Cedrick, y el grupo de ancianos que le apoyaban estaban deliberando. Al fin el viejo caudillo levantó la mano para indicar que iba a hablar.

—Creo que los dos tenéis razón. Elburo es uno de los mejores guerreros con la espada y con el arco. Sería un elemento fundamental para obtener caza con la que alimentarnos este invierno y también en el caso de que seamos atacados y sea preciso defender el poblado. Pero al igual que nos ha traicionado una vez, estoy seguro de que intentará volver a hacerlo, sobre todo ahora que mi hijo y los principales guerreros ya no están en el poblado.

—¿Entonces qué quieres que hagamos? —preguntó otro de los ancianos que habían hablado.

—En estos momentos no lo sé. De momento vamos a organizar los grupos que han de salir a cazar y los que harán de embajadores de la ciudad en los poblados vecinos. He de meditar con calma el castigo que le impondremos, mientras tanto permanecerá en el poblado. No le permitiremos ir a cazar y le someteremos a una estrecha vigilancia. Cuando haya decidido el castigo que le impondremos ya os lo comunicaré.

Todos los allí reunidos pensaron que era una sabia decisión. No convenía precipitarse y un asunto tan delicado como ese bien merecía que se meditase con calma. Desde luego Cedrick, su caudillo, a pesar de las heridas que le imposibilitaban moverse con libertad, seguía teniendo la cabeza en su sitio y no tomaba ninguna decisión a la ligera. Se organizaron para formar los grupos que saldrían a cazar y se eligió a los embajadores que acudirían a pedir ayuda a los poblados vecinos. Y una vez que lo hubieron hecho abandonaron la casa del caudillo. Este se quedó solo en su casa, pensando en lo mucho que iba a echar de menos a su hijo. Ahora lo necesitaba más que nunca pues, a pesar de su juventud, tenía una cabeza muy bien amueblada y no actuaba nunca a la ligera, sin antes haber examinado concienzudamente el problema al que se enfrentaba, sopesando las ventajas y desventajas para después tomar la decisión que considerase mejor. Eso por no decir que cuando Albano se encontraba en el poblado él estaba mucho más tranquilo sabiendo que su hijo velaba por la seguridad de este.

¿Qué tal le iría? Esperaba que tuviese suerte y, como le habían dicho, fuese tratado como hijo de un caudillo ibero y lo hubiesen alojado en la casa de una de las personas importantes de Cartago —o de Kart-Hadtha, como la llamaban los cartagineses—. Conociendo a su hijo, seguro que se ganaba la voluntad de los dueños de la casa en la que lo alojasen, al igual que se había ganado el corazón de la joven Alda, que con los ojos cargados de lágrimas había pedido ser recibida por el caudillo para informarse de dónde habían llevado a Albano.

Cedrick no conocía a la muchacha. No la había visto, pero pensaba que si su hijo se había enamorado de ella y no era un simple capricho pasajero, desde luego tendría que ser algo excepcional y no solo por su belleza, de la que todos le habían hablado, sino que debía de tener otras muchas cualidades. Así que se alegró de tener la oportunidad de conocerla y les indicó a las mujeres que custodiaban su casa que le permitiesen el paso. La muchacha, nerviosa, con la mirada baja, penetró en la casa de Cedrick y se arrodilló al encontrarse frente al caudillo de la ciudad.

—No, por favor, levántate —le dijo él—. No tienes por qué arrodillarte ante mí. Ven, siéntate aquí a mi lado, que te pueda ver bien. Mi vista ya es escasa y, como la luz me molesta bastante, la casa está medio en penumbra para no dañar más mis ojos, que ya están muy cansados.

La muchacha no dijo nada y fue a sentarse donde Cedrick le había indicado, aunque siguió con la mirada baja, sin levantar la cabeza.

—Mis ojos ya no son lo que eran, pero todavía puedo ver que eres muy hermosa y muy joven. Pero sobre todo debes tener otras cualidades, como la de tener un gran corazón, para que mi hijo se haya enamorado de ti y antes de partir hacerme prometer que cuidaría de ti.

Alda levantó por primera vez la cabeza, sus ojos se encendieron y en su rostro apareció una enorme sonrisa que, junto a los ojos, lo iluminaron por completo, de manera que Cedrick pudo comprobar la hermosura de su rostro a pesar de sus ojos y de la escasez de luz.

—¿Dónde se lo han llevado? —preguntó la joven.

—A Cartago, allá en África. Pero no te preocupes por él. Estará bien. No es un prisionero cualquiera, es el hijo de un caudillo y como tal lo tratarán.

—¿Y por qué se lo han llevado? ¿Para pedir un rescate?

—No, no les interesa pedir un rescate que no podríamos pagar. No somos un pueblo rico...

—Entonces, ¿qué es lo que quieren?

—La seguridad de que Salmántica no se levantará contra Cartago. Mi hijo es su garantía de que permaneceremos sumisos a Cartago y nos tendrán como aliados. En caso de que no lo hagamos él pagaría las consecuencias. Pero no te preocupes, nadie se va a levantar contra Cartago y en unos años Albano regresará.

—¿Unos años? ¿Tanto tiempo?

—No te preocupes, el tiempo vuela. Ahora te parece mucho tiempo, pero antes de que te des cuenta lo verás de vuelta. La separación durante ese tiempo puede ser una buena prueba para saber si vuestro amor es realmente verdadero y no se trata de un simple capricho.

Alda meneó la cabeza. No le convencía mucho la explicación del caudillo. Ella estaba segura de su amor por Albano, pero él... ¿seguiría enamorado de ella cuando regresase? Había oído decir que Cartago era una ciudad muy grande donde abundarían las mujeres hermosas y, a buen seguro, más de una se encapricharía del joven guerrero. ¿Resistiría Albano la tentación?

Cuando abandonó la cabaña del caudillo salió más preocupada que cuando entró en ella. Entonces solo le preocupaba la vida de Albano. Ahora además tenía miedo de que el joven guerrero se olvidase de ella rendido en los brazos de alguna hermosa mujer cartaginesa.

* * *

Himilcón no podía creer lo que le decían en el correo que le había llegado de Kart-Hadtha de Iberia firmado por Magón Barca, el hermano pequeño de Aníbal. Lo leyó detenidamente varias veces pensando haber entendido mal, pero no había tal. Lo había comprendido perfectamente. No había la menor duda. Ya era tarde, La Balanza había cerrado sus puertas y hasta el día siguiente Himilcón no vería a los senadores del partido de los Barca. Decidió pasear por la ciudad, intentando asimilar lo que había leído y encontrarle un sentido, pero a medida que sus pasos le conducían de un lado a otro de la ciudad se iba poniendo de peor humor. Necesitaba desahogarse, y sus pasos le llevaron hasta la mansión que Ajax tenía en la ciudad. No sabía si estaría en su casa o quizá estuviese en la casa de su novia griega, pero cuando llamó a la puerta de la casa y preguntó al criado que le había abierto por el dueño de la misma, este le hizo pasar a un patio porticado que, con una fuente en el centro, animaba a relajarse, sentado en uno de los bancos que se encontraban alrededor de la fuente oyendo discurrir el agua de esta. Era un hermoso lugar que invitaba al descanso y a la relajación, justo lo que él necesitaba en aquellos momentos.

Su amigo Ajax no tardó en aparecer y en su rostro se reflejaba la sorpresa que su visita le producía.

—Amigo Himilcón, no esperaba yo tu visita a estas horas —le dijo mientras se acercaba a él y, extendiendo los brazos, le proporcionaba un caluroso abrazo.

—¿No es buen momento para visitarte? —le preguntó Himilcón.

—Siempre es buen momento para recibirte en mi casa, ya lo sabes. Estaba haciendo unas cuentas que no terminaban de cuadrarme, pero seguro que con tu visita mi cabeza se despejará de tanto número y luego me encajarán.

Ajax dio varias palmadas para llamar a un criado y le pidió que le trajera una crátera de vino con varias copas y unos frutos secos para acompañar.

—Por la expresión de tu cara veo que algo ha pasado y no parece que sea de tu agrado. Traes el rostro lívido y desencajado. Has recibido malas noticias. Supongo que tu hija Dido está bien, de lo contrario ya me habría dicho algo mi hijo Alejo.

—Sí, mi hija está perfectamente, pero no puedo decir lo mismo de lo demás.

Y, sacando de su túnica un pergamino, se lo entregó a Ajax.

—Toma, léelo tú mismo. Es de Magón, el hijo pequeño de Amílcar Barca.

Ajax desplegó el pergamino. A medida que lo iba leyendo su rostro se iba contrayendo y endureciendo. Se puso de pie y miró fijamente a Himilcón.

—¡Esto no puede ser cierto! Tiene que ser una broma, y de muy mal gusto por cierto.

—No, no es ninguna broma. Me he asegurado de ello y es el mismísimo Magón el que la ha enviado.

—Pero... —Ajax titubeaba sin encontrar las palabras adecuadas—. Esto es una locura.

—Eso me parece a mí. ¿A quién se le ocurre querer atacar a Roma por tierra? ¿Aníbal no se ha enterado de que para llegar hasta Roma por tierra tiene que cruzar los Pirineos, que ya es duro, pero que luego están los Alpes, y que eso son palabras mayores? Un grupito de mercaderes puede hacerlo, unos correos también, pero un ejército de noventa mil soldados de a pie, doce mil

161

jinetes y treinta y siete elefantes, que son elefantes, no cualquier caballo de carga, y luego los animales que transportan el material y los alimentos... ¡Es una locura! En el supuesto de que consigan llegar a comarcas romanas, algo muy improbable, pues tienen que atravesar por territorios de un montón de pueblos que no son nada amistosos y a los que no les gustan los visitantes, llegaría con un ejército muy diezmado, que sería presa muy fácil para cualquier legión romana.

Ajax meneó la cabeza en sentido negativo.

—No sé quién habrá metido esa idea en la cabeza a Aníbal, pero quien lo haya hecho acaba de dar el primer paso, si no el definitivo, para la derrota cartaginesa en esta segunda guerra contra Roma —comentó.

—No te equivoques. Aníbal no necesita que nadie le meta ideas extrañas en la cabeza. A buen seguro que es idea suya, pero si no ha sido así y alguien se lo ha propuesto, Aníbal no lo acepta si no está convencido de que es buena la idea y puede hacerlo, aunque yo me inclino a pensar, por lo poco que lo conozco, que es idea suya. La habrá comentado con sus hermanos y con sus principales generales, y si estos no se han opuesto en su totalidad ha decidido llevarla adelante.

—¡Es una locura! Lo mires por donde lo mires es una locura y Kart-Hadtha lo va a pagar muy caro —comentó Ajax—. ¿Y qué podemos hacer? —preguntó.

—Nada, absolutamente nada. Si al menos nos hubiese consultado habríamos podido intentar convencerle para que abandonase la idea. Pero no lo ha hecho. Como siempre, no cuenta con el Senado cartaginés, ni siquiera con el grupo que le apoya. Mañana reuniré a los senadores de nuestro grupo, les informaré de las noticias que nos han llegado y les pediré que guarden silencio, pues cuanto más tarden en enterarse Hannón y su grupo mucho mejor. Van a poner el grito en el cielo y tendrán toda la razón.

Himilcón se despidió de su amigo Ajax. Declinó la invitación para quedarse a cenar. No iba a ser un buen invitado aquella noche y prefirió marcharse a su casa. A Ajax, después de aquella noticia, no le apetecía enfrascarse con las cuentas que no le salían y prefirió acercarse a casa de su amiga Anthousa y pasar con ella la noche. Necesitaba relajarse y olvidar el mal humor que la noticia que había recibido le había puesto.

XIV

Hannón miró con sorpresa a Anthousa. Estaban los dos en el lecho después de haber retozado y haber quedado exhaustos. Ya no eran tan jóvenes y los años se notaban, no pasaban en balde. Esta se había levantado a llenar las dos copas de vino y, después de ofrecerle una a Hannón, le había dicho:

—Tengo algo importante que contarte.

—¿Hay algo más importante que lo que acabamos de hacer? —preguntó Hannón mientras volvía a acariciar el cuerpo de Anthousa.

—Para ti, sí, y seguro que la noticia que te voy a dar es una de esas cosas que te importan más.

—Venga pues, no te demores y cuéntame.

—¡Aníbal ha formado un numeroso ejército para atacar a Roma!

—¡Eso no es ninguna novedad! Todo el mundo sabe que Aníbal está preparando la guerra para enfrentarse a Roma, pero no para atacar, sino para defenderse de ella.

—Te equivocas, el ejército que ha reclutado es para atacar a Roma. Ya se ha puesto en camino y lo hará por tierra, cruzando los Pirineos y luego los Alpes, hasta llegar a territorio romano.

Hannón, como movido por un resorte, se incorporó del lecho y se puso en pie.

—Anthousa, no bebas más. Te está sentando muy mal y estás diciendo majaderías.

—No es ninguna majadería. Ya se ha puesto en camino, ha cruzado el Ebro y en estos momentos debe de estar cruzando los

Pirineos con un numeroso ejército de más de cien mil guerreros y treinta y siete elefantes.

—¿Quién te ha dado esa información? —preguntó Hannón mientras se vestía.

—Ya sabes quién es mi principal fuente de información, aunque no la única. A veces pienso que si estás conmigo es para que te procure informaciones de este tipo.

—¿Ajax? —preguntó Hannón.

—Efectivamente, y me ha dicho que Magón ha enviado un correo informando de ello a Himilcón y que este se lo ha enseñado a Ajax, así que es totalmente veraz.

—Aníbal, decididamente, se ha vuelto loco. Es imposible cruzar los Pirineos y sobre todo los Alpes con semejante ejército. A buen seguro que antes de llegar a territorio romano perecerá, si no todo, la mayor parte del ejército, y si queda algo de él ya se encargarán las legiones romanas de rematarlo.

Hannón ya había terminado de vestirse y dio un último sorbo a la copa que Anthousa le había puesto.

—No parece que te haya enfadado la noticia. Es más, yo juraría que casi te ha alegrado —dijo la griega.

—Pues sí, tienes razón y me alegraré cuando las montañas, los pueblos que habitan en ellas y las legiones romanas acaben con Aníbal, porque así nos habremos deshecho de él y volveremos a controlar el Senado de Kart-Hadtha.

—¿Ya te vas?

—Sí, cariño. Voy a convocar a mi grupo de senadores para informarles de la noticia y convocar una sesión de La Balanza para comentarlo. Hoy me has hecho muy feliz de manera doble y así da gusto empezar el día —y dándole un beso en los labios abandonó la habitación.

Anthousa permaneció en el lecho con la copa de vino que había puesto. A veces pensaba que el único interés que Hannón tenía por ella era por las buenas informaciones que le proporcionaba. El sexo para el líder del partido de los aristócratas era algo secundario, por mucho que él lo alabase. Estaba casi segura de que le producía un orgasmo mayor una victoria política que un buen coito. Además, él no se jugaba nada, sin embargo a ella podría hasta costarle la vida si Ajax terminaba enterándose de la relación que mantenía con Hannón. Mas, ¿qué podía hacer? ¿Dejar a Hannón? ¿Abandonar su relación con Ajax? No, no y mil veces no. A ella le gustaban los dos, tan diferentes, tan distintos, pero que cada uno a su manera la complementaban. Era una locura, lo sabía, pero estaba enamorada de los dos. Dos hombres que no se podía decir que se odiasen, ¿o quizá sí? Desde luego no se tenían ninguna simpatía. Hannón sabía de su relación con Ajax y se aprovechaba de ella para obtener buenas informaciones. Los barcos de Ajax recorrían toda la *Ecúmene* y sus marineros le proporcionaban una información muy sustancial de todo lo que ocurría. La información era poder, y para hacer negocios era fundamental disponer de una buena información. A Hannón no le importaba su relación con Ajax, es más, él mismo la animaba a tenerla para así poder obtener informaciones de lo que ocurría y aprovechar estas en su beneficio. Era esto lo que le hacía sospechar que lo único que movía al político para estar con ella eran las informaciones que le podía proporcionar. Pero ella le amaba y de ninguna manera quería perder ese amor. También amaba a Ajax, y este sí que estaba convencida de que no tenía ningún interés espurio respecto a ella. Iba volverse loca, porque era una locura amar a dos hombres a la vez. Se vistió y también abandonó la casa que era su nido de amor con Hannón y se dirigió hacia la suya. Tenía que abrir la tienda y empezar un nuevo día.

* * *

Albano en Cartago no podía decirse que fuera feliz, pues no dejaba de ser un rehén para asegurarse los cartagineses de que su pueblo, Salmántica, no se rebelaría contra ellos. Y es que echaba de menos su tierra y su río, que discurría entre las choperas donde era abundante la caza y la pesca; echaba de menos a su padre, a su gente y sobre todo a la joven Alda, que al final se había rendido ante él reconociendo su amor por el joven guerrero. Pero no se encontraba a disgusto en Cartago, entre aquella gente tan variopinta procedente de lugares tan diferentes, con costumbres tan dispares e idiomas tan disparejos; sin embargo todos convivían en armonía, dedicándose a comerciar con los productos que traían de sus lejanas tierras, productos que Albano desconocía por completo y que tenían un sinfín de usos. Le encantaba callejear por sus calles atiborradas de comerciantes que, a voz en grito, cantaban las excelencias de sus productos, o entrar en las tabernas que proliferaban por todas partes; en ellas no tenían la cerveza que elaboraba su pueblo, pero comenzó a probar los vinos de excelente calidad y les fue cogiendo el gusto; o en las casas de baños donde por unos pocos *shekel* los masajistas que trabajaban en ellas te dejaban el cuerpo como nuevo y algunas jovencitas cubiertas con unos minúsculos taparrabos te podían proporcionar toda clase de placeres.

Desde luego Cartago era una ciudad fascinante, tan solo comparable a la Cartago Nova que existía en la península ibérica y que en una ocasión había visitado. Sí, era un rehén, pero en la mansión de Himilcón que le habían designado no era tratado como tal, sino que, por el contrario, el dueño le había dejado bien claro que para él y para su hija era un huésped y como tal sería tratado, con la hospitalidad que todos los cartagineses proporcionaban a sus huéspedes. Tenía libertad absoluta para entrar o salir de la mansión cuando quisiese y poder deambular por la ciudad pateando sus calles y admirándose de todos los productos que se compraban y se vendían. El dominio que ya casi había alcanzado del idioma púnico y del latín, así como del griego, le permitía tener largas conversaciones con el dueño de la casa y con la hija de este, una jovencita de gran hermosura que era sumamente amable con él, estando siempre dispuesta a acompañarle en su deambular por los mercados de la ciudad, principalmente por el más grande y concurrido, en la plaza de Tynes. A veces Albano pensaba que Dido era demasiado amable con él y sospechaba que le gustaba a la muchacha, temiendo que se terminase enamorando de él. Y lo temía, no porque la joven no fuese algo apetecible, que desde luego lo era. Cualquier hombre caería rendido ante sus encantos, su sonrisa cautivadora y su espléndido cuerpo, que se adivinaba bajo las túnicas muy ceñidas que siempre llevaba. Pero Albano era inmune a los encantos de Dido y esa inmunidad se la proporcionaba el recuerdo de su amada Alda, que a buen seguro que allá, en la Meseta ibérica, languidecía esperando su vuelta.

Aquella hermosa mañana que había amanecido en la ciudad Dido interceptó a Albano cuando este se disponía a abandonar la casa.

—¿Vas al mercado? —le preguntó la joven.

El muchacho titubeó durante unos instantes. No le apetecía que le acompañase, pues se temía que, como había hecho en otras ocasiones en las que habían estado solos, la joven se le insinuase. Pero tampoco quería disgustarla. Era una buena chica y no le gustaba verla contrariada.

—Sí, hacia allí me dirigía.

—¿Puedo acompañarte?

—Sí, claro, si es lo que deseas.

—Siempre es agradable tu compañía y mucho más la de un hombre fuerte. Los mercados son sitios muy interesantes, pero siempre hay amigos de lo ajeno que intentan aprovecharse de los despistados. Y para ellos una mujer sola es una presa fácil. Sin embargo, si va acompañada de un hombre, y si este es joven y fuerte, ya no lo ven tan claro y procuran buscarse otra víctima.

—¿Y tu novio no te acompaña? —preguntó Albano—. Bueno, no sé cómo lo llamáis aquí cuando un hombre y una mujer se van conociendo para casarse.

La joven le miró sorprendida, frunciendo el ceño.

—¿Quién te ha dicho que tengo novio?

—Tu padre. Creo que es el hijo de un buen amigo suyo. ¿O me equivoco?

La muchacha guardó silencio unos instantes, como si tuviese que pensar la respuesta.

—Bueno, yo no diría tanto. Digamos que es un buen amigo con el que he salido en algunas ocasiones. Es divertido y su compañía es agradable, pero tanto como decir que es mi novio... Eso es mucho decir. Si lo fuese le habrías visto por mi casa y me parece que tal cosa no ha ocurrido.

—Bueno, tu padre dice que el joven está muy ocupado haciéndose cargo del trabajo de su padre, lo que le lleva mucho tiempo. Pero él está convencido de que sois novios y la verdad, está contento de que lo seáis. Le parece una buena persona, muy agradable y con el que no te faltará de nada, pues los negocios de su padre son muy prósperos, lo que hará que te proporcione una vida muy confortable.

—¡Pues mi padre se equivoca totalmente! —exclamó en un tono muy serio—. Bueno, y hablando de otra cosa, ¿vas al mercado a por algo en especial? ¿Quieres comprar algo específico o vas simplemente a curiosear?

—Voy simplemente a curiosear. Son tan diferentes los mercados aquí de los existentes en mi tierra que todo me llama la atención.

—¿Cómo son los de tu tierra? Bueno, en primer lugar, ¿dónde está exactamente tu ciudad? Mi padre me ha dicho que se llama Salman... Salmanqué... o algo así. Solo sé que está en la península ibérica, pero no sé nada más. Ni a qué os dedicáis, ni de qué vivís.

—Comparada con Kart-Hadtha mi ciudad es solo un poblado. Apenas un par de miles de habitantes. Su nombre es Salmántica, aunque los griegos, que sí la conocen, la llaman Salmantiké. Está situada en lo alto de un cerro a la orilla del río Salamati en la Meseta Central de la península ibérica, rodeada de bosques donde es muy abundante la caza y la pesca.

—¿Y de eso es de lo que vivís? —preguntó la joven.

—No, vivimos del ganado que criamos y de las tierras que cultivamos, principalmente cereales. Cuando llega la primavera nuestros campos se convierten en un mar de espigas doradas que se mecen al compás del viento. Los excedentes que obtenemos, tanto en ganado como en cereales, que son muchos si el tiempo y los dioses son favorables, los vendemos a los pueblos vecinos, principalmente a los vacceos, que son principalmente un pueblo agricultor. Nuestros guerreros son fuertes y valerosos y otros pueblos nos contratan en muchas ocasiones para formar parte de sus ejércitos. Aníbal no nos contrató, sino que se llevó por la fuerza a trescientos de nuestros guerreros como prisioneros para que formasen parte de su ejército.

—¡A ti no te llevó Aníbal como prisionero! —exclamó la joven.

—No, yo soy el hijo del caudillo de mi ciudad y probablemente cuando mi padre muera seré su nuevo caudillo. Esa es la razón por la que Aníbal no me llevó como prisionero suyo para formar parte de su ejército. Teniéndome a mí como rehén en Kart-Hadtha se asegura de que mi ciudad no se sublevará contra él, pues de lo contrario yo pagaría las consecuencias.

—¿Y cómo son vuestras casas? ¿Parecidas a las nuestras? —preguntó la joven.

—¡No! ¡En absoluto! Todas ellas son de adobe...

—¿Adobe?

—Sí, de paja y barro secado al sol, circulares y con techo de ramas o paja. Casi todas ellas circulares, con un hogar en el centro para cocinar y calentarse en los largos y fríos días del invierno.

—¿Hace mucho frío en tu ciudad?

—En invierno, mucho. Muchos días amanece con todo el paisaje blanco, como si hubiese caído una enorme nevada, pero no, no ha nevado, es la cencellada, una enorme helada que deja todo el paisaje blanco.

—¿También nieva en tu ciudad?

—Sí, con cierta frecuencia, sobre todo en las montañas que vemos a lo lejos, y que hace que el río, cuando llega la primavera, baje con un gran caudal de agua procedente del deshielo.

—Y dime, ¿son bonitas las mujeres de tu ciudad?

—Pues hay de todo, me imagino que como en todas partes. Las hay muy bonitas y las hay no tanto, pero allí las mujeres envejecen antes. No se echan tantos afeites como las de aquí. Están mucho tiempo al aire, por lo que su piel está muy curtida y arrugada antes, y además trabajan duro, no solo cuidando a sus hijos, sino labrando las tierras, cuidando del ganado o, si hiciera falta, utilizando las armas.

—¿Vuestras mujeres luchan?

—¿No te han dicho que derrotaron a los soldados de Aníbal cuando nos hicieron prisioneros?

—¡No!

—Bueno, exactamente ellas solas no. Nos proporcionaron las armas y nos ayudaron a derrotar a los soldados cartagineses.

—¿Tú tienes mujer en tu ciudad?

—Tengo novia. Es una joven muy bonita a la que quiero con locura. Se llama Alda y confío en que no se olvide de mí el tiempo que tenemos que estar separados.

Dido arrugó el ceño en clara muestra de que no le había gustado lo que acababa de oír, pero disimuló mirando hacia otro lado. Habían llegado al mercado, donde la actividad era muy numerosa y los gritos de los vendedores voceando sus mercancías hacían ya casi imposible entablar una conversación. Dido se acercó a un puesto de telas donde exponían unos pañuelos de seda muy vistosos.

—¿Te gusta ese pañuelo? —le preguntó Albano.

—La verdad es que me gustan todos. Me los compraría y no dejaría ni uno.

—Pues con gusto te lo regalaría, pero lo cierto es que no tengo ni un *shekel* —dijo Albano—. Me trajeron con lo puesto y si tengo alguna que otra ropa es gracias a la generosidad de tu padre. Pero desde luego no dispongo de ninguna moneda y me pasa como a ti, que de buena gana me compararía un montón de cosas que me gustan.

—Pues dime qué es lo que más te apetece, que yo te lo compro.

Albano torció el gesto y miró fijamente a la muchacha.

—¿Y tú crees que yo iba a aceptar que una mujer me comprase algo, por mucho que me gustase? No sé si esa costumbre se lleva en esta tierra. Desde luego en la mía no. Allí las mujeres no les compran regalos a los hombres. Es al contrario, son los hombres los que les hacen regalos a las mujeres. Y si alguna le llega a hacer un regalo a un hombre, por supuesto que este no lo aceptaría, pero es que además la mujer estaría muy mal vista y sería señalada por todos. Ya nadie se acercaría a ella.

—Estate tranquilo. No te regalaré nada, pero no deja de parecerme una costumbre tonta y muy poco civilizada. Claro que de un pueblo cuyas mujeres luchan y manejan armas... ¿qué se puede esperar?

—No me gusta eso que acabas de decir. No somos salvajes, simplemente tenemos costumbres muy diferentes, pero creo que nadie puede menospreciar las costumbres de otros pueblos, por muy diferentes que sean a las nuestras.

—Creo que no me gustaría vivir en una ciudad o poblado con casas o chozas de ad... ¿Cómo dijiste que se llamaban los ladrillos con los que construíais las casas?

—Adobes, ladrillos de barro mezclado con paja y secado al sol. No es que no nos guste la piedra y las casas como las vuestras, pero la piedra en nuestra tierra es escasa y muy costosa y no podemos obtenerla porque tenemos que criar ganado y cultivar las tierras para poder alimentar a nuestras familias. Ya me gustaría a mí tener una casa como la vuestra, pero a vosotros os sobra el oro y la plata y a nosotros nos cuesta mucho obtenerlo.

—Bueno, tú llevas poco tiempo aquí, pero estoy segura de que cuando lleves más tiempo irás perdiendo los lazos que te unen a tu tierra, te acostumbrarás a esta forma de vida nuestra y no querrás volver a la tuya.

—¿Tú crees? Allí en mi tierra soy libre. Todos somos libres. Nadie es más importante que nadie. El jefe lo es porque lo eligen los habitantes del poblado, pero no vive mejor que el resto de los habitantes porque repartimos entre todos lo que obtenemos. Allí no hay criados y solo algunos esclavos resultado de algún enfrentamiento o guerra con algún pueblo enemigo. Habría que preguntarles a aquellos si prefieren vivir así, como viven aquí, o prefieren vivir libres, aunque no tengan las riquezas que, por cierto, son los ricos los únicos que las disfrutan.

Dido se quedó callada pensando en lo que acababa de decir Albano. Nunca se había parado a pensarlo. Desde que era una niña había tenido todo lo que deseaba. Su padre no le había escatimado nada y le había dado todos los caprichos que se le antojaban. Y desde que tenía uso de razón recordaba siempre estar atendida por criados o esclavos que vivían en su casa. Para ella tener esclavos o criados era lo más normal y nunca había pensado si estos, que también vivían muy bien disfrutando de todas las comodidades que en su casa había, hubiesen preferido ser pobres, no disponer de esas comodidades, pero por el contrario ser libres, poder disponer de su vida, ir donde se les antojase y hacer con su vida lo que quisiesen.

—¡Te has quedado muy callada! —le dijo Albano—. ¿Te ha disgustado lo que te he dicho?

—No. Simplemente nunca me había parado a pensar así las cosas. Es otro punto de vista que no había considerado, pero que me parece muy interesante.

Los dos jóvenes pasaron la mañana en el mercado y, cuando se acercaba la hora de almorzar, Dido le dijo a Albano:

—¿Te apetece que almorcemos en uno de los puestos que hay aquí en el mercado?

—Ya te he dicho que no tengo ni una sola moneda.

—Pero yo sí tengo y me apetece comer en uno de estos puestos. No vas a dejarme sola. Eso a mi padre no le gustaría y no creo que invitarte a comer tenga nada que ver con lo de hacerte un regalo. Además estás fuera de tu tierra, de tus costumbres y has de ir acostumbrándote a estas, puesto que vas a pasar mucho tiempo con nosotros.

Albano no dijo nada. No parecía que estuviese muy convencido, pero por otro lado el olor que les venía de los puestos de comida era irresistible. Llevaba ya muchas horas sin meter nada en su estómago, así que cuando Dido le agarró del brazo y le condujo hasta uno de esos puestos no opuso la menor resistencia.

Comieron opíparamente, hasta el punto que Albano estuvo tentado de chuparse los dedos, pero como vio que Dido no lo hacía, él se contuvo y tampoco lo hizo. Allí no tenían la cerveza que bebía en su tierra, pero les pusieron una jarra de vino especial, que Dido previamente había pedido, haciendo que les retirasen la que en un principio les habían puesto y que servían a todos los clientes, a no ser que pidiesen algo especial. Albano tuvo que reconocer que estaba buenísimo. Entraba suavemente y reconfortaba todo el cuerpo.

—Tranquilo —le dijo la muchacha—, este vino entra con mucha facilidad, pero luego se sube a la cabeza como te excedas con él y tendrás una soberana resaca. Me vas a decir una cosa. ¿Te has parado a pensar que vas a pasar mucho tiempo aquí (en principio tres años) y que durante ese tiempo te puedes enamorar de una cartaginesa o de otra mujer de cualquier otro sitio de la *Ecúmene* que viva en Kart-Hadtha?

Albano tenía los ojos brillantes y la mirada un tanto vidriosa, sin lugar a dudas por efecto del vino que había bebido y al que no estaba acostumbrado.

—Pues no sé, pero me parece que en estos momentos no estoy yo para pensar en esas cosas. Creo que lo mejor que podemos hacer es regresar a tu casa. Me está entrando un sopor que como sigamos aquí sentados mucho más tiempo me voy a quedar dormido.

—Ya te he avisado del vino, entra muy bien, pero luego...

Se levantaron y Dido tuvo que sujetar a Albano, que perdía el equilibrio con facilidad.

—Anda, vámonos a casa, que ya vas bien servido —le dijo, y dejó que el joven se agarrase de su brazo para poder mantener el equilibrio.

—Eres una buena chica —le dijo Albano con voz pastosa, en la que se le empezaban a enredar las palabras—. Y muy, muy guapa.

—¿Sí? ¿De verdad te parezco guapa?

—Sí, muy, muy guapa.

—¿Más que tu novia?

Albano dudó unos momentos deteniéndose y mirando de arriba abajo a la muchacha.

—Lo que yo te digo: muy, muy guapa.

Apoyándose en el brazo de la muchacha para no perder el equilibrio, el joven llegó a la mansión de Himilcón.

—Vamos, que te llevo a tu dormitorio, porque me temo que tú solo no serás capaz de llegar.

Entraron en el dormitorio de Albano y Dido le ayudó a descalzarse y a que se tumbase en el lecho. E inclinándose sobre él le besó en los labios, un largo beso que el joven no rechazó. Cuando Dido se incorporó, Albano ya tenía los ojos cerrados y se había quedado dormido.

La joven salió del aposento de Albano y se dirigió al suyo toda turbada.

¿Qué había hecho? Se había aprovechado de la embriaguez del joven para robarle un apasionado beso. ¿Qué le estaba ocurriendo? ¿Se estaba enamorando del joven ibero? ¿Y qué iba a ocurrir con Alejo? No podía ser, todo aquello era producto del vino que habían bebido. En cuanto se pasase su efecto todo volvería a la normalidad, pero la joven sabía que no era así, se estaba engañando. Antes de haber ingerido el vino ya sentía algo especial por el joven ibero. ¿Y Alejo? ¿Qué iba a pasar? Ella también necesitaba dormir para que, cuando se despertase, viera las cosas con más claridad.

XV

Aulus Gelius se encontraba descansando en la casa que sus padres tenían en la colina del Palatino cuando un criado le despertó para indicarle que tenía una visita.

—¿Y me despiertas para eso? Dile que estoy descansando y que ahora no puedo recibir a nadie.

—¡Es que es una visita importante! —le contestó el criado.

—¿De quién se trata?

—De Publio Cornelio Escipión. ¿Qué le digo?

—Nada, ya voy yo.

Aulus Gelius se lavó la cara en una jofaina y, atusándose el cabello, abandonó su aposento. Efectivamente Publio Cornelio Escipión se encontraba en el jardín de la casa, contemplando los ramilletes de flores que llenaban todo el parterre.

—¡Vaya, qué inesperada sorpresa! —le dijo Aulus Gelius a modo de saludo.

Escipión, al oír la voz de su amigo, se volvió.

—Estaba contemplando las preciosas rosas y los claveles... Bueno, la verdad es que todo el jardín es una preciosidad —comentó.

—Eso es mérito de mi madre, que lo cuida y mima más que a su hijo.

—Pues felicítala de mi parte, pues es una verdadera maravilla. ¿No estarías descansando? Tienes cara de haber estado dormido.

—Pues sí, estaba profundamente dormido.

—Pues ya lo siento... pero es que lo que te tengo que decir es importante y no admite demora.

—Pues soy todo oídos... Bueno, espera, como todavía estoy adormilado he olvidado mis buenos modales y la hospitalidad que se merece todo aquel que nos visita.

Y dando dos palmadas llamó a uno de los criados para que les llevase una crátera con dos copas y unos dulces confitados. Le indicó a su amigo uno de los bancos que se alineaban en el jardín para que se sentasen.

—La verdad es que todavía estoy adormilado...

—Pues no te preocupes, que te vas a espabilar enseguida. Mañana al amanecer partimos con las legiones de mi padre.

Aulus Gelius se puso en pie de un salto.

—¿De verdad? ¿Es eso cierto? —preguntó, todo nervioso.

—Sí, tan cierto como que tú y yo estamos ahora hablando. Mañana al amanecer salimos hacia Pisa para embarcarnos hacia Massilia camino de Hispania, que es la provincia que el Senado ha designado a mi padre para enfrentarse a los cartagineses. Así que no te entretengo, que tenemos que preparar y revisar todo el equipo para que no se nos olvide nada. Mañana antes del amanecer te paso a recoger.

Y poniéndose en pie dio un abrazo a su amigo y se dirigió hacia la salida.

—No me acompañes, ya sé dónde queda la salida.

En el trayecto se cruzó con el criado, que traía la crátera de vino con las dos copas que le había pedido su amo.

—Guárdala para otra ocasión —le dijo al criado al cruzarse con él.

Este lo miró sorprendido y no supo qué hacer. Fue a mirar a su amo, pero este ya no estaba. Había desaparecido por una de las puertas que comunicaba con los aposentos.

Todavía era de noche cuando Publio Cornelio, tal como había dicho, pasó a recoger a su amigo Aulus Gelius, que aquella noche, después de dejar todo preparado y de haberlo revisado mil veces, se sentó a esperar a que su amigo pasase a buscarlo. No era capaz de dormir. Esto es lo que había esperado y deseado toda su vida y por fin había llegado el momento. Cuando llegaron, las dos legiones —unos doce mil soldados de a pie—, las fuerzas auxiliares —unos dos mil soldados y unos seiscientos jinetes—, más un número indeterminado de criados y esclavos, estaban tan solo esperando la llegada del cónsul, su comandante en jefe. Aulus Gelius y su amigo se integraron en la caballería, en la que el joven Escipión estaría al mando de una *turma* de la que había pedido que su amigo Aulus Gelius formase parte. En cuanto el cónsul, Publio Cornelio Escipión, llegó, a una orden suya, el ejército se puso en marcha camino de Pisa, donde embarcarían con destino a Massilia, camino de Hispania.

A buen ritmo las dos legiones llegaron a Pisa y se embarcaron en los barcos de transporte que ya había dispuestos, lo que les llevó su tiempo debido al elevado número de soldados que tenían que subir a bordo. Sin esperar, una vez que una embarcación estaba completa, se hacía a la mar intentando evitar la tormenta que parecía acercarse. Sin embargo, la mayor parte de la flota no pudo evitarla y los legionarios, no acostumbrados al mar, sufrieron bastante, con mareos y vómitos, pero consiguieron llegar enteros, aunque desmadejados, al puerto de Massilia.

Un correo urgente procedente de Roma llegó hasta el cónsul que, rompiendo el sello del Senado, lo desenrolló para leerlo. El cónsul frunció el ceño y entregó el correo a uno de sus legados para que lo leyese.

—¿Pero cómo puede ser esto? ¿Es que Aníbal se ha vuelto loco? —exclamó el legado.

—¿Malas noticias, padre? —preguntó Escipión hijo, que se había acercado hasta donde se encontraba su padre.

—Desde luego buenas no son, y nos van a hacer cambiar los planes que teníamos previstos. Aníbal, con un numeroso ejército, ha cruzado los Pirineos y se dirige hacia el Ródano.

—¿Y qué vamos a hacer? —preguntó uno de los legados que acompañaban al cónsul.

—Hay que impedir que Aníbal cruce el Ródano —exclamó este.

—Los hombres están muy cansados por el viaje. No están acostumbrados a navegar y la mayor parte han hecho la travesía mareados y vomitando. Les vendría bien unos cuantos días de descanso.

—Bueno, Aníbal tardará en cruzar el Ródano con el numeroso ejército que dicen que le acompaña, así que creo que no habrá problema en dejar que los soldados se recuperen de la fatigosa travesía y así emprender luego con fuerzas la marcha. Van a necesitar esas fuerzas para enfrentarse al general cartaginés. Descansaremos aquí un par de días, legado.

Aulus Gelius y su amigo el joven Escipión estaban disgustados. Aunque ellos también habían sido víctimas del mareo y de los vómitos que la travesía les había producido, era mayor el deseo que tenían de estrenarse entablando combate con las fuerzas cartaginesas, por lo que aquel descanso no les hacía gracia.

—¿Pero ese Aníbal está loco? —le preguntó Aulus Gelius a su amigo—. ¿Acaso pretende llegar a la península sin sufrir bajas y con sus soldados dispuestos para la lucha?

—Nadie había intentado una cosa así. Solo un loco o... un genio —contestó el joven Escipión—. El tiempo nos dirá a qué grupo pertenece Aníbal. Vamos a descansar, que nos vendrá bien.

Transcurrido el par de días de descanso las legiones romanas se pusieron en camino hacia el Ródano para impedir que los cartagineses lo cruzasen, pero cuando llegaron a la desembocadura del río se encontraron con que los cartagineses habían sido más rápidos de lo que el cónsul había previsto, y ya lo habían cruzado. Cuando Escipión se puso en camino por la orilla izquierda del río, Aníbal ya había abandonado este y avanzaba hacia el interior de la Galia.

—¡Es imposible que los alcancemos para cortarles el paso! —comentó el cónsul a sus legados, examinando los mapas en la tienda que habían levantado como *praetorium*.

—¿Y qué podemos hacer? —preguntó uno de los legados.

Escipión guardó silencio durante unos momentos, examinando detenidamente los mapas que ante él se extendían.

—Creo que lo mejor que podemos hacer es regresar de vuelta a la península —comentó desesperado el cónsul—. Y esperar su llegada en la Galia cisalpina, si es que antes los Alpes no acaban con su ejército.

—Si no acaban con su ejército a buen seguro que lo dejarán muy diezmado —comentó uno de los legados.

—Esperemos que eso ocurra. Dad las órdenes oportunas, regresamos para embarcarnos hacia la península.

Los legionarios, cuando recibieron las órdenes, no pusieron muy buena cara. Volver a navegar no era lo que en aquellos momentos les hacía mayor ilusión, pero como buenos soldados disciplinados acataron las órdenes sin protestar, aunque sus rostros reflejaban el disgusto que les suponía. La travesía en aquella ocasión fue favorable, no se encontraron con ninguna tormenta y todos los barcos llegaron sin ningún contratiempo a puerto. Roma en aquellos momentos ya tenía en la Galia cisalpina un ejército de veinticinco mil hombres al mando de dos pretores, por lo que Escipión decidió, después de hablar con su hermano y legado, enviar la mayor parte del ejército a Hispania, al mando de Cneo Pompeyo Escipión, y dejar solo con él una pequeña parte de las tropas. Mandó llamar a su hijo Publio. Este no tardó en presentarse en el *praetorium*.

—¿Me has mandado llamar? —le preguntó.

—Sí, quería preguntarte algo.

—Pues soy todo oídos, padre —contestó el joven.

—Voy a mandar el grueso del ejército a Hispania, al mando de tu tío Cneo, y yo me voy a quedar con una pequeña parte para hacer frente a Aníbal.

—¿Solo con una pequeña parte? —preguntó Escipión hijo—. Aníbal tiene un numeroso ejército.

—No importa. No creo que lo pueda conservar intacto una vez que haya cruzado los Alpes. De cualquier manera me voy a hacer cargo de los veinticinco mil legionarios que están bajo el mando de los dos pretores en la Galia cisalpina. Eso será suficiente para derrotar a Aníbal.

—¿Y qué es lo que querías preguntarme?

—¿Deseas venir conmigo o prefieres acudir a Hispania bajo las órdenes de tu tío Cneo?

Publio Cornelio Escipión hijo no lo dudó ni un momento.

—Quiero quedarme contigo. Me gustaría que toda la *turma* de caballería que ha estado bajo mi mando se quedase también —contestó el joven.

—Sí. No hay ningún problema. Se quedará toda la *turma* contigo bajo tu mando. Ve a avisarles para que se preparen, pues salimos mañana al amanecer.

—¿Tan rápido?

—Sí, tenemos que salir al encuentro de Aníbal antes que este pueda conseguir refuerzos entre los galos cisalpinos.

El joven Cornelio abandonó el *praetorium* y fue al encuentro de su asistente para que convocase en su tienda a los jinetes que formaban la *turma* de caballería que capitaneaba. Todos ellos no tardaron en presentarse y les comunicó lo que le había dicho su padre, por lo que rápidamente fueron a preparar lo necesario para partir al amanecer del día siguiente. Aulus Gelius se quedó en la tienda del joven Escipión una vez que los demás jinetes se hubieron marchado.

—¡Bueno, parece que por fin vamos a entrar en batalla! —exclamó.

—Sí, pero el grueso del ejército se embarca camino de Hispania al mando de mi tío Cneo. Únicamente una pequeña parte del ejército al mando de mi padre salimos mañana al encuentro de Aníbal. Mi padre me ha dado a elegir entre ir a Hispania o quedarme con él para ir al encuentro de Aníbal. Y yo he elegido ir con él y le he pedido mantener a toda la *turma* de jinetes conmigo.

—Me alegro de seguir juntos y de por fin entrar en combate —comentó Aulus Gelius—. Me voy a revisar el equipo para que no falte nada.

Y dando un abrazo a su amigo se encaminó hacia su tienda. ¡Por fin iba a entrar en combate!

* * *

Hannón «el Grande» había solicitado una reunión del Senado cartaginés y los sufetes habían hecho la convocatoria para aquella tarde. Había una gran curiosidad por saber de qué se iba a hablar en aquella convocatoria. Los rumores eran muchos, pero eran solo eso, rumores y muy variados, pero nadie a ciencia cierta sabía por qué Hannón había solicitado aquella reunión. La expectación, tanto dentro de La Balanza como en el exterior, en el Foro, era grande.

Una vez que uno de los sufetes hizo sonar el gong dando por iniciada la sesión, Hannón «el Grande» levantó la mano pidiendo el uso de la palabra. Y una vez que uno de los sufetes se la concedió, se dirigió al estrado donde se colocaba el orador que iba a hacer uso de la palabra.

—Distinguidos padres de la patria. He solicitado la convocatoria de esta reunión porque he recibido noticias realmente preocupantes y que me han indignado, como supongo que os indignaréis vosotros cuando las conozcáis.

Y sin más preámbulo les informó de que Aníbal, con un numeroso ejército, se había dirigido hacia el norte para cruzar los Pirineos y después los Alpes y penetrar en la península italiana. La mayor parte de los senadores, después de oír aquello y con la sorpresa reflejada en sus rostros, se pusieron en pie gritando y protestando. ¡Aquello era una locura! Era el sentir general. ¿Quién había autorizado a Aníbal a emprender tamaño desatino?

—El Senado es la máxima autoridad cartaginesa. Es él el que tiene que autorizar cualquier expedición importante. Y esta, aunque descabellada, sin duda es importante. No se puede emprender sin el consentimiento del Senado —vociferaba Hannón—. No podemos consentir bajo ningún concepto que Aníbal nos mantenga al margen de sus decisiones. Aunque sea el comandante en jefe del ejército cartaginés en Iberia está sujeto a las decisiones del Senado. Es este el único que tiene potestad para declarar la gue-

182

rra y tomar las directrices de cómo se ha de desarrollar esta. ¿Qué ocurrirá si ahora Roma decide enviar sus legiones a Kart-Hadtha? Las tropas que Aníbal nos ha mandado no son suficientes para defender nuestra capital. No podemos consentirlo. Aníbal se está comportando como un reyezuelo.

Todos los senadores pertenecientes al grupo aristocrático de Hannón aplaudieron enfervorizados las palabras de su líder, mientras que el grupo de senadores pertenecientes al partido de los Barca guardaban silencio, aunque la mayoría estaba de acuerdo con las palabras del líder aristocrático. Ninguno de ellos tenía conocimiento de la aventura emprendida por Aníbal y por supuesto rechazaban que este no les hubiese consultado. Algunos senadores de este grupo se acercaron a Himilcón a preguntarle muy enfadados:

—¿Tú tenías conocimiento de lo que dice Hannón?

—Sí, me llegó la noticia hace un par de días, pero no me ha dado tiempo a convocar a nuestro grupo para notificarlo.

—¿Pero a ti te preguntó Aníbal tu opinión para emprender esa travesía?

—¡No! Aníbal no me ha informado de nada. La noticia me llegó por una carta de Magón Barca hace un par de días. Según me informaba en ella Aníbal ya había cruzado los Pirineos sin ninguna oposición y se dirigía hacia el río Ródano, para cruzarlo y emprender la travesía de los Alpes.

—Hannón tiene razón. Aníbal se está comportando como un reyezuelo sin consultar con nadie. ¿Qué vamos a hacer? —preguntó el senador—. Si Hannón pide que se vote una censura contra Aníbal, ¿qué vamos a hacer?

—Votar en contra. Aunque estemos de acuerdo con lo que dice y tenga razón, no podemos ahora abandonar a Aníbal. Estamos en guerra contra Roma y debemos permanecer todos unidos, apoyando a nuestro comandante en jefe, aunque no nos gusten algunas de las decisiones que tome.

Los senadores asintieron con la cabeza. Eran disciplinados y acatarían lo que su líder les decía, aunque no les gustase. En aquellos momentos Hannón, que seguía en el turno de la palabra, se estaba preguntando si el partido que encabezaba Himilcón había sido informado de la travesía que el ejército cartaginés estaba realizando, a la vez que solicitaba que el Senado votase una recusación contra Aníbal y esta le fuese trasladada, pidiéndole que regresase a Kart-Hadtha. Rápidamente Himilcón pidió que se le concediese la palabra una vez que Hannón terminase de hablar. Este quería que se votase su propuesta ya, pero Himilcón transmitió a los sufetes que no se podía proceder a una votación hasta que todos los oradores que lo deseasen pudiesen intervenir, y él quería hacerlo.

Los sufetes aceptaron la petición de Himilcón y le concedieron la palabra una vez que Hannón terminó con su intervención. Fuera de La Balanza había una gran multitud que seguía atentamente lo que se decía en el interior de ella y discutían acaloradamente los partidarios de Hannón con sus detractores.

—Padres de la patria —comenzó Himilcón su discurso—. Hace varios días fui informado de la travesía que Aníbal había iniciado camino de la península italiana. Algunos contratiempos que he tenido y que me ha sido ineludible resolver me impidieron convocar a este Senado para informarle del itinerario emprendido por el ejército cartaginés, lo que por otra parte hubiera resultado una imprudencia por mi parte, pues nuestro enemigo, Roma, tiene informadores por todas partes, incluida nuestra capital, Kart-Hadtha, que podían informar a Roma del trayecto seguido por Aníbal. Y en un asunto de esta importancia la discreción y el secreto son fundamentales.

Himilcón hizo una pausa para observar las caras de los senadores. Los del partido aristocrático negaban con la cabeza, principalmente su líder, mientras que los senadores de su grupo permanecían con la mirada baja y los rostros circunspectos.

—Por esta razón no creo que sea lo más apropiado recusar a Aníbal en estos momentos, cuando está inmerso en una operación de tal envergadura. Ahora lo que necesita es contar con el apoyo unánime del Senado cartaginés y pedir a los dioses que protejan a nuestro ejército. Por eso solicito que no se lleve a cabo la petición solicitada por mi ilustre colega y, de realizarse, que se rechace totalmente la petición de recusación.

Fueron varios los senadores que de uno y otro grupo pidieron intervenir, pero ninguno aportó argumentos nuevos y lo que hicieron fue repetirse, por lo que los sufetes decidieron proceder a la votación de la propuesta de Hannón, que de ninguna manera había decidido retirarla. En esta ocasión los senadores del grupo de los Barca ya habían aprendido la lección y habían acudido a La Balanza bien protegidos por un considerable número de esclavos o criados armados de unos buenos garrotes que impedían que cualquier desaprensivo pudiese acercarse a ellos con malas intenciones. Como era de esperar, la propuesta de Hannón «el Grande» fue rechazada y los sufetes dieron por finalizada la reunión.

En el exterior de La Balanza los partidarios de unos y otros fueron subiendo de tono sus desacuerdos, empezando a zaherirse entre ellos, y si no llegaron a las manos fue porque la guardia de la ciudad intervino disolviendo a los muchos ciudadanos que se encontraban en las puertas de La Balanza.

Himilcón, muy enfadado a pesar de haber conseguido evitar la recusación a Aníbal, abandonó La Balanza y se dirigió a casa de Ajax. Este se encontraba ocupado organizando la partida de varios barcos cargados de mercancías muy valiosas, que habían tenido que variar su recorrido para evitar que pudiesen ser apresados por los trirremes romanos que controlaban todo el Mediterráneo. Sin embargo ya estaba al tanto de lo ocurrido en La Balanza, por lo que no se sorprendió de la visita de su amigo Himilcón.

—Traes mala cara. Me temo que vienes muy enfadado y echando pestes, lo que no entiendo por qué, pues por lo que han dicho has conseguido evitar la recusación a Aníbal. Siéntate y toma este vino que me acaban de traer y que me han asegurado que es de lo mejorcito que hay en el mercado. Seguro que te relajará.

Y le alargó una copa que previamente había llenado a la vez que le ofrecía unos dátiles. Su amigo le dio un buen sorbo a la copa y le pidió que se la volviese a llenar.

—Ten cuidado, porque me han asegurado que entra con una gran facilidad, pero que también se sube a la cabeza con la misma —le dijo Ajax—. Ahora ya parece que te vas relajando. ¿Me quieres contar el porqué de tu enfado?

—Me parece que tengo motivos para estar enfadado doblemente.

—Pues dímelos y así te desahogas —le contestó Ajax después de haber dado un sorbo a su copa.

—En primer lugar, no me gusta que Aníbal haya decidido atacar a Roma entrando por el norte de la península. Es una verdadera locura y lo más fácil es que los pocos que consigan llegar caigan bajo los gladios romanos. Es un dislate total. Pero todavía es más grave que no nos haya pedido nuestra opinión. Actúa como un dictador, sin tener en cuenta al Senado cartaginés. Ya lo hizo cuando atacó Sagunto y mira el resultado. ¡La guerra con Roma! Ahora lo ha vuelto a hacer y me temo que el desastre será total.

Himilcón hizo una pausa para apurar la copa de vino después de haber comido un par de dátiles.

—¿Y el segundo motivo de tu enfado? —preguntó Ajax.

—¿Cómo ha podido enterarse Hannón de la travesía de Aníbal? Ajax se encogió de hombros.

—No lo sé, pero ya sabes que Hannón tiene un buen sistema de espionaje que le informa de todo lo que ocurre en la *Ecúmene*. Alguno de esos espías se habrá enterado y ha comunicado el hecho a Hannón.

—No sé. En esta ocasión no había trascendido nada. Los mercaderes que han llegado a Kart-Hadtha no sabían nada. Si no llega a ser por el correo de Magón no nos habríamos enterado.

—Pues qué quieres que te diga. Un ejército tan numeroso como el que lleva Aníbal no es algo que pase desapercibido.

—Tú eras el único que sabía esa información...

—¿No estarás pensando que he sido yo el que le ha proporcionado esa información a Hannón? Si es así, me estás insultando —y Ajax se puso muy serio, mirando fijamente a su amigo.

—¡No! ¡Por todos los dioses! ¡Nunca se me pasaría por la cabeza una cosa así! Pero pudiera ocurrir que lo hayas comentado en algún sitio, o con tu hijo, como la cosa más natural, y este a su vez lo haya comentado por ahí. Hannón tiene ojos y oídos en todas partes.

—Con la única persona que lo he comentado ha sido con Anthousa, pero ella es de total confianza y lo suficientemente discreta para no ir comentándolo por ahí.

—Pues de algún sitio ha salido la noticia y eso también me preocupa pues, si de mi grupo de senadores no ha podido salir, puesto que ninguno tenía idea de ella, quiere decir que el que ha filtrado la noticia no es de los nuestros y por lo tanto está contra nosotros. Tendremos que tener mucho cuidado de con quién hablamos y qué decimos.

XVI

Alejo estaba cansado. Nunca pensó que el trabajo que siempre había visto realizar a su padre como la cosa más natural del mundo fuese tan duro. Se levantaba antes de que el sol apareciese por el horizonte y, después de realizar un fuerte desayuno, nunca sabía a qué hora podría comer o si podría hacerlo; ya no paraba en todo el día, yendo de un sitio a otro hablando con compañías navieras a las que tenía que asegurar, revisando los cargamentos de estas para establecer el coste del seguro, revisar las rutas más seguras, asegurarse de que sus mercancías encontrarían compradores y un largo etcétera de acciones que le tenían todo el día ocupado hasta mucho después de la puesta del sol. Cuando su jornada terminaba estaba exhausto, y lo único que le apetecía era regresar a su casa y tumbarse en el lecho de su aposento. En muchas ocasiones ni siquiera se molestaba en cenar, porque lo único que le apetecía era dormir y dormir sabiendo que el día siguiente sería igual. Así había ocurrido que había adelgazado considerablemente y había desaparecido la incipiente barriga que le adornaba.

Por otro lado no tenía ni tiempo para pensar en Dido, la joven de la que se había enamorado. Ya no recordaba cuándo había sido la última vez que había estado con ella, sentido sus caricias y sus besos. Alguna vez, aprovechando que su padre no estaba en la casa, la joven había ido a visitarle, a quejarse de que la tenía abandonada, de que era más importante el trabajo que ella y un sinfín de reproches que Alejo no tenía manera de negar, pues la joven tenía toda la razón. Y solo entonces conseguía apaciguarla besando sus hermosos labios e impidiendo que la joven continuase con los reproches. Pero ya no recordaba cuándo había sido la última vez que eso había ocurrido. Alejo era consciente de que su relación con la joven no podía continuar de aquella manera, puesto que así su amor se terminaría difuminando y desapareciendo, y eso era lo último que él quería en aquellos momentos. Tendría que hablar con su padre para que le descargase un poco del trabajo y poder así reanudar la relación con Dido, si no como antes de empezar a trabajar con él, sí al menos más de lo que tenía en aquellos momentos.

Aprovechando que aquella mañana su padre había permanecido en la casa revisando alguna de las operaciones que habían realizado, Alejo le abordó.

—¿Tiene que ser ahora? —le preguntó su padre—. Tengo mucho trabajo que hacer y poco tiempo.

—De eso quería yo hablarte, del trabajo.

—¿Qué ocurre con el trabajo? ¿Ya no te gusta? Fuiste tú el que pidió realizarlo.

—Sí, sí me gusta y ya sé que fui yo el que pidió realizarlo, pero me parece que es demasiado el que tengo que hacer. No me deja tiempo para nada más. Ni siquiera para ver de vez en cuando a Dido. Ya no recuerdo cuándo fue la última vez que la vi y que estuve con ella. Ya sé que el trabajo que realizamos es muy importante y que no se tiene que descuidar, pero entiendo que uno trabaja para poder vivir, pero en este caso lo que hago es vivir para trabajar. No hago otra cosa, únicamente trabajar, y yo lo que quiero es vivir. No quiero que se me pase la juventud sin haber vivido y cuando me dé cuenta esta se me haya pasado. No sé si entiendes lo que te quiero decir —terminó comentando Alejo al ver la cara de sorpresa que su padre estaba poniendo.

—Creí que te gustaba el trabajo que estabas haciendo. Fuiste tú el que me pidió hacerlo, si no recuerdo mal —le dijo su padre.

—Sí, ya sé que fui yo el que te pidió realizarlo y sí, claro que me gusta, pero también me gustaría que al finalizar el trabajo de cada día tuviese un tiempo para mí, para estar con Dido, para poder pasear, es decir, poder hacer todas esas cosas que también me gustan y que ahora no puedo hacer, porque acabo tan agotado cada día que lo único que quiero es caer en el lecho de mi aposento totalmente extenuado. No creo que pueda continuar mucho tiempo con este ritmo y no me extrañaría que terminase enfermando.

Alejo guardó silencio mirando fijamente a su padre, que permanecía en silencio. Después de varios minutos en los que Alejo pensó que su padre no iba a decir nada, este se levantó de la *sella* en la que se encontraba y se acercó a su hijo sujetándole por los hombros.

—¡Perdóname, hijo! He sido un egoísta y te he cargado con todo el trabajo, pensando que te gustaba y estabas disfrutando.

—¡Y me gusta! ¡Y lo disfruto! —exclamó Alejo—. Pero es agotador y es demasiado.

—¿Y qué propones que hagamos? —preguntó Ajax a su hijo.

—Creo que podríamos dejar algunos negocios. No necesitamos abarcar tanto. Tenemos más que de sobra para vivir espléndidamente sin necesidad de que acabemos enfermos por agotamiento. No sé cómo has podido soportarlo tú solo.

—Bueno, cuando me inicié en esto no estaba solo. Tenía un socio, Arzabal era su nombre y era cartaginés, con lo que la prohibición que tenían los barcos no cartagineses de atracar en los puertos cartagineses y comerciar con ellos no nos atañía. A su vez yo enarbolaba la bandera griega para poder comerciar en aquellos puertos en los que los romanos no permitían la llegada de barcos cartagineses después de la derrota sufrida por estos. Así prosperamos, repartiéndonos el trabajo. Pero Arzabal murió y yo me hice cargo de los negocios que compartíamos y teníamos a medias, pero no significó un gran esfuerzo, pues el engranaje ya estaba en marcha y funcionaba solo. Y así tenía que haber seguido cuando has llegado tú a hacerte cargo de los negocios. Sin embargo, la declaración de guerra con Roma ha trastocado todo y hay que volver a reorganizar todo el entramado mercantil. Pero esto no será siempre, solo ahora, al principio. En unas pocas semanas la tranquilidad volverá a reinar y todo será como antes. Solo te pido que tengas paciencia unas pocas semanas y luego será como tú deseas, teniendo tiempo para realizar aquello que te guste y volviendo a una vida apacible. Ten paciencia, solo serán unas pocas semanas.

—¿Estás seguro? —preguntó Alejo a su padre.

—Completamente, y si es preciso dejaremos algunas rutas, con lo que el trabajo será menor. Tienes mi palabra. Y ahora dime, ¿qué ocurre con Dido, la hija de mi amigo Himilcón? ¿Acaso no van las cosas bien con ella?

Alejo permaneció en silencio unos momentos, lo que no parecía presagiar nada bueno.

—¡No lo sé! —exclamó al fin—. Hace muchos días, por no decir semanas, que no la veo ni sé nada de ella, y la última vez que la vi, ya no recuerdo cuándo fue, la noté muy distante, como si fuese una extraña. Como yo he estado tan ocupado que no he tenido tiempo para estar con ella me temo que se haya cruzado alguien en su camino. No lo sé y me gustaría averiguarlo, pero necesito tiempo. Tiempo para verla, para estar con ella, para saber si sigue sintiendo lo mismo por mí. Necesito verla y hablar con ella.

—Hijo, yo no me voy a meter en vuestros asuntos. Eso es cosa vuestra y sois vosotros los que tenéis que averiguar lo que sentís el uno por el otro. Pero lo que sí te puedo decir es que si unas pocas semanas sin haberos visto con tanta frecuencia como al principio han hecho que Dido se aleje de ti, lo único que demuestra es que el amor que te tenía no era tan fuerte como parecía. El verdadero amor tiene que superar pruebas mucho más fuertes, y si no es capaz de soportar una separación de unas pocas semanas, es que no era tan fuerte como pensabais. Tómate el tiempo que necesites para verla, para hablar con ella y aclarar la situación. Yo me hago cargo de los negocios durante ese tiempo. Aclaraos y piénsalo bien antes de seguir adelante.

* * *

Cedrick, el caudillo de Salmántica, apenas salía de su vivienda. Cada vez le costaba un esfuerzo mayor moverse y apenas si podía sostenerse en pie. Sin embargo, seguía dirigiendo el poblado con la misma seguridad y firmeza de siempre. Había sabido rodearse de las personas más adecuadas que habían quedado en el poblado, teniendo en cuenta que los mejores guerreros se los había llevado Aníbal, y los que habían quedado estaban respondiendo a las expectativas que el caudillo había puesto en ellos. Aquellos que se habían convertido en embajadores, visitando a los pueblos vecinos, habían conseguido que estos les adelantasen las semillas suficientes para poder sembrar los campos, lo que habían hecho, y ahora solo quedaba pedir a los dioses que fuesen magnánimos y les permitiesen obtener unas buenas cosechas, evitando las plagas y las tormentas que destrozasen las plantas que estaban empezando a brotar. Los hombres del poblado que salían cada día a cazar, acompañados de las mujeres que mejor manejaban los arcos, a pesar de sus edades avanzadas, habían demostrado que no habían olvidado sus habilidades, y la experiencia les había servido para obtener buenas piezas con las que mantener alimentados a los habitantes del poblado, e incluso en algunas ocasiones la caza había sido tan abundante que habían podido comerciar con ella, obteniendo de esa manera aquellos alimentos que no tenían. Por su parte, las mujeres habían demostrado ser unas eficientes vigilantes, salvaguardando el poblado de visitantes extraños e inesperados y manteniendo el orden.

También Cedrick había conseguido resolver satisfactoriamente el asunto de Elburo. Este había permanecido encerrado en una cabaña, bien vigilado por las mujeres del poblado, hasta que Cedrick y el grupo de ancianos que le aconsejaban habían decidido un castigo por su traición, que había ocasionado la situación en la que se encontraban en aquellos momentos. No podían perdonarlo, aunque les habría venido muy bien su habilidad en el manejo de las armas, tanto para defender el poblado si hubiese sido necesario como para cazar, ya que había demostrado que era un gran guerrero y un excelente cazador. Pero tampoco eran partidarios de hacerle pagar con su vida la traición que había cometido. La vida era un don muy preciado, que ya de por sí se perdía con mucha facilidad, para que se pudiese quitar alegremente. Es por eso por lo que, después de consultar con todos los ancianos, habían decidido por unanimidad expulsar a Elburo del poblado, desterrándole de él y de los territorios que lo rodeaban, con la amenaza de que si era encontrado cerca de ese territorio entonces lo pagaría con su vida.

Elburo no ahorró palabras a la hora de amenazar a Cedrick y al resto del poblado a la hora de abandonar este, jurando por todos los dioses que volvería y pagarían muy caro lo que le estaban haciendo, pero Cedrick y los ancianos que le aconsejaban ni se inmutaron. La decisión estaba tomada y las amenazas de Elburo no hicieron cambiar ni un ápice la medida que habían decidido. Una vez que el traidor hubo abandonado el poblado, siendo escoltado hasta los límites que le habían impuesto por unas cuantas mujeres, las más veteranas y que mejor manejaban las armas, tanto Cedrick como la mayoría del poblado respiraron aliviados. Nadie se encontraba cómodo con él encerrado en una cabaña, por muy bien vigilado que se encontrase, y además, eso permitía dedicar las mujeres que se habían empleado en su vigilancia a otros menesteres. Por fin parecía que la normalidad regresaba al poblado, una normalidad relativa, pues todos echaban en falta a los guerreros que se había llevado Aníbal, temiendo que en la mayoría de los casos no volverían a verlos. También Cedrick sufría por la ausencia de su hijo. Desde que se lo habían llevado a Cartago no había vuelto a tener noticias de él y no sabía cómo sería su vida, si sería tratado como el hijo del caudillo que era o, por el contrario, sufriría la suerte de los demás rehenes. Y había una cosa que le preocupaba sobre todas las demás. ¿Qué sería del poblado una vez que él se fuese a cabalgar a las praderas celestiales? Su hijo era el designado para sucederle, todo el poblado estaba de acuerdo con esa decisión y, desaparecido Elburo de Salmántica, nadie pondría en duda la decisión de que Albano fuese el caudillo natural de la ciudad. Pero ante la ausencia de este se abría una gran incógnita que en aquellos momentos no sabía resolver. Y lo peor de todo es que él notaba que poco a poco las fuerzas le iban faltando y presentía que su fin estaba próximo. Tenía que tomar una decisión antes de que eso ocurriese y, como solía ocurrir, cuando la designación no estaba tomada de antemano y aceptada por todos, empezarían los enfrentamientos entre los habitantes del poblado. Por eso tomó una resolución y convocó al consejo de ancianos que le asesoraban.

* * *

Una vez en Pisa, Publio Cornelio Escipión tomó el mando del ejército del pretor e inmediatamente se puso en marcha para ir al encuentro de Aníbal, antes de que este fuera capaz de obtener refuerzos de los galos cisalpinos. El ejército romano cruzó el Po a la altura de la colonia romana de Piacenza y luego avanzó a lo largo de la margen izquierda del río en busca del ejército de Aníbal. Poco después de cruzar el Tesino, un importante río que discurre por el norte de Italia y que es el principal afluente del Po, gracias al puente que el ejército romano había construido, su caballería y su infantería ligera, que el propio cónsul dirigía, se encontraron con la caballería de los cartagineses, que también dirigía el propio Aníbal. Las dos caballerías, con ganas de lucha, se enfrentaron y las dos combatieron duramente. Tanto Aulus Gelius como Escipión hijo se batieron bravamente, demostrando que no habían sido en vano los entrenamientos que habían realizado en el Campo de Marte en Roma.

—¡Publio, tu padre está en apuros! —gritó Aulus Gelius a su amigo, señalando a un grupo de jinetes cartagineses que habían rodeado al cónsul romano, que se defendía con dificultad.

Escipión hijo no lo dudó ni un momento y lanzó su cabalgadura hacia donde su padre, a duras penas, conseguía defenderse de la caballería cartaginesa. Aulus Gelius tampoco lo dudó y, lanzando un grito, lanzó su cabalgadura detrás de la de su amigo. El resto de los jinetes romanos, después de unos momentos de indecisión, también lanzaron sus caballos detrás de los dos jóvenes. Escipión hijo y Aulus Gelius llegaron justo a tiempo para evitar que el cónsul, al que se le veía herido, cayera bajo las espadas de los cartagineses. La llegada del resto de la caballería romana hizo que los cartagineses diesen la vuelta y se integrasen con el resto de los jinetes de su ejército.

—¡Vámonos de aquí antes de que vuelvan con más efectivos y nos rodeen! —gritó Escipión hijo sujetando a su padre, que apenas si podía mantenerse en su cabalgadura—. ¡La batalla está perdida! —exclamó.

Efectivamente, la batalla del río Tesino, como sería conocida, fue la primera derrota del ejército romano frente a los cartagineses. El cónsul Publio Cornelio Escipión fue herido de gravedad y salvó la vida gracias a la ayuda de un esclavo ligur que le acompañaba, y que evitó que fuese rematado, lo cual habría ocurrido si su hijo no hubiese llegado a tiempo de evitarlo. Con la batalla perdida el cónsul se retiró a través del río Tesino y mandó destruir el puente tras él, refugiándose en Piacenza.

Aulus Gelius y su amigo Publio estaban serios y desilusionados. No era este el final que habían imaginado para su primera batalla, a lo que había que añadir la preocupación que el joven Escipión tenía por las heridas sufridas por su padre. Aníbal, que también había cruzado el Po, siguió al ejército romano ofreciéndole batalla, pero Publio Cornelio Escipión, herido de gravedad, no podía hacerse cargo de las legiones y rechazó el enfrentamiento. Por otro lado Tiberio Sempronio Longo, el segundo cónsul de ese año, que se encontraba en Sicilia, fue llamado para que se hiciese cargo de las legiones de Escipión ante la incapacidad de este. Cuando Sempronio llegó Escipión estaba acampado en las orillas del río Trebia, habiendo abandonado su puesto de mando en Piacenza. Como Escipión seguía incapacitado para dirigir las legiones, el mando recayó en Sempronio.

Publio Cornelio Escipión mandó llamar a su hijo y este se presentó en su tienda rápidamente.

—¿Cómo estás, padre? Se te ve algo mejor.

—Sí, parece que de esta sí salgo, pero no voy a poder todavía dirigir las legiones y Sempronio quiere enfrentarse a Aníbal ya, sin mayor dilación.

—¿Y tú crees que es buena idea? —le preguntó.

—¡No lo sé! Pero lo que yo crea va a dar igual, porque Sempronio ha tomado el mando viendo mi incapacidad y será él el que decida.

—¿Y tú qué es lo que vas a hacer?

—Yo regreso a Roma a reponerme de las heridas. Por eso te he llamado. Regreso escoltado por una *turma* de caballería. Me gustaría que fuese la *turma* que tú capitaneas la que me sirva de escolta, a no ser que prefieras quedarte a las órdenes de Sempronio. ¿Qué me dices?

—Tus deseos son órdenes para mí, padre. Si es tu deseo que mis hombres y yo te escoltemos, eso haremos.

—De cualquier manera habla con ellos. Si alguno prefiere quedarse a las órdenes de Sempronio no se lo impidas.

—¡Eso haré! ¿Cuándo partimos?

—Mañana al amanecer nos pondremos en camino. Hay que hacer el trayecto hasta Roma en más jornadas de las necesarias, pues yo no puedo cabalgar como antes.

—No te preocupes, padre. Déjame que yo me haga cargo del regreso. Nos tomaremos el tiempo que sea necesario.

Y Escipión hijo abandonó la tienda de su padre, diciendo a su asistente que convocase a los jinetes de su *turma* en su tienda sin falta. Una vez que estuvieron todos les dijo que su padre, debido a sus heridas, no podía hacerse cargo de las legiones para enfrentarse a Aníbal y regresaba a Roma para curarlas y reponerse. Había elegido a su *turma* para que le sirviese de escolta, pero si alguno prefería quedarse y ponerse a las órdenes de Sempronio podía hacerlo libremente. Ninguno de los jinetes se movió y todos, uno por uno, expresaron su deseo de quedarse y acompañar al cónsul a Roma. Escipión hijo les dio las gracias y les anunció que al día siguiente al amanecer se pondrían en camino. Todos los jinetes de la *turma* fueron abandonando la tienda de Escipión hijo. Todos menos Aulus Gelius, que esperó a que todos sus compañeros hubiesen abandonado la tienda para hablar con su amigo.

—¿Qué ocurre? ¿No está tu padre mejor? —le preguntó.

—Sí, va mejorando, pero muy lentamente. Desde luego no está para dirigir una batalla y Sempronio ha sido llamado para eso, para dirigir la batalla contra Aníbal.

—Bueno, me tranquilizas. Pensé que quizá hubiese empeorado.

—No, va mejorando, pero muy lentamente. Además, y esto que quede entre nosotros, mi padre y Sempronio nunca han tenido una buena relación; tienen ideas muy diferentes a la hora de afrontar una batalla. Sempronio quiere enfrentarse ya mismo a Aníbal y mi padre es partidario de estudiar el terreno y buscar el lugar y el momento más favorable, pero tal y como está no puede hacerlo. Por eso prefiere regresar a Roma y dejar que sea Sempronio el que dirija la batalla.

—Bueno, me quitas un peso de encima. Creí que había empeorado.

—De todas formas, si tú prefieres ponerte a las órdenes de Sempronio y quedarte no hay ningún problema. Puedes hacerlo tranquilamente.

—¡No! Yo me he incorporado a la legión contigo y voy donde tú vayas, siempre que tú quieras, por supuesto.

—Pues entonces vete a preparar el equipo. Ya sabes que mañana salimos al amanecer.

* * *

Alejo estaba muy disgustado. Ahora que su padre había cumplido lo que le había prometido y le había descargado un tanto del trabajo que lo absorbía por completo, sin dejarle tiempo absolutamente para nada, sin embargo no conseguía ver a Dido. Había acudido varias veces a su casa y en todas las ocasiones le habían dicho lo mismo: «Dido no está y no sabemos cuándo volverá», o «Dido está descansando y no puede recibirte». Aquello no era normal. Llevaba muchos días, más bien semanas, sin ver a la joven y sin saber nada de ella y hubo un momento, en una de las ocasiones en las que le dijeron que la joven no podía verle, en que estuvo tentado de preguntar por su padre y ver si así, de esa manera, conseguía enterarse de qué era lo que ocurría, de por qué la muchacha no quería verle ni saber nada de él, porque eso era lo que estaba ocurriendo. Pero tampoco quería acudir a Himilcón, el padre de la joven, que lo más probable es que tampoco supiese qué es lo que ocurría, pues de lo contrario se lo hubiese comentado a su padre y este a su vez se lo hubiese dicho a él. No, tendría que averiguarlo él. Así que, decidido a hacerlo, se apostó una mañana, en la que su padre le había dicho que podía tomarse el día libre, frente a la casa de Himilcón, desde un lugar en el que veía perfectamente la entrada de la casa y él a su vez no era visto. Y allí permaneció buena parte de la mañana, soportando todo el calor del mundo, pues en el lugar que había escogido daba el sol de pleno y la temperatura, a medida que la mañana iba transcurriendo, iba aumentando considerablemente. No sabía qué esperaba ver, aunque en el fondo deseaba ver salir por la puerta a la joven y poder abordarla para que le diese alguna explicación. Sin embargo la mañana transcurría lentamente, el sol cada vez pegaba con más fuerza y él, sudando copiosamente, ya se sentía medio deshidratado. Ya desconfiaba de poder ver aquella mañana a la joven cuando la puerta de la mansión se abrió y vio salir a Dido, tan hermosa como siempre, con aquel cuerpo tan esbelto y hermoso que él se sabía de memoria. Sonrió y se dispuso a salir de su escondite para abordar a la muchacha cuando vio que no estaba sola. Un joven alto, esbelto, muy moreno y con un largo cabello negro que recogía en una coleta salió también de la casa y se colocó al lado de la joven. Iban charlando alegremente y se los veía muy risueños. Alejo no sabía quién era aquel joven. No lo había visto en su vida y, desde luego, no parecía que se tratase de ningún familiar de la muchacha, pues esta nunca le había hablado de él. No sabía por qué, pero las sensaciones que tenía no eran buenas. Su corazón palpitaba como desbocado y el sudor se acentuó. Decidió seguirlos a una cierta distancia para no ser visto y vio con desasosiego cómo, después de doblar varias calles, la joven se colgaba del brazo del muchacho que, aunque parecía algo mayor que ella, también era muy joven.

Así, siguiéndolos, procurando que no le viesen, llegaron al mercado, donde se fueron deteniendo en casi todos los puestos de ropa. Dido estaba dispuesta a comprar un buen número de artículos y alguno parecía querer regalárselo al joven, pues insistía en que se lo probase, algo que al joven no parecía hacerle mucha gracia, pues trataba de impedirlo. Pero la insistencia de Dido terminó venciendo la resistencia del muchacho. ¿Quién sería? Él no lo había visto nunca y desde luego la muchacha nunca le había hablado de él. Cuando llegó la hora del almuerzo los dos jóvenes se dirigieron a uno de los puestos del mercado en el que había toda clase de comidas y en las que con solo el olor ya se alimentaba uno, lo que recordó a Alejo que, desde que había salido de su casa aquella mañana a primera hora, no había probado bocado y su estómago, con aquellos olores, se estaba resintiendo. Pero no podía sentarse él también en uno de los puestos, pues entonces sería descubierto, así que haciendo un gran esfuerzo, se buscó un lugar desde donde pudiese observar a la pareja sin que ellos le viesen. Ya tendría tiempo a la noche de dar satisfacción a su estómago. Los dos jóvenes charlaban animadamente mientras daban buena cuenta de lo que habían pedido, que desde donde se encontraba Alejo no podía vislumbrar qué es lo que era. Pero lo que sí podía ver perfectamente es que Dido trataba de hacer toda clase de carantoñas al joven y parecía querer comérselo a él en vez de la escudilla que tenía delante. Hubo un momento en que la muchacha colocó su mano sobre la del joven, que la tenía quieta encima de la mesa, y así estuvieron con las manos entrelazadas hasta que el cantinero apareció con otras escudillas que humeaban y olían que alimentaban. Alejo, muy enfadado, estuvo a punto de salir de donde se encontraba y plantarse ante ellos para pedir explicaciones a Dido, pero lo pensó fríamente y decidió alejarse del puesto de comida y del mercado. Caminaba cabizbajo, sin poder olvidar aquellas manos que había visto cómo se entrelazaban y permanecían unidas. Parecía evidente que Dido le había sustituido, pues desde luego su comportamiento, su forma de actuar así parecía indicarlo. Le dolía; mucho. Claro que le dolía, porque por primera vez había entregado su corazón a una mujer, con la que quería pasar el resto de sus días y tener hijos. ¿Cómo no le iba a doler? Pero quizá se había equivocado y había puesto sus ojos y su corazón en manos de quien no se lo merecía, porque alguien que no era capaz de colocarse frente a él para decirle que ya no le quería, que se había enamorado de otra persona, no era la persona más adecuada para entregarle su corazón y ser la madre de sus hijos.

Caminando, caminando, sus pasos le llevaron a su casa, donde su padre estaba trabajando. Tenía que asegurar varios barcos que iban a salir del *cothon* de Kart-Hadtha cargados con mercancías muy valiosas, y tenía que calcular el precio del seguro que les iba a poner. Tenía que ser muy riguroso y calcular muy bien los riesgos. Para eso había estado visitando el día anterior los barcos que transportarían las mercancías, viendo el estado en que se encontraban, ver la ruta que iban a seguir... En definitiva, calcular todos los riesgos y ponerles un precio a esos riesgos. Ajax, cuando vio a su hijo, se sorprendió al ver que llegaba a casa cuando le había dado el día libre. Fue a preguntarle cuál era el motivo de que regresase a casa cuando se percató del rostro, más que serio, triste, que presentaba y tuvo el presentimiento de que Dido era la culpable de aquel aspecto triste y derrumbado que presentaba su hijo. Fue a preguntarle qué es lo que había ocurrido, pero pensó que quizá en aquellos momentos su hijo no quisiese hablar de lo que le ocurría. Ya lo haría cuando tuviese necesidad de ello.

—Estoy haciendo cálculos de cuánto podemos cobrar al asegurar los barcos que pasado mañana salen rumbo a El Pireo. ¿Me puedes ayudar? Si no tienes algo mejor que hacer —le dijo a su hijo, no mencionando el aspecto triste y abatido que presentaba en aquel momento.

—No me encuentro muy bien. Creo que no te sería de mucha ayuda. Voy a comer algo y descansaré un poco.

—De acuerdo, luego paso a ver cómo te encuentras.

XVII

Hannón estaba disgustado y bastante enfadado. Aquella mañana, en la reunión de los senadores en La Balanza, Himilcón les había informado de que Aníbal, después de atravesar los Alpes sin excesivas bajas, había derrotado a los romanos a orillas del río Tesino y estos se habían tenido que retirar, con el cónsul que mandaba una de las legiones en estado grave por las heridas que había recibido en la batalla. Lo que Himilcón no les había dicho era que, aunque el enfrentamiento lo habían llamado la batalla de Tesino, únicamente había sido un enfrentamiento entre la caballería cartaginesa, mandada por el mismísimo Aníbal, y la caballería romana, dirigida por el propio cónsul, Publio Cornelio Escipión. Roma había mandado llamar al otro cónsul, Tiberio Sempronio Longo, que se encontraba en Sicilia, pues el estado de Publio Cornelio Escipión no le permitía mandar la legión y dirigir el enfrentamiento con los cartagineses.

La alegría entre los senadores cartagineses fue grande y todos dieron vítores a Aníbal, por supuesto solo los senadores del partido de los Barca, mientras que el resto callaba. Pero la noticia, como siempre ocurría, trascendió al Foro, donde se fue congregando una multitud para celebrar el triunfo de Aníbal y vitorearle. Hannón, que había convocado aquella reunión extraordinaria del Senado para que este intentase reprobar a Aníbal por segunda vez, por no haber contado con el Senado cartaginés en su marcha por tierra hacia la península italiana, tuvo que guardar silencio, pues dadas las circunstancias su propuesta de reprobación no habría salido adelante y habría encontrado la oposición no solo de la mayoría de los senadores, sino también del pueblo, que en el Foro vitoreaba al comandante en jefe del ejército cartaginés.

Hannón, enfadado, tuvo claro que tendría que esperar un mejor momento para reprobar a Aníbal, lo que no creería que tardase mucho en ocurrir, pues el ejército con el que Aníbal había partido de la península ibérica había quedado bastante diezmado después de cruzar los Pirineos y, sobre todo, los Alpes, y no parecía que Aníbal hubiese conseguido reforzar su ejército con guerreros galos.

* * *

Ajax, después de estar toda la tarde echando cuentas y haciendo que los números le cuadrasen, decidió dejarlo por aquel día. Los números ya le bailaban en la cabeza y la vista se le nublaba. Desde luego había hecho bien su hijo en querer hacerse cargo de los negocios de su padre, pues él ya no tenía el aguante de antes y se fatigaba con mucha mayor facilidad. Pasó por la habitación de su hijo para ver cómo estaba, pero dormía, aunque parecía que intranquilo, pues no dejaba de dar vueltas en el lecho y murmurar frases inconexas. Se alejó con cuidado para no despertarle y abandonó la casa. Se alegró de recibir en el rostro la brisa marina y, aunque todavía hacía calor, se agradecía aquella brisa que reconfortaba. Decidió acercarse a casa de su amigo Himilcón para felicitarle por aquella primera victoria, en la que nadie había creído al conocer el camino emprendido por Aníbal. Después de todo Himilcón era el jefe del partido Barca en Kart-Hadtha y constituía el apoyo que el comandante cartaginés necesitaría para conseguir sus objetivos, que no eran otros que derrotar a los romanos.

Himilcón se alegró al recibir la visita de su amigo y, sentados en el hermoso jardín de la mansión, con unas copas de vino en la mano, el jefe del partido de los Barca se sinceró con su amigo.

—Sí, estoy contento —le dijo a su amigo Ajax—. Siempre es importante empezar ganando y lo estaría si realmente hubiese sido una batalla.

—¿Cómo dices? ¡No te entiendo! —comentó Ajax—. ¿Acaso no es verdad que Aníbal ha derrotado al cónsul Publio Cornelio Escipión?

—Sí, pero no en una batalla, con todos los ejércitos en acción. Fue un simple enfrentamiento entre la caballería de Aníbal y la caballería romana. No intervinieron los dos ejércitos al completo, como habría sido de esperar. Podríamos decir que fue una simple escaramuza. No una batalla como tal. Eso sí hubiese sido importante.

En ese momento un criado entró en el jardín, llevando un correo procedente de la península ibérica.

Himilcón rompió el lacre del correo y lo leyó.

—Deben de ser buenas noticias por la cara de satisfacción que has puesto —le comentó Ajax a su amigo.

—¡Lo son, ya lo creo que lo son! —contestó Himilcón.

—Ha tenido lugar un segundo enfrentamiento entre las legiones romanas y el ejército cartaginés y Aníbal ha derrotado al cónsul romano Tiberio Sempronio Longo en las inmediaciones del río Trebia.

—¿Ese es un afluente del río Po, verdad? —preguntó Ajax.

—No lo sé. Mis conocimientos de geografía dejan mucho que desear —contestó Himilcón.

—Sí, yo he navegado por ese río y en esta época suele bajar con mucho caudal de agua. ¿Y cómo ha sido la batalla?

—No lo sé. El correo solo indica que las legiones romanas que dirigía el cónsul Sempronio y las tropas cartaginesas se han enfrentado en las inmediaciones del río Trebia y que las legiones romanas han sido derrotadas totalmente con numerosas bajas, principalmente al intentar huir al ver que habían sido derrotados.

Himilcón rellenó las copas de vino y alzó la suya.

—Brindemos por la victoria de nuestro ejército. En esta ocasión no ha sido una simple escaramuza de la caballería, sino una batalla en toda regla con todas las tropas en acción.

* * *

Cuando Ajax abandonó la casa de su amigo Himilcón, al que había dejado visiblemente satisfecho debido a las noticias recibidas, se dirigió a casa de su amiga Anthousa. El trabajo le había tenido tan ocupado que hacía bastantes días que no sabía nada de ella, algo por lo general bastante frecuente, pues cada uno hacía su vida, sin ataduras ni compromisos de ningún tipo.

Ajax, ya llegando cerca de la casa de su amiga, se dio con la mano en la cabeza. Con las nuevas recibidas se le había olvidado preguntar por Dido, la hija de Himilcón, y hacer partícipe a su amigo de lo preocupado que estaba su hijo por la relación que tenían y la deriva que esta iba tomando. Y esa era una de las causas por las que se había acercado a casa de su amigo.

«Bueno, ya tendré ocasión de preguntarle otro día», pensó mientras entraba en la tienda de su amiga, que todavía permanecía abierta. Anthousa le recibió con una enorme sonrisa y un largo y sensual beso.

—Hace varios días, qué digo, semanas, que no sé nada de ti. Así que esta noche me tienes que resarcir —le comentó con una pícara sonrisa—. Voy a cerrar la tienda, que ya es hora de que lo haga, y pasaremos a cenar, que seguro que ya tenemos la cena preparada.

Avisó a la criada de que Ajax se quedaba a cenar y, cogiéndole de la mano, ambos se encaminaron hacia los aposentos privados. La cena, como siempre, resultó deliciosa y lo que siguió, la sobremesa, todavía más. Anthousa sabía disfrutar de los placeres de la vida y hacer que los que la acompañaban disfrutasen también, y el sexo era uno de esos placeres. Extenuados y completamente agotados yacían desnudos sobre el lecho después de haber disfrutado de sus cuerpos. Anthousa se levantó para llenar dos copas de vino y le ofreció una a Ajax.

—¿Por qué brindamos? —le preguntó.

—Por nuestros ejércitos y por Aníbal, que acaba de derrotar por segunda vez a las tropas romanas, en esta ocasión a orillas del río Trebia.

—¡Qué me dices! —exclamó Anthousa.

—Lo que acabas de oír —contestó Ajax.

—Pues si no se ha oído nada. ¿Cómo te has enterado tú?

—Estaba en casa de Himilcón cuando ha llegado un correo procedente de Kart-Hadtha de la península ibérica con la noticia. La derrota de las legiones romanas ha sido total y su número de bajas muy numeroso.

—¿Pero el cónsul romano no estaba gravemente herido?

—Sí, por lo visto Publio Cornelio Escipión, herido, no sé si gravemente o no, se retiró a Piacenza y no quiso enfrentarse a Aníbal, que le ofreció presentar batalla. El Senado romano, ante el estado de Publio Cornelio Escipión, mandó llamar al otro cónsul, Tiberio Sempronio Longo, que se encontraba en Sicilia. Y este, tomando el mando de las legiones, aceptó presentar batalla, en contra, parece ser, de la voluntad del cónsul Escipión. El desastre ha sido total y las bajas romanas muy numerosas. ¿Dime si acaso no es para brindar por ello?

—Totalmente de acuerdo. No hay mejor brindis que se pueda hacer —y Anthousa levantó su copa y la chocó con la de Ajax.

—¿Y ahora qué va a ocurrir? —preguntó Anthousa.

—Pues en el correo que ha enviado Magón, el hermano de Aníbal, que, junto con su hermano Asdrúbal, son los que gobiernan en la península ibérica, además de informar de la victoria de Aníbal, solicita permiso para enviar tropas de refuerzo a Aníbal. Su ejército ha quedado bastante diezmado, después de haber atravesado los Pirineos, los Alpes, haberse enfrentado a algunos pueblos galos poco amistosos y no haber conseguido todos los aliados que pensaban. Magón no es como su hermano y solicita permiso al Senado de Kart-Hadtha para que le conceda esas tropas y autorización para llevarlas a la península italiana. Si Aníbal lo ha podido hacer, ahora ya, conociendo el camino, es más fácil realizarlo.

—¿Y tú crees que el Senado lo autorizará? —preguntó Anthousa.

—¿Y por qué no iba a hacerlo? Aníbal ya ha hecho lo más difícil y ahora necesita esas tropas de refuerzo para completar su victoria y obligar a los romanos a pedir la paz. No hacerlo sería condenar a Aníbal y a sus hombres a una derrota y a una muerte segura.

Ya había amanecido y la ciudad estaba empezando a coger su pulso cuando Ajax abandonó la casa de Anthousa. Acto seguido ella, cubierta la cabeza y el rostro, del que solo se apreciaban los ojos, abandonó también su casa para dirigirse rápidamente a la casa de Hannón.

—Te tengo dicho que no vengas por mi casa. Me mandas aviso y en cuanto pueda me acerco yo a la tuya o quedamos en la casa donde nos vemos siempre —le dijo Hannón bastante enfadado una vez que un esclavo le informó de que la señora Anthousa había ido a verle.

—Pues si lo prefieres me marcho y ya te enterarás de lo que venía a decirte cuando Himilcón convoque al Senado —le contestó Anthousa, también bastante enfadada, e hizo intención de abandonar la estancia donde había estado esperando a Hannón.

Este estuvo rápido y la sujetó por un brazo, impidiendo que abandonase la habitación. Y después de hacerle una caricia, de besarla sensualmente en la boca y con un tono de voz muy diferente, le preguntó:

—Anda, no te enfades y dime qué es eso tan importante que has venido a decirme.

Anthousa, con el ceño fruncido, permanecía en silencio.

—Vamos, no te hagas de rogar —y cogiéndole la mano se la besó—. Ya te he pedido perdón.

—¡No me has pedido nada!

—¿Y el beso que te he dado hace un momento qué es sino una forma de pedirte perdón? —le dijo con voz zalamera.

Anthousa asintió con la cabeza, como dando por buenas las palabras de Hannón.

—Anoche Ajax estuvo en mi casa. Venía de ver a Himilcón y cuando estaba allí llegó un correo de la península ibérica. Le informaban de que Aníbal había derrotado a las legiones romanas al mando del cónsul Tiberio Sempronio Longo en las orillas del río Trebia.

Hannón lanzó un bufido seguido de un improperio.

—¡Ese condenado Barca es capaz él solo de conquistar toda la península italiana!

—No te creas, el correo lo mandaba su hermano Magón y, después de informar de la victoria de su hermano Aníbal, solicitaba al Senado de Kart-Hadtha que autorizase el envío de tropas a este. El contingente cartaginés ha quedado bastante reducido después de cruzar los Pirineos y los Alpes, de tener que enfrentarse a varios pueblos galos y no haber conseguido los guerreros que necesitaba.

—¡Pues por todos los dioses que no voy a permitir que el Senado le envíe refuerzos a Aníbal!

—¿Y cómo lo vas a impedir? ¿Acaso ya tenéis mayoría en el Senado? —preguntó Anthousa.

—Bueno, casi. La forma de actuar de Aníbal no consultando nada al Senado y actuando con tanta prepotencia ha hecho que algunos senadores ya no estén tan convencidos de que es la mejor opción. Estaríamos a un par de senadores de conseguir la mayoría.

—¡Entonces seguís sin tener mayoría! —exclamó la mujer.

—Bueno, el oro tiene un color cegador y hay voluntades que no son capaces de resistirse a su brillo.

—Ya... entiendo.

—Así que me voy a ocupar de esas voluntades ahora mismo, antes de que Himilcón pida a los sufetes que convoquen al Senado.

—Bueno, supongo que eso podrá esperar un poco —y acercándose a Hannón lo empezó a acariciar.

—No, ahora no. Es más urgente arreglar ese asunto —dijo él separándose de Anthousa. Esta, ofendida, le dio un manotazo y se dio media vuelta.

—Ya acudirás a mí cuando quieras, y para entonces la que seguramente no querrá seré yo.

Pero Hannón ya no la escuchó porque ya había abandonado la estancia. Anthousa, decepcionada y entristecida, abandonó la casa de Hannón y se dirigió hacia la suya. Tenía que abrir la tienda y empezar un nuevo día.

XVIII

Hannón había solicitado a los sufetes que convocasen una reunión extraordinaria del Senado y estos no habían tenido inconveniente en convocarla, así que aquella mañana el Foro de la ciudad y los alrededores de La Balanza estaban muy concurridos, haciéndose toda clase de cábalas sobre los motivos de aquella inesperada reunión. A la hora convenida todos los senadores ya estaban en sus escaños esperando a que los sufetes indicasen el inicio de la sesión.

¿Todos? No, todos no. Himilcón se percató de que varios de los senadores de su grupo no habían llegado y torció el gesto. En la notificación que les había hecho sobre la asistencia a la reunión les había recalcado que era muy importante que no faltase nadie. Tendrían que votar y sin ellos no estaba seguro de si tendrían mayoría, pues tenía serias dudas sobre la lealtad de varios de sus senadores que, últimamente, se habían mostrado bastante díscolos, manifestando su desacuerdo con las decisiones que su grupo había tomado. Pero si la ausencia de estos senadores había sorprendido a Himilcón, su sorpresa fue mucho mayor cuando Hannón tomó la palabra y, dirigiéndose al estrado, comunicó a la asamblea que Aníbal había conseguido derrotar a las legiones romanas en la batalla del río Trebia. Un coro de aplausos y vítores impidió que Hannón continuase hablando. Cuando los sufetes consiguieron que el silencio volviese a reinar en la sala, le pidieron a Hannón que continuase con su intervención.

—Sí, hemos de felicitar a Aníbal, pues siempre es importante vencer a una legión romana, pero no a cualquier precio, y en este caso el coste va a ser muy alto. Aníbal perdió buena parte de su ejército en el cruce de los Pirineos y sobre todo de los Alpes, además de con los enfrentamientos que tuvo con las diferentes tribus celtas. ¿Es que acaso no había previsto que eso ocurriría? Si nos hubiese consultado se lo habríamos dicho nosotros. Pero no lo hizo. No nos consultó ni nos pidió autorización y obvió que es el Senado el que realmente tiene la potestad de tomar decisiones de ese tipo. Aun así, hemos de reconocer que vencer en esas condiciones a las legiones romanas tiene su mérito, aunque podamos pensar que es demérito de los cónsules que mandaban esas legiones. Sí, efectivamente tiene su mérito... aunque el coste haya sido muy alto y haya perdido una buena parte del ejército que le quedaba.

Hannón hizo una pausa y se acercó a beber agua mientras observaba cómo un buen número de los senadores asentían dándole la razón y otros cuantos negaban con la cabeza.

—¿Y ahora qué es lo que pretende Aníbal? ¿No lo imagináis? Pues os lo voy a decir yo. Lo que pretende es que le enviemos tropas de refresco a la península italiana. Claro, ahora se acuerda del Senado de Kart-Hadtha. Ahora, cuando se ve en apuros, cuando se da cuenta de que con los soldados que le quedan, no muchos, no puede derrotar a las legiones romanas, que aunque sean vencidas, año tras año son capaces de formar nuevas legiones, mientras que nosotros, los cartagineses, no podemos aumentar año tras año nuestros soldados que, agotados cuando no heridos, cada vez tienen más problemas para enfrentarse a los legionarios que llegan de refresco. ¡Ahora es cuando Aníbal se acuerda de nosotros! ¿Para qué? Para que le resolvamos el problema en que se ha metido él solito, sin consultar a nadie. ¿Acaso va a cambiar su actitud hacia el Senado de Kart-Hadtha? De antemano ya os digo yo que no. Si somos tan inconscientes como para enviarle tropas de repuesto, ¿creéis que luego empezará a contar con nosotros, con el Senado? ¡Ni lo soñéis!

Hannón hizo otra pausa para beber otro vaso de agua. Hacía calor y la garganta se le secaba con mucha facilidad.

—Pero es que además hay otro aspecto que nuestro amigo Aníbal no ha tenido en cuenta —prosiguió Hannón—. ¿De dónde van a salir las tropas que solicita? Solo pueden salir de un sitio, de la península ibérica. Pero en estos momentos esas tropas están haciendo frente y defendiéndose de las legiones que Roma ha mandado allí, dirigidas por Cneo Escipión, a la espera de que llegue su hermano Publio Cornelio Escipión. Si enviamos las tropas que tenemos allí destacadas, sin lugar a dudas perderemos toda la península ibérica y las legiones romanas tendrán libre el camino para llegar hasta aquí. No, compatriotas. No podemos permitir eso, es por ello por lo que pido que votemos en contra de la petición que sin lugar a dudas hará nuestro compañero Himilcón solicitando que enviemos tropas de refuerzo a Aníbal.

Himilcón no salía de su asombro. ¿Cómo podía saber Hannón todo eso? El correo que informaba de la victoria de Aníbal en el río Trebia y la solicitud de que el Senado cartaginés le enviase tropas de refuerzo se lo había enviado Magón a él, únicamente a él, como líder del partido Barca en Kart-Hadtha. Y él no había informado a sus compañeros de partido hasta esa misma mañana, momentos antes de entrar a la asamblea del Senado, cuidando muy mucho de que ninguno de sus senadores pudiese hablar con alguno de los senadores del partido aristocrático de Hannón. Entonces, ¿cómo había podido enterarse el líder del partido aristocrático del contenido de la carta enviada por Magón?

Hannón había terminado su intervención y lentamente, mientras se recreaba con los aplausos que le dedicaban los senadores, regresó a su escaño. Los sufetes miraron a Himilcón, que permanecía en silencio, y esperaron a que este levantase el brazo indicando que quería intervenir, pero este permanecía abstraído, como si estuviese en otra parte. Un compañero del partido de Himilcón, el que estaba a su lado, le dijo algo y este volvió de su mundo y levantó el brazo indicando que quería la palabra. Una vez que subió a la tribuna de oradores hizo un encendido elogio de Aníbal, de sus victorias en la península italiana, y solicitó la aprobación del Senado para enviar un contingente de tropas a Aníbal, para que este pudiese terminar con éxito la tarea que había emprendido.

—No hacerlo será perder la mejor ocasión que hemos tenido de derrotar a las legiones romanas y condenar al fracaso la tarea emprendida por Aníbal y, seguramente, condenarlos a él y a sus hombres a una muerte segura —dijo Himilcón—. Quitar un ejército de los que tenemos en la península ibérica no supone, como ha dicho mi colega, perder el dominio de estos territorios. Tenemos soldados suficientes para hacer frente a las legiones romanas que puedan llegar, porque además tenemos el apoyo de los pueblos ibéricos, que tienen tratados firmados con nosotros de ayuda mutua. Tratados que a buen seguro romperían si ven que el comandante en jefe de nuestro ejército es derrotado en la península italiana, lo que los llevaría a aliarse con Roma. Ya conocemos la debilidad de esos tratados, ya hemos visto en varias ocasiones que cuando desaparece el comandante en jefe cartaginés, con el que han firmado esos tratados de amistad, no tienen reparos en romperlos y aliarse con nuestros enemigos.

Himilcón hizo una pausa, tomó aire y, como si hubiese renovado sus fuerzas, con voz más contundente pidió que el Senado cartaginés aprobase el envío de tropas de refuerzo a Aníbal. Un vocerío se fue elevando en la asamblea del Senado, unos gritando a favor y otros en contra, y los sufetes tuvieron que emplearse a fondo para conseguir que volviese a reinar la calma y el silencio en la asamblea. Cuando por fin lo consiguieron anunciaron que si no había ninguna propuesta más, diferente a las dos existentes, se iba a proceder a la votación.

Himilcón permanecía sentado, con la mirada perdida, ausente de lo que estaba pasando en la asamblea.

¿Cómo había podido enterarse Hannón de la victoria de Aníbal en el río Trebia y la petición que hacía a su hermano Magón de un contingente de tropas de refuerzo? Nadie, excepto él, sabía el contenido del correo enviado por Magón. ¿Cómo había podido enterarse Hannón? ¿Y qué había pasado con los senadores de su grupo que habían faltado a la reunión del Senado?

En aquellos momentos era lo único que le importaba realmente, pues la votación ya la daba por perdida. Faltaban el número suficiente de senadores para no conseguir la mayoría que permitiese sacar adelante esa votación. No sabía qué les podía haber pasado, pero tenía el presentimiento de que no había sido un olvido de los senadores, sino que detrás de esa ausencia se encontraba la mano de Hannón. No era la primera vez y temía que no sería la última. Y cuidado que les había advertido que cada vez que hubiera una votación en el Senado, acudiesen a La Balanza bien escoltados por un buen grupo de esclavos o criados armados de contundentes porras para desanimar a cualquiera que quisiese impedir su asistencia a la asamblea. Aunque Hannón tenía sobrados recursos para impedir que algunos de los senadores del partido de los Barca acudiesen a La Balanza.

Tal y como temía, la propuesta de enviar tropas a Aníbal fue rechazada. Hannón estaba contento y su cara era buen reflejo de esa alegría, mientras que los senadores de su grupo estaban eufóricos, porque habían derrotado a su grupo rival y hasta ahora no había ocurrido este hecho en muchas ocasiones. Himilcón alzó la vista hasta la tribuna donde se situaba el público que quería presenciar los debates cuando estos no eran a puerta cerrada, y allí también la división era notoria: unos a favor de la propuesta y otros en contra. Y ahora que la sesión ya había finalizado no tenían reparo en discutir unos con otros sin miedo a ser desalojados. Himilcón repasó con la vista la tribuna y no vio a su amigo Ajax. Seguramente estaría muy atareado pues aquellos días, a consecuencia de la guerra con Roma y el dominio que esta tenía en el mar, se veía obligado a cambiar las rutas de sus barcos y modificar también el precio de los seguros de estos y de sus mercancías, dependiendo de las rutas que siguiesen.

Himilcón se quedó pensando. Ajax era la única persona que sabía el contenido del correo que había recibido de Magón. Estaba en su casa cuando llegó y lo leyó en su presencia, por lo tanto tenía conocimiento de lo que decía. Era la única persona que lo sabía pues, antes de empezar su intervención, una vez que Hannón dio por finalizada la suya, había preguntado a los senadores de su grupo si alguno había comentado lo que les había dicho antes de empezar la asamblea. Ninguno lo había hecho, por lo tanto la única persona que tenía conocimiento del contenido de ese correo era Ajax. Una idea empezó a apoderarse de su mente, un presentimiento odioso y repugnante que trataba de expulsar pero que se estaba apoderando de todo él, por más que intentaba rechazarlo. ¡No podía ser!

Las noticias de la derrota sufrida por las legiones romanas en la batalla del río Trebia no tardaron en llegar a Roma, sembrando de inquietud y temor a todo el pueblo romano y, especialmente, al Senado, que empezó a preocuparse por la llegada de Aníbal a su territorio, algo que, en un principio, no les había turbado, pues estaban convencidos de que sería derrotado con facilidad. No en vano, las bajas sufridas en su travesía hasta el territorio de la república romana habían sido considerables. Publio Cornelio Escipión recibió la noticia de esta derrota en su casa de Roma, donde seguía recuperándose de las heridas recibidas en la batalla de Tesino.

—¡No tenía que haber regresado! —le dijo a su hijo Publio mientras descansaba en un *triclinium* al recibir la noticia.

—¿Y qué podías hacer tú? No estabas en condiciones de dirigir las legiones. Las heridas que habías recibido eran muy importantes y, si no reposabas y las cuidabas, podían hacerte empeorar. Hiciste lo que debías.

—¡No! Debí haberme quedado e impedir que Tiberio aceptase la batalla. No era el lugar adecuado. Aníbal llevaba todas las de ganar y la derrota de nuestras legiones era algo previsible. Debí quedarme y hacer todo lo posible para que Tiberio rechazase el enfrentamiento.

—¿Y tus heridas cómo van? Tienes mucho mejor aspecto —le preguntó su hijo, intentando cambiar de conversación.

—Sí, parece que van cicatrizando bien. En unas semanas yo creo que ya estaré bien.

—Bueno, las heridas ya irán cicatrizando, pero de eso a estar bien hay un buen trecho. No te precipites y tómate las cosas con calma.

El joven Escipión tenía razón y, aunque muy mejorado, su padre, Publio Cornelio Escipión, no pudo reincorporarse a la vida pública. Se celebraron nuevas elecciones, corría el año 217 a. C. y salieron elegidos cónsules Cayo Flaminio y Cneo Servilio Gémino. El primero no esperó a su proclamación solemne en el Capitolio y, sin perder tiempo, se dirigió rápidamente a Ariminum para hacerse cargo del ejército de su predecesor Tiberio Sempronio Longo y, una vez allí, asumió su magistratura en la forma acostumbrada, con votos y sacrificios. Este acto fue interpretado por sus enemigos, principalmente por los senadores más aristócratas, como un desprecio hacia la práctica religiosa. Además, le dijeron que debería haber permanecido en Roma con el fin de celebrar las *Latinae feriæ*. El joven Publio Cornelio Escipión, en vista de que su padre estaba ya fuera de peligro y muy repuesto de las heridas sufridas, acudió en busca del cónsul Cayo Flaminio para ofrecerle sus servicios y el de sus compañeros de la *turma* de caballería. Pero el cónsul no quería tener a un Escipión entre sus hombres y rechazó el ofrecimiento, por lo que el joven Escipión y su joven amigo Aulus Gelius regresaron a Roma desencantados y tristes. Como el ejército de Aníbal había invadido Etruria, arrasando todo a su paso y causando incendios, cuyo humo era visto desde el campamento de Arretium, donde se encontraba el cónsul Flaminio, este consideró que era toda una provocación y dio las órdenes oportunas para que se preparasen para presentar batalla, a pesar de la opinión contraria de sus oficiales que, ante la inferioridad de su caballería frente a la cartaginesa, eran partidarios de esperar a que llegase el cónsul Cneo Servilio Gémino con sus legiones, limitándose entre tanto a contener los saqueos con la caballería. Pero el cónsul Flaminio ignoró las opiniones de sus legados y dispuso todo para presentar batalla en las orillas del lago Trasimeno.

Escipión hijo había acudido a despedir a su padre que, totalmente recuperado, con el cargo de procónsul, se iba a embarcar con una flota de veinte barcos y ocho mil infantes en dirección a Hispania, donde su hermano Cneo Pompeyo ya había constituido una base sólida, pues desde que este había desembarcado un buen número de jefes de la costa del mar Mediterráneo se habían unido a él, atraídos por su afabilidad y bondad, lo que contrastaba con la severidad y dureza con la que eran tratados por los comandantes cartagineses. Aulus Gelius había ido a acompañar a su amigo y, después de despedir a su padre, decidieron entrar en una de las tabernas del puerto. Los dos estaban tristes; les habría gustado acompañar al procónsul a Hispania, pues no llevaban bien estar inactivos, pero Publio Cornelio Escipión les había pedido que permaneciesen en Roma, donde seguramente serían más necesarios, pues el procónsul se temía que Cayo Flaminio no fuese capaz de detener a Aníbal.

—¡No me siento a gusto! —exclamó el joven Escipión—. Aníbal arrasando Etruria, mi padre camino de Hispania para apoderarse de esa península y nosotros aquí, mano sobre mano, sin hacer nada y temiendo que de un momento a otro toda la República se derrumbe.

—Amigo, no seas tan pesimista. Todo al final se arreglará. Roma es poderosa y terminará venciendo —le dijo Aulus Gelius.

—Esperemos que los dioses nos favorezcan y sea como tú dices, pero como Cayo Flaminio no consiga detener a Aníbal y mi padre y mi tío no venzan a los cartagineses en Hispania, las cosas se nos van a poner muy difíciles.

Acababan de pedir otra jarra de vino y una porción de queso cuando un hombre entró gritando en la taberna:

—¡Aníbal ha derrotado a Cayo Flaminio a orillas del lago Trasimeno! Ha sido un desastre total. Se dice que han muerto entre quince mil o veinte mil legionarios y unos diez mil han sido hechos prisioneros. El propio cónsul Cayo Flaminio ha muerto en el combate. Ha sido toda una catástrofe.

—¿Y ahora qué va a pasar? —preguntó en alto uno de los clientes de la taberna.

—Cneo Servilio Gémino estaba acampado en Ariminum con sus legiones, unos cuarenta mil hombres, pero al enterarse de que Aníbal estaba arrasando Etruria y que Flaminio iba a presentarle batalla levantó el campamento y se dirigió a unirse con su colega.

Por lo que parece no ha llegado a tiempo y no ha podido evitar la derrota de Flaminio.

El joven Escipión y su amigo Aulus Gelius se miraron pero no dijeron nada. Aquello no pintaba nada bien aunque no dejaba de ser un rumor, pues oficialmente no se sabía nada. Tres días más tarde llegó la confirmación de la noticia al Senado de Roma: el propretor Cayo Centinio, en vista de que las tropas del cónsul avanzaban lentamente, recibió la orden de adelantarse y salir al encuentro de Aníbal, pero este no tuvo ningún problema en derrotarlo. Este último desastre causó consternación en el pueblo y en el Senado romano. Ahora no había legiones romanas que pudiesen impedir la marcha sobre Roma si Aníbal decidía ir sobre ella. La única salida que vio el Senado fue nombrar a Quinto Fabio Máximo dictador de la República.

Cuando, unos meses más tarde, recibió la noticia de que Aníbal había vuelto a derrotar a las legiones romanas en el lago Trasimeno (217 a. C.), Himilcón se guardó mucho de decir nada a nadie, ni siquiera a su amigo Ajax, pero en esta ocasión Magón no le decía nada de enviar refuerzos a la península italiana, por lo que Himilcón no solicitó una reunión del Senado. Poco después la noticia de la victoria de Aníbal en el lago Trasimeno corría por toda la ciudad y la alegría entre los habitantes de la capital cartaginesa se desbordó. Sin embargo, Himilcón seguía sospechando de su amigo Ajax, aunque su corazón le decía que no podía ser.

* * *

Al final la carne era débil y, transcurridos varios meses, Albano había caído en los brazos de Dido. La hermosura de la muchacha, su esbelto cuerpo de delicadas, pero a la vez exuberantes formas, su sonrisa, que siempre adornaba su hermoso rostro y su simpatía, junto a la tenacidad por conseguir sus objetivos, habían conseguido que Albano se rindiese y cayese en sus brazos. En la soledad de su aposento cuando, después de haber pasado el día con Dido disfrutando de sus cuerpos, amándose desesperadamente como si no fuese a haber un mañana, Albano se dejaba caer en su lecho y recordaba su tierra, allá en la península ibérica, sus hermosos campos de cereal ondulándose como si se tratase de un mar dorado según mecía el viento las doradas espigas; o los campos de encinares donde pastaba el ganado al sur de su ciudad, Salmantiké, que llamaban los griegos y también los cartagineses. Y también pensaba en su padre, del que no había vuelto a tener noticias, sin saber si seguía vivo o sus achaques y enfermedades habían podido con su resistencia y se había ido a acompañar a los dioses a los campos celestiales. Y aunque trataba de evitarlo, la imagen de Alda volvía a su mente inexorablemente, por mucho que él tratara de pensar en otra cosa, pero el rostro de la muchacha una y otra vez le atormentaba y parecía reprocharle su relación con la hija de Himilcón. Ese era otro de los desvelos que le embargaban. Dido y él mantenían su relación en un secreto total para el padre de la muchacha, por expreso deseo de esta, que no quería que Himilcón se enterase, aunque no le había dado ninguna razón convincente de ello y eso atormentaba a Albano, que parecía estar ultrajando la confianza que el padre de la joven había puesto en él. No le trataba como lo que era, un rehén de Cartago, sino como un hijo al que apreciaba y con el que se estaba empezando a encariñar. Pero por mucho que Albano le pidiera a Dido que hablase con su padre y le contase la relación que tenían, la muchacha se negaba, aduciendo que su padre no lo entendería y mandaría a Albano lejos de ella.

Aquel día a Albano los remordimientos que arrastraba le sobrepasaron y decidió que, en cuanto regresase Himilcón de la reunión que mantenía diariamente con los miembros de su grupo, le contaría la relación que mantenía con su hija. Ya no aguantaba más y, por mucho que Dido se negase a hacerlo, él no podía continuar así, engañando a alguien que se estaba portando con él como si fuese el padre que allí no tenía. Por lo tanto aquella mañana estuvo pendiente de la llegada a casa de Himilcón, a la vez que procuraba por todos los medios rehuir a la hija de este. Sin embargo el padre de Dido no apareció en toda la mañana por su casa y Albano, ante el temor a que Dido, al final, terminase encontrándole, por mucho que él tratara de ocultarse de ella, decidió abandonar la casa y acercarse hasta La Balanza. Allí, en el Foro, los gritos de entusiasmo y los vítores eran continuos. El Foro era toda una fiesta vitoreando a Aníbal y al ejército cartaginés. Albano, que últimamente apenas había hablado con Himilcón por miedo a que este terminase descubriendo la relación que mantenía con su hija, no tenía la menor idea de qué estaba ocurriendo y a qué venían aquellos gritos de entusiasmo y aquella euforia, por lo que procuró informarse. Al parecer, Aníbal había vuelto a derrotar a las legiones romanas. El joven se llevó una gran sorpresa, pues él no tenía la menor idea de aquel enfrentamiento. Albano vio salir del edificio a Himilcón y decidió abordarle, pero se le adelantaron unos senadores que, rodeándole, se lo llevaron casi en volandas.

¡No! Desde luego no era el mejor momento para abordarle y comunicarle la relación que mantenía con su hija. Debía esperar a una mejor ocasión, pero por miedo a encontrarse con Dido decidió retrasar su regreso a la casa y entretenerse dando una vuelta por la ciudad y por el mercado. Este era uno de los sitios que más le llamaban la atención por la enorme cantidad de productos, para él exóticos, que en él se mostraban. La mayoría de ellos eran totalmente desconocidos y no sabía para qué podían servir, pero era un conjunto de productos multicolores que entraban por los ojos. Lo que habrían dado los habitantes de su poblado, especialmente las mujeres, por poder disponer de un mercado tan variado y polícromo como aquel. Transcurridas varias horas y con los pies ya doloridos de deambular por el mercado, decidió regresar a la mansión de Himilcón, y nada más entrar se percató de que Dido y su padre estaban discutiendo. A la muchacha apenas si se la oía, apagada como estaba su voz por las voces de su padre, que parecía encontrarse visiblemente enfadado, aunque no era capaz de entender de qué estaban discutiendo.

¡No!, decididamente aquel día no era el mejor para que Himilcón se enterase de la relación que Albano y Dido tenían, por lo que el muchacho decidió encerrarse en su cuarto sin que padre e hija se percatasen de su llegada. Pero antes de hacerlo vio salir corriendo a Dido con el rostro desencajado, por el que corrían las lágrimas. Albano se quedó quieto sin saber qué hacer.

XIX

En la ciudad de Salmántica parecía que las cosas se iban normalizando. Después del duro trance que significó la entrega de trescientos guerreros como rehenes a las tropas cartaginesas dirigidas por Aníbal y la enorme cantidad en trigo y ganado que también tuvieron que entregar en lugar de la plata exigida, y que había dejado sin reservas a la ciudad para pasar el invierno y poder sembrar cuando llegase la primavera, ahora parecía que las medidas tomadas por su líder, Cedrick, con el apoyo de los ancianos de la ciudad, habían resultado buenas. Habían conseguido que los poblados vecinos les prestasen el número suficiente de semillas para poder plantar, y las mujeres habían resultado ser unas excelentes cazadoras y se habían bastado para alimentar a todo el poblado. Elburo, el renegado que había sido el culpable de que Aníbal pusiese los ojos en su ciudad, traicionándoles, había sido desterrado de la ciudad. Aunque como no se había podido probar que los pocos seguidores que tenía en ella le hubiesen ayudado y por su edad no habían sido llevados como rehenes, estos seguían en la ciudad, aunque permanecían en el más absoluto silencio, acatando sin rechistar las órdenes que recibían. La ciudad, poco a poco, iba recobrando la normalidad, el tiempo había acompañado y las espigas de cereal, que la rodeaban y se extendían al norte, crecían y engordaban, haciendo que la ciudad pareciese una isla en un mar dorado que se mecía al compás del viento. La cosecha prometía ser abundante y si los dioses impedían que las tormentas y el pedrisco las destrozasen, podrían devolver los préstamos que en grano les habían hecho los pueblos vecinos.

Aldair, el guerrero que había sido la mano derecha de Albano y que, por suerte para él, no estaba en la ciudad cuando Aníbal llegó a ella y por lo tanto no había sido cogido como rehén, se había convertido ahora en el responsable de la defensa de la ciudad y mano derecha de su líder, Cedrick. Como todas las mañanas, a primera hora y antes de hacer el recorrido por la ciudad para cerciorarse de que todo iba bien, Aldair acudió a la choza de Cedrick. Las mujeres que ahora formaban la guardia de este le informaron de que el líder aún no se debía de haber despertado, pues no se le había oído. Era extraño, pues Cedrick ya apenas dormía y antes del amanecer ya estaba dando las órdenes para el día que iba a comenzar. Aldair, acompañado de varias de las mujeres, entró en la choza, que permanecía completamente a oscuras, salvo por la luz que entraba por el agujero que había en el techo, para que el humo no se acumulase en la cabaña. Efectivamente, Cedrick parecía dormir plácidamente y Aldair fue a darse la vuelta para no despertar al líder. Ya lo había hecho para abandonar la cabaña cuando tuvo un extraño presentimiento y, volviéndose hasta el lecho donde descansaba Cedrick, se acercó muy despacio. La luz que se filtraba en la cabaña no llegaba hasta donde descansaba el jefe de la ciudad, por lo que no podía verle el rostro, pero con mucha suavidad acarició la mano del líder. Estaba completamente fría. Entonces encendió un hachón que colgaba de la pared y lo acercó al rostro de Cedrick para poder verle. Estaba completamente ceniciento. Arrimando su rostro al del jefe, Aldair comprobó que no respiraba. Para cerciorarse cogió la mano del jefe, pero estaba completamente rígida y fría. ¡Cedrick había muerto! Abandonó la cabaña, ordenando a las mujeres que no molestasen al líder y no permitiesen que nadie lo hiciese, y fue en busca del hombre que más rápido cabalgaba. Lo encontró en el establo cepillando uno de los caballos, un hermoso alazán que relinchó al sentir la presencia de Aldair y se movió, inquieto.

—Tienes una misión muy importante que cumplir. En ella está en juego la supervivencia y la paz de nuestra ciudad —le dijo.

—¿Y qué misión es esa? —preguntó Uxama, un joven de pequeña estatura, menudo y con una larga cabellera.

—Cedrick ha muerto, pero antes de que eso ocurriese, junto con el grupo de ancianos que le asesoraban, decidieron que no se notificaría su fallecimiento hasta que su hijo hubiese regresado, para impedir que alguien intentase hacerse con el mando. Tienes que llegar a Cartago —y le dio una bolsa llena de monedas de plata— y localizar a Albano para informarle de que su padre ha muerto. Tiene que regresar rápidamente a Salmántica.

—Pero Albano está de rehén en Cartago. ¿Tú crees que así por las buenas le van a dejar venir?

—Sí. Toma, tienes que entregar esta carta de Cedrick a los sufetes de Cartago. En ella se explica que Albano es el único que puede suceder a Cedrick, su padre, ya que esa es la voluntad del pueblo y para que Salmántica siga siendo una ciudad aliada de Cartago. Si otra persona se hace con el poder en la ciudad, y estoy pensando en Elburo cuando tenga noticias de la muerte de Cedrick, es muy posible que los acuerdos con los cartagineses se rompan o, por lo menos, desaparezca la tranquilidad y la paz que durante este tiempo hemos disfrutado. Albano significa la continuidad. Si son inteligentes le permitirán regresar. Parte inmediatamente y ten cuidado, los caminos son peligrosos.

—No te preocupes, llegaré rápidamente y regresaré con Albano —y sin más dilación fue en busca del caballo más rápido de la ciudad y, una vez ensillado, abandonó el poblado.

Sus habitantes seguían sin saber que su líder, Cedrick, había muerto y ya se encontraría cabalgando en las praderas celestiales, sirviendo de escolta a sus dioses.

* * *

El guerrero vettón que acababa de llegar de su paseo por la ciudad oyó el final de la conversación de Himilcón con su hija y los gritos de aquel, a la vez que vio cómo la muchacha abandonaba corriendo la estancia y desaparecía en el hermoso jardín de la mansión.

Albano se quedó quieto sin saber qué hacer. Había decidido irse a su aposento y esperar allí a que la situación se tranquilizase, pero en vista del cariz que estaban tomando los acontecimientos algo tenía que hacer, porque el dueño de la casa, a buen seguro, acudiría a él en busca de una explicación. Así que pensó que lo mejor que podía hacer era adelantarse a los hechos, ir él en busca de Himilcón e intentar explicar lo que difícilmente tenía una explicación. Quizá lo único que podría alegar en su favor es que desconocía que la hermosa muchacha tuviese una relación con otro joven. Él era totalmente desconocedor de ese hecho y tampoco había querido desilusionar a la muchacha, que le había tomado mucho afecto.

Sí, quizá eso era lo mejor que podía hacer antes de que el dueño de la casa lo buscase para pedirle explicaciones, hecho que a buen seguro haría. Así que, armándose de valor, fue al encuentro de Himilcón, que permanecía en la estancia en la que había estado hablando con su hija, como si se tratase de una estatua.

* * *

Aulus Gelius y su amigo el joven Escipión iban paseando por la orilla del Tíber aquella tarde de verano, un verano caluroso como hacía tiempo que no se recordaba. Sin embargo, estaban contentos porque los habían aceptado en una de las legiones de las que los cónsules Cayo Terencio Varrón y Lucio Emilio Paulo se habían hecho cargo. Lo cierto es que desde la derrota sufrida en el lago Trasimeno hacía ya un año, el 21 de junio del año 217 a. C., las cosas no habían ido nada bien para Roma. El Senado romano había elegido como dictador a Quinto Fabio Máximo, con todos los poderes, para que hiciese frente a Aníbal y acabase con la amenaza que este y su ejército suponía para Roma. Pero aquel se dedicó a hacer una guerra de desgaste, dedicándose a cortar las líneas de suministro de Aníbal y rechazando el enfrentamiento en una batalla campal. Esta estrategia no gustó al pueblo ni al Senado, resultando muy impopular entre los ciudadanos romanos, que ya iban olvidando las derrotas sufridas ante los cartagineses y comenzaban a cuestionar las tácticas del dictador. Alegaban que esa forma de actuar había permitido reagruparse al ejército cartaginés y conseguir nuevos aliados en la península, que estaban viendo a Roma incapaz de defenderlos ante los ataques cartagineses y que temían que aumentase el número de pueblos que se pasarían al bando enemigo. Para la mayoría del pueblo la estrategia de Quinto Fabio Máximo resultaba frustrante, pues lo que deseaban era un rápido final de la guerra. Ante esta situación, que cada vez resultaba más explosiva, el Senado no renovó los poderes dictatoriales de Fabio Máximo al terminar su mandato y convocó nuevas elecciones consulares, que finalizaron con la elección de Cayo Terencio Varrón y Lucio Emilio Paulo. Estos tomaron el mando del ejército que se había reclutado para enfrentarse a Aníbal, un ejército que superaba en tamaño a cualquier otro anterior en la historia de Roma, ya que estaba formado por ocho legiones más los aliados, que vendrían a ser un número de soldados igual que el formado por los legionarios y dos mil cuatrocientos soldados de caballería romanos, además de unos cuatro mil jinetes aliados. Si normalmente cada cónsul disponía de dos legiones y sus aliados, en esta ocasión era tanta la alarma que el Senado no dudó en doblar el número de efectivos, de manera que el ejército romano estaría formado por unos noventa mil hombres. Nunca se había visto un ejército tan colosal. Los dos jóvenes estaban contentos. Su primera experiencia en el combate no había sido nada satisfactoria, aunque había permitido que salvaran la vida del padre del joven Escipión, pero luego habían permanecido mano sobre mano viendo cómo las legiones romanas eran derrotadas una tras otra y Aníbal asolaba los campos y las tierras de Roma. Al día siguiente, al rayar el alba, las legiones romanas se pondrían en camino en busca de Aníbal, que había asediado un depósito de suministros en la ciudad de Cannas, en las llanuras de Apulia, lo que había causado una gran conmoción en el ejército romano, pues no solo se trataba de la pérdida del lugar y de los almacenes, sino del hecho de que con ello se perdía todo el distrito. Aulus Gelius y el joven Escipión estaban nerviosos y no sabían si aquella noche serían capaces de dormir.

—Hay una cosa que no me gusta —comentó Escipión. Aulus Gelius se le quedó mirando.

—¿Y qué es? —preguntó.

—Normalmente cada uno de los cónsules dirige su parte del ejército, pero dado que los dos ejércitos están unidos en uno solo, la ley romana ordena la alternancia diaria en el mando.

—¿Y?

—Pues que Varrón y Paulo son muy diferentes. El primero, según le he oído comentar a mi padre, es un tanto descuidado y bastante alocado, queriendo acabar las cosas cuanto antes, mientras que Paulo es más prudente y cauteloso. Mal asunto cuando los dos jefes son tan diferentes y no trabajan coordinados. En fin, esperemos que me equivoque y las cosas salgan bien. Tenemos un numeroso ejército y esa baza la hemos de explotar.

Los miedos del joven Escipión estaban justificados y la precipitación del cónsul Varrón por acabar con el ejército de Aníbal le llevó a aceptar la batalla que el caudillo cartaginés le propuso, en un lugar que era desfavorable para las legiones romanas. Aníbal, que al igual que el joven Escipión, tenía conocimiento de lo descuidado y precipitado que era el cónsul Varrón, presentó batalla cuando le correspondía a este dirigir las legiones. El comandante cartaginés, con más efectivos de caballería que los romanos, situó a esta en los flancos del núcleo central de su ejército, situando a las tropas de infantería en el centro. Una vez que se inició la batalla la caballería cartaginesa fue avanzando por los flancos adoptando la forma de media luna creciente. En el momento álgido de la batalla, las tropas cartaginesas del centro de la formación se retiraron ante el avance de los romanos y, al avanzar estos, se encontraron sin darse cuenta dentro de un largo arco de enemigos que los rodeaban. Atacados desde todos los flancos y sin vía de escape, el ejército romano fue destruido. Se estima que entre sesenta mil y setenta mil romanos murieron o fueron capturados en Cannas, incluyendo al cónsul Lucio Emilio Paulo y a ochenta senadores romanos. Escipión hijo y Aulus Gelius tuvieron suerte y fueron de los pocos que pudieron sobrevivir y escapar de la matanza de la batalla. Aunque quizá no fuese la suerte la que interviniese sino la visión estratégica de Publio Cornelio Escipión, que se dio perfecta cuenta de la maniobra que estaba realizando la caballería cartaginesa y, a pesar de las voces que dio a sus compañeros para que impidiesen el avance de los jinetes cartagineses, estos o no le escucharon por el fragor del combate o no le hicieron caso, y dejaron seguir avanzado a la experimentada y curtida caballería cartaginesa. Él y su amigo Aulus Gelius consiguieron romper el cerco que los jinetes númidas estaban realizando, lo que les permitió ponerse a salvo. No así la mayor parte de la caballería romana, que pereció rodeada de enemigos por todas partes. El número de bajas fue desorbitado. Las noticias que llegaban a Roma decían que más de setenta y cinco mil romanos, de una fuerza original de casi noventa mil, resultaron muertos o capturados. Entre los muertos se encontraba el propio Lucio Emilio Paulo, así como los procónsules (excónsules Cneo Servilio Gémino y Marco Atilio Régulo), dos cuestores, veintinueve de los cuarenta y ocho tribunos militares (algunos con rango consular, como el antiguo *magister equitum* Marco Minucio Rufo) y unos ochenta senadores o hombres con derecho a ser elegidos como tales por los cargos que antes habían desempeñado. Por su parte, los cartagineses sufrieron diecisiete mil bajas, la mayoría de ellas de celtíberos e iberos. Sin lugar a dudas era la batalla con más bajas sufridas y el impacto en Roma cuando se conoció la noticia fue brutal. En la capital de la República, dentro de sus murallas, el grado de excitación y de pánico era tremendo. Durante un cierto periodo de tiempo, los romanos se encontraron completamente expuestos y desorganizados. Los mejores ejércitos de la península habían sido destruidos, los pocos supervivientes estaban absolutamente desmoralizados y el único cónsul con vida (Varrón), completamente desacreditado. Fue una completa catástrofe para los romanos. La ciudad de Roma declaró un día entero de luto nacional, puesto que no había un solo habitante en Roma que no estuviese emparentado o no conociese a alguna de las personas que habían muerto en la batalla. Los romanos se encontraron en tal estado de desesperación que llegaron a recurrir al sacrificio humano, hasta el punto que se volvieron a realizar enterramientos de personas vivas en el Foro romano hasta en dos ocasiones.

* * *

La derrota de las legiones romanas en la batalla de Cannas el 2 de agosto del año 216 a. C. también fue conocida en Kart-Hadtha, incluso antes de que Magón, el hermano de Aníbal —como era habitual—, enviase una carta a Himilcón notificándoselo, a la vez que, una vez más, pedía autorización para enviar refuerzos a Aníbal, que a pesar de su victoria, cada vez contaba con menos efectivos. Unos mercaderes que procedían de la península itálica llevaron la noticia a Cartago y, al conocerla, se desbordó la alegría del pueblo cartaginés, que veía cómo, por cuarta vez, el ejército púnico había derrotado a las legiones romanas. Y en esta ocasión la victoria había sido contundente, habiendo hecho morder el polvo al mayor ejército romano nunca visto. El foro de Kart-Hadtha era toda una fiesta y los cartagineses cantaban y bailaban ebrios de alegría. Muchos de ellos ya consideraban que Roma, la toda poderosa Roma, podía darse por vencida y ya imaginaban las tropas cartaginesas, conducidas por su comandante en jefe, entrando en Roma, la capital de la república romana, poniendo de rodillas a los padres de la patria romana, aquellos que no habían caído en el combate.

Himilcón, cuando recibió la carta de Magón notificándole la victoria del ejército cartaginés, ya tenía conocimiento de ello, pues la noticia ya corría por toda la ciudad. En esta ocasión Magón le volvía a solicitar refuerzos para enviar a Aníbal si querían derrotar definitivamente a Roma, por lo que solicitó una reunión extraordinaria del Senado cartaginés. Esta vez, vista la euforia del pueblo, no sería difícil conseguir esa ayuda para Aníbal, aunque no se fiaba de las triquiñuelas que pudiese emplear Hannón para evitar que esa ayuda se consiguiese. Sin embargo no era esta la única preocupación que tenía Himilcón. Alguien de su entorno estaba filtrando las noticias que le llegaban como jefe del partido de los Barca, de manera que Hannón se podía adelantar a las decisiones que como tal jefe tomaba. Y las sospechas estaban empezando a recaer en su amigo de toda la vida, Ajax, aunque tal idea su corazón trataba por todos los medios de rechazarla. Eran muchos los años que Ajax y él llevaban siendo amigos, de manera que podía decirse que más que un amigo era para él como el hermano que no había tenido. Si tenía que confiar la vida a alguien se la confiaría a él y por él sería incluso capaz de dar la suya. Eso le decía su corazón. Sin embargo su cabeza no hacía más que repetirle que solamente y exclusivamente Ajax era el que le había podido proporcionar las informaciones que a él le llegaban del hermano de Aníbal. No había nadie más que hubiese tenido noticias de ellas. Era Ajax el único que estaba con él cuando las cartas de Magón, procedentes de Cartago Nova, le habían llegado. A ninguno de los miembros de su partido había informado hasta el mismo momento de iniciar la sesión en el Senado, ninguno se había movido de su escaño y sin embargo Hannón ya lo sabía y ya llevaba preparado su discurso.

Cuando Himilcón llegó a su casa, con una sospecha incrustada en su cerebro que lo estaba lacerando como si se tratase de la daga más afilada, se encontró con su hija Dido que, con cara de pocos amigos, en cuanto se encontró con su padre le preguntó, a modo de saludo, si había visto a Albano.

—No, yo vengo de La Balanza. ¿Por qué tendría que haberlo visto?

—No lo encuentro por ninguna parte. Desde luego en la casa no está.

—Pues habrá salido a dar un paseo. Parece que le gusta pasear...

—¿Sin decirme a mí nada? —le interrumpió su hija.

—¿Y por qué tendría que decirte a ti algo? Albano, aunque se encuentra de rehén en Kart-Hadtha bajo responsabilidad del Senado, es completamente libre de deambular por la ciudad, por toda la ciudad y siempre que no la abandone. No tiene que dar explicaciones de adónde va o adónde deja de ir. No veo por qué tiene que darte explicaciones a ti. ¿Acaso eres tú su mujer o su novia?

Dido se quedó callada mirando a su padre, pero no fue capaz de sostener la mirada de este y bajó la cabeza.

—¿Qué ocurre con Alejo? Hace mucho que no le veo y que no viene por casa a buscarte como hacía antes. ¿Acaso es que ya no tenéis relaciones? —preguntó Himilcón a su hija.

Esta permanecía callada, con la mirada baja.

—Sin embargo sí te veo a todas horas con Albano, y cuando no te veo y pregunto a los criados me dicen que has salido con él y que os pasáis el día fuera. ¿No habrás sustituido a uno por otro?

Dido permanecía callada con la mirada baja, rehuyendo que esta se encontrase con la de su padre.

—¡Dido! ¡Contéstame! —gritó Himilcón—. ¿Has dejado a Alejo y ahora tienes relaciones con Albano?

La muchacha seguía callada con la mirada baja, y las lágrimas empezaban a rebosar de sus ojos. Sin poder contenerse más, salió corriendo a refugiarse en su cuarto.

Cuando Albano vio cómo Dido abandonaba la estancia en la que había estado con su padre y corría llorosa a refugiarse en su cuarto, pensó que el incendio ya había comenzado, no había vuelta atrás y por lo tanto no tenía sentido esconder la cabeza bajo el ala. Era el momento de encarar la verdad y hacerle frente. Él nunca había rehuido hacer frente a los problemas y no iba a empezar ahora. Con paso firme se dirigió a la estancia donde Himilcón se encontraba, inmóvil, con la mirada perdida, cual si fuese una estatua, como una de las muchas que adornaban la mansión.

—Señor, ¿podríamos hablar un momento? —le preguntó.

Himilcón, al oír la voz del muchacho, se volvió y lo miró fijamente, una mirada dura que sin embargo Albano aguantó con firmeza.

—Sí, creo que tienes mucho que contarme —le respondió.

Albano carraspeó para aclararse la voz.

—Señor, creo que os debo una disculpa y una explicación. La disculpa es por no haberos pedido permiso para tener una relación con vuestra hija. Si puedo alegar algo en mi defensa es que ella me prohibió que os lo dijese, pero soy consciente de que eso no me disculpa en absoluto y, a pesar de su prohibición, yo tenía que haberos pedido permiso. La explicación es que no estaba en mi ánimo tener una relación con vuestra hija, de hecho, yo me he estado resistiendo a tenerla, porque me parecía que estaba traicionando la confianza que habíais puesto en mí, tratándome como a un hijo, cuando lo que soy es un rehén de vuestro pueblo. Ha sido tanto el cariño y la confianza que me habéis dado que olvidé mi condición, pero ni por un momento en mi ánimo estaba hacer daño a vuestra hija y a vos. Es más, debo deciros que, hasta hace un par de días, desconocía por completo que vuestra hija tuviese una relación con otro joven que, por añadidura, es hijo de vuestro mejor amigo. Sé que no tengo disculpa y por eso aceptaré el castigo que me impongáis, porque me lo habré merecido. Y en estos momentos, aparte del daño que le pueda causar a vuestra hija, lo que más me duele es haberos fallado y haber malogrado la confianza que habíais depositado en mí.

Himilcón guardó silencio durante unos instantes que a Albano se le hicieron interminables.

—Las decisiones hay que tomarlas en frío y ahora no sería el mejor momento para tomar una decisión. Esperaremos a que se enfríen los hechos y luego tomaré las medidas que me parezcan más oportunas. Mientras tanto recogeos en vuestro aposento a la espera de mis noticias.

Albano asintió con la cabeza y, dando media vuelta, abandonó la estancia para ir a su habitación.

Himilcón salió al jardín de su mansión y se sentó en uno de los bancos a la sombra. Estaban a mediados de agosto y el calor era sofocante, sin embargo en el jardín se estaba bien oyendo discurrir el agua. Además, los criados acababan de regarlo y en él se estaba fresquito. ¿Qué iba a hacer con su hija y con el joven ibero? Lo cierto es que se había encariñado con el muchacho y lo trataba como el hijo que no había tenido y que le hubiese gustado tener. El joven no había obrado bien al no pedirle permiso para tener relaciones con su hija, pero entendía al muchacho, conociendo como conocía a su hija y el fuerte carácter que esta tenía, y no le extrañaba que el muchacho no hubiese sido capaz de no cumplir el deseo de Dido de mantenerlo oculto. Su hija sabía perfectamente que, después de lo que le había costado aceptar la relación con Alejo, ahora que ya la había asumido y aceptado, no iba a ver con buenos ojos que hubiese dejado al hijo de su amigo por el joven ibero, que a buen seguro volvería a su tierra una vez que hubiese transcurrido el tiempo en que debía permanecer como rehén.

Un criado entró en el jardín para informarle de que su amigo Ajax había llegado y solicitaba verlo.

Bueno, parecía que aquel día los problemas querían ver la luz. Quizá fuese el momento de encarar a su viejo amigo y averiguar si era él quien estaba filtrando las noticias a Hannón.

—Hazlo pasar y trae una crátera de vino con varias copas y algo para comer —le dijo al criado. Este inclinó la cabeza y abandonó el jardín para regresar inmediatamente acompañando a Ajax.

—¡Mi querido amigo! —exclamó este al entrar en el jardín—. Ya no recuerdo cuándo fue la última vez que nos vimos.

—Es cierto, pero parece que andas tan ocupado que no tienes tiempo para los viejos amigos —contestó Himilcón.

—Tienes toda la razón. Y acepto mi culpa. El trabajo me tiene ocupado más tiempo que el que yo desearía, de manera que no me deja libertad para hacer lo que me parezca, como es visitarte.

—¿No se había quedado tu hijo Alejo precisamente para eso? ¿Para descargarte de tanto trabajo e irse incorporando a tus negocios? Eso me habías dicho.

—Sí, esa era la idea principal, pero ya ves. Los hombres proponen y los dioses disponen. Parece ser que el trabajo empezó a agobiarle. Bien es cierto que, con el inicio de la guerra contra Roma, ha habido que reajustar todo el comercio, las nuevas rutas a seguir y los nuevos contratos, pues los riesgos han aumentado considerablemente. Sin embargo creo que el problema y el agobio de mi hijo ha sido otro. No sé si lo sabrás, si tu hija te lo habrá dicho, pero ya no tienen relaciones, ya no son novios. Parece ser que tu hija se ha encaprichado o enamorado, vete tú a saber, del rehén ibero que tenéis en casa y ha roto la relación que tenía con mi hijo, sin darle razones ni explicaciones, sin decirle nada. Simplemente no ha vuelto a verle y se ha negado a recibirle. Supongo que tú lo sabrías.

—Pues supones mal. Acabo de enterarme esta misma mañana. He estado tan enfrascado en los asuntos políticos que ni tiempo he tenido de ver a mi hija ni de hablar con ella, y ha sido esta misma mañana cuando me he enterado, pero no porque mi hija me haya dicho nada, sino porque he atado cabos y dos más dos me han dado cuatro. Luego ya ha venido Albano, el joven ibero, a pedirme disculpas y a contarme los hechos. Él tampoco sabía que tu hijo y la mía tenían una relación.

Himilcón guardó silencio y apuró su copa de vino. Le hizo una seña a su amigo para que cambiasen de banco en el jardín, pues en el que estaban estaba empezando a dar el sol y el calor se hacía notar ya.

—¿Y cómo está tu hijo? —preguntó Himilcón.

—Pues muy afectado. Por primera vez le he visto verdaderamente enamorado y saber que le han engañado y que ha perdido a tu hija ha supuesto un duro golpe para él. Vamos, que dicho llanamente, no levanta cabeza.

—Pues ya lo siento —contestó Himilcón—. Ya sabes que a mí, en un principio, me costó aceptar esa relación, pero al final comprendí que tu hijo podía suponer el complemento perfecto para mi hija. Los dos parecían estar muy enamorados y el futuro les sonreía. Por eso me ha sentado muy mal esa ruptura, pero ¿qué podemos hacer nosotros? Ni tú ni yo somos de esos padres que conciertan el matrimonio de sus hijos según sus intereses, sin contar con la opinión y los deseos de ellos, como se suele hacer, y así lo estipula la costumbre.

—Bueno, confío en que mi hijo lo superará y volverá a ser el de antes.

Ajax hizo una pausa para dar un sorbo a su copa de vino y correrse un poco en el banco, pues estaba empezando a darle el sol.

—¿Y qué piensas hacer con el rehén ibero? —preguntó.

—No lo sé. No quiero tomar una decisión en caliente de la que luego me pueda arrepentir. Voy a esperar a que pasen unos días y las aguas vuelvan a su cauce y luego, con tranquilidad, tomaré una decisión. Pero hay otra cosa que en estos momentos me preocupa más que los enredos amorosos de mi hija.

—¿Y puede saberse cuál es? —preguntó Ajax.

XX

Hannón caminaba por la ciudad dando grandes zancadas, sujetando la toga, rodeado de un numeroso grupo de criados que con
contundentes porras le guardaban las espaldas e impedían que
se acercasen a él. Lo cierto es que en aquellos momentos no tenía
muchos admiradores y partidarios y las victorias de Aníbal en
la península italiana, sobre todo la última en Cannas, no se lo
estaban poniendo muy fácil. Si en aquellos momentos el grupo de
los Barca, encabezado por Himilcón, solicitaba que se le enviasen
las tropas de refuerzo que Aníbal requería, no estaba seguro de
poder evitarlo, ni siquiera provocando «accidentes», por llamar-
los de una forma suave, a los senadores menos precavidos y más
confiados. Saliendo de la ciudad por la puerta de Tynes se dirigieron a la casa que tenía en las afueras de la ciudad y que le servía
para sus encuentros clandestinos, en esta ocasión con Anthousa,
a la que había mandado un aviso de que la esperaba una vez que
hubiese anochecido en la ciudad. Cuando llegaron a la casa y los
criados se situaron en los puntos estratégicos para controlar y evitar que cualquiera que se acercase a la misma pudiera sorprender
a su amo, Hannón entró en ella donde ya estaba Anthousa, que se
había puesto cómoda aligerándose de ropa. Desde luego, y a pesar
de sus años, la mujer todavía era un plato suculento incluso para
el paladar más exquisito, como podía ser el de Hannón. Sin más
preámbulo y sin apenas intercambiar unas cuantas palabras de
saludo, Hannón también se aligeró de ropa y estrechó entre sus
brazos el voluptuoso cuerpo de la mujer, que se dejó acariciar y
besar mientras ella hacía otro tanto.

Pronto estuvieron sudorosos y exhaustos, tendidos boca arriba en el lecho cubierto de almohadones. Anthousa llenó dos copas de vino que, a su lado, en una mesita, había dispuesto junto a una crátera y una bandeja con frutos confitados.

—¿Ya te has enterado de la victoria de Aníbal en Cannas? —preguntó Hannón mientras cogía la copa que la mujer le ofrecía.

—Como para no enterarse. En la ciudad no se habla de otra cosa y toda ella es una fiesta. Vas a tener difícil negarte a enviar tropas a la península italiana, que supongo que será lo que reclame Aníbal, para con ellas rematar su victoria sobre Roma y vencer así en esta segunda guerra contra la república romana.

—¡Espero que tú me ayudes de alguna manera!

—¿Yo? —preguntó extrañada Anthousa—. ¿Y cómo puedo ayudarte yo? Soy una pobre mujer que lo único que sabe hacer es vender aceites, perfumes y demás a las mujeres de Kart-Hadtha y a muchos hombres. Te sorprenderías del número, cada vez mayor, de hombres que vienen a mi tienda pidiéndome ungüentos para ocultar sus arrugas o recobrar su virilidad, sin darse cuenta de que mis potingues y cremas no hacen milagros, por mucho que yo los venda como tales.

—No desvaríes ni te me pierdas. No me interesa lo que los hombres de Kart-Hadtha compran en tu tienda. Quiero que me digas qué te cuentan los mercaderes que vienen de la península ibérica (porque tengo conocimiento de que en los últimos días han llegado unos cuantos barcos procedentes de allí) y qué sabe de ella tu amigo Ajax.

—Pues sí, tienes razón, han llegado unos cuantos mercaderes de allí y por lo que cuentan, y eso me lo ha corroborado mi «amigo Ajax», como tú le llamas, las cosas no van bien para nuestros soldados. Desde la llegada de los hermanos Escipión, estos se han hecho con el control de todo el norte de la Península y han conseguido la adhesión de muchos de los pueblos de toda esa zona. Dicen que los Escipiones los tratan mejor, con mayor amabilidad, que les dan mayor libertad que los soldados cartagineses y que por tanto están consiguiendo su ayuda.

Hannón se volvió y le dio un prolongado beso a la mujer.

—Eso es lo que quería escuchar. No está todo perdido —y levantándose del lecho se comenzó a vestir.

—¿Pero ya te vas? —preguntó Anthousa—. ¿No te quedas a pasar la noche conmigo?

—No, tengo muchas cosas que hacer y el tiempo se me va de entre las manos sin apenas enterarme. Ya te mando aviso cuando quiera volverte a ver.

Y sin más, una vez que estuvo vestido abandonó la casa. Los criados, que estaban fuera y que se suponía que debían vigilar, estaban adormilados y se despertaron asustados cuando oyeron la voz de su amo gritándoles. Seguro que un buen castigo les caería por haberse quedado adormecidos.

* * *

Himilcón no necesitó tranquilizarse y estudiar con calma y fríamente el castigo que iba a imponer al joven Albano. Se lo dieron resuelto, sin opciones a hacer o decir nada.

Se encontraba en el jardín de su casa preparando el discurso que haría en el Senado solicitando que este aprobase el envío de tropas de refresco a Aníbal para que este pudiese completar la victoria sobre Roma, cuando un criado le anunció que uno de los sufetes, acompañado de un joven, solicitaba verse con el líder del partido de los Barca. Himilcón, sorprendido por la presencia de uno de los sufetes, recogió los utensilios de escritura y se los dio al criado para que los guardase y permitiese la entrada de sus visitantes. El criado no tardó en aparecer acompañado de uno de los sufetes y de un joven de poca estatura, muy menudo y que, por su vestimenta, no parecía cartaginés.

—¿A qué debo el honor de esta visita? ——preguntó Himilcón mientras que, con un gesto de la mano, les indicaba que se sentasen en uno de los bancos que rodeaban el hermoso jardín, repleto de toda clase de flores y en el que una fuente corría por él, refrescando el ambiente.

—Gracias por recibirnos. No os habría molestado si no fuese porque el asunto que nos ha traído hasta vuestra casa es importante —dijo el sufete mientras tomaba asiento—. El joven que me acompaña es Uxama, un ibero de la ciudad de Salmantiké, y trae importantes y trascendentales noticias de allí. Su caudillo, Cedrick, el padre del rehén que alojáis en vuestra casa obedeciendo un mandato del Senado, ha fallecido y es preciso que el hijo del caudillo regrese a su ciudad a ocupar el puesto de su padre, y de esa manera continuar la alianza que tienen con Kart-Hadtha. De no ser así se corre el riesgo de que otras personas se hagan con el poder en la ciudad y rompan la alianza que mantienen con nosotros. Eso sí, el rehén...

—¡Albano! Ese es su nombre —interrumpió Himilcón.

—Bien, pues Albano ha de jurar antes de abandonar Kart-Hadtha, ante nosotros, los dos sufetes, y una delegación del Senado que continuará la alianza que su pueblo mantiene con el nuestro.

—Bien, pues llamemos a Albano, le comunicáis la noticia y le decís lo que a mí me habéis contado —y dando dos palmadas llamó a uno de los criados, que inmediatamente entró en el jardín.

—Albano debe de estar en su aposento. Acompañadlo hasta aquí.

El criado abandonó el jardín y no tardó en regresar acompañando a Albano, que al ver a Uxama se dirigió directamente a él hablándole en su lengua.

—Uxama, ¿qué haces aquí? ¿Qué ha ocurrido?

El guerrero ibero se abrazó a Albano.

—No traigo buenas noticias. Tu padre ha muerto y Aldair, que se ha convertido en la mano derecha de tu padre...

—¿Aldair no fue hecho prisionero por Aníbal? —le interrumpió Albano.

—No, Aldair no estaba en el poblado cuando se le entregaron a Aníbal los rehenes que había solicitado. Pues como te decía, Aldair me ha enviado con una carta de tu padre pidiendo al Senado cartaginés que seas puesto en libertad. De lo contrario es muy posible que algunos quieran hacerse con el mando de la ciudad y esto nos lleve a una guerra civil; se romperían los tratados con Cartago y todos saldríamos perdiendo.

—¿Cómo murió mi padre? ¿Sufrió? —preguntó Albano.

—No, los dioses le dieron una muerte plácida mientras dormía. Aldair se lo encontró muerto cuando una mañana fue a despertarle al ver que no había amanecido.

—Los dioses sean alabados —contestó Albano, a la vez que miraba al sufete.

—¿Ya te ha explicado tu compañero la situación? —le preguntó el sufete.

—Sí. ¿Qué habéis decidido? ¿Podré volver a mi ciudad?

—Sí, podrás volver siempre y cuando jures por tus dioses y por los nuestros ante una delegación del Senado que, cuando seas nombrado caudillo de tu ciudad, respetarás los tratados de amistad con Kart-Hadtha y no harás nada que pueda ir contra nuestros intereses.

—¡Lo haré!

—Pues entonces coge tus cosas y acompáñanos.

Albano se volvió hacia Himilcón.

—Siento que nuestra relación termine aquí y yo haya defraudado la confianza que habíais depositado en mí. En ningún momento mi intención fue haceros daño, ni a vos ni a vuestra hija. Una vez más os suplico que me perdonéis y por favor... despedidme de ella. Creo que es mejor que lo hagáis vos por mí.

Y dando media vuelta abandonó el jardín camino de su aposento para recoger los pocos enseres que tenía.

* * *

Tras la derrota de Cannas, el pesimismo y la desesperación se habían adueñado de Roma y fueron muchos los romanos que perdieron las esperanzas de derrotar a Aníbal. Algunos incluso intentaron negociar con él a espaldas del Senado romano. Desde luego entre estos no estaban el joven Escipión y su amigo Aulus Gelius, que no se dejaron abatir. El primero, educado según los principios tradicionales de respeto a las costumbres y de lealtad por encima de todo a la ciudad, se negó a reconocer que Roma estaba perdida y, secundado por su amigo Aulus, juró que mataría a cualquiera de sus compatriotas que abandonara la ciudad sin luchar para defenderla. Sin duda, a esta confianza en las legiones romanas no fueron ajenas las victorias que su padre Publio Cornelio Escipión y su tío Cneo estaban obteniendo en Hispania, donde habían conseguido controlar todo el norte de la Península, derrotando a los ejércitos cartagineses comandados por los hermanos de Aníbal. Los problemas aumentaban para Cartago. Asdrúbal, el hermano de Aníbal, fue llamado a África para enfrentarse a Sifax, uno de los reyes númidas que había declarado la guerra a Cartago. Los hermanos Escipión, Publio y Cneo aprovecharon esta ausencia para cruzar el Iberus y avanzar hasta Sagunto, estableciendo alianzas con nuevos pueblos, hasta entonces amigos de los romanos.

Mientras tanto, en Roma el Senado romano se negó a rendirse ante Aníbal y se opuso a negociar un armisticio con él, iniciando el reclutamiento de nuevas tropas. Nadie se explicaba por qué Aníbal no se lanzaba contra la capital romana, aprovechando la victoria conseguida en la batalla de Cannas. Quizá la explicación estuviese en que Aníbal no tenía suficientes tropas para asaltar una ciudad tan bien fortificada como Roma y carecía de máquinas de asalto para ello. Por eso se limitó a hostigar las fortalezas que se le resistían, aunque solo consiguió la defección de algunos territorios italianos como Capua. Algunos como Maharbal, jefe de la caballería de Aníbal, eran de la opinión de que Aníbal «sabía vencer pero no sabía aprovecharse de la victoria».

Por su parte Escipión hijo, animado por los éxitos que su padre y su tío obtenían en Hispania, decidió presentarse a las elecciones para ser nombrado edil curul, a pesar de su juventud para ocupar dicha magistratura y que no había ocupado el cargo de cuestor como era preceptivo. Sin embargo el Senado se lo permitió debido a las circunstancias tan especiales que estaba atravesando la república romana, donde nadie quería presentarse a ocupar las magistraturas, tan poca era la confianza que tenían en sus instituciones. Así Escipión, tras contar con el respaldo de una gran parte de los ciudadanos, a pesar de las quejas de muchos tribunos, logró ejercer el cargo a la edad de veintiún años sin ningún contratiempo. Posiblemente le pudo favorecer el hecho de que su padre y su tío se encontraran en Hispania, intentando frenar el envío de tropas a Aníbal y también —¿por qué no?— el hecho de que su padre Publio Cornelio Escipión, tras la muerte del cónsul Lucio Emilio Paulo en la batalla de Cannas, había acordado con la viuda del cónsul el matrimonio de su hijo Publio Cornelio Escipión con Emilia Tercia, la hija de Lucio Emilio Paulo, una joven no demasiado hermosa, pero dotada de una gran simpatía e inteligencia. La boda, dadas las circunstancias por las que atravesaba la República, se aceleró todo lo que se pudo, saltándose los trámites y las costumbres que toda boda tenía que cumplir, especialmente aquella que se hacía entre tan importantes familias y que estaban arraigadas en el pueblo, como eran las fechas inapropiadas para celebrar una boda y que los romanos consideraban inconvenientes. Las diferentes fiestas en honor de los muertos y otras festividades hacían que la superstición de la gente las mirase con recelo y se procurase no realizar esponsales en esas fechas. Pero en este caso, la difícil situación por la que pasaba la República hizo que se pasasen por alto todas esas consideraciones. Sin embargo había cosas que no se podían obviar, como era el caso de que fuese el pontífice máximo el encargado de celebrar la ceremonia, dada la alta alcurnia de los contrayentes, en vez de la prónuba, que era la mujer que actuaba como madrina de la ceremonia. La novia, Emilia Tercia, como mandaba la tradición, recogió todas sus pertenencias, las que había venido utilizando desde que era una niña, y en el altar de su casa se consagraron a los dioses penates de la familia todas las que ya no utilizaría, así como los amuletos que la habían protegido durante todo ese tiempo, realizando una oración especial a Juno para que la protegiese en su nueva vida.

Los invitados a la boda fueron muy escasos pues apenas se notificó el enlace, únicamente a los más allegados. De hecho Aulus Gelius, el mejor amigo del novio, tuvo noticias de la boda el día antes, cuando el propio Publio le comunicó su enlace con Emilia Tercia, pidiéndole que asistiese al mismo. El hermano de la novia, Lucio Emilio Paulo Macedónico, como cabeza de familia ante la desaparición de su padre, fue el encargado de sacrificar un cordero en honor de los dioses, que un *popa* había llevado hasta el altar familiar. El hermano de la novia recogió la sangre del cordero para ofrecérsela a los dioses protectores de la familia mientras el *auspex* comenzaba a extraer las vísceras del animal para examinarlas tras haberlas extendido sobre el altar familiar. El silencio era total mientras el *auspex* las examinaba y por fin, después de unos momentos que a la mayoría se les hicieron eternos, este miró a los novios y, sonriendo, les informó de que los auspicios eran buenos. Nada extraño observaba en sus vísceras, por lo que el futuro les sonreía. Publio Cornelio Escipión sacó las *tabulae nuptiales*, que fue pasando a los pocos amigos y familiares que habían acudido a la ceremonia para que firmasen en ella como testigos. Entonces la prónuba cogió las manos de los contrayentes, uniéndolas mientras pronunciaba la sagrada fórmula nupcial —*Ubi tu Gaius, ego Gaia*—. El pontífice máximo dio validez y categoría a la ceremonia y los pocos familiares y amigos que habían acudido rompieron el silencio con vítores y aclamaciones mientras exclamaban: *¡Feliciter!*

Aulus Gelius asistió a la ceremonia y se quedó impresionado al encontrarse rodeado de la gente más noble e importante de la ciudad. Nunca, ni en sus mejores sueños, hubiese podido imaginar el encontrarse en una situación como aquella y no sabía muy bien dónde situarse o cómo comportarse. Una vez que hubo acabado la ceremonia y que todos los invitados hubieron felicitado a los novios, su amigo Publio se acercó a él llevando de la mano a su ya desde entonces mujer.

—Este es mi amigo Aulus Gelius —le dijo a su mujer.

Esta esbozó una amplia sonrisa que cautivó desde aquel instante al joven Aulus. No podía decirse que fuese una joven muy hermosa, pero su rostro estaba constantemente adornado con una hermosa sonrisa y una mirada cautivadora. Aulus Gelius no pudo por menos de quedar prendado de aquella joven que, desde hacía unos instantes, era la mujer de su mejor amigo.

* * *

Himilcón llegó a La Balanza aquella tarde de verano en la que el calor agobiaba y el sol dejaba sentir todo su poder. Pero eran otros asuntos los que más agobiaban al líder del partido de los Barca. En primer lugar la situación de su hija Dido. Esta había visto cómo Albano había abandonado la casa acompañado de uno de los sufetes y de otro joven que no conocía y que por su vestimenta parecía ser extranjero. Dido se había percatado de que Albano portaba un hatillo con lo que debían de ser sus pertenencias, escasas, pues el joven ibero había llegado a Kart-Hadtha y a su casa con lo puesto. La joven, con los ojos rebosantes de lágrimas, había corrido en busca de su padre a informarse dónde iba Albano. Y cuando este le dijo que Albano regresaba a su patria y que le había dicho que la despidiese de él, tuvo que retenerla a la fuerza pues la muchacha, hecha un mar de lágrimas, había intentado correr tras ellos. A Himilcón le hubiese gustado preguntarle qué iba a pasar con Alejo, el hijo de su amigo Ajax, pero consideró que aquel no era el momento más idóneo. Ya habría ocasión más adecuada para hablar con ella sobre ese asunto.

En segundo lugar estaba el asunto de Ajax. Le había preguntado a su amigo cómo se podía haber enterado Hannón de las primeras victorias de Aníbal en la península italiana, si nadie había tenido noticias de ellas, nadie excepto él, que había recibido una carta de Magón, el hermano pequeño de Aníbal, informándole de esas victorias y solicitando que el Senado de Kart-Hadtha aprobase el envío de tropas de refresco a Aníbal. Nadie excepto él, que había recibido la carta de Magón, y Ajax, que se encontraba junto a él en el momento de recibirla, había tenido noticia de esas victorias.

Ajax se había encogido de hombros. Decía ignorar cómo Hannón había podido saber la noticia. Pero lo cierto es que esa noticia se había filtrado y los únicos que la conocían eran ellos dos.

Su amigo se había marchado muy disgustado y hasta enfadado de casa de Himilcón y ahora este se encontraba con el brazo levantado en La Balanza, solicitando a los sufetes que le concediesen la palabra. Estos, una vez que se hubo hecho el silencio en la sala, le concedieron la palabra a Himilcón. Este subió al estrado y empezó su intervención afirmando, como ya había hecho otras veces, que era inexcusable enviar refuerzos ahora pues, tras su última victoria en Cannas, Roma estaba vencida. Mas para asaltar la ciudad, que poseía unas consistentes murallas, se necesitaban refuerzos y el material necesario para hacerlo, del que en esos momentos Aníbal no disponía. Tenían la oportunidad de poner de rodillas a la todo-poderosa república romana y resarcirse de las duras condiciones que les habían impuesto al ser derrotados en su primer enfrentamiento, y no debían desaprovechar esa ocasión que a buen seguro no volvería a repetirse. Himilcón, por todas estas razones, solicitaba al Senado cartaginés que aprobase el envío de un contingente de refuerzo a su comandante en jefe con los materiales necesarios para hacer caer Roma, la capital de la república romana.

Una vez que acabó su intervención y cesaron los aplausos del grupo de los Barca, Hannón levantó el brazo indicando que pedía la palabra. Uno de los sufetes se la concedió y el jefe del partido aristocrático se dirigió al estrado desde donde se hablaba a los padres de la patria cartaginesa. Este, en un discurso plagado de circunloquios y metáforas, vino a decir que era imposible que Kart-Hadtha enviase refuerzos a Aníbal a la península italiana porque la república cartaginesa, al contrario que Roma, no podía alistar soldados para formar su ejército como hacía la república romana formando sus legiones. Ya podían destruir todas las legiones que quisiesen que, en poco tiempo, Roma habría creado más legiones. ¿De dónde, entonces, iban a sacar el contingente de soldados que se quería enviar a Aníbal? Solo podían salir de un sitio: de la península ibérica, pero resulta que en aquellos momentos el cónsul Publio Cornelio Escipión, acompañado de su hermano Cneo, se había hecho con el control de todo el norte de la Península, derrotando a los generales cartagineses y penetrando en la Bética después de haber traspasado el Iberus y llegado hasta Sagunto. Quitar soldados de Iberia suponía permitir que las legiones romanas se hiciesen con el control de toda la Península, con las pérdidas que todo eso supondría para Kart-Hadtha, pero sobre todo porque a las legiones romanas les quedaría la puerta abierta para pasar a África y dirigirse, sin encontrar obstáculos, a la capital de la república cartaginesa.

—¿Es eso lo que estáis dispuestos a hacer? —les preguntaba Hannón a los senadores—. Yo por mi parte me niego a poner en peligro nuestra capital y nuestra República, por lo que mi grupo votará no a la petición del partido afín a los Barca y espero que el resto de los senadores, aunque no sean de nuestro grupo, tengan el suficiente sentido común para no poner en peligro nuestra patria y voten también no.

No hubo más intervenciones pues ya estaba dicho todo, nadie iba a aportar nada nuevo y los sufetes dijeron que se procedía a la votación de la propuesta de Himilcón de enviar tropas de refuerzo a Aníbal. En esta ocasión el partido de los Barca salió derrotado, pues algunos de sus miembros no respetaron la disciplina de voto y votaron en contra de la propuesta de su líder. Lo cierto es que fueron unos pocos senadores los que votaron en contra, pero es que la mayor parte de los senadores de este grupo estaban muy molestos con la conducta de Aníbal y solo unos pocos mostraron su enfado y su desacuerdo votando no a la propuesta. Hannón estaba eufórico y los senadores de su grupo manifestaron su satisfacción con un fuerte aplauso, mientras que los senadores del grupo de los Barca permanecían en silencio con la mirada baja.

A Himilcón no le cayó por sorpresa el resultado de la votación. Viendo la conducta de Aníbal respecto a ellos, no contando para nada con el grupo de senadores que siempre había apoyado a los Barca —primero a su padre Amílcar, luego a su cuñado Asdrúbal—, no era de extrañar el resultado de esa votación y él no se consideraba con la autoridad moral para recriminárselo. Era preciso escribir a Aníbal y explicarle bien el porqué había resultado esa votación.

Fuera, en el Foro, el resultado de la votación había encrespado los ánimos de los partidarios del partido de los Barca, mientras que los seguidores de Hannón se felicitaban satisfechos. Unos y otros discutían acaloradamente y eran fiel reflejo de la división que se estaba produciendo en la sociedad cartaginesa.

XXI

Albano, acompañado de Uxama y de uno de los sufetes, había llegado a La Balanza, donde en presencia del otro sufete y de una representación de los padres de la patria cartaginesa, había dado su palabra de que su pueblo permanecería como fiel aliado del ejército cartaginés y bajo ningún concepto prestarían apoyo, ni militar ni económico, a las legiones romanas. Una vez que hubo realizado la promesa se le concedió la autorización para abandonar Kart-Hadtha y embarcarse rumbo a la península ibérica. La travesía se hizo larga, con un mar encrespado, con grandes olas que en más de una ocasión pusieron en peligro la estabilidad de la nave. Pero el patrón de esta y los marineros demostraron ser unos expertos navegantes que consiguieron salir con éxito de la mar embravecida con la que les tocó lidiar. Albano, con el estómago revuelto y medio mareado, se alegró cuando un marinero anunció que ya se encontraba a la vista Kart-Hadtha, la Cartago Nova que llamaban los romanos. Una vez que la nave atracó en el puerto de la ciudad, Albano y Uxama recogieron un par de caballos que ya había dejado dispuestos este último antes de embarcarse en busca del hijo del fallecido Cedrick y, sin ni siquiera descansar, se pusieron en camino hacia Salmántica. Cuando llegaron a ella el revuelo en la ciudad era grande. Ya se había conocido la muerte de su jefe, Cedrick, al que ya habían tenido que incinerar colocándole sobre una pila de leña y recogido sus cenizas, que habían guardado en una urna a la espera de que regresase su hijo y decidiese qué hacer con ellas. Aldair se había hecho cargo de la ciudad intentando mantener el orden en ella, informando a sus vecinos de que Cedrick había nombrado como heredero suyo a su hijo, a falta de que la asamblea de la ciudad confirmase ese nombramiento. Los partidarios de Elburo, afortunadamente escasos y que, mientras vivió Cedrick, habían guardado silencio, empezaron a manifestarse aduciendo que Albano no estaba en la ciudad, que se encontraba en Cartago como rehén y que estaba por ver cuánto tiempo permanecería en ella, si es que algún día regresaba. Ellos, que durante todo ese tiempo, aunque sin hacerse notar, habían seguido manteniendo contacto con Elburo, le habían notificado la muerte de Cedrick y esperaban que en cualquier momento regresase a la ciudad, a pesar de que seguía en vigor la prohibición de volver a ella. Pero sus escasos seguidores consideraban que, muerto Cedrick, esa orden ya no estaba en vigor. Por eso, la llegada de Albano a la ciudad fue acogida con grandes muestras de alegría y regocijo por la mayor parte de sus habitantes. Este, sin más preámbulos, en una solemne ceremonia a la que acudió la mayor parte de los habitantes de Salmántica, procedió a enterrar la mitad de las cenizas de su padre en los bosques que rodeaban la ciudad y la otra mitad las vertió en el río Salamati, que discurría a los pies de la misma. Terminada esta ceremonia procedió a convocar a toda la población a una asamblea para elegir al nuevo caudillo de la ciudad. Aldair, que pidió la palabra en cuanto el grupo de ancianos que la gobernaban, una vez que tuvieron noticias de la muerte de Cedrick, declararon el inicio de la asamblea, expuso que era voluntad del viejo caudillo que fuese su hijo Albano quien le sucediese en el cargo, puesto que era el mejor preparado y el más idóneo para el puesto. Un coro de voces que coreaban el nombre de Albano impidió que Aldair siguiese hablando. Después de no poco esfuerzo los ancianos consiguieron establecer el silencio en la asamblea, indicando que procedían a la votación a mano alzada para verificar si los integrantes de la asamblea, es decir, todos los habitantes de la ciudad —pues todos, tanto mujeres como hombres, la formaban— aceptaban a Albano como caudillo de ella. Un bosque de manos alzadas cubrió toda la asamblea al tiempo que el nombre de Albano volvía a ser coreado.

Todos, absolutamente todos los habitantes de la ciudad levantaron el brazo, incluso aquellos que no eran partidarios de Albano, como ocurría con los pocos seguidores que Elburo tenía que, atemorizados por el apoyo masivo que el hijo de Cedrick tenía, no osaron oponerse a la voluntad de todo el pueblo. Inmediatamente los ancianos proclamaron a Albano como el nuevo caudillo de Salmántica, le colocaron una corona de laurel en la cabeza y todo el pueblo desfiló delante de él jurándole obediencia.

Los partidarios de Elburo también lo hicieron —no querían que nadie los señalase— y rápidamente abandonaron la ciudad. Tenían noticias de que Elburo iba a llegar a ella, y lo cierto es que habían confiado en que este pudiese llegar antes del regreso de Albano, pero la rapidez con que este volvió frustró todos sus planes y ahora temían que si Elburo ponía los pies en la ciudad fuese detenido y ejecutado, tal y como había sentenciado Cedrick. Tenían que impedirlo a toda costa. Y efectivamente estaban en lo cierto. Encontraron a Elburo escoltado por dos hombres ya cerca de la ciudad y le contaron lo sucedido. Tuvieron que convencerle de que era una verdadera locura entrar en aquellos momentos en la ciudad, pues Albano y los ancianos exigirían que se cumpliese el veredicto que tiempo atrás habían fallado. Tiempo habría para estudiar qué se podía hacer para deshacerse de Albano, pero por el momento lo mejor era dejar las cosas como estaban. Visiblemente enfadado y a regañadientes, Elburo aceptó lo que le aconsejaron sus partidarios, dio media vuelta y regresó a una de las poblaciones vecinas, Bletisama («la llana en un alto»), castro vettón, también a orillas del río Salamati, donde se había refugiado y desde donde trataba por todos los medios de soliviantar a sus habitantes contra los habitantes de Salmántica, y eso que él quería haber iniciado la guerra contra los vettones.

Albano tuvo unos días muy ajetreados reuniéndose con los ancianos que se habían encargado de la dirección de la ciudad tras la muerte de Cedrick y con Aldair, que había sido el brazo ejecutor de sus órdenes. Sin embargo buscó tiempo para ir a ver a Alda que, en cuanto le vio, corrió hacia él echándose en sus brazos, besándole y acariciándole mientras sus ojos rebosaban de lágrimas que surcaban sus mejillas deslizándose por ellas. No, no se habían olvidado y estaban dispuestos a reiniciar su amor donde lo habían dejado, cuando Albano fue hecho prisionero. Tenían muchas cosas que contarse, aunque a Albano le remordía la conciencia la relación que había tenido en Cartago con Dido, si bien trataba de disculparse y autoconvencerse de que no había tenido más remedio que hacerlo, pues rechazar a la hija de Himilcón habría sido agraviarla y no sabía hasta qué punto eso podría perjudicar su estancia en la casa como rehén. Lo más sensato era ignorar ese periodo y proseguir su relación con la joven Alda, a la que se veía totalmente enamorada y entregada al nuevo caudillo de la ciudad.

Albano, después de ser informado de la situación de la ciudad por los ancianos y por Aldair se encontró muy satisfecho, pues la situación de esta no era tan grave como él había supuesto. Todos ellos habían sido capaces de sacarla adelante: la cría de ganados había aumentado y sus campos eran un mar de espigas doradas que se mecían al compás del viento, con unas hermosas espigas que se doblaban por el peso de los magníficos granos. Y si las tormentas los respetaban, podrían devolver a los pueblos vecinos el préstamo en trigo que les habían hecho para poder sembrar y tendrían suficiente para alimentar a su pueblo y guardar lo sobrante para la siguiente sementera. La caza y pesca también eran abundantes; las mujeres se habían revelado como unas excelentes cazadoras, capaces de cazar lo suficiente para alimentar a todo el poblado y, afortunadamente, las relaciones con los vecinos seguían siendo muy buenas, sin que ningún conflicto amenazase con romper la paz de la que disfrutaban.

Desde luego su padre había realizado un buen trabajo para sacar a su pueblo adelante a pesar de tener todo en contra y no se había dejado abatir por la desesperación, sobreponiéndose a las dificultades y a su débil estado de salud. Eso sí, había contado con la colaboración de todo el pueblo que, unido, había sido capaz de sacar adelante la empresa que se habían propuesto.

Solo había una sombra que empañaba aquel estado que casi se podía llamar idílico. Y esa sombra se llamaba Elburo. Albano, una vez que fue nombrado caudillo de la ciudad, restableció la importante red de informadores que la invasión de Aníbal había deshecho. Y a través de ella tuvo conocimiento de que Elburo se encontraba en Bletisama, un importante castro vettón cerca de Salmántica, donde había conseguido una serie de partidarios que preconizaban un enfrentamiento contra ellos.

—Debemos hacer algo antes de que sea demasiado tarde y nos declaren la guerra —le comentó Aldair, que seguía siendo la mano derecha del nuevo caudillo vettón y su hombre de confianza—. Nuestros informadores nos dicen que Elburo tiene cada vez más partidarios y terminará convenciéndolos para que nos declaren la guerra. Tenemos que hacer algo.

—Sí, algo tendremos que hacer y lo mejor es deshacernos de Elburo pero sin que se involucre Bletisama, el castro en el que se encuentra, por lo tanto hay que hacerlo fuera de él.

—Déjame que piense algo y te cuento —le dijo Aldair.

XXII

Dido permanecía encerrada en su aposento, sin salir para nada de él desde que había tenido noticias de que Albano había abandonado Kart-Hadtha. Y desde entonces ya habían transcurrido varias semanas en las que apenas si había probado alimento y no quería ver a nadie ni hablar con nadie. Ni siquiera con su padre, que se encontraba realmente preocupado por el estado de la muchacha. Todos sus intentos de conseguir que su hija se sobrepusiese a la marcha del joven Albano habían sido infructuosos y veía cómo la joven se iba hundiendo cada vez más en un profundo pozo del que no sabía si sería capaz de salir. En un intento desesperado de ayudar a su hija acudió a casa de Ajax en busca de Alejo. Lo cierto es que, en aquellos momentos, la relación con el armador se había deteriorado y, desde su último encuentro, en el que veladamente Himilcón había responsabilizado a Ajax de las filtraciones de las noticias que llegaban sobre Aníbal, los dos amigos no habían vuelto a verse y ninguno había hecho nada por aclarar la situación e impedir que su amistad se deteriorase. Pero el amor por su hija era superior al desencuentro existente entre los dos hombres, y el jefe del partido de los Barca acudió a casa del armador con la intención de hablar con el hijo de este.

Cuando llegó a su casa, en una calurosa tarde en la que el sol descargaba sobre la ciudad sus poderosos rayos como muestra de todo su poder, Himilcón preguntó por Ajax. Le hicieron pasar al jardín que ya conocía, pues había estado en varias ocasiones en él y donde se agradecía estar, pues una serie de enredaderas y las copas de los abundantes árboles ofrecían una estupenda sombra; una serie de fuentes, que proporcionaban la suficiente agua para que esta discurriese por un conjunto de canalizaciones que recorrían todo el parterre, refrescaban el ambiente, haciendo que allí no se notase el calor que abrumaba al resto de la ciudad. Ajax no tardó en aparecer y, sin decir nada, se detuvo enfrente de Himilcón.

—He venido a ver a tu hijo Alejo —dijo este—, pero no me parecía correcto venir a tu casa y no verte. Son muchos años de amistad para que una sospecha acabe con ella.

—Bueno, ya llegará el momento de hablar de esa sospecha a la que aludes, pero si has venido a ver a mi hijo me gustaría saber el motivo —contestó Ajax.

—Se trata de mi hija Dido. Desde que se marchó el íbero se encuentra sumida en una profunda depresión. No abandona su cuarto para nada, no se alimenta y estoy empezando a temer por su vida.

—¿Y mi hijo qué tiene que ver en esto? Si no recuerdo mal, fue ella la que le engañó con el íbero y ni siquiera tuvo el valor de decírselo. Es él el que debe de estar dolido por su actitud y no sé qué puede hacer para ayudar a tu hija, si es que quiere hacer algo, pues entendería perfectamente que no quisiese saber nada de ella.

—Tienes toda la razón, y seguramente si yo estuviese en tu lugar pensaría lo mismo que tú, pero entiéndeme. ¡Es mi hija! Lo que más quiero en este mundo. Toda una vida de sacrificio por ella, para darle todo lo que pudiese necesitar, para intentar que fuese completamente feliz. Y ahora veo cómo se derrumba y de nada sirve todo lo que he hecho. Acudiría al mismísimo Moloch si supiese que él devolvería la sensatez y la salud a mi hija.

—¿Estás comparando a mi hijo con el malvado Moloch? —le preguntó Ajax.

—No, por todos los demás dioses. Claro que no. Entiendo que la comparación no es la más adecuada, pero eso te dará una idea de hasta qué punto llega mi desesperación. La desesperación de un padre que ve cómo va perdiendo a su hija.

Ajax dio varias palmadas para que acudiera uno de los criados, al que le pidió una crátera de vino, un par de copas y unos dulces confitados.

—Vamos a sentarnos bajo la sombra que proporciona esa parra y me cuentas qué es lo que pretendes de mi hijo.

El criado no tardó en aparecer llevando una crátera y dos copas que llenó de vino. Himilcón dio un buen sorbo a su copa y la vació de un trago.

—Nuestros hijos estaban profundamente enamorados. Solo había que verlos para darse cuenta, y no creo que ese amor haya desaparecido de la noche a la mañana, por mucho que por medio estuviese el rehén íbero. Estoy convencido de que tu hijo Alejo, por muy dolido que esté, no puede haberse olvidado de mi hija Dido. No pretendo que se reconcilien y vuelvan a estar juntos. Entiendo lo que ha sufrido tu hijo y lo que seguramente siga sufriendo, pero estoy convencido de que si hay alguien en toda la ciudad que pueda hablar con mi hija, hacerla razonar y convencerla que las heridas, por graves que sean, si se les da el tiempo necesario y se saben tratar, terminan cicatrizando y curándose, sin duda es tu hijo ese alguien, que ha sufrido y estará sufriendo lo mismo que ella. Solo te pido que permitas que Alejo venga a nuestra casa y trate de ver a Dido. En un primer momento estoy seguro de que ella se negará, pero si insiste mi hija terminará cediendo y podrá hablar con ella. El resultado nadie lo sabe, pero yo he de procurar poner todos los medios para que mi hija retorne a la normalidad y creo, estoy convencido, que únicamente tu hijo podrá conseguirlo.

—¡Hará falta que mi hijo quiera hacerlo! —exclamó Ajax.

—¡Por supuesto! Pero tu hijo tiene un gran corazón y no le voy a pedir que vuelva con ella. No, nada más alejado de mis intenciones. Lo que quiero es que consiga recuperar a mi hija y logre sacarla del pozo en el que está sumida.

Ajax meneó la cabeza negando una y otra vez. No estaba seguro de que aquello fuese una buena idea, sobre todo ahora que su hijo Alejo parecía irse recuperando de la decepción sufrida y después de haberle tenido postrado durante varios días. Pero también apreciaba a Himilcón. Había sido su amigo durante muchos años, habían compartido confidencias y ambos luchaban por una Kart-Hadtha mejor, a pesar de las sospechas que últimamente tenía sobre él, acusándole veladamente de proporcionar al partido aristocrático de Hannón las noticias que llegaban de Aníbal. Dio un buen sorbo a su copa y se puso en pie.

—No creo que sea buena idea, pero voy a decirle a mi hijo que estás aquí y qué es lo que pretendes. Que sea él quien decida qué quiere hacer. Espero no tener que arrepentirme. Y no olvides que tú y yo tenemos una conversación pendiente y que me gustaría tener cuanto antes.

—Gracias. Por la amistad que hemos tenido y que espero seguir teniendo. Y no, no lo olvido. Tenemos una conversación pendiente con algunas cosas que aclarar y estoy deseando tenerla.

Ajax abandonó el jardín mientras le indicaba a uno de los criados que llevase otra crátera de vino. La que tenían ya estaba vacía. Himilcón se levantó del banco en el que habían estado sentados. Hacía poco tiempo que Ajax había abandonado el jardín, pero a él le parecía que ya hacía una eternidad y paseaba nervioso de un extremo a otro del parterre, sin perder de vista el lugar por el que su amigo había desaparecido. Por fin sintió unos pasos que se acercaban al jardín y al volverse se encontró frente a frente con Alejo que, con el rostro muy serio, le miraba fijamente.

XXIII

Dos años llevaba Publio Cornelio Escipión ejerciendo el cargo de edil curul, a pesar de la oposición y las quejas de muchos tribunos que le acusaban de impostor al no haber ocupado previamente el puesto de cuestor, como era preceptivo. Pero su buen hacer y el contar con el apoyo de la mayoría de los ciudadanos hizo que pronto olvidasen su juventud —apenas veintiún años cumplidos— y siguiese contando con el apoyo de la mayoría de los ciudadanos. Y también con el apoyo de su amigo Aulus Gelius, que había permanecido en Roma durante todo ese tiempo visitando cada vez con más frecuencia la casa de Escipión, estuviese en ella o no su amigo, pues Aulus Gelius se había quedado prendado de la simpatía y la amabilidad de Emilia Tercia, la esposa de Escipión, que gozaba de una gran libertad, nada corriente entre las matronas romanas, libertad que se traducía en sus actos y en sus opiniones, que gustaba exponer.

En el año 211 a. C. llegó a Roma una triste y desgraciada noticia. Publio Cornelio Escipión, procónsul en Hispania, y su hermano Cneo habían muerto. Aprovechando que Asdrúbal, el hermano de Aníbal, había sido llamado a África por el Senado cartaginés para enfrentarse a Sifax, uno de los reyes de Numidia, que estaba en guerra contra Cartago, los Escipiones intentaron consolidar su poder, consiguiendo que nuevas tribus se unieran a la causa romana, y llegando a tener veinte mil celtíberos bajo sus órdenes. Se sintieron tan fuertes que decidieron cruzar el Iberus y hacer un gran esfuerzo para expulsar a los cartagineses de Hispania. Para ello dividieron sus fuerzas y Publio Escipión decidió atacar a Magón y a Asdrúbal, el hijo de Giscón, mientras que su hermano Cneo tenía que atacar a Asdrúbal Barca, que había regresado de África tras una rápida victoria sobre Sifax. Magón y el hijo de Giscón fueron apoyados por Masinisa y el jefe hispano Indíbil y el resultado fue mortal para los generales romanos. Publio fue derrotado y muerto junto a la mayor parte de sus tropas, a la vez que Magón y Asdrúbal Giscón se unieron a Asdrúbal Barca para enfrentarse a Cneo Pompeyo, que se había visto traicionado por veinte mil celtíberos que habían desertado uniéndose a las tropas númidas, que ahora rodeaban al general romano con los ejércitos de los tres generales cartagineses. En consecuencia, el campamento romano fue tomado al asalto y el ejército derrotado en la llamada batalla del Betis Superior, donde el propio general romano murió veintinueve días después de la muerte de su hermano Publio.

La muerte de los hermanos Escipiones en Hispania fue considerada una gran tragedia en Roma, pues ahora nada impedía que Aníbal recibiese refuerzos de sus hermanos en la península italiana. Tras hacerse pública la noticia muchos de sus aliados en esta y en Hispania se pasaron al bando cartaginés, por lo que la situación se complicó mucho más para la república romana, que temía que, por fin, Aníbal, con el apoyo de las tropas cartaginesas asentadas en Hispania, pudiese asaltar Roma y hacerse con ella.

En Roma, en la mansión de los Escipiones, la noticia de la muerte de Escipión padre y de su hermano Cneo cayó como un mazazo. Independientemente de la pérdida familiar sufrida, todos estaban seguros de que conseguirían expulsar a los cartagineses de Hispania en su esfuerzo final y de esa manera la guerra contra Cartago finalizaría con la derrota de Aníbal y del resto del ejército cartaginés. Cartago sería derrotada por segunda vez y ahora las condiciones que les impondrían serían mucho más duras, de manera que Cartago no pudiese recuperarse y dejase de ser un peligro para Roma. Eso era lo que se pensaba en casa de los Escipiones. De la misma opinión eran los senadores romanos, que ya daban por descontada la victoria de sus legiones en Hispania. «¿Pero ahora qué iba a ocurrir?», se preguntaban los senadores romanos y el pueblo en general. Muchos de los aliados de Roma, tras conocer la derrota y muerte de los dos generales romanos, se pasaron al bando cartaginés, con lo que la situación se complicó mucho más. Era necesario y urgente que un general romano de prestigio sustituyese a Publio Cornelio Escipión y a su hermano Cneo. Pero en el Senado los senadores no se ponían de acuerdo a quién elegir de procónsul y, llegado el día de las elecciones, no se presentó ningún ciudadano para ser elegido.

Aulus Gelius, en cuanto tuvo noticias de la muerte del padre y del tío de su amigo, acudió a su casa para acompañar a él y a su familia en el duelo. La amistad que seguía manteniendo con Publio se había ampliado a la mujer de este, Emilia Tercia, a la que consideraba una gran mujer, con la que se podía hablar de cualquier tema y que siempre estaba dispuesta a escuchar y a hacerse oír. Aulus Gelius cada día se encontraba más a gusto en compañía de la mujer de su amigo, que le animaba para que visitase su casa aunque él no estuviese en ella. Hecho que ocurría con mucha frecuencia, pues el joven Publio pasaba la mayor parte de su tiempo dedicado a sus labores como edil curul, a las reuniones en el Senado y también a disfrutar del poco tiempo que tenía libre con una esclava suya que le debía de haber hechizado, pues se había adueñado de su voluntad. Su mujer era sabedora de este capricho de su marido, pero pensaba que se trataba solo de eso, de un capricho del que no tardaría en cansarse, como les ocurría a buena parte de los patricios romanos. Aulus Gelius no aprobaba esta conducta de su amigo, pues consideraba que era una falta de respeto hacia su esposa, a la que consideraba un ejemplo de matrona romana, volcada en la educación de sus hijos, pero sin abandonar ni dejar de lado su interés por las artes, las letras y la política romana, con la que hablaba con gran entusiasmo con Aulus Gelius cuando este, cada vez con más frecuencia, los visitaba.

Pero en esta ocasión el único tema de conversación, no solo con Emilia Tercia, sino también con el joven Publio, fue la muerte de su padre y de su tío en Hispania y qué ocurriría en la república romana.

—No sé qué es lo que va a ocurrir ahora, pues parece que el Senado no encuentra a ningún general dispuesto a hacerse cargo de las legiones romanas en Hispania —comentaba Aulus Gelius que, como cada día, había acudido a casa de su amigo—. Bueno, tú lo sabrás mejor que nadie, que acabas de llegar del Senado —le dijo a su amigo.

Efectivamente, Publio Cornelio acababa de llegar del Senado, pero no parecía tan preocupado como parecía que estaban el resto de los romanos y un extraño brillo refulgía en sus ojos.

—Sí, efectivamente, parece que el Senado no encuentra a ningún general que quiera desplazarse a Hispania como procónsul para dirigir a las legiones —comentó Escipión.

—Pero no parece que eso te preocupe mucho —le dijo su mujer Emilia Tercia.

—No, no me preocupa. Siempre habrá alguien que quiera asumir esa responsabilidad y hacerse cargo de las legiones, aunque no haya ocupado todas las magistraturas que se requieren y tampoco sea un general de prestigio.

—Pero la ley no permite eso. El *cursus honorum* exige que el candidato haya cumplimentado todas las magistraturas y además sea un general de prestigio —comentó Aulus Gelius.

—Y si no hay ningún candidato que cumpla esas condiciones y quiera presentarse... ¿qué hacemos? ¿Abandonamos Hispania a su suerte? —preguntó Publio Cornelio, y él mismo se dio la respuesta—. Alguien tendrá que hacerlo, aunque no cumpla los requisitos. Las leyes no pueden ser rígidas. Tienen que amoldarse a las circunstancias. Y si hay alguien que no las cumple, pero quiere presentarse y el pueblo lo acepta, ¿por qué no vamos a elegirlo? Tenemos que ser flexibles como el junco. Un vendaval puede arrancar y destrozar árboles, pero nunca romperá un junco, porque este se doblega y se inclina ante el viento. Así tenemos que actuar nosotros.

Un silencio siguió a las últimas palabras de Escipión. Recostados en los *triclinia* en el *tablinum* de la mansión de los Escipiones, los dos hombres y la mujer saboreaban unas copas de un buen vino de Falerno, acompañado de unas frutas caramelizadas.

—Y me parece que tú ya tienes tu candidato, ¿o me equivoco? —preguntó Aulus Gelius.

Escipión esbozó una sonrisa pícara, la que se dibujaba en su rostro cuando sabía más de lo que decía, mientras rellenaba su copa de vino.

—¿Me equivoco? —repitió Aulus Gelius.

—No, no te equivocas —contestó el joven Publio.

Su mujer y Aulus Gelius se miraron y permanecieron expectantes a la respuesta de este que, sin embargo, permaneció en silencio, contemplando su copa de vino como si fuese la cosa más extraordinaria que hubiese visto.

—Bueno, ¿no nos vas a decir quién es tu candidato a procónsul? Aunque me temo que por mucho que sea tu candidato, como él no quiera va a dar lo mismo... —comentó Emilia Tercia.

—Y que nosotros sepamos, por ahora nadie quiere hacerse cargo de esa responsabilidad, porque indudablemente hacerse cargo ahora de las legiones en Hispania, tal como está la situación, es todo un problema —interrumpió Aulus Gelius a la esposa de Escipión.

—Sí, indudablemente no es un plato de gusto y la responsabilidad del candidato va a ser muy grande, pues los riesgos son muchos y otra derrota en Hispania sería probablemente nuestro final —comentó Escipión.

—Y estás seguro de que tu candidato aceptará, ¿verdad? —preguntó Emilia Tercia, afirmando con la cabeza después de haber dado un buen sorbo a su copa de vino.

—¿Cómo puedes estar tan seguro si el Senado no ha conseguido que nadie se presente voluntario? —preguntó Aulus Gelius.

—¡Porque su candidato es él mismo! —exclamó Emilia Tercia.

* * *

Himilcón caminaba despacio hacia La Balanza, saboreando y disfrutando de la espléndida mañana que había amanecido. Los sufetes habían convocado una reunión extraordinaria y realmente no sabía el motivo, pero en aquellos momentos le daba igual. La situación en Kart-Hadtha no podía ser mejor, con los dos generales que dirigían las legiones romanas muertos, las legiones destrozadas —de manera que se podía decir que no existían— y con problemas en el Senado romano para elegir a un procónsul que dirigiese los restos de las tropas romanas que quedaban en Kart-Hadtha de la península ibérica y las legiones, que con toda seguridad reclutarían. Siempre lo hacían.

Mas también tenía otros motivos para estar contento. No sabía muy bien qué es lo que había ocurrido, pero cuando acudió a casa de Ajax para pedirle que su hijo, Alejo, hablase con su hija Dido, el joven, aunque se hizo de rogar, al final aceptó hacerlo y acudió a su casa para intentar hablar con su hija. Esta al principio se negó a recibirle, pero los ruegos y las peticiones del muchacho, su insistencia y su tenacidad pudieron más que la obstinación de la muchacha, que al final permitió que Alejo entrase en su cuarto. No sabía cuánto tiempo transcurrió mientras los dos jóvenes seguían hablando. Su nerviosismo era tal que llegó un momento en que no pudo permanecer más tiempo esperando en su casa y salió de esta para dar un paseo, un largo paseo por la ciudad. Intentó entretenerse deambulando por el mercado, viendo las mercancías y los productos que, traídos de cualquier punto de la *Ecúmene*, los diferentes puestos ofrecían. Ya el sol comenzaba a ocultarse y a desaparecer tras la línea del horizonte marino y las sombras empezaban a adueñarse de la ciudad cuando Himilcón ya no pudo aguantar más y regresó a su casa. El silencio era total y despacio, sin hacer el menor ruido, se acercó al aposento de su hija. Estaba vacío. Recorrió la casa en su busca, pero a los únicos que encontró fue a los criados atareados en preparar la cena.

—¿Dónde está mi hija? —le preguntó al primer criado con el que se cruzó. Este se encogió de hombros.

—¿No está en su aposento? —preguntó.

—¡No! ¡No está en su aposento! —gritó Himilcón. Al oír sus voces, el criado principal se acercó presuroso.

—Señor, la ama Dido ha salido acompañada del joven Alejo.

—¿Que mi hija ha salido no solo de su aposento sino también de la casa? —preguntó, profundamente sorprendido, Himilcón.

—Sí, mi amo. Los dos han estado comiendo algo y luego se han marchado.

—¿Y dónde han ido?

—No lo sé, mi amo. No lo han dicho.

Himilcón asintió con la cabeza y una enorme sonrisa iluminó su rostro. Su hija había abandonado el encierro voluntario en el que permanecía desde hacía varias semanas y había salido a la calle. Donde fuese ya era lo de menos. Lo importante es que había abandonado su encierro.

—Yo también tengo hambre. Traedme una jarra de vino y algo para comer.

—La cena estará lista rápidamente.

Himilcón sonrió. Seguro que sería la mejor cena en mucho tiempo.

* * *

Ajax también había salido a dar un paseo por la ciudad y fue una casualidad que no se encontrase con su amigo Himilcón. Aunque lo cierto es que había tal cantidad de gente recorriendo los puestos del mercado, en las tabernas que lo jalonaban, entrando en las salas de baños o simplemente paseando por la ciudad que costaba trabajo caminar tranquilamente, y mucho más ver a alguien conocido a no ser que te dieses de bruces con él. Ajax decidió pasarse por la tienda de su amiga Anthousa, pero no quiso entretenerla ni distraerla, pues tenía la tienda a rebosar de gente, e incluso había clientes esperando a la puerta para poder entrar. Era como si se hubiese desatado la locura y los habitantes de la ciudad, tras conocer las victorias sobre las legiones romanas en Kart-Hadtha de Iberia, hubiesen decidido tirar la casa por la ventana y salir a consumir, bien fuese comprando en los puestos del mercado, en las tabernas o en las salas de baños, que también estaban a rebosar. Ya con la noche bien cerrada regresó a su casa dispuesto a cenar. Los criados le dijeron que su hijo Alejo acababa de llegar y Ajax fue en su busca. Este se encontraba en la habitación que le había acondicionado su padre como despacho, para que pudiese trabajar tranquila y cómodamente.

—¡Veo que ya estás de vuelta! —le dijo a modo de saludo.

—Sí, acabo de llegar e iba a rematar unas cosas que me habían quedado antes de ponerme a cenar, a la vez que hacía tiempo esperando a que llegases y así poder cenar juntos.

—Me alegro. Así podremos hablar tranquilamente —y Ajax dio dos palmadas llamando a los criados. Cuando el criado principal apareció le dijo que les preparasen la cena en el jardín, pues hacía una noche espléndida para cenar al aire libre. El criado asintió con la cabeza.

—Ahora mismo, señor —y abandonó la estancia.

—Bueno, cuéntame, ¿qué tal ha ido todo? —preguntó Ajax a su hijo—. ¿Pudiste hablar con Dido, o sigue encerrada en su aposento sin querer ver ni hablar con nadie?

—Pude, pude hablar con ella, y no solo eso, sino que hemos salido a dar una vuelta por la ciudad buscando un sitio tranquilo, pues las calles del centro son una locura de gente. No se podía dar un paso. Pero cerca del mar se estaba muy bien, era un lugar tranquilo y se podía hablar.

—¿Y qué ha pasado? —preguntó Ajax, intrigado.

—Bueno, Dido ha reconocido que se equivocó totalmente. Quedó hechizada por lo exótico que resultaba el íbero y no pudo reprimirse. Está totalmente avergonzada y me ha pedido perdón mil veces. Siente todo el daño que me haya podido causar y entenderá que no quiera volver a saber nada de ella.

El criado interrumpió entrando en el despacho de Alejo y anunciando que la cena ya estaba servida en el jardín.

Los dos hombres abandonaron el despacho y se dirigieron al jardín mientras que los criados les servían una merluza bien fresca, seguramente recién pescada, en salsa verde con almejas, guisantes, espárragos y un huevo duro picado.

—¡Esto tiene una pinta estupenda! —exclamó Ajax.

—¡No solo es la pinta, sino que está riquísima! —exclamó Alejo, que ya la había probado.

—¿Entonces la joven está arrepentida? —preguntó Ajax, continuando la conversación.

—Sí, completamente arrepentida. Reconoce su error y me ha pedido disculpas mil veces. Dice que no me pide perdón porque está convencida de que no lo merece ni es digna de mí. Pero que, aunque no la perdone (ella tampoco podrá perdonarse a sí misma por muchos años que viva), sin embargo sí querría que la considerase su amiga y acudiese a ella siempre que la necesitase.

—¿Sigue enamorada de ti? —preguntó Ajax.

—Sí.

—¿Te lo ha dicho ella?

—Sí. Dice que por mucho tiempo que pase nunca podrá olvidarme.

—¿Tú sigues enamorado de ella?

—Sí. Claro que sigo enamorado de ella. Nunca podré olvidarla.

—¿Y perdonar lo que ha hecho?

Alejo guardó silencio mientras daba un sorbo a su copa de vino y esperaba a que los criados retirasen las escudillas donde les habían servido la cena. Cuando los criados abandonaron la estancia, Ajax repitió la pregunta.

—¿Tú vas a ser capaz de olvidar y perdonar lo que ha hecho?

—Olvidarlo no podré olvidarlo mientras viva. Perdonar... no sé si seré capaz de perdonar.

—¿Y qué es lo que vais a hacer? —preguntó su padre.

—De momento... nada. Dejaremos que transcurra un tiempo sin vernos, unos meses, quizá un año. Y transcurrido ese tiempo creo que ya sabré si seré capaz de perdonarla.

—Me parece una buena idea. Muy acertada.

—Sabes, he estado pensando que quizá ahora sería el momento de realizar lo que habías previsto para mí —le dijo Alejo.

—No entiendo. ¿A qué te refieres? —le preguntó a su hijo.

—A lo que querías que hiciera antes de hacerme cargo de tus negocios. Viajar por la *Ecúmene* capitaneando alguna de nuestras naves.

—No, hijo. Ahora sí que no. La guerra con Roma ha hecho muy arriesgada la navegación, sobre todo si llevas bandera cartaginesa. Por nada del mundo arriesgaría tu vida.

—Pero nuestros barcos siguen saliendo a navegar con capitanes que los gobiernan...

—Sí, pero lo hacen hombres a los que no les importa arriesgar sus vidas porque no tienen nada que perder, nadie les espera y obtienen suculentos beneficios. Pero no es tu caso. Eres lo único que tengo y tú sí tendrías mucho que perder... y yo también. ¡No, decididamente no!

—¿Hay alguna forma de convencerte? —preguntó Alejo.

—Ninguna y no volvamos a hablar de ello, porque me pone de mal humor.

Los dos hombres guardaron silencio mientras apuraban su copa de vino.

—Te noto preocupado. Si es por lo de embarcarme capitaneando algún barco estate tranquilo, no lo haré contra tu voluntad —le dijo Alejo.

—Eso espero... pero no, aparte de saber cómo estarías después de hablar con Dido, hay otra cosa que me tiene bastante preocupado.

—¿Y puedo saber qué es?

—Himilcón sospecha que estoy pasando información al partido aristocrático, concretamente a su líder, Hannón.

—¿Tú? ¿A Hannón? Pero si no puedes verlo ni en pintura. ¿Y por qué tiene esa sospecha? —preguntó Alejo.

—Le llegaron noticias de Kart-Hadtha de Iberia estando yo en su casa y me hizo partícipe de ellas. Al día siguiente en la asamblea del Senado Hannón las hizo públicas. Nadie debía saber esas noticias porque la carta le había llegado exclusivamente a Himilcón, y sin embargo las conocía. Y eso ocurrió varias veces y en todas ellas estaba yo presente cuando recibió la noticia. Eso es lo que le lleva a sospechar que he sido yo el que ha filtrado esas noticias.

—Lleváis siendo amigos toda la vida, y además tú no puedes ver a los senadores del partido aristocrático y mucho menos a Hannón. ¿Cómo puede sospechar de ti?

—Si yo estuviese en su lugar también sospecharía. Cuando llegaron las cartas con las noticias solo estábamos él y yo. No había ningún criado cerca que pudiese escucharnos y Himilcón no se lo dijo a nadie, absolutamente a nadie, hasta el día siguiente al llegar a La Balanza.

—¿Y tú no lo has comentado en ningún sitio sin darte cuenta? —preguntó Alejo.

—No, no lo he comentado en ningún lugar... Bueno, se lo comenté a Anthousa, pero ella es de total confianza y ya le advertí cuando se lo conté que no podía comentarlo con nadie.

Alejo guardó silencio y fue a servirse otra copa de vino, pero la crátera estaba vacía, por lo que dio dos palmadas llamando a un criado, que acudió rápidamente con otra crátera de vino.

Cuando el criado se hubo marchado y después de llenarse la copa y dar un buen sorbo, Alejo se puso en pie y se acercó hasta el final del jardín, que conducía a los aposentos. Echó un vistazo y regresó junto a su padre.

—¿Has ido a ver si había algún criado cerca, escuchando? —le preguntó a su hijo.

—Sí, a veces nos fiamos en demasía de los criados y estos pueden venderse por una buena bolsa de monedas.

—Podría ser, pero cuando Himilcón recibió las cartas de los hermanos de Aníbal estábamos completamente solos y no había ningún criado cerca. De ellos no pudo salir nada.

—¡Entonces solo nos queda Anthousa! —comentó Alejo.

—¡No! De ninguna manera. Pongo la mano en el fuego por ella.

—Padre, nunca pongas la mano en el fuego por nadie. No veas la cantidad de gente que se ha quemado por hacer eso. ¿Me dejas que yo me encargue de este asunto?

—¿Tú? —preguntó extrañado Ajax—. ¿Qué vas a hacer? ¿Acaso tienes experiencia en asuntos de esta índole?

—Más de la que tú piensas. En ocasiones, en las travesías surgen problemas como pequeños hurtos o no tan pequeños y el capitán se ve obligado a resolverlos, averiguar qué es lo que ha ocurrido y resolverlo, por el bien de toda la tripulación. Tú déjame a mí.

—Bueno... de acuerdo, pero procura tener mucho tacto y andar con pies de plomo. Es un asunto muy grave para acusar a alguien si no tienes pruebas muy claras e irrefutables.

—Estate tranquilo. Tendré todo el tacto del mundo.

XXIV

Hannón paseaba por el amplio jardín de su casa como si se tratase de una fiera enjaulada, yendo de un extremo a otro con los brazos a la espalda y dando puntapiés a cualquier piedra que se encontraba en su caminar. Los criados y esclavos de su casa ya habían sufrido en sus carnes el enfado de su señor y se cuidaban muy mucho de aparecer, pero estando pendientes de que pudiese llamarles para no retrasarse en acudir a su llamada. Y el enfado de Hannón era comprensible. La derrota de los hermanos Escipión en Kart-Hadtha en Iberia suponía que gran parte de la Península volvía al control de los cartagineses, y más concretamente a los hermanos de Aníbal, después de que muchos de los pueblos de la Península, hasta entonces aliados de los romanos, se hubiesen pasado al bando cartaginés. Ahora no habría disculpa para impedir que Aníbal recibiese los refuerzos que llevaba tiempo pidiendo y en el Senado no habría forma de conseguir la mayoría suficiente para evitar el envío de tropas de refuerzo al general cartaginés. A buen seguro Himilcón ya estaría preparando la estrategia para solicitar el envío de esos refuerzos, y por todos los dioses que si no se le ocurría algo pronto lo conseguiría. Tenía que conseguir enterarse de cuál iba a ser la estrategia de Himilcón para contrarrestarla. Tenía que hablar con Anthousa para que sonsacase a su amigo Ajax qué era lo que se proponía hacer Himilcón y para que averiguase cuáles eran los planes de Asdrúbal y Magón Barca, los hermanos de Aníbal. Sí, eso haría, y rogaría a todos los dioses para que le iluminasen y le inspirasen qué hacer.

Dio dos palmadas y automáticamente aparecieron dos criados dispuestos a obedecer sus órdenes. Pidió una tablilla y una canícula para escribir y una vez que se la trajeron le escribió un mensaje a Anthousa, diciéndole que la esperaba al anochecer donde ella ya sabía. ¡Era un asunto de suma importancia! Se la dio al criado y le pidió que rápidamente se la llevasen. Cuando Anthousa recibió la tablilla y leyó el mensaje frunció el ceño. Esos días los clientes eran muy numerosos y acudían a la tienda hasta muy entrada la noche. No era cuestión de perder a esos clientes y los buenos dineros que se dejaban por vete tú a saber qué capricho de Hannón. Sí, iría, pero cuando ya no tuviese compradores y después de haber cerrado la tienda. Y sin preocuparse más siguió atendiendo a sus clientes, que aquellos días estaban dejando unos buenos dineros. A Hannón le tocaría esperar. ¿Acaso no había ella esperado en muchas ocasiones por él cuando este se había retrasado y sin una causa que lo justificase?

* * *

Albano estaba contento. El poblado se iba poco a poco recuperando del desastre que la incursión de Aníbal había supuesto. El tiempo había sido generoso, sus ganados eran numerosos y los campos estaban a rebosar de espigas doradas que se mecían al compás del viento con unos hermosos granos. Tendrían alimento suficiente para todo el poblado, podrían guardar para la próxima sementera y podrían devolver aquel trigo que los poblados vecinos les habían prestado. Las mujeres habían demostrado ser unas excelentes cazadoras en los bosques próximos a la ciudad, al igual que excelentes pescadoras en las aguas del río. Y tampoco se echaban atrás si tenían que coger las espadas de cuernos y enfrentarse a aquellos guerreros que les atacasen, cosa que había ocurrido en contadas ocasiones, pues en Salmántica reinaba la paz, a pesar de ser Hispania todo un campo de batalla entre romanos y cartagineses y estos con los pueblos ibéricos, según estos apoyasen a unos o a otros. Sí, Albano se encontraba satisfecho y contento. También personalmente su relación con la hermosa Alda iba perfectamente y los dos cada vez estaban más enamorados. La vida les sonreía, aunque en el horizonte había una pequeña nube que no iban a tener más remedio que disipar antes de que se convirtiese en un gran nubarrón. Y esa pequeña nube no era otro que Elburo. El sistema de vigilancia que Albano había establecido sobre él le informaba de que se encontraba en el poblado de Bletisama, un poblado vettón a orillas del río Salamati, con el que en alguna ocasión habían tenido algún enfrentamiento y a cuyos habitantes Elburo estaba soliviantando contra ellos. Aldair estaba informando a Albano de lo que sus espías le habían referido.

—Tenemos que hacer algo, porque de lo contrario cuando nos queramos dar cuenta habrá puesto a todo el poblado en nuestra contra y los tendremos a las puertas de nuestras murallas —le explicaba Aldair a Albano—. Les está diciendo que nos estamos armando para atacarles, y lo peor es que sus partidarios están aumentando y no creo que tarden mucho en ser mayoría.

—Pues entonces es preciso que hagamos algo y cuanto antes, evitando que se nos adelanten y tengamos un enfrentamiento con los habitantes de Bletisama.

—A mí se me ha ocurrido algo que podemos tramar. ¡A ver qué te parece a ti!

* * *

Aulus Gelius, como otras tantas veces, acudió a casa de su amigo Publio Cornelio Escipión, pero en esta ocasión no acudía únicamente para saludarle o para saludar a su esposa, Emilia Tercia, con la que había entablado una gran amistad, pues ambos tenían ideas y temas afines en muchos aspectos. Incluso el joven Aulus, en algunas ocasiones, pensaba si no se estaría enamorando de la mujer de su amigo, algo que en ningún momento quería que ocurriese, por lo que había pensado espaciar sus visitas a la mansión de los Escipiones. Pero en esta ocasión su visita estaba más que justificada, pues era para felicitar a su amigo, ya que había sido nombrado comandante al mando del ejército de Hispania en calidad de *imperator*, con la autoridad de procónsul. Y es que cuando el Senado romano había fijado la fecha para elegir al comandante supremo para Hispania, nadie se había presentado para el cargo. Escipión, a pesar de que legalmente no podía aspirar a ocupar ese puesto —ya que no tenía la edad mínima exigida, no había ocupado todas las magistraturas exigidas para desempeñarlo y tampoco había acreditado la experiencia militar necesaria para hacerse cargo de las legiones que se destinarían a la península ibérica— era consciente de que contaba con el apoyo del pueblo, como le habían demostrado durante su mandato como edil curul. Y, a pesar de la oposición de un buen número de senadores, fue elegido por aclamación por el pueblo como comandante supremo en Hispania. Veían en él al mejor sustituto de su padre, aquel que haría doblar las rodillas a los orgullosos cartagineses.

En la mansión de los Escipiones la alegría era enorme y festejaban la noticia brindando con el mejor vino de Falerno que habitualmente Publio Cornelio, al igual que había hecho su padre, se hacía traer. La mansión estaba a rebosar de amigos, conocidos y un buen número de ciudadanos que siempre se arrimaban al sol que más calentaba. Y en esta ocasión la estrella más brillante era Publio Cornelio Escipión hijo. Aulus Gelius fue recibido con los brazos abiertos por el jefe de la familia y, sin saber cómo, se encontró con una copa de vino en la mano, brindando por las futuras victorias de su amigo.

—Los dioses te acompañarán y velarán por ti —le dijo Aulus Gelius después de haber alzado su copa.

—¡Velarán por los dos! ¡Por ti y por mí! Porque tú me acompañarás a Hispania. Quiero tenerte a mi lado. Pero antes de eso, en el primer discurso que he de hacer ante el Senado, dejaré muy claro que si hay algún general de prestigio que esté dispuesto a acudir a Hispania para hacerse cargo de las legiones de Roma, yo, muy gustoso, le dejaré que ocupe mi lugar y pondré mi *gladius* a su entera disposición. Espero así vencer las reticencias de un buen número de senadores que no están de acuerdo con mi nombramiento.

—Me parece una gran idea y muy generosa por tu parte. Con ella demostrarás que no ambicionas el poder, sino que lo único que pretendes es acudir en auxilio de Roma —le dijo Aulus Gelius.

—Efectivamente, no ambiciono el poder sino sacar a Roma del atolladero en que se ha metido. Y para ello, ¿puedo contar contigo? —le preguntó Escipión a su amigo.

—¡Puedes! —exclamó Aulus Gelius—. ¡Siempre has podido contar conmigo, con mi caballo y con mi *gladius*! Desde el día que nos conocimos...

—¡Y que me salvaste la vida! —le interrumpió Escipión.

—No sé si te salvé la vida, pero de lo que sí te libré fue de una buena paliza. Y desde entonces siempre has podido contar conmigo y podrás seguir haciéndolo.

Los dos amigos se dieron un fuerte abrazo que fue interrumpido por la llegada de Emilia Tercia, la mujer de Escipión. En los rostros de los dos hombres unas lágrimas habían desbordado sus ojos y se deslizaban mejilla abajo.

—Pero bueno, ¿y esas lágrimas a qué se deben? No es día de lágrimas sino de satisfacción y de alegría —les dijo.

—No siempre las lágrimas son expresión de tristeza. A veces las lágrimas son una manifestación de alegría. De una alegría que surge de lo más profundo del corazón, y por lo tanto no pueden ser más sinceras —le contestó Aulus Gelius.

—Tienes razón, amigo mío. Las lágrimas pueden ser la manifestación más profunda de la alegría de un corazón —contestó Emilia Tercia.

—Os dejo con vuestros comentarios filosóficos. Voy a atender a mis invitados, que veo que ya me están reclamando —comentó Escipión. Y después de volver a abrazar a su amigo, mientras se alejaba le dijo—: No hagas planes para un futuro próximo, porque te vienes conmigo a Hispania.

—¡Mi marido te quiere con él en su nuevo destino! —le dijo Emilia Tercia.

—¡Parece que lo dices con tristeza! —le dijo Aulus Gelius.

—Sí, tienes razón.

—¿No te alegra que acompañe a tu marido? —le preguntó el joven.

—Me alegra porque sé que cuidarás de él y va a necesitar a su lado a alguien como tú... Pero me entristece porque me había acostumbrado a tu presencia, a nuestras conversaciones de todo tipo, y me temo que tardaremos en reanudarlas.

—¿Prefieres que me quede? —le preguntó Aulus Gelius cogiendo las manos de la mujer.

—¿Lo harías si te lo pidiese? —preguntó a su vez Emilia Tercia.

—¡Lo haría! —exclamó el joven sin soltar las manos de la mujer.

Ella guardó silencio durante unos momentos y, soltando las manos del joven, dijo:

—Sería un error, un lamentable error que lo único que haría sería destruir una hermosa amistad, la de mi marido y la tuya, y traería la desgracia para nosotros y para mi familia. Es mejor dejar las cosas como están por el bien de todos. Si no te veo, suerte en Hispania. Cuida de mi marido... y también cuídate tú.

Y la mujer se alejó sin volver la vista atrás. Aulus Gelius la vio alejarse y, con el rostro muy serio, dejó sobre una bandeja la copa que a medio beber tenía en las manos y abandonó la mansión de los Escipiones.

Como había prometido, Publio Cornelio Escipión, en su primera intervención en el Senado, después de agradecer el haber sido elegido comandante supremo del ejército en Hispania, puso su cargo a disposición de los senadores, por si algún general de prestigio daba un paso al frente y se postulaba como candidato a dirigir las legiones en la península ibérica. Pero como suponía, nadie dio ese paso al frente y, a pesar de la reticencia de algunos senadores, el Senado no tuvo más remedio que confirmar a Publio Cornelio Escipión como comandante en jefe de las legiones romanas en Hispania, en calidad de *imperator* y con la autoridad de procónsul.

En el año 210 a. C. el nuevo comandante desembarcó con las nuevas legiones en Hispania y a su lado Aulus Gelius como su hombre de confianza.

* * *

Hannón «el Grande», cuando el sol ya se había puesto tras el horizonte, acudió a la casa que tenía en las afueras de la ciudad acompañado de unos cuantos esclavos que, armados de garrotes, se situaron en lugares estratégicos desde donde podían contemplar el camino que llevaba hasta la entrada de la casa. Su amo no quería ser sorprendido por alguna visita inesperada y deseaba retozar alegremente sin ninguna preocupación. Pero ni él ni los criados que le acompañaban se habían percatado de que la salida de su mansión había sido observada por dos criados de Ajax, que los siguieron hasta la casa a cierta distancia procurando no ser vistos.

—¿Qué hacemos? —le preguntó un criado al otro.

—Ponernos cómodos y esperar a ver quién viene, pues es seguro que Hannón no deja su hermosa y cómoda mansión para pasar la noche en esta casa pequeña y alejada si no es porque espera a alguien que no quiere que se conozca —contestó el otro criado.

—Pero tenemos que tener cuidado para que no nos descubran sus criados —contestó el primer criado.

—Me parece que esos ya tienen práctica en estos menesteres, pues se han acomodado lo mejor que han podido para pasar la noche. No creo que tarden mucho en roncar plácidamente.

—Pues como los descubra su amo durmiendo los despelleja vivos.

—¡Psss, guarda silencio! —le dijo el otro criado—. ¡Creo que se acerca alguien!

Efectivamente, por el camino que llevaba hasta la casa alguien totalmente embozado se acercaba a esta, mirando a todos los lados para cerciorarse de que nadie le veía. Una ráfaga de aire levantó el embozo que le cubría el rostro y este quedó totalmente al descubierto.

—¡Es una mujer! —exclamó el primer criado de Ajax.

—Psss, baja la voz o nos va a descubrir. Pues quién te pensabas que acudiría, ¿acaso un hombre? Hannón no es de esa clase. Le gustan las mujeres más que a un niño un caramelo.

—¡Pues a ese caramelo yo lo conozco! —exclamó el primer criado, que en esta ocasión sí había hablado en voz tan baja que era casi inaudible.

—Ya se ha vuelto a cubrir el rostro y mi vista no es tan buena como la tuya. ¿De qué la conoces?

—¡Es Anthousa, la novia de nuestro amo!

—¡Por todos los dioses! ¿Estás seguro de lo que dices? —preguntó el segundo criado.

—¡Completamente! Son muchas las veces que el amo me ha mandado con algún recado a la casa de Anthousa. La conozco perfectamente. ¿Y ahora qué vamos a hacer? —preguntó el primer criado.

Su compañero guardó silencio mientras observaba cómo la mujer alargaba el brazo hasta el dintel de la puerta, recogía algo —seguramente era una llave con la que abría esta— y penetraba en ella.

—Pues vamos a ponernos cómodos, como han hecho los criados de Hannón, hasta que este y Anthousa abandonen la casa. Por si el encuentro es largo nos turnaremos para echar una cabezada. Pero siempre uno tiene que estar despierto y evitar que el que duerme se vaya a poner a roncar y nos descubran los criados de Hannón.

—De acuerdo, me pido el segundo turno de vigilancia, pues tengo un sueño que me duermo de pie —y, acomodándose, se dispuso a echar un sueñecito.

En la casa, Hannón ya había dispuesto varias copas de vino y unos dulces confitados. Una estaba intacta y la bandeja de dulces ya estaba a medias, lo que indicaba que ya llevaba un buen rato allí.

—Vaya, ya era hora. Llevo aquí esperándote una eternidad y ya pensaba que no vendrías —le dijo a Anthousa cuando esta penetró en la habitación.

—¡Tenía cosas que hacer! —le contestó ella, un tanto molesta.

—¿Y qué cosas tenías que hacer? —le preguntó Hannón, sin duda también molesto.

—Atender a mis clientes, que son los que me dan de comer y me permiten vivir como vivo. Tenía la tienda llena y era gente que deja una buena cantidad de *shekels*.

—¡O sea, que ellos son más importantes que yo! —exclamó Hannón.

—No te quepa la menor duda —le contestó Anthousa acercándose a él.

—Anda, no te pongas celoso, que no te va nada —y acariciándole le dio un beso, un largo y sensual beso mientras empezaba a desvestirlo y se entregaban uno al otro acariciando y besando sus cuerpos.

Exhausto y sudoroso, Hannón apuró la copa de vino que tenía en la mano y observó que la jarra estaba vacía. No le apetecía levantarse en busca de otra crátera, así que alargó la mano y cogió la copa de Anthousa, que estaba prácticamente llena.

—No me has vuelto a traer noticias de Kart-Hadtha en la península ibérica, de los hermanos de Aníbal —le dijo después de haber dado un buen sorbo a la copa.

—Es que no he vuelto a tener noticias. Ajax no me ha vuelto a comentar nada, y eso es porque Himilcón no debe de haber tenido noticias de la península ibérica.

—Lo último que sabemos es la muerte de los comandantes militares romanos, Publio Cornelio Escipión y su hermano Cneo, lo que ha motivado que muchos pueblos ibéricos que tenían alianza con ellos las hayan roto y hayan procurado acercarse a los generales cartagineses —le comentó Hannón.

—Pues no estás muy informado, desde luego. Tu sistema de información en Roma no parece que sea muy eficiente...

—¿Por qué dices eso? —la interrumpió Hannón.

—Estoy yo mejor informada que tú. Unos mercaderes griegos que acaban de llegar de Roma y han pasado por mi tienda me han dicho que se ha elegido a Publio Cornelio Escipión, el hijo del fallecido comandante romano, como nuevo comandante de las tropas destinadas en Iberia, con el título de *imperator* y las prerrogativas de procónsul, a pesar de que no tiene la edad precisa (creo que es muy joven) ni ha desempeñado las diferentes magistraturas que se exigen para ello.

—¿Y entonces cómo es que lo han elegido? —preguntó Hannón.

—Parece ser, por lo que me han contado los mercaderes, que no había en Roma ningún general de prestigio que quisiese hacerse cargo del ejército de Hispania (como la llaman ellos) y el único que se presentó fue el hijo del comandante muerto, siendo aclamado por todo el pueblo. El Senado, a pesar de no ser partidario de ese nombramiento, no ha tenido más remedio que aceptarlo. O él o nadie. Según los mercaderes griegos tiene que estar a punto de desembarcar en Hispania, si no lo ha hecho ya.

Hannón sonrió y aprovechó para acabar la copa de vino que le había quitado a Anthousa.

—Vaya, parece que te alegra la noticia —comentó la mujer.

—¡Y tanto que me alegra! —exclamó Hannón.

—¡No entiendo por qué!

—Las mujeres no entendéis de política —le dijo Hannón mientras se levantaba del lecho y comenzaba a vestirse.

—¿Ya te vas? ¡Todavía es pronto!

—Sí, tengo que convocar una reunión del Senado y cuanto antes lo haga mejor —y una vez que se hubo vestido le dio un beso a Anthousa y abandonó la casa.

Afortunadamente para sus criados estos también habían establecido un turno de vigilancia, y al que le tocaba mantenerse alerta despertó rápidamente a los demás y salieron al encuentro de Hannón que, a grandes zancadas y seguido de sus criados, se alejó de la casa. El criado de Ajax que permanecía despierto zarandeó a su compañero, que se incorporó rápidamente.

—¿Qué ocurre? —preguntó.

—¡Hannón ha abandonado la casa y se ha alejado seguido de sus criados!

—¿Y qué hacemos? —preguntó el segundo criado. Su compañero dudó durante unos momentos.

—Creo que lo mejor es que sigamos esperando hasta que Anthousa la abandone también y luego ya nos marchamos.

—Pues entonces voy a seguir durmiendo. Todavía no ha amanecido y estaba en lo mejor de mis sueños. Avísame cuando me toque o cuando abandone la casa.

Y, acomodándose, se dispuso a seguir durmiendo.

Acababa de salir el sol tras el horizonte cuando Ajax, que llevaba ya un tiempo dando vueltas en el lecho, lo abandonó y se dispuso a tomar un buen desayuno que lo mantuviese con fuerzas toda la mañana. Su hijo todavía no se había levantado y quería dejarle preparado un plan de trabajo para aquella mañana cuando los dos criados que habían estado vigilando a Hannón pidieron permiso para entrar en la estancia donde se encontraba Ajax.

—Amo, ¿no se ha levantado Alejo? —le preguntaron.

—No, creo que todavía no. Tenéis ojeras, como si no hubieseis dormido mucho esta noche —les dijo Ajax.

—Tenéis razón, no hemos dormido nada. El amo Alejo nos mandó que vigilásemos la casa de Hannón «el Grande» y eso hemos hecho toda esta noche.

—¿Y habéis sabido algo interesante? —les preguntó.

—Pues no sé, nosotros creemos que sí, pero eso lo tendrá que juzgar él.

—Bueno, supongo que yo también podré saberlo.

Los dos criados se miraron, asintieron con la cabeza y, sin más preámbulo, le contaron lo que habían descubierto esa noche. La cara de Ajax iba palideciendo a medida que los criados le iban relatando lo que habían visto.

—¿Estáis seguros de que era Anthousa? —les preguntó Ajax con la voz entrecortada y el semblante completamente taciturno.

—No cabe la más mínima duda. La observamos perfectamente al llegar y luego, cuando abandonó la casa. Yo la conozco bien, pues me habéis mandado muchas veces a su tienda a llevarle recados. No hay ninguna duda. ¡Era Anthousa!

Ajax asintió con la cabeza.

—¡Buen trabajo! —y, cogiendo un par de bolsas de monedas, se las dio—. De esto ni una sola palabra a nadie, a nadie. Ya hablaré yo con mi hijo —repitió Ajax—. Ahora podéis iros a dormir. Os lo habéis ganado.

XXV

Albano, acompañado de un grupo de guerreros, de los pocos que quedaban que no se había llevado Aníbal, estaba apostado en el bosque cerca de la ciudad de Salmántica, esperando ver aparecer a Elburo. Este, acompañado de varios guerreros vettones, se acercaba a la ciudad, cerca de la cual había concretado una cita con uno de sus partidarios para ser informado de cómo estaba la situación en la misma y estudiar la forma de atacarla, pues un buen número de los guerreros de Bletisama, la ciudad vettona que le había acogido, eran partidarios de organizar un ataque a Salmántica. Lo que ignoraba por completo Elburo es que se trataba de una trampa que Albano le había tendido para atraerlo cerca de la ciudad, engañando a sus partidarios para que convenciesen a Elburo de acercarse a la ciudad para enseñarle las mejoras que habían realizado para su defensa e indicarle los puntos débiles de la misma. Cuando Elburo se percató de que todo era una trampa ya era demasiado tarde, y él y los que le acompañaban estaban rodeados por un buen número de guerreros y también guerreras de Salmántica. Ofrecer resistencia era una locura, y para lo único que serviría era para que muriesen todos ellos o una buena parte de los que le acompañaban. Las guerreras y los guerreros vettones eran mucho más numerosos, así que, haciendo un gesto con la mano, les indicó que enfundasen sus espadas de cuernos y no ofreciesen resistencia.

—¡Veo que todavía tienes sentido común! —exclamó Albano dirigiéndose a Elburo—. Aunque no demasiado. Te has internado en territorio de nuestra ciudad cuando el Consejo de Ancianos te lo había prohibido bajo pena de muerte. Y para más agravio sabemos que estás conspirando contra nosotros, intentando convencer al Consejo de Ancianos de Bletisama para que nos ataquen. ¿Me equivoco?

Elburo no dijo nada; permaneció en silencio con la cabeza muy alta y los ojos inyectados en sangre, desbordando odio y rabia. Albano comprendió en aquel momento que no podían esperar que Elburo se redimiese y pudiese convertirse en una persona válida para la ciudad. Mientras que viviese sería un peligro para todos ellos. Hizo una seña a varios de los suyos para que lo maniatasen.

—Vosotros podéis marcharos. Sois libres, pero decid al Consejo de Ancianos de vuestra ciudad que nosotros no queremos la guerra, pero no dudaremos en defendernos y entonces no tendremos piedad de ningún tipo —les dijo a los que habían acompañado a Elburo.

Dos mujeres vettonas maniataron concienzudamente a Elburo, mientras que sus acompañantes dieron media vuelta y desaparecieron en la frondosidad del bosque. Albano hizo una seña a dos de sus hombres para que los siguieran y se asegurasen de que regresaban a su ciudad, mientras que ellos, con Elburo bien maniatado, se pusieron de camino a Salmántica. Aldair se acercó a Albano y le preguntó:

—¿Qué vamos a hacer con Elburo?

—Será el Consejo de Ancianos el que decida —contestó Albano.

* * *

Corría el año 210 a. C. cuando Publio Cornelio Escipión, acompañado de Aulus Gelius como su hombre de confianza, desembarcó en Hispania, en Tarraco, en calidad de *imperator* y como nuevo procónsul con las nuevas legiones que el Senado romano le había proporcionado, unos veintiocho mil infantes, tres mil jinetes y unos treinta y cinco trirremes. Estas nuevas legiones habían sido sometidas a un duro entrenamiento en Roma, pero eso había sido solo el comienzo; ahora había que completar el adiestramiento sobre el terreno para que los legionarios se adaptasen al nuevo espacio geográfico, y eso hicieron durante el invierno. Pero el nuevo procónsul no se limitó únicamente a adiestrar a sus hombres con una instrucción muy dura y continua, sino que se encargó de restablecer las alianzas que habían existido entre muchos de los pueblos ibéricos y su padre y que, con la muerte de este y de su tío, habían desaparecido. Una parte del duro entrenamiento fue obligar por la fuerza de las armas a aquellos pueblos que se negaron a firmar esas alianzas, sometiéndolos a un duro castigo, que a la vez sirvió de escarmiento para aquellos otros pueblos que eran reacios a firmar esas coaliciones. Al mismo tiempo, el nuevo procónsul empezó a diseñar su primera operación importante en Hispania: la conquista de la capital cartaginesa, Cartago Nova. Así, en el año 209 a. C., con las legiones ya bien adiestradas y las alianzas con los pueblos ibéricos consolidadas, bien voluntariamente o por la fuerza de las armas, Publio Cornelio Escipión se dirigió con todo su ejército hacia la capital cartaginesa, una hermosa ciudad que algunos consideraban tan hermosa como la Cartago africana y casi tan bien defendida como esta. Estaba situada en una península unida al litoral por el este con un estrecho istmo, mientras que por el lado norte estaba protegida por un gran lago que se alimentaba de las aguas de un canal que protegía el oeste de la ciudad. El lado sur estaba protegido por el mar Mediterráneo, por lo que realmente era difícil tomar la ciudad. Por ello los generales cartagineses que en aquellos momentos dirigían sus tropas en la península ibérica —Asdrúbal Barca, que se encontraba con su ejército en el centro de la Península; Magón Barca, con el suyo situado cerca de las Columnas de Melkart, las que los romanos llamaban Columnas de Hércules y Giscón, con el suyo en la desembocadura del río Tagus—, todos ellos a más de diez días de distancia de Cartago Nova y con unas relaciones personales entre ellos que dejaban mucho que desear, no se preocuparon demasiado al tener noticias de que las legiones romanas se habían puesto en marcha.

Escipión puso la flota bajo el mando de su amigo Cayo Lelio, al que había confiado sus planes de ataque, y él mismo, acompañado de su amigo Aulus Gelius, tomó el mando de las fuerzas terrestres y avanzó hacia el sur a marchas forzadas, obligando a sus legionarios, que formaban el grueso del ejército, a unas marchas muy duras. Con Cartago Nova a la vista desplegó su campamento a través del istmo, aislando de esta manera la ciudad del litoral. La flota romana, bajo la dirección de Cayo Lelio, bloqueó la salida al mar, de manera que la ciudad, Cartago Nova, se encontró con que no podía recibir ayuda del exterior. Cuando los generales cartagineses tuvieron noticias de la situación ya era demasiado tarde. No tenían tiempo para socorrer la ciudad. Los defensores de ella intentaron una salida a la desesperada para romper el bloqueo, pero fueron repelidos por las tropas romanas y Escipión ordenó un asalto combinado con su infantería, atacando la ciudad desde el istmo a la vez que la flota atacaba desde el sur. Pero este primer ataque no obtuvo los frutos deseados, por lo que Escipión ordenó en el mismo día un segundo ataque, de la misma manera, pero con la novedad de un ataque por el norte, a través del lago, con un contingente de soldados. Como la profundidad del lago era escasa por los efectos de la marea, este grupo de legionarios consiguió escalar la muralla norte, que estaba desguarnecida, pues el grueso de defensores se encontraban intentando repeler el ataque que estaban sufriendo por el lado contrario, por lo que los legionarios los atacaron por la retaguardia, al mismo tiempo que los barcos cartagineses conseguían entrar en la ciudad por el sur. La ciudad no tardó en rendirse y Magón, el general cartaginés al mando de ella, con los últimos resistentes, se refugió en la ciudadela, pero no tardó en tener que rendirse, con lo que se inició el saqueo de la ciudad.

Aulus Gelius, cubierto de sangre cartaginesa, observaba el saqueo que se estaba produciendo en la ciudad con el gesto contrariado.

—¿No podemos evitar esto? —le preguntó a Publio Cornelio Escipión, que desde lo alto de la ciudadela también observaba el saqueo que se estaba produciendo en la ciudad.

—Si se hubiesen rendido sin presentar batalla podíamos haberlo evitado, pero no lo hicieron y nuestros hombres quieren vengar a sus compañeros caídos y apoderarse del botín de guerra que se han merecido.

Aulus Gelius no lo veía claro y era evidente que no le gustaba lo que estaba viendo, pero también era evidente que su comandante en jefe no podía ni debía evitarlo si quería seguir manteniendo la confianza y el apoyo de sus legiones.

* * *

Himilcón se encontraba en el aposento de su enorme mansión en el que solía trabajar, bien leyendo o redactando las notas que le servían para elaborar los discursos en el Senado, o planificando las estrategias a seguir. Un criado entró en la habitación y le anunció la llegada de su amigo Ajax.

—Hazle pasar y tráenos una crátera de vino con dos copas —le dijo Himilcón al criado. Este no tardó en regresar acompañando a Ajax.

—No quisiera interrumpir si estás trabajando —le dijo Ajax al contemplar la mesa cubierta de documentos—. Puedo volver en otro momento.

—No es nada tan urgente que no pueda esperar. Ya sé que tu salud es buena y tu trabajo mucho y agotador, según me cuenta tu hijo Alejo.

—¿Alejo? No sabía que tuvieseis relación mi hijo y tú.

—No, no es que tengamos mucha relación, pero en este tiempo ha venido en un par de ocasiones a ver cómo se encontraba mi hija y si iba superando el estado de nerviosismo y angustia que la había tenido sumida en su habitación, y le he preguntado por ti.

—¿Y qué tal va tu hija?

—Pues bastante mejor. Yo diría que mucho mejor, y todo gracias a tu hijo. El par de veces que ha venido a verla y la ha obligado a salir a pasear con él ha actuado como un bálsamo milagroso y Dido ha mejorado mucho, hasta el punto de que no parece la misma. Y todo gracias a tu hijo. Nunca se lo agradeceré bastante, pues hubo un momento que llegué a temer perderla.

—Pues no sabes lo que me alegro. Estará bien que todo vuelva a la normalidad.

—¿Y qué es lo que te ha traído hasta mi casa? —preguntó Himilcón.

El criado ya les había llevado la crátera, les había llenado un par de copas y había abandonado el aposento.

—Pues fundamentalmente dos cosas —dijo Ajax, antes de hacer una pausa para dar un sorbo a su copa de vino—. La primera pedirte perdón y la segunda decirte que efectivamente tenías razón.

—Pues vas a tener que explicármelo, pues así de forma tan escueta no consigo averiguar a qué te refieres.

—Empezaré por la primera. Pedirte perdón porque efectivamente fue culpa mía que Hannón conociera el contenido de las cartas que te habían mandado los generales cartagineses de Kart-Hadtha, aunque yo era completamente desconocedor de ello.

Himilcón fue a decir algo, pero Ajax le hizo un gesto para que esperase un momento.

—Y la segunda es que estabas en lo cierto. Yo había comentado con Anthousa el contenido de esas cartas y ella, sin la menor duda, se lo hizo saber a Hannón.

Himilcón asintió con la cabeza mientras rellenaba las dos copas, que ya estaban vacías.

—No podía ser nadie más que ella, pues de tu amistad y confianza no dudé ni un momento. Si solo lo habías hablado con ella, no podía ser nadie más. ¿Y cómo lo has averiguado? —le preguntó.

—No fui yo, sino mi hijo Alejo, al que le había informado de lo que ocurría, el que sometió a vigilancia a Hannón y lo descubrió.

Y Ajax le contó lo que los criados mandados por su hijo habían hecho y lo que habían descubierto.

—Supongo que habrá sido un golpe muy duro para ti descubrir que Anthousa te engañaba, independientemente de que traicionase la confianza que habías puesto en ella.

—Sí, lo ha sido. Habría dado mi vida por ella si hubiese sido necesario... y ya ves, no se puede poner la mano en el fuego por nadie, absolutamente por nadie. Crees que conoces a una persona y cuando menos lo esperas te da la puñalada por la espalda.

—¿Y qué explicación te ha dado? —le preguntó Himilcón.

—Ninguna, porque no le he dicho todavía nada. No sabe que la he descubierto.

Himilcón, que iba a llevarse la copa de vino a los labios, se quedó con ella en el aire.

—Estoy pensando que podíamos aprovecharnos de ello —le dijo a Ajax.

—Me parece que ya sé lo que estás pensando. Podríamos proporcionarle información falsa para que ella se la transmitiese a Hannón —contestó este.

—¡Efectivamente! —exclamó Himilcón.

—Pero no sé si yo voy a tener estómago para estar con ella, acariciarla y dejar que me acaricie, cuando sé que me está engañando con Hannón.

—Bueno, yo ahí ya no puedo entrar. Eso es algo muy personal que has de decidir tú mismo. De todas formas hace mucho que no tenemos noticias de los hermanos de Aníbal. Las noticias que sabemos nos han llegado a través de comerciantes que trabajan para nosotros. Por ellos sabemos que el general cartaginés Bomílcar ha conseguido llevar a la península italiana un contingente de cuatro mil jinetes y cuarenta elefantes intentando tomar la ciudad de Nola defendida por el procónsul Marcelo, produciéndose un enfrentamiento entre las tropas cartaginesas y las legiones romanas en el que nuestras tropas no salieron nada bien paradas, pues se vieron obligadas a retirarse a su campamento y, después de que desertase un buen número de jinetes númidas e hispanos de nuestro ejército, Aníbal decidió abandonar la zona y de nada le sirvieron los escasos refuerzos que había recibido.

—¿Entonces no le van bien las cosas a Aníbal en la península italiana? —le preguntó Ajax.

—Bueno, por lo que cuentan nuestros informadores, Aníbal anda guerreando y saqueando de un lugar a otro con resultado diverso. Incluso dicen que ha llegado a realizar una incursión con su caballería hasta las mismísimas murallas de Roma, teniendo una refriega con la caballería romana. La presencia del ejército cartaginés acampado junto al río Anio, a tres millas de las murallas, ha sembrado el pánico entre la población, que gritaba: «*Hannibal ad portas*», pero la llegada de la infantería romana hizo que Aníbal se retirase, siendo durante su regreso a Campania acosado por el ejército romano, que le atacó con éxito mientras vadeaban el río Anio, recuperando parte del botín logrado en los saqueos.

Himilcón hizo otra pausa para llenar una vez más las copas de vino.

—Lo cierto es que mientras no reciba un aporte suficiente y numeroso de tropas cartaginesas y material de asalto procedente de la península ibérica, para poder abordar Roma, Aníbal va a andar de un sitio a otro perdiendo cada vez más efectivos.

—¿Y qué noticias falsas podríamos proporcionar a Hannón a través de Anthousa para desenmascararlos? —preguntó Ajax.

—Déjame que lo piense con calma y te digo —le contestó Himilcón.

* * *

Hannón «el Grande» caminaba por las calles de Kart-Hadtha camino de La Balanza para asistir a la reunión extraordinaria del Senado cartaginés que Himilcón había solicitado a los sufetes que convocasen. Y, como otras tantas veces, se había asegurado de que algunos senadores del grupo de los Barca o no asistiesen —las voluntades ante el brillo de las monedas de oro eran muy débiles, solo había que saber a quién tocar—, o si lo hacían no siguiesen las directrices de su grupo. Por lo tanto se encontraba muy confiado y convencido de que la propuesta, que a buen seguro haría Himilcón de enviar un contingente de tropas cartaginesas a Aníbal, no saldría adelante. Las noticias que Anthousa le había proporcionado eran lo suficientemente importantes para evitar que Himilcón se saliese con la suya.

Una vez que llegó la hora los sufetes, con la mayoría de los senadores ya ocupando sus escaños, dieron por iniciada la sesión. Himilcón, que nada más iniciarse esta había pedido el uso de la palabra, se encaminó al estrado desde donde el senador que iba a hablar se dirigía a sus compañeros. Ya se había percatado de que faltaban algunos de sus compañeros, por lo que en esta ocasión su propuesta no saldría adelante, pues debido a la ausencia de esos compañeros —siempre eran los mismos— estarían en minoría y perderían la votación. Mas en esta ocasión el resultado de la votación era lo de menos. Lo que realmente importaba era dejar en evidencia a Hannón y sobre todo demostrar la traición de Anthousa.

Una vez en el estrado Himilcón miró hacia las gradas que ocupaban los invitados que, sin ser senadores, podían acudir a la asamblea y sonrió a Ajax que, entre el público, no iba a perderse detalle de lo que allí ocurriese, con la secreta esperanza de que se hubiesen equivocado y no fuese Anthousa la que le proporcionaba la información a Hannón. Pero, aunque no fuese ella, cosa más que improbable, sus reuniones secretas en la casa que Hannón tenía en las afueras de la ciudad en las que se veía con Anthousa eran la prueba más evidente del engaño que le estaba realizando.

Himilcón comenzó su discurso saludando a los senadores allí presentes y comenzó a referir el contenido de la carta que había recibido de Asdrúbal Barca, el hermano de Aníbal, comunicándoles que el nuevo procónsul romano, Publio Cornelio Escipión, el hijo del anterior comandante romano en la península ibérica, fallecido en el enfrentamiento con las tropas cartaginesas, había conquistado Kart-Hadtha de Iberia, saqueado la ciudad y convertido en esclavos a todos los hombres, ancianos, mujeres y niños que no habían perecido en el saqueo. La situación se había vuelto muy difícil para los territorios cartagineses en la península ibérica, por lo que Asdrúbal Barca solicitaba autorización para, al frente de su ejército, todavía un poderoso ejército, realizar el mismo camino que su hermano y acudir a la península italiana para unir su ejército al de Aníbal y así, juntos, poder atacar y apoderarse de la capital de la república romana, Roma. Estaba convencido de que juntos lo lograrían y al mismo tiempo obligarían a Publio Cornelio Escipión a abandonar la península ibérica, con lo que los territorios cartagineses en ella quedarían libres del yugo romano. Por lo tanto, Himilcón rogaba al Senado cartaginés que, sin más dilación, autorizase a Asdrúbal Barca a marchar sobre la península italiana y le proporcionase todo lo que necesitase para ello.

Finalizada su intervención, Himilcón abandonó el estrado y se dirigió a su escaño, cruzándose en el camino con Hannón «el Grande», que había solicitado el uso de la palabra y que le dedicó una artera sonrisa. Una vez en la tribuna, Hannón saludó a todos los senadores e invitados y se explayó diciendo que una vez más las noticias que le comunicaban a Himilcón por carta los hermanos de Aníbal o no eran ciertas —lo que indicaba que le estaban engañando con el único fin de conseguir la autorización del Senado cartaginés para desplazar más tropas a la península italiana—, o estaban muy mal informados. Sí, era cierto que Publio Cornelio Escipión se había apoderado de Kart-Hadtha tras una muy cruenta batalla, en la que se había puesto de manifiesto el valor del ejército cartaginés y de los habitantes de la ciudad. Pero de lo que había dicho el líder del partido de los Barca en aquella sala, eso era lo único cierto, porque Aníbal no necesitaba ningún refuerzo para conquistar Roma.

Hannón hizo una pausa para dar un sorbo al vaso de agua que tenía y, después de dirigir una larga mirada a todos los senadores y al público de las tribunas, que esperaban expectantes a que continuase hablando, dio con la mano un fuerte golpe en el atril.

—Nuestro amigo Himilcón está muy mal informado. Aníbal no necesita ningún refuerzo de tropas para apoderarse de Roma porque... —Hannón hizo otra pausa— porque Aníbal ya se ha apoderado de Roma. Ya ha entrado en Roma con todo su ejército y ahora las legiones romanas que se han apoderado de Kart-Hadtha no tendrán más remedio que abandonar la península ibérica para dirigirse a Roma, donde les estará esperando Aníbal. ¡No hay motivo para votar nada!

Un murmullo de voces recorrió La Balanza, tanto del público invitado como de los senadores cartagineses. Himilcón miró a la tribuna de invitados y su mirada se cruzó con la de Ajax, al que sonrió.

Hannón dio por finalizada su intervención y se dirigió sonriente a su escaño. Himilcón levantó el brazo y uno de los sufetes le dio permiso para dirigirse a la tribuna para hablar.

—Es gracioso, queridos senadores, que nuestro compatriota, el representante del grupo de senadores terratenientes y aristócratas, nos acuse de desinformación, cuando es él quien no está bien informado. No, Aníbal no ha entrado en Roma y por lo tanto no la ha tomado, precisamente por falta de efectivos para hacerlo y por no tener máquinas de guerra que puedan vencer el obstáculo que suponen las altas y compactas murallas de la ciudad de Roma. Lo más que ha podido hacer es acercarse con su caballería hasta las mismas murallas y comprobar que no tenía efectivos suficientes ni medios para asaltarlas. Eso es lo que ha hecho y lo que ha llevado a los romanos a decir «*Hannibal ad portas*». Pero después de tener un enfrentamiento con la caballería romana se tuvo que retirar con todo su ejército, que tenía acampado a tres millas de la ciudad, para evitar el ataque de la infantería romana. Y para demostrar que lo que digo es cierto aquí tenéis la carta enviada por Asdrúbal en la que nos informa de lo ocurrido. Pero si todavía hay alguien que duda del relato del hermano de Aníbal pido a los sufetes que den autorización para que suba a la tribuna un comerciante que acaba de llegar de Roma y puede confirmar que lo que digo es cierto. ¡Aníbal no ha tomado Roma!

Himilcón, después de que los sufetes autorizasen su petición, hizo una seña a la tribuna y un comerciante más joven que los senadores que había en la sala bajó de la tribuna de invitados y pidió permiso a los sufetes para subir al estrado.

Efectivamente, el comerciante acababa de llegar de Roma y podía atestiguar que Aníbal no había conquistado Roma. Únicamente había llegado con su caballería hasta las mismas murallas, donde había tenido un enfrentamiento con la caballería romana que le había salido al encuentro. Pero después de comprobar que con los efectivos que tenía no había ninguna posibilidad de asaltar Roma se había retirado, no solo con su caballería, sino con el resto de su ejército, que se encontraba acampado cerca de la ciudad, cuando le informaron de que varias legiones romanas se dirigían hacia allí. No, Aníbal no había conquistado Roma, solamente había llegado hasta sus murallas, de ahí el grito que corría por toda Roma: «*Hannibal ad portas*».

El comerciante guardó silencio y uno de los sufetes le preguntó si tenía algo más que decir. Ante la negativa del comerciante le invitó a que abandonase el estrado y preguntó si había alguien que quisiese intervenir en la asamblea. Y lo dijo buscando con la mirada a Hannón «el Grande», pero este había abandonado su escaño y se dirigía hacia la salida. El sufete anunció que se procedía a la votación de la propuesta de Himilcón y, como era de esperar, ante la ausencia de unos cuantos senadores del grupo de Himilcón, su petición para autorizar a Asdrúbal Barca para acudir a la península italiana con su ejército fue rechazada.

XXVI

En Hispania Publio Cornelio Escipión no se concedió descanso después de haber tomado la ciudad. A sus hombres sí: finalizado el saqueo de la ciudad, les concedió unos días de asueto mientras él preparaba el siguiente paso a dar. Y este no era otro que derrotar a Asdrúbal Barca, el hermano de Aníbal, que con un numeroso ejército se dirigía hacia ellos. Publio Cornelio Escipión empezó a reunir un poderoso ejército de unos treinta y cinco o cuarenta mil romanos, a los que había que añadir unos quince mil auxiliares hispanos que había conseguido. Y con todo ese ejército salió al encuentro de Asdrúbal Barca, al que encontró en la región de Baecula, donde los dos ejércitos montaron sus campamentos. Asdrúbal, que había llegado el primero, eligió la zona donde enfrentarse a Escipión y colocó su campamento en la cresta de una colina, con un río en la retaguardia. Escipión decidió atacar aunque estaba en peor situación, pero no podía permitir que los otros dos ejércitos cartagineses, el comandado por Magón Barca y el dirigido por Asdrúbal Giscón, llegasen a tiempo de unirse a las tropas de Asdrúbal, por lo que situó a sus vélites y a una tropa de infantería al pie de la colina y les ordenó ascender hasta la cresta de ella, cabalgando entre sus soldados y diciéndoles que el enemigo había abandonado toda esperanza de victoria en la planicie y buscaba refugio en las alturas. Estas tropas ligeras avanzaron sin mayor dificultad que la escarpada pendiente hasta que chocaron con la infantería púnica, que defendía la planicie inferior y les arrojaba toda clase de proyectiles. A pesar de ello siguieron subiendo con determinación hasta que alcanzaron a las fuerzas cartaginesas. Entonces entraron en combate directo con ellos cuerpo a cuerpo, demostrando sus superiores habilidades y obligando a las fuerzas cartaginesas a retroceder hasta el campamento con muchas bajas. Asdrúbal, que había permanecido a la espera, al ver que los romanos estaban teniendo éxito en su ataque, decidió enviar refuerzos para defender la posición, a lo que respondió Escipión enviando al resto de sus tropas ligeras en apoyo de su vanguardia para un ataque frontal, mientras que con la mitad de la caballería, comandada por su amigo Aulus Gelius, y con los legionarios, rodeaba a las tropas cartaginesas por la izquierda, mientras que su comandante Cayo Lelio hacía lo propio por la derecha con la otra mitad de sus fuerzas.

Asdrúbal, al mismo tiempo, intentaba organizar y sacar al resto de sus fuerzas del campamento, pero ya era demasiado tarde: había esperado mucho tiempo y no alcanzaron a desplegarse. La desorganización y el pánico se apoderaron de las tropas cartaginesas, que vieron que las alas de los romanos ya habían subido por las laderas y, aprovechando el desorden de las tropas cartaginesas, caían sobre ellas haciéndoles huir. Los cartagineses intentaron retroceder para evitar que los flancos romanos pudieran rodearlos y atacarlos por la retaguardia, pero al intentarlo su frente simplemente se rompió y el centro romano cargó con todo para conquistar la primera meseta, algo que jamás hubiera ocurrido si la línea cartaginesa hubiera aguantado con los elefantes en la línea de combate. Finalmente, los flancos romanos lograron cortar la retirada del enemigo al rodearlo. Se desplegaron destacamentos en todas partes para bloquear todas las posibles rutas de huida. Asdrúbal y sus oficiales cerraron las puertas del campamento, dejando fuera a muchos hombres. Dentro del lugar, los elefantes, asustados, aumentaban el caos. Asdrúbal y sus generales tomaron su dinero, los elefantes y los fugitivos que pudieron reunir y se retiraron, mientras Escipión se dedicó a saquear su campamento.

Aulus Gelius estaba en su tienda lavándose la sangre que tenía por todo su cuerpo. No era suya. Era la sangre de los muchos enemigos que habían caído bajo su *gladius*. La cortinilla de la tienda se apartó y Publio Cornelio Escipión apareció tras ella.

—Amigo mío, ¿qué haces aquí que no estás divirtiéndote y disfrutando de la victoria conseguida?

Aulus Gelius se le quedó mirando fijamente y luego prosiguió lavándose.

—¿Eso que están haciendo tus tropas lo llamas tú disfrutar de la victoria? ¿Dando muerte a todos los vencidos que no sirven como esclavos y rematando a los heridos? Si eso es disfrutar de la victoria y divertirse, no, no quiero disfrutar de la victoria.

Escipión se sentó en una *sella* que había en la tienda, junto a una mesita de tijera en la que había una crátera pequeña y varias copas. Las llenó de vino y ofreció una a su amigo, que ya había terminado de limpiarse la sangre y se estaba secando.

—Escúchame bien, porque ya te lo dije una vez y no te lo volveré a repetir. Nuestros hombres han trabajado muy duro preparándose para la batalla y luego en ella viendo cómo caían abatidos muchos de sus amigos y compañeros. Necesitan vengarlos y esa es su forma de hacerlo. Se lo han merecido y yo no puedo ni quiero evitarlo. De lo contrario se amotinarían o en el siguiente enfrentamiento no se entregarían por completo, no expondrían sus vidas y fracasaríamos, y entonces seríamos nosotros los masacrados por el enemigo. ¡La guerra es así! ¡O se vence o se muere! ¡Siempre ha sido así y lo seguirá siendo! Yo no la he inventado.

—Pues si la guerra es así, no me gusta. Yo me he alistado en la legión para luchar por Roma. Luchar contra todos aquellos enemigos de nuestra República. Luchar en el frente *gladius* contra *gladius* hasta vencer o morir. ¡En eso hay honor! ¿Pero qué honor hay en matar al enemigo al que ya hemos vencido, violar a sus mujeres, asesinar a los ancianos y niños y rematar a los heridos?

—¡Es la guerra! Si no lo hiciésemos se recuperarían y se volverían contra nosotros, y entonces serían ellos los que nos masacrarían, rematarían a nuestros heridos, violarían a nuestras mujeres y matarían a nuestros ancianos y niños. Esta es la cruda realidad. La guerra es así de cruda. Si no te gusta o si no te ves capaz de luchar, será mejor que dejes la legión. Tienes mi permiso para hacerlo.

—Pues si la guerra es esto, no me gusta, pero vine a Hispania con tus legiones para vencer a los cartagineses y me quedaré con ellas y contigo hasta que los hayamos derrotado por completo. Pero no me pidas que participe en los saqueos y masacre a los vencidos. Mi *gladius* solo se empleará contra aquel que tenga otra espada para poder defenderse.

—Bien, tú mismo decidirás, pero que sepas que tienes mi permiso para abandonar la legión —le dijo Escipión poniéndose en pie, y dando un último sorbo a la copa de vino abandonó la tienda de Aulus Gelius.

Este se sentó en la *sella* en la que había estado Escipión y se cubrió la cara con las manos. Él no se había apuntado a la legión para rematar a los heridos ya vencidos, violar a sus mujeres y asesinar —sí, porque aquello que estaban haciendo en aquellos momentos las legiones de Escipión era asesinar— a los vencidos, a sus mujeres, a sus ancianos y a sus niños sin la menor piedad. Permanecería en la legión el tiempo que esta, con Escipión a la cabeza, continuase en Hispania y luego la abandonaría.

Mientras que sus legiones descansaban después de haber saqueado el campamento de Asdrúbal, Escipión, junto con su Estado Mayor, estudiaba cómo conseguir conquistar el Bajo Betis. La audaz captura de Cartago Nova había supuesto para los cartagineses la pérdida del Levante ibérico, permitiendo a los romanos expandirse hacia la cuenca del Betis, sobre todo después de la gran victoria que acababan de obtener en Baecula, que había motivado que a los cartagineses les resultase totalmente imposible el envío de refuerzos a Aníbal en la península itálica. Sin embargo, todavía existían dos poderosos ejércitos cartagineses, el primero mandado por Magón Barca y el segundo por Asdrúbal Giscón, que se encaminaron hacia Carmo, donde unieron sus fuerzas. Cuando Escipión tuvo noticias de este hecho desoyó los consejos de algunos de sus generales, que eran partidarios de ir asediando y conquistando las distintas ciudades que controlaban los cartagineses, y decidió salirles al paso en Ilipa, ciudad ubicada sobre las colinas, con una llanura enfrente propicia para enfrentarse. Los cartagineses, que veían peligrar las minas argentíferas de la región, decidieron, después de cruzar el Betis, interponerse frente a los romanos que habían acampado en una de las colinas, decididos a dar la batalla decisiva. Se produjeron distintas escaramuzas, principalmente entre las caballerías romana y la númida, con distinta suerte, pero a los romanos les resultaba cada vez más difícil recibir suministros, corriendo el peligro de quedar totalmente desabastecidos, por lo que Escipión decidió dar la batalla definitiva, después de haber arengado a sus tropas y hecho sacrificios a los dioses para conseguir su apoyo. La batalla fue muy dura. Los cartagineses se habían visto sorprendidos a primera hora de la mañana sin haber podido alimentarse y por el orden distinto en el que Escipión colocó a sus tropas, de manera que cuando el sol estaba en su cénit los cartagineses empezaron a colapsar por el cansancio, el calor y la falta de alimento. Los cartagineses trataron de retirarse en orden defendiéndose a cada paso, pero al final sucumbieron y huyeron al pie de una colina hacia su campamento. En esta ocasión los dioses lucharon a su favor, pues una providencial tormenta hizo que los romanos no los persiguiesen y regresaran a su campamento. La lluvia duró toda la noche pero los cartagineses no descansaron, pues sabían que al amanecer los legionarios romanos iniciarían el asalto al campamento. Cuando los nativos del ejército cartaginés desertaron Asdrúbal decidió que bajo la lluvia y en el más absoluto silencio abandonasen el campamento. Al amanecer Escipión recibió la noticia de que los cartagineses habían huido y mandó salir en su persecución, siendo acosados por la caballería que les había dado alcance y que consiguió inmovilizarlos hasta la llegada de la infantería, produciéndose entonces una gran matanza. Apenas unos seis mil cartagineses salvaron la vida.

Pero el control de la Bética en particular y de Hispania en general era considerado por Escipión solo como un medio para un fin. Según le contó a su amigo Aulus Gelius, desde hacía tiempo tenía en proyecto trasladar la guerra a África y así obligar a los cartagineses a llamar a Aníbal para que abandonase la península italiana. Por lo tanto, antes de regresar a Roma, decidió cruzar a África y asegurar si era posible la amistad y la cooperación de algunos de los principales príncipes indígenas. Mediante su influencia personal ya se había asegurado la adhesión de Masinisa, que servía en el ejército cartaginés de Hispania, pero cuya deserción todavía era desconocida para sus antiguos aliados. Y Escipión confiaba en que ese mismo ascendiente personal que le había permitido conseguir la amistad y la colaboración de algunos príncipes indígenas le serviría para conseguir el apoyo del todavía poderoso Sifax, rey de la tribu de los númidas masesilos.

Con solo dos quinquerremes se aventuró a salir de la Bética y llegar a la corte de Sifax en África. Le acompañaba Cayo Lelio, su mano derecha, y también le había pedido a su amigo Aulus Gelius que le acompañase, pues siempre confiaba en el buen juicio y la opinión de este, a pesar de las últimas diferencias que habían surgido entre ambos. En la corte del rey númida se encontró a su antiguo adversario, Asdrúbal, el hijo de Giscón, que había ido a la corte de Sifax con los mismos propósitos que Escipión. Aunque el general romano causó una gran impresión al rey Sifax, el general cartaginés tuvo más suerte, pues supo jugar con una baza que llevaba oculta: los encantos de su hija Sofonisba, de la que quedó prendado el rey númida y a la que tomó en matrimonio. Escipión tuvo que regresar a la península ibérica sin conseguir su propósito, y además tuvo que hacer frente a una notable insurrección contra el poder romano que había estallado entre muchos de los hispanos alentada por Magón, que había regresado a la península ibérica. Pero Escipión no tuvo problemas para acabar rápidamente con la insurrección, infligiendo un duro castigo a la ciudad de Iliturgi, que había sido el centro de las revueltas.

* * *

Ajax no había vuelto a ver a Anthousa desde que había estado con ella la noche que le había proporcionado la falsa información de la toma de Roma por parte de Aníbal. Había tenido que hacer un gran esfuerzo para no estrangularla cuando la tenía entre sus brazos y ella estaba totalmente entregada a él. ¿Cómo se podía ser tan falsa y tan hipócrita? ¿Y cómo había podido ser él tan ingenuo y durante tanto tiempo creer en sus palabras de amor? Cuando sus criados le habían dicho que, siguiendo las instrucciones de su hijo Alejo, habían seguido a Hannón «el Grande», acompañado de sus criados, hasta una casa a las afueras de la ciudad donde también habían visto acudir a Anthousa, y allí habían pasado la noche los dos juntos, no se lo había creído del todo. Tenía que haber sido una confusión y la única forma de probarlo era acudir a casa de Anthousa y proporcionarle una información falsa, como era que Aníbal había conquistado la capital de la república romana. ¡Y eso había hecho! Y con todo el dolor de su corazón había comprobado, esta vez con sus propios ojos, cómo Anthousa y Hannón habían vuelto a reunirse en la casa de las afueras, habían pasado la noche juntos y luego Hannón, en la reunión del senado cartaginés que Himilcón había solicitado, había caído en la trampa que ambos le habían preparado. Ahora no había duda posible. Anthousa era la confidente de Hannón, la que le proporcionaba las noticias que Ajax, en la intimidad, en el lecho de la alcoba, le proporcionaba.

Sí, Anthousa se merecía haber sido estrangulada por Ajax mientras se encontraba en sus brazos y esta le regalaba los oídos con palabras de amor. Pero no había sido capaz de hacerlo. Él no era un asesino por muy dolido que estuviese y no lo haría, pero necesitaba saber por qué lo había hecho ella y que le dijese a la cara por qué le había engañado. Tenía que saberlo y quería oírselo decir directamente mientras la miraba a los ojos. De lo contrario no podría vivir con esa incertidumbre. Necesitaba saberlo. Así pues, aquella mañana, después de deambular por la ciudad sin rumbo, se encaminó hacia la tienda de Anthousa. Se sorprendió al encontrarla cerrada. Era extraño. Anthousa normalmente abría su tienda a primera hora de la mañana, y sin embargo la mañana ya iba muy avanzada y la tienda permanecía cerrada. Ajax llamó a la puerta de la tienda y esperó unos momentos. Nadie contestaba. Volvió a llamar repetidamente, en esta ocasión con más fuerza. Una voz desde el interior le dijo que la tienda estaba cerrada. No era la voz de Anthousa y Ajax creyó reconocer la voz de la criada que se encargaba de la casa. Ajax volvió a aporrear con fuerza la puerta y una ventana del piso superior se abrió y la criada apareció tras el alféizar de la ventana.

—¿Estáis sordo? He dicho... —pero la criada se interrumpió al reconocer a Ajax—. Ah, es usted, señor. ¡La señora no está!

—¿Y dónde está? —preguntó Ajax.

—Pues no lo sé, señor. Ayer no apareció en todo el día y hoy tampoco. Yo ya estoy muy preocupada por que pueda haberle pasado algo.

Ajax asintió con la cabeza.

—Si aparece le dices que deseo verla y si sabes algo de ella me lo comunicas.

—Sí, señor, eso haré.

Y la criada desapareció tras la ventana.

Ajax se quedó en la puerta de la casa de Anthousa sin saber dónde ir a buscarla. Quizá estuviese en la casa donde se veía con Hannón, por lo que decidió acercarse hasta allí. Pero como no sabía qué se podía encontrar allí resolvió pasarse por su casa para hacerse acompañar por varios criados bien armados de garrotes. Bien protegido llegó a la casa donde se reunían Hannón «el Grande» y Anthousa. La casa estaba cerrada y no parecía que hubiese nadie dentro, puesto que no se oía absolutamente nada. Llamó con fuerza, pero el silencio fue la única respuesta.

—Cuando estuvimos vigilando vimos que tanto Hannón como Anthousa cogían algo del dintel de la puerta y entraban. Seguramente la llave.

Ajax probó pasando la mano por el dintel y, efectivamente, allí había una llave. Con ella abrió la puerta, no sin antes indicarle a uno de los criados que se quedase vigilando para avisarles si venía alguien y, acompañado de los otros dos criados, entró en la casa. El interior estaba revuelto, con algunos muebles tirados por el suelo. Daba la sensación de que allí se había producido una pelea, y restos de sangre en una de las paredes lo confirmaban. La cuestión era de quién era aquella sangre. Ajax tuvo un mal presentimiento al ver tirado en una esquina un pañuelo de seda que él conocía muy bien, puesto que se lo había regalado a Anthousa.

Después de revisar toda la casa —lo que no tardaron mucho en hacer, puesto que la casa era pequeña—, hizo una seña a los dos criados indicándoles que abandonaban la casa. Cerró la puerta con la llave y la volvió a dejar en el dintel de la puerta.

—Hay que recorrer la ciudad y encontrar a Anthousa —les dijo a los criados—. Vosotros recorred la ciudad preguntando por ella. Yo voy a regresar a su casa para ver si ha vuelto.

* * *

En Salmántica el día había amanecido lluvioso. Unos negros nubarrones cubrían totalmente el cielo y algunos de sus habitantes se afanaban por tapar las grietas que se habían producido en el techo de sus cabañas y que hacían que el agua de la lluvia se filtrase. Sin embargo no era esa la mayor preocupación de sus habitantes. De lo que todos hablaban era de averiguar cuál sería la decisión del Consejo de Ancianos. Aquella tarde habían fijado la reunión para decidir qué hacían con Elburo, que desde que había sido capturado permanecía amarrado al palo central de la cabaña que servía de prisión, bajo la atenta mirada de dos mujeres guerreras que lo vigilaban y que no le perdían de vista en ningún momento.

La hora fijada para la reunión del Consejo se acercaba y sin embargo su nuevo caudillo, Albano, no estaba. Había salido al amanecer acompañado de un grupo de guerreros que siempre le acompañaban, pero nadie sabía dónde había ido. Ni siquiera Aldair, la mano derecha de Albano, que se quedaba a cargo del poblado cuando su caudillo no estaba.

—¿Qué hacemos? —preguntó Aldair al más anciano del Consejo, que era el encargado de dirigir y moderar la reunión de este.

—Pues no sé. Podemos esperar un poco, pero no mucho, pues se nos echará la noche encima y los espíritus de la noche no son buenos consejeros para tomar una decisión. De todas formas la presencia del caudillo del poblado en la reunión del Consejo no es imprescindible pues él, aunque tiene voz y puede dar su opinión, no tiene voto. Es el Consejo de Ancianos el que decide.

—Sí, eso ya lo sabemos, pero siempre que este se ha reunido es porque el caudillo del poblado lo ha solicitado y siempre ha estado presente dando su opinión, que siempre se ha tenido en cuenta.

—Bueno, esperaremos un poco más. Pero si no aparece en ese tiempo iniciaremos la reunión del Consejo —manifestó el anciano.

Y dando media vuelta se dirigió hacia el templo, el edificio rectangular mucho mayor que cualquiera de las viviendas del poblado al que acudían cuando había que hacer sacrificios al dios y en el que se reunía el Consejo de Ancianos para que este los iluminase.

Ya se disponían a iniciar la sesión del Consejo pues la tarde ya se iba oscureciendo, más pronto que otros días al estar los cielos completamente nublados y descargando toda el agua que almacenaban, cuando el trote de un grupo de caballos les indicó que alguien llegaba. Aldair, que no podía estar dentro del templo y que como máxima autoridad militar permanecía en la puerta junto a sus guerreros y guerreras, para impedir que cualquiera pudiese irrumpir en la reunión del Consejo alterando la voluntad de este, entró en el templo anunciando la llegada de su caudillo.

—Siento el retraso, pero los caminos están intransitables y peligrosos —dijo Albano al entrar en el templo, dirigiéndose al lugar que normalmente ocupaba.

—Bien, entonces ya podemos empezar el Consejo —dijo el anciano encargado de dirigirlo y moderarlo.

—¡Perdonad un momento! —exclamó Albano poniéndose en pie y con el brazo levantado en señal inequívoca de que quería hacer uso de la palabra.

—¿Qué ocurre? ¿Por qué interrumpes el inicio de este Consejo?

—Disculpadme, pero creo que es necesario que cambiemos el asunto por el que este Consejo ha sido convocado —exclamó Albano.

—¿Cambiar el asunto por el que ha sido convocado? ¡Eso es imposible! ¡Nunca se ha visto cosa igual!

Y todos los ancianos que pertenecían al Consejo asintieron con la cabeza y con sus palabras, apoyando el comentario de su compañero.

—Tendría que haber ocurrido un hecho extraordinario para que el Consejo tuviese que cambiar el motivo por el que ha sido convocado. ¿Acaso ha ocurrido un hecho de tal naturaleza?

XXVII

Las cosas parecía que se torcían para Publio Cornelio Escipión. Apenas hubo regresado de África se apoderaron de él unas fiebres que lo tuvieron postrado en el lecho algunas semanas. Además del disgusto que había tenido al comprobar que su amigo Aulus Gelius no se comportaba como el resto de legionarios a la hora de dar rienda suelta a sus instintos una vez que resultaba vencedor en combate, lo que había supuesto para él una decepción, le llegaron noticias preocupantes de Sucro, una ciudad romana levantada sobre un antiguo poblamiento contestano en Iberia y que los griegos habían denominado Sicana. Los legionarios romanos, que habían vencido en la batalla de Ilipa y que se habían instalado en el campamento levantado en Sucro, aprovechando la ausencia de Escipión, se amotinaron reclamando el abono de las pagas que les habían prometido y que no se habían satisfecho. Cuando Escipión tuvo noticias de este hecho convocó a los tribunos y les dijo que debían pagar los sueldos atrasados.

—¿Con qué? —le preguntaron—. ¿De dónde sacamos el dinero?

Escipión se quedó pensativo.

—De las contribuciones que hemos impuesto a las ciudades locales —les contestó—. Enviad rápidamente a estas ciudades a los recaudadores para recabar sus contribuciones y que ninguno regrese sin haberlo hecho. Proporcionadles una escolta numerosa para que nadie tenga la tentación de no pagar.

Al mismo tiempo envió a los oficiales a los cuarteles para que informasen a los legionarios de que se les iban a abonar los sueldos que se les debían, fijando un día para que estuviesen todos reunidos y así poder repartir el dinero. Pero llegado el día Escipión ordenó a los tribunos que se hiciesen acompañar por los cabecillas del motín, invitándolos a sus aposentos. Cuando llegaron los cabecillas fueron arrestados. Se le comunicó al comandante el éxito de la operación y este mandó convocar a todas las tropas a una asamblea en el mercado de la localidad, a la que a todos se les obligó a acudir sin su armamento. Escipión mandó rodear el lugar con sus legionarios más fieles y se presentó ante los legionarios increpándoles por su falta de lealtad hacia él y hacia la patria, arguyendo que no era culpa suya el que no se les hubiera abonado la paga y que, desde luego, amotinarse no era la solución. Lo que tenían que haber hecho era quejarse por los cauces oficiales del hecho y, aunque esto era muy grave y no admitía perdón, haría una excepción e indultaría a la tropa, pero no a sus cabecillas, los cuales fueron exhibidos, atados y desnudados, para ser azotados, decapitados y arrastrados entre la masa de legionarios para que les sirviese de escarmiento. El resto de los soldados, al ver los cuerpos sangrantes y decapitados de sus dirigentes, quedaron aterrados y juraron ante los tribunos que jamás volverían a amotinarse.

* * *

Ajax se encontraba en su casa trabajando, intentando cambiar las rutas de algunos de sus barcos mercantes por itinerarios que no supusiesen ningún peligro para los barcos y para las mercancías que transportaban e intentando que los costes no se disparasen. Su hijo Alejo había estado trabajando todo el día con él y ahora, cuando el sol ya estaba a punto de ocultarse, se acercó a su padre para indicarle que él ya había terminado el trabajo encomendado, y dándole unos papiros donde había redactado el trabajo que había realizado.

—Déjalo ahí —dijo su padre—, que cuando termine con lo que tengo entre manos ya lo revisaré, aunque me imagino que lo que has hecho es lo más beneficioso y lo más seguro. Ya no es necesario que yo los revise.

—¿Entonces no me necesitas ahora? —le preguntó Alejo.

—No, ¿por qué?

—Iba a acercarme a casa de Himilcón a ver a Dido para ver qué tal sigue.

—¿Cómo va ella?

—Bien, bastante bien —contestó Alejo.

—¿Y vuestra relación?

—Bueno... —titubeó el joven—. De momento vamos a dejar que sea el tiempo el que decida. Yo la sigo queriendo y ella, por lo que dice y me demuestra, parece que también me quiere. Pero el engaño ha sido muy grande. No sé si podré perdonarla. Lo seguro es que no podré olvidar lo que ha hecho y no sé si eso es lo mejor para continuar con la relación. Veremos... que sea el tiempo el que decida.

—Me parece lo más correcto —contestó Ajax—. Desde luego parece que Moloch se ha cegado con nosotros. Algo hemos de haber hecho mal para que nuestras mujeres nos engañen miserablemente.

—¿Sigues sin saber nada de Anthousa? —le preguntó Alejo.

—Absolutamente nada. He ido varias veces por su casa, pero según su criada no ha dado señales de vida. No ha vuelto a ir por allí y nadie sabe nada de ella. Es como si se la hubiese tragado la tierra.

—¡Pues en algún sitio tiene que estar! —exclamó Alejo.

—Sí, ¿pero dónde?

Alejo se encogió de hombros.

—Bueno, no te preocupes por Anthousa. Descansa y relájate, pues creo que se nos avecinan días muy duros —le dijo su padre.

Alejo asintió con la cabeza y se despidió de él. Este salió a la terraza desde la que se contemplaban los dos puertos, el comercial y el militar, y toda la extensión del mar que se extendía tras ellos. Estaba un poco picado y se veía a todo lo largo y ancho salpicado de puntitos blancos de espuma. Quizá su hijo pudiese perdonar aunque no olvidase, pero desde luego él no podría, bajo ningún concepto, perdonar lo que Anthousa le había hecho y mucho menos olvidarlo. Pero quería tenerla enfrente, que fuese capaz de mirarle a los ojos y le dijese por qué lo había hecho, por qué había quebrado la confianza que él había depositado en ella traicionándole de aquella manera y, además, con alguien a quien detestaba profundamente.

Ensimismado como estaba en sus pensamientos no se percató de que un criado había entrado en la estancia y le había llamado.

—¡Señor, señor! —tuvo que repetir el criado subiendo el tono de voz para que Ajax se percatase de su presencia. Este se volvió hacia el criado.

—¿Sí? ¿Qué ocurre? —le preguntó.

—Ha llegado el señor Himilcón y pregunta que si podéis recibirle.

—Pues claro que puedo. Hazle pasar y trae una crátera de vino, del de Falerno, con varias copas y algo para picar.

—¡Ahora mismo, señor!

Acto seguido el criado apareció junto a Himilcón y, una vez que lo hubo anunciado, se retiró para ir a buscar lo que su señor le había indicado.

—¡Espero no haber interrumpido algo importante! —le dijo Himilcón a su amigo a modo de saludo.

—¡No! Estaba haciendo un descanso en el trabajo. No sé si es por esta maldita guerra o porque yo ya soy mayor, pero lo cierto es que cada vez me cuesta más trabajo acabar la tarea. Bien es verdad que desde que se inició la guerra resulta mucho más complicado encontrar rutas seguras para los barcos y valorar las mercancías y el coste que eso supone.

—¿No cuentas con la ayuda de tu hijo Alejo?

—Sí, claro que sí, y gracias a su ayuda puedo ir saliendo adelante sin que se vean afectadas mis transacciones.

—Tu hijo es un gran muchacho y yo le estaré eternamente agradecido. Si no hubiese sido por él mi hija Dido estaría sumida en una enorme depresión, si es que no se habría vuelto loca. Le estaré siempre agradecido.

—Bueno, esperemos a ver cómo se conduce esa relación. Esperemos que bien para los dos. Yo lo único que quiero es que sean felices, bien juntos o cada uno por su lado. Eso ya, a estas alturas y después de lo que han pasado, me da igual.

En ese momento entró el criado con la crátera que le había mandado ir a buscar Ajax, un par de copas y unos trocitos de queso.

—Déjalo ahí y puedes retirarte. Ya me encargo yo de llenar las copas —le dijo Ajax al criado.

—Sí, tienes razón —le contestó Himilcón—. Después de lo ocurrido lo que realmente importa es que los dos sean felices, bien juntos o cada uno por su lado. ¿Y de Anthousa sabes algo? —le preguntó.

—¡Nada de nada! —exclamó Ajax mientras servía las dos copas y le daba una a su amigo—. Es como si se la hubiese tragado la tierra. Nadie la ha visto y nadie sabe nada de ella. La tienda permanece cerrada porque no ha vuelto por su casa y su criada está desesperada. Viene todos los días por aquí a ver si yo sé algo, y no hace más que llorar porque está convencida de que le ha pasado algo.

—Pero si fuese así habría aparecido su cuerpo o alguien habría visto algo —comentó Himilcón.

—Sí, eso es lo lógico, si es que hay algo de lógica en este extraño suceso.

—¿Y no será que al verse descubierta ha huido poniendo tierra de por medio? —preguntó Himilcón.

—Podemos pensar cualquier cosa porque ya todo es posible, pero eso que dices no creo que haya pasado. No se ha llevado nada, todas sus cosas permanecen en su casa. No, no creo que haya huido. En fin, todo se aclarará, o al menos eso espero.

Ajax dio un buen sorbo al vino y volvió a llenar las dos copas.

—¿Y la situación en Kart-Hadtha de la península ibérica cómo va? —preguntó Ajax.

—Pues me temo que nada bien. No ha vuelto a llegar ningún correo de Asdrúbal ni de ninguno de sus hermanos. Lo que sabemos, pero sin poder confirmarlo, son las noticias que nos llegan a través de los comerciantes que vienen de la península ibérica. Y esas no sé hasta qué punto son fiables.

—Sí, a mí también me han llegado noticias de allí y no parece que sean muy alentadoras, pero como tú dices, no sabemos si serán muy fiables.

Pero sí, las noticias que les habían llegado sí eran fiables. Las derrotas que habían sufrido las tropas cartaginesas, primero en Baecula y luego en Ilipa, y la deserción de muchos de los pueblos ibéricos que hasta ese momento se habían mantenido como aliados de los cartagineses, convencieron a Asdrúbal Barca de que la península ibérica estaba perdida, a lo que contribuyó, sin duda, el hecho de que Escipión procurara no hacer rehenes entre los pueblos ibéricos que habían luchado al lado de los cartagineses, lo que le hizo muy popular entre estos pueblos, que no dudaron en pasarse a su lado. Asdrúbal vio la necesidad de abandonar cuanto antes la península ibérica y procuró aglutinar en torno a su ejército los restos de los ejércitos de su hermano Magón Barca y de Asdrúbal Giscón, reuniéndolos junto al río Tajo. Una vez que este ejército estuvo operativo, la única forma de salvar la península ibérica y evitar que toda ella cayese en manos de las legiones romanas era que Roma sintiese el peligro en su propio territorio, lo que podría ocurrir si Asdrúbal se encaminaba con su ejército hacia el norte y repetía la hazaña que su hermano Aníbal había logrado once años antes. Si conseguían unir los dos ejércitos, el suyo y el que su hermano tenía asolando el sur de la península italiana, Roma llamaría en su ayuda a las legiones de la península ibérica y esta quedaría libre de soldados romanos. Asdrúbal consiguió cruzar los Pirineos burlando el dispositivo romano al norte del río Ebro y, tras reclutar nuevos efectivos en la Galia transalpina, se dispuso a pasar el invierno para, transcurrido este, cruzar los Alpes y presentarse en la península italiana con otro poderoso ejército de refuerzo, que se uniría al que ya dirigía su hermano en el sur de esta. Era lo que Asdrúbal y Aníbal habían venido pidiendo desde que Aníbal había conseguido llegar a territorio controlado por Roma. Pero el Senado cartaginés, influenciado por Hannón, se lo había venido negando una y otra vez. En esta ocasión Asdrúbal, al igual que había hecho su hermano once años antes, no había solicitado el consentimiento de La Balanza, ni siquiera les había informado del hecho. Pero, ahora sí, los dos ejércitos juntos podrían conquistar Roma.

—¿Y tú crees que lo conseguirán, si es cierto eso que dicen los comerciantes? —preguntó Ajax.

—¡No lo sé! —respondió Himilcón—. Repetir la hazaña de Aníbal ya es difícil de por sí, aunque Asdrúbal se puede aprovechar de la experiencia de su hermano. Pero aunque lo consiga, las legiones romanas ya tienen una gran experiencia en la lucha contra nuestros soldados y veo difícil que Asdrúbal pueda llegar a unirse al ejército de su hermano —contestó Himilcón. Y después de dar un sorbo a su copa de vino y meterse un trozo de queso en la boca continuó hablando—: En fin, tengo la sensación de que nos estamos jugando la carta definitiva de esta partida. De que la juguemos bien dependerá el resultado de la guerra. El tiempo, no tardando mucho, nos lo dirá.

* * *

Albano observó a todos los ancianos, que se miraban unos a otros sin entender por qué su nuevo caudillo quería cambiar el asunto por el que se habían reunido, como era decidir qué castigo aplicaban a Elburo. Nunca se había hecho semejante cosa desde que ellos tenían memoria, pues habían oído decir siempre que tenía que haber un hecho extraordinario para que el Consejo de Ancianos decidiese alterar el motivo de la reunión. Y Albano era perfectamente consciente de esto. ¿Qué hecho extraordinario había ocurrido para que el propio Albano pidiese cambiar el orden del día establecido, que él mismo había solicitado?

—Sí, ya sé que lo que estoy pidiendo es algo inusual, que ninguno de los que estamos aquí, ni siquiera los más ancianos, recuerdan haberlo vivido, pero todos sabemos que si ocurre algo extraordinario, podemos hacerlo.

—¿Y qué es ese algo extraordinario que te ha llevado a solicitar cambiar el orden del día? —preguntó el más anciano de los que estaban allí reunidos.

Albano se puso en pie y se paseó por la estancia mientras miraba a todos los ancianos que formaban el Consejo.

—Todos sabéis que para que el Senado cartaginés me concediese la libertad tras la muerte de mi padre y pudiese regresar para ser elegido caudillo de Salmántica tuve que prestar un juramento. Todos conocéis el juramento que tuve que prestar. No hace falta que yo os lo recuerde.

Albano hizo una pausa y comprobó cómo todos los ancianos asentían con la cabeza. Todos lo recordaban. Incluso aquellos a los que ya la memoria les empezaba a fallar también asentían, bien porque lo recordaban o porque no querían reconocer que su memoria ya empezaba a jugarles malas pasadas olvidando cosas importantes, como era esa de la que estaba hablando su caudillo.

—Entonces la situación en la península ibérica, o Hispania, como la denominan los romanos, era distinta. En aquellos momentos eran los cartagineses los que prácticamente la controlaban en su totalidad, estando aliados con ellos y prestándoles sumisión la mayor parte de los pueblos de la Península, por no decir todos ellos.

Albano hizo otra pausa, observó a los ancianos, que no perdían detalle de lo que estaba diciendo, y siguió hablando.

—Sin embargo, ahora la situación ha cambiado radicalmente. Es Roma, con sus legiones victoriosas, la que, después de derrotar a los cartagineses en las batallas de Baecula y de Ilipa, controla la mayor parte de la Península, y todos aquellos pueblos que antes eran aliados de Cartago están rompiendo sus tratados de amistad y fidelidad con ella y firmando tratados de amistad con Roma. ¿Qué tenemos que hacer nosotros? —preguntó Albano—. Como ciudad, lo que más nos interesa es romper nuestro tratado con Cartago y firmar uno nuevo con Roma como aliados suyos. Eso es lo que más conviene a nuestros intereses. ¿No os parece?

Un sí atronador llenó la sala a la vez que los ancianos, poniéndose en pie, se golpeaban el pecho y continuaban gritando: «¡Sí, sí, sí!».

Albano alzó los brazos pidiendo silencio y le costó un tiempo que los ancianos, que se habían puesto todos en pie, volviesen a sentarse y guardasen silencio.

—Yo también estoy de acuerdo en que lo que más nos interesa como ciudad es cambiar nuestra alianza y firmar una nueva con Roma. Pero yo, personalmente, como hijo de Cedrick, juré por mi padre muerto y por nuestros dioses, principalmente por nuestro dios Salamati, que como caudillo de esta ciudad permanecería fiel a Kart-Hadtha, es decir, a Cartago. Y yo soy hombre de palabra y cuando hago un juramento lo cumplo hasta el final. No voy a romper el juramento hecho y que me permitió recuperar la libertad. Si no lo respetase los dioses me castigarían.

Albano se sentó dando por finalizada su intervención mientras un absoluto silencio se había adueñado de la estancia. Había llegado el momento de que los ancianos tomasen la palabra y decidiesen qué hacer.

* * *

Publio Cornelio Escipión, después de las victorias de Baecula y de Ilipa y de haber sofocado el motín de Sucro, tenía bajo su control toda la Bética y, habiendo terminado el mandato para el que había sido nombrado por el Senado romano, decidió regresar a Roma, cubierto por un aura de gloria por sus victorias en Hispania. Su enemigo Magón había abandonado la península ibérica y cruzado a Liguria, en un vano intento de ayudar a su hermano Aníbal, por lo que no quedaban más enemigos en Hispania.

La situación en la república romana había cambiado profundamente durante su ausencia. Aníbal no solo no había vuelto a derrotar a las legiones, sino que había perdido casi todos sus apoyos: las principales bases rebeldes (Capua, Tarento, Siracusa, etc.) habían caído y sus habitantes reducidos a la esclavitud. Asdrúbal, cuyo ejército estaba constituido con los restos de la batalla de Ilipa, había cruzado los Pirineos, había pasado el invierno acuartelado y pasado este cruzó también los Alpes. Pero le quedaba un largo camino hasta poder reunirse con su hermano Aníbal, que se encontraba en el sur. Varias legiones romanas le salieron al paso y fue derrotado por ellas en la batalla del Metauro, en el año 207 a. C.

Las cosas no pintaban bien para los cartagineses, pero Escipión tampoco estaba satisfecho, porque a pesar de traer consigo un gran botín, numerosos prisioneros y un buen número de barcos capturados, el Senado romano le negó el derecho a un *triumphus* por sus victorias, ya que había luchado como un *privatus*, es decir, no tenía mando consular, sino que únicamente era un general, por lo que el Senado únicamente le otorgó una ovación. Esta era concedida por el Senado a aquellos a quienes deseaban celebrar sus victorias y no se les podía negar del todo el *triumphus*, pero sin embargo no tenían mando consular, que era uno de los requisitos imprescindibles para que se les otorgase el *triumphus*. La ovación era por lo tanto un *triumphus* menor en el que el general entraba en la ciudad a caballo, aunque en las primeras ovaciones el general entraba a pie, pero nunca en un carro. Vestía la *toga praetexta* de un magistrado y una corona de mirto, en lugar de la túnica *picta* y la corona de laurel que llevaba el *triumphator*; tampoco llevaba cetro y era acompañado de flautistas en lugar de trompeteros. En la procesión podía mostrar el botín capturado, pero no entrar con su ejército en la ciudad, aunque se le permitía llevar una pequeña escolta militar, en este caso formada por caballeros. La procesión llegaba hasta el Capitolio, donde el general sacrificaba una oveja en lugar de un toro a Júpiter. Aulus Gelius fue uno de los équites que formó parte de la escolta de Escipión, aunque el joven, que siempre había soñado con regresar a Roma en una situación como aquella, nunca pensó que lo haría con un amargo sabor de boca y totalmente desencantado.

Escipión, terminada la ovación, dio una fiesta en su casa para los amigos, en la que por supuesto estaba invitado Aulus Gelius, que no acudió a la misma ante la sorpresa de la esposa del general, Emilia Tercia que, extrañada e intrigada, preguntó a su esposo por el joven. Lo había visto en el desfile formando parte de la escolta de su marido, por lo que era evidente que se encontraba perfectamente y que no había regresado de Hispania herido. Escipión se encogió de hombros. Ni siquiera se había percatado de la ausencia de su joven amigo. Y dando la espalda a su mujer continuó hablando con los senadores partidarios suyos, que estaban sumamente indignados por que no se le hubiese concedido un *triumphus* y hubiese tenido que contentarse con una simple ovación. Pero en aquellos momentos Escipión, aunque molesto, tenía ya puesta su mente en otra cosa.

XXVIII

Los ancianos que formaban el Consejo no conseguían ponerse de acuerdo sobre si debían romper el tratado de amistad que mantenían con Cartago y unirse a los pueblos aliados de Roma, o mantener el juramento hecho por su caudillo Albano de permanecer fieles a Cartago. Todos coincidían en que en aquellos momentos, y tal como estaba la situación política, con la derrota de los ejércitos cartagineses y el control casi total que las legiones romanas tenían sobre la Península, lo más conveniente era romper ese juramento y posicionarse a favor de Roma. Pero eso dejaba en muy mal lugar a su caudillo, que rompía el juramento hecho. ¿Quién volvería a creer en su palabra y en sus juramentos si era capaz de romperlos y no cumplir cuando las circunstancias variaban?

Esa era la cuestión principal sobre la que todos los ancianos discutían dando su opinión sin llegar a ponerse de acuerdo. Viendo que iba a ser imposible que el Consejo de Ancianos tomase una decisión por unanimidad, pues los partidarios de cada una de las dos opciones que se debatían estaban muy igualados, Albano, que durante todo el debate había permanecido en silencio, alzó el brazo indicando que quería tomar la palabra y se puso en pie dirigiéndose hacia el centro del templo en el que estaban.

—No vamos a llegar a ningún acuerdo, porque los partidarios de una u otra opción están muy igualados. Por lo tanto creo que soy yo el que debo dar un paso adelante y tomar una decisión. Yo, desde luego, no estoy dispuesto a romper mi juramento y faltar a mi palabra dada. Como muy bien habéis dicho alguno de vosotros, perdería toda mi credibilidad y nadie volvería a confiar en mí como caudillo del poblado. Mi juramento y mi palabra dada a los cartagineses fueron como futuro caudillo de Salmántica, pero si yo dejo de ser caudillo del poblado, la ciudad puede aliarse con quien quiera, pues ese juramento queda eliminado al no ser ya el caudillo del poblado. La ciudad, como tal, no juró fidelidad a Cartago. El juramento por lo tanto queda sin valor porque es el juramento de un vecino de la ciudad, pero que no tiene ningún poder sobre ella. Y yo no rompo mi juramento ni falto a mi palabra. Por lo tanto desde este mismo momento, en este lugar sagrado, morada de nuestros dioses, presento mi renuncia al cargo de caudillo de la ciudad y me convierto en un simple vecino más de ella.

El silencio fue total en el templo en el que tenía lugar la asamblea. Los ancianos se miraban unos a otros sin saber qué decir ni qué hacer. Albano regresó a sentarse en el lugar que ocupaba y el más anciano y moderador del Consejo se puso en pie y se dirigió a sus convecinos.

—Creo que es nuestro deber y obligación, por el bien de nuestra ciudad y sobre todo por el bien de Albano, para que su credibilidad y su palabra no puedan ser puestas en duda, aceptar su renuncia, algo que nunca ha ocurrido y que yo no conozco que haya ocurrido en los pueblos que son vecinos nuestros.

Todos los ancianos corroboraron las palabras del moderador, demostrando que estaban de acuerdo con ellas.

—¿Admitimos pues la renuncia de Albano a ser nuestro caudillo?

Un tímido sí se fue extendiendo por la estancia, a lo que siguió un murmullo de voces después de que el anciano dijera que aceptaban la renuncia de Albano. ¡Ya no era su caudillo! El anciano tuvo que hacer un gran esfuerzo para conseguir que las voces cesaran y el silencio volviera a reinar en la sala.

—Amigos, se nos presenta un problema añadido y que, al venir a esta reunión, ni siquiera habíamos imaginado. Tenemos que elegir un nuevo caudillo para nuestro poblado. Hasta ahora había sido muy fácil. Cedrick había demostrado, por su valor y buen juicio, ser el mejor jefe posible y él se encargó de adiestrar a su hijo, que también tenía su valor y su buen juicio, para que le sustituyese en el puesto cuando los dioses se lo llevaran a las praderas celestiales. Casi todo el pueblo estaba de acuerdo con esa sucesión, salvo el traidor Elburo, que tenemos detenido en una de nuestras cabañas y que tendremos que ver qué hacemos con él. Pero ahora, sin Albano, ¿quién reúne las condiciones necesarias para ser nuestro caudillo y conducir nuestro poblado? —preguntó.

Albano alzó el brazo indicando que pedía la palabra, se levantó y se acercó al centro de la estancia.

—Yo tengo a la persona adecuada que creo que reúne las condiciones idóneas para ser nuestro caudillo y conducir nuestro poblado.

Hizo una pausa para ver cómo habían caído sus palabras entre los ancianos que formaban el Consejo y, viendo que todos estaban pendientes de ellas, continuó:

—Creo... vamos, no es que lo crea, es que estoy convencido, que la persona más adecuada para sustituirme y ser nuestro caudillo es alguien que siempre ha estado a mi lado, ha aprendido de mí y ya ha dado muestras de ser responsable y valeroso, con un gran sentido común y que estoy seguro de que conducirá con mano firme nuestro poblado en los tiempos duros que, a buen seguro, se nos avecinan. Alguien cuya rectitud y honestidad están fuera de toda duda y del que nos sentiremos orgullosos. Esa persona es... Aldair. Hasta ahora ha sido mi mano derecha y en el que he confiado ciegamente y que, durante el tiempo que yo he estado fuera, ha servido fielmente a mi padre hasta que este fue llamado a las praderas celestiales y desde ellas, a buen seguro, aprobará este nombramiento.

El silencio siguió a las palabras de Albano que, terminada su disertación, regresó a su sitio en el banco que ocupaba. Un tímido sí, pronunciado por alguno de los integrantes de la asamblea, rápidamente fue repetido por el resto de los ancianos hasta que se convirtió en un sí atronador que llenó toda la estancia. Y un nombre, Aldair, empezó a sonar por toda ella.

Fuera de la gran cabaña en la que se encontraban reunidos todos los ancianos empezó a escucharse el nombre de Aldair, al principio de forma tímida, pero pronto se convirtió en un grito que empezó a oírse por los alrededores de la gran cabaña y que iba resonando cada vez más. Aldair y los guerreros que hacían guardia fuera de ella se miraron unos a otros y todos terminaron mirando extrañados a Aldair que, sorprendido y un tanto temeroso, se acercó a la entrada de la gran cabaña a ver qué es lo que ocurría. El interior estaba poco iluminado, apenas un par de hachones trataban de alumbrarla con escaso éxito, por lo que los ojos de Aldair tardaron en acostumbrarse a la penumbra que había en el interior. Albano, al ver que su amigo se había acercado a la entrada de la gran cabaña, se levantó y se acercó a él, cogiéndole por el brazo mientras que con el otro brazo pedía silencio en la estancia. El anciano que moderaba el Consejo se levantó también de su asiento y trató de imponer silencio, lo que le llevó algún tiempo, pues los ancianos, al ver entrar a Aldair, renovaron con mayor fuerza, si cabía, el grito pronunciando el nombre de Aldair que, sorprendido y extrañado, ahora que sus ojos ya se habían acostumbrado a la penumbra de la gran cabaña, miraba a los ancianos y a su caudillo Albano.

—Es necesario que se proceda a votar si estamos de acuerdo con ese nombramiento —exclamó el anciano moderador—. Levantad los brazos todos los que estén de acuerdo con él.

Y un mar de brazos alzados llenó la estancia mientras que otra vez el nombre de Aldair era coreado cada vez con más fuerza.

—¡Bien, pues Aldair queda nombrado nuevo caudillo de Salmántica! —gritó el anciano moderador, aunque nadie más que él pudo escuchar sus palabras.

Aldair no entendía nada y miraba a Albano, que seguía reteniéndole por el brazo, con una mirada que era toda una súplica para que le explicase qué es lo que estaba ocurriendo. El moderador volvió a levantar los brazos pidiendo silencio, lo que le llevó otra vez algún tiempo conseguir. Una vez que este se adueñó de la estancia el anciano moderador se acercó a Aldair y le pidió que se arrodillase, lo que este hizo después de mirar a Albano y ver que este le indicaba con la cabeza que lo hiciese.

—Aldair, nuestro caudillo Albano ha renunciado a seguir siendo nuestro dirigente y el Consejo de Ancianos ha decidido por unanimidad y a propuesta suya elegirte a ti como nuestro nuevo caudillo.

El joven, al oír lo que el anciano le decía, hizo ademán de incorporarse, pero la mano de Albano, que estaba sobre su hombro, se lo impidió.

—¿Aceptas el nombramiento que el Consejo de Ancianos por unanimidad ha realizado?

Aldair miró a los ancianos, que le observaban fijamente, y miró a Albano, que le miraba sonriendo.

—¿Pero qué ha ocurrido? ¿Por qué no puedes tú seguir siendo nuestro líder? —le preguntó.

Albano, en un sucinto resumen, le explicó las causas por las que él no podía seguir siendo el caudillo de Salmántica y por qué le habían elegido a él para que le sucediese.

—¿Aceptas ser nuestro guía y dirigir nuestra ciudad? —le preguntó.

La expectación era máxima entre los ancianos que estaban en el interior del recinto, pero también en el exterior, donde se habían ido reuniendo todos los habitantes del poblado ante el coro de voces que habían escuchado coreando el nombre de Aldair.

—Pero yo no sé si voy a estar capacitado para hacerlo. No tengo ninguna experiencia en ello.

—Tienes la honestidad, el valor y el sentido de la justicia más que suficientes para llevar a cabo esta empresa. El resto te lo dará la práctica y la experiencia. Y no estarás solo. Yo te acompañaré y te guiaré. Estaré siempre a tu lado.

Aldair, al escuchar estas palabras, sonrió y su rostro, hasta esos momentos preocupado y en tensión, se relajó.

—Si es así, entonces sí, acepto.

—Tienes que prestar juramento ante los dioses de que velarás por la ciudad y si es necesario darás tu vida por ella —le dijo el moderador del Consejo de Ancianos.

Aldair lo hizo y entonces Albano le entregó la espada de cuernos que había sido de su padre y que él había llevado mientras había sido el dirigente de la ciudad, y que iba pasando de caudillo en caudillo. Una hermosa espadas con la empuñadura en plata que Aldair recibió emocionado. Todos los ancianos que formaban parte del Consejo pasaron ante él arrodillándose y jurándole fidelidad. Fuera del templo donde se habían concentrado la mayoría de los habitantes y los guerreros de la ciudad ya se conocía la noticia y los vítores a Aldair eran continuos. Una vez que los ancianos abandonaron el templo, Aldair salió del templo entre los vítores de todos los que le esperaban. Ahora fueron todos los guerreros los que desfilaron ante él prestándole juramento y, acabado este, se organizó una fiesta en la que la cerveza corrió a raudales. Pero todavía tenían algo pendiente. Había que decidir qué se hacía con Elburo, que permanecía maniatado en una de las cabañas del poblado bajo la atenta mirada de dos mujeres guerreras que no le perdían de vista.

* * *

En Roma, una vez que hubo acabado la ovación que el Senado accedió conceder a Escipión y terminada la fiesta con la que este convidó a sus amigos, el joven militar no permaneció ocioso y se dispuso a organizar todo para asegurarse su elección al consulado. Ya tenía práctica, pues había colaborado activamente en la organización y el desarrollo de la campaña que su padre hizo cuando se postuló al consulado, por lo que experiencia para eso no le faltaba, y además contaba con el oro que había traído como botín de su guerra en Hispania. Sin embargo, en esta ocasión no pudo contar con su amigo Aulus Gelius. La amistad entre ambos se había ido enfriando y ya apenas si tenían contacto. Sin embargo, la amistad de este con la esposa de Publio Cornelio Escipión, Emilia Tercia, fue aumentando, pues vieron que tenían muchas cosas en común y aficiones similares. Tenían largas conversaciones sobre un sinfín de temas y en ocasiones daban largos paseos por las orillas del Tíber. Disfrutaban de mucho tiempo para hacerlo, pues Escipión apenas si pisaba por su casa, volcado como estaba en la campaña para ser elegido cónsul, y el tiempo libre que le quedaba lo utilizaba para disfrutar de su esclava. Aulus Gelius se preguntó si no se estaría enamorando de la mujer de su amigo, o mejor dicho de su antiguo amigo, pero Emilia Tercia ya le había dejado caer que lo único que podría obtener de ella era una sincera amistad, pero nada más que eso.

En el año 205 a. C., por el voto unánime de todas las centurias, a pesar de que aún no había ejercido el cargo de pretor, como era preceptivo y con tan solo treinta años de edad, Publio Cornelio Escipión salió elegido cónsul. Su colega en la elección fue Publio Licinio Craso Dives, que a la sazón estaba ejerciendo el cargo de *pontifex maximus*, y por tal motivo no podía abandonar la península italiana. Por lo tanto, si la guerra iba a continuar fuera de la república romana, la realización de la misma debía obligatoriamente recaer sobre Publio Cornelio Escipión. El objetivo de este era organizar un ejército con el que desembarcar en África para amenazar a Cartago en su propio territorio y forzar así la marcha de Aníbal de la península italiana, alejando el peligro que siempre suponían las tropas de este asolando los campos italianos, y para ello inició los preparativos. Sin embargo, los más antiguos miembros del Senado se opusieron a este proyecto, en parte por considerarlo arriesgado y en parte por celos del joven cónsul.

A lo más que accedió el Senado fue a concederle el mando de la provincia de Sicilia, con el permiso para cruzar a África, si únicamente era en beneficio de la República, pero negándose rotundamente a proporcionarle un ejército, con lo que la autorización para saltar a África no tenía ninguna utilidad práctica. Sin embargo, los pueblos aliados de Roma, posiblemente con mejor visión de futuro de los intereses de la República que los que tenía el Senado romano, quizá cegado por sus miedos y sus celos, sí se lo concedieron y en todas las ciudades de la península italiana se fueron uniendo voluntarios al ejército que Escipión empezó a reunir, decidido a someter a Cartago y acabar la guerra.

El Senado romano no podía negarse a que el joven cónsul alistase para su ejército voluntarios, de manera que cuando Escipión cruzó a Sicilia, tal como era imperativo del Senado, lo hizo ya con un cuantioso ejército y una numerosa flota, de manera que muchos senadores, que en principio le habían negado que pudiese cruzar a África, empezaron a reconsiderar su postura. A pesar de que no tenía mando en Brucia asistió a la reducción de Locri y después de la conquista de la ciudad dejó a su legado, Quinto Pleminio, al mando del lugar. Este último fue culpable de tales excesos contra los habitantes, que estos enviaron una embajada al Senado romano quejándose de su conducta. En el curso de la investigación se alegó que Escipión había permitido que Pleminio continuara en el mando después de haber sido plenamente informado de la mala conducta de su lugarteniente, por lo que sus enemigos aprovecharon la oportunidad para arremeter contra la conducta de Escipión y pedir el retiro inmediato de este.

El Senado romano escuchó estos ataques, sin embargo no se atrevió a la revocación inmediata del cónsul, pero sí envió una comisión a Sicilia para investigar el estado en el que se encontraba el ejército y si los cargos en su contra eran fundados o no. La comisión llegó a Sicilia a principios del año 204 a. C. Durante todo el otoño y lo que llevaban de invierno Escipión había estado ocupado intentando poner a punto al ejército y a la marina, por lo que en esos momentos uno y otra estaban en su estado más eficiente, lo que causó la sorpresa y admiración de los comisionados. Y en lugar de ordenar su regreso a Roma, que era lo que el Senado les había ordenado que hicieran si las acusaciones contra Escipión eran ciertas, le pidieron que cruzara a África lo antes posible. En el año 204 a. C. Escipión, con todo su ejército en plena forma, zarpó de Lilibeo y desembarcó en África, no muy lejos de Útica, sin oposición de la flota cartaginesa.

* * *

Ajax llevaba todo el día trabajando en su estudio intentando cuadrar los itinerarios de sus barcos y los que su compañía aseguraba de la forma lo más segura posible. Pero esta tarea cada vez le resultaba más ardua, pues los vaivenes que la guerra causaba cambiaban continuamente los frentes y el control de estos hacía muy difícil establecer rutas completamente seguras. Estaba cansado y le dolían los ojos, cosa que antes no le ocurría. No sabía si era porque la situación ahora era mucho más compleja y variable que antes, o porque se estaba haciendo mayor y los años empezaban a pesarle. Menos mal que su hijo Alejo se había quedado con él, porque de lo contrario no habría podido mantener el volumen de negocio que seguía teniendo. Por lo menos su hijo pensaba que se encontraba bien; parecía que ya había superado el engaño tan fuerte que Dido le había infligido y, aunque no había olvidado, parecía que había perdonado a la muchacha. Eso al menos parecía intuirse del contacto que, aunque no de forma regular, seguían teniendo.

No podía decir lo mismo de él, que seguía teniendo como una daga clavada en el corazón el engaño que Anthousa le había infligido. Su hijo era joven y se recuperaría del terrible golpe que el engaño de Dido le había supuesto, y a buen seguro que pronto reharía su vida y encontraría a otra mujer de la que se enamoraría, si es que no lo hacía con la propia Dido. Pero él ya no era joven y el golpe recibido había sido todavía más fuerte que el sufrido por su hijo, pues el engaño se había producido con uno de sus enemigos. Porque sí, podía decirse que Hannón «el Grande» era su enemigo, ya que el enemigo de sus amigos era su enemigo. Con el agravante de que Anthousa había utilizado las confidencias realizadas en el lecho para contárselas a su enemigo. No, le resultaría del todo imposible olvidarlo y también perdonarla. Aunque le hubiese gustado poder decírselo a la cara, frente a frente, por el momento eso resultaba imposible, porque Anthousa no había vuelto a dar señales de vida. Había desaparecido completamente y nadie, absolutamente nadie había vuelto a saber nada de ella. Su tienda permanecía cerrada y la criada, que al principio iba todos los días por su casa a preguntarle si él sabía algo, había dejado de hacerlo. La pobre mujer estaba desesperada, porque con la tienda cerrada no tenía otro medio para subsistir y Ajax, compadeciéndose de ella, le había ofrecido trabajar en su casa como criada, una más de las que ya trabajaban para él. No es que la necesitase, pero la pobre mujer siempre le había parecido una buena persona y con él siempre había sido muy servicial y amable cada vez que había acudido a casa de Anthousa. Cuando le ofreció el trabajo la mujer se había echado a llorar arrodillándose a sus pies.

Oyó llegar a su hijo Alejo preguntándole a un criado dónde estaba su padre y le extrañó, pues no hacía tanto que había abandonado la casa. Su hijo entró en el aposento donde estaba Ajax. Venía muy serio y con el rostro lívido.

—¿Cómo es que regresas tan pronto? ¿Te ocurre algo? ¿Te encuentras bien? —le preguntó Ajax.

Su hijo se sentó en la *sella* que hasta hacía un momento había ocupado su padre y le miró fijamente.

—Padre, es mejor que te sientes. No traigo buenas noticias.

* * *

Hannón «el Grande» se encontraba en su enorme mansión sentado en el extenso jardín que, a aquellas horas de la tarde, cuando el sol ya se ponía tras el horizonte, llenaba de colores vistosos el cielo de la ciudad, como si se tratase de la paleta de un pintor. Pero la mente y los sentidos del cartaginés no estaban para contemplar y deleitarse con la maravilla que la naturaleza estaba pintando ante sus ojos. Su mente se encontraba muy lejos de allí, preguntándose cuáles serían las intenciones del recién elegido cónsul romano, Publio Cornelio Escipión. Según las noticias que sus informadores, que tenía distribuidos por todo el norte de África, le habían traído aquella misma tarde, el cónsul romano había desembarcado en África, no muy lejos de Útica, procedente de Lilibeo, con un numeroso ejército, que a decir de sus informadores estaba muy bien entrenado y con una poderosa flota. Y lo había hecho sin la más mínima oposición de la flota cartaginesa. Y una vez que habían desembarcado se les había unido un poderoso aliado, Masinisa, rey nominal de Numidia oriental. Nominal porque había sido despojado de su trono por su rival Sifax, rey de Numidia occidental y aliado de Cartago. Escipión, como era habitual en él, una vez que hubo desembarcado no había permanecido ocioso, sino que había puesto sitio a Útica, ciudad ubicada en la costa mediterránea de África.

Hannón no tenía duda de que Escipión conseguiría su objetivo, que no era otro que apoderarse de Útica. Ya había demostrado su capacidad y aptitudes para lograrlo en Hispania, que ellos, los cartagineses, habían perdido totalmente. En aquellos momentos, allí, en la soledad de su jardín, saboreando una copa de buen vino, no sabía realmente qué era mejor para sus intereses. Si que Escipión consiguiese sus objetivos y pusiese en peligro Kart-Hadtha, obligando al Senado cartaginés a reclamar el regreso de Aníbal —como ya comentaban algunos senadores, incluso de su grupo—, o contener a Escipión esperando que Aníbal, muy diezmado su ejército, fuese derrotado definitivamente en la península italiana. Ocurriese lo que ocurriese, lo único que realmente le complacería es que Aníbal desapareciese, y con él toda la dinastía de los Barca. Sí, Kart-Hadtha perdería la guerra otra vez, pero ya procuraría él ser elegido para negociar esa paz con Roma y que esta no resultase demasiado gravosa para Cartago y, sobre todo, que fuese favorable a sus intereses particulares y, luego, a los de su grupo de senadores. Esa sería la única forma de que él y su grupo controlasen el Senado y por lo tanto el poder.

Sin embargo, no terminaba de ver claro cuál sería la mejor forma de conseguirlo. Aníbal había demostrado ser un gran estratega. Había que reconocer sus méritos militares. Once años campando por la península italiana, asolando sus campos y derrotando a sus legiones sin haber recibido refuerzos de Kart-Hadtha: solo un elegido por los dioses podía hacerlo. Lástima no haberlo tenido de su parte, entre los suyos. Por otro lado, Publio Cornelio Escipión también había demostrado ser un gran militar al haberse impuesto con su juventud a buena parte del Senado romano, que no había querido aceptarlo como cónsul, lo que decía muy a las claras la clase de persona que era y el carácter que tenía. Si había que negociar con él la paz no sería nada fácil de hacer.

Uno de sus criados, el que tenía más confianza de su amo, entró en el jardín y, después de buscar a su señor, se dirigió hacia él. Hannón, que lo había visto llegar, le preguntó:

—¿Qué ocurre? Traes el rostro lívido y la cara desencajada —le comentó.

—¡Señor, el cuerpo de Anthousa ha aparecido! —le contestó.

—Bueno, ¿y qué? ¿Acaso eso te preocupa? Anda, dispón todo para cenar aquí. Hace una temperatura muy agradable y ya tengo hambre. Y tráeme otra crátera de vino, esta ya se ha acabado.

El criado asintió con la cabeza y, sin decir nada, abandonó el jardín llevándose la crátera, que ya estaba vacía.

* * *

Ajax y su hijo Alejo iban camino de la morgue donde se recogían en un principio los cuerpos de las personas que habían muerto y nadie los reclamaba antes de enterrarlos en una sepultura común fuera de la ciudad.

—¿Estás seguro de que es Anthousa? —le preguntó Ajax a su hijo.

—¡No! ¡Yo no la he visto! —le contestó él.

—¿Entonces cómo sabes que es ella?

—El que lo estaba contando en la taberna donde había entrado a refrescarme parecía que la conocía bien, pues Anthousa le compraba de forma regular los alimentos que ella y su criada consumían —le explicó Alejo. Y continuó hablando—: Dijo que el mar embravecido que tuvimos ayer había devuelto el cuerpo a la playa. Él sí había visto el cuerpo, pues se encontraba en la playa y fue uno de los que dio aviso a la guardia de la ciudad. Dijo que el cuerpo estaba muy deformado y que debía de haber sido golpeado brutalmente.

—¿Entonces no se había ahogado en el mar? —preguntó Ajax.

—No, parece ser que cuando la arrojaron al mar ya estaba muerta, seguramente por los golpes que había recibido. Debieron ser estos los que le causaron la muerte.

Habían llegado al edificio donde se guardaban los cadáveres que no eran reclamados antes de ser enterrados en una fosa común. Alejo retuvo a su padre por el brazo antes de entrar en el edificio.

—¿Qué vamos a hacer? —le preguntó—. ¿Solo venimos a comprobar que es ella, o nos vamos a hacer cargo del cadáver para darle nosotros sepultura?

Ajax permaneció un momento en silencio en la misma puerta del edificio antes de entrar en él.

—No se lo merece y nunca voy a perdonar y olvidar lo que me ha hecho... pero tampoco puedo permitir que sea enterrada en una fosa común. Nos haremos cargo del cadáver y le daremos nosotros sepultura.

Efectivamente, el vendedor de frutas y verduras no se había equivocado, aunque había que hacer un esfuerzo para reconocer que el cuerpo que allí estaba era realmente el de Anthousa, tal era el grado de deformación que tenía. Indudablemente alguien se había ensañado con ella, golpeándola brutalmente hasta acabar con su vida y, después, sin duda ya muerta, arrojarla al mar, convencido de que los peces se darían un buen festín. Pero el mar embravecido había devuelto el cuerpo de la malograda Anthousa a la orilla.

Ajax y su hijo Alejo se hicieron cargo del cadáver y lo trasladaron hacia el cementerio, donde mandaron cavar una tumba en la que depositaron el cuerpo. Encargaron una estela para que cubriese la sepultura, donde mandaron esculpir el nombre de Anthousa y unas palomas con las alas extendidas, animales preferidos de la diosa Tanit y del dios Baal, y que representaban el alma del difunto. Y, junto a ellas, unos árboles de la vida, símbolos de la fecundidad y la resurrección.

Ya de vuelta a su casa, padre e hijo, cómodamente sentados en el jardín de su mansión, encargaron a un criado que les trajese una crátera del mejor vino que tenían con varias copas.

—¿Con algo para picar? —preguntó el criado.

—No, solo queremos emborracharnos. Creo que hoy es el día más indicado para hacerlo —le contestó Ajax—. ¿No te parece? —le preguntó a su hijo.

—¡Estoy totalmente de acuerdo! No puede haber un día mejor para hacerlo —contestó Alejo.

XXIX

Albano y Aldair estaban sentados al borde de la gran peña que, cortada a tajo, caía sobre el río Salamati. El día estaba totalmente despejado y ninguna nube se atrevía a romper la limpieza del brillante cielo azul que, a medida que el sol se iba metiendo al oeste del poblado, lo iba tiñendo de colores, cual si del más hermoso fresco se tratase. Los dos amigos contemplaban la belleza que ante ellos se iba desarrollando sin querer que sus palabras rompiesen la magia de aquel atardecer. Al final fue Aldair el que rompió el hechizo del silencio.

—¿Estás seguro de que habéis hecho una buena elección escogiéndome a mí como caudillo de Salmántica?

Albano volvió el rostro hacia su amigo que, bañado por los rayos del atardecer, parecía una hermosa escultura en bronce, como la de algunos dioses que había visto durante su estancia en Cartago.

—¡Es la mejor elección que hemos podido realizar! —contestó Albano.

—No estoy seguro de poder realizar con éxito las labores que un caudillo ha de desempeñar. No basta con ser un buen guerrero, saber manejar la espada de cuernos y defender a nuestra gente de los pueblos vecinos que quieran aprovecharse de nosotros. Hace falta ser justo, ponderado, que todo el pueblo sepa que ha de poder confiar en él y lo suficientemente inteligente para saber cuáles son las mejores decisiones que se han de tomar. Mirar al futuro para intentar adelantarse a los acontecimientos y, cuando estos se produzcan, tenerlo todo dispuesto para afrontarlos. Tu padre cumplía todas esas condiciones, y las expectativas para realizar todo eso que se ha de exigir a un caudillo también parecía tenerlas. No termino de entender por qué tú, que también cumples con todas esas condiciones, has renunciado a ser el caudillo que todos esperábamos.

—Precisamente por eso que acabas de decir. Por muy justo y ponderado que fuese, por mucho que pudiese adelantarme a los acontecimientos, si faltaba a mi palabra dada y rompía el juramento hecho en Cartago, nadie, absolutamente nadie, ni amigos ni enemigos, volvería a confiar en mí. Y si nadie puede confiar en ese caudillo, lo único que le espera a ese pueblo es la destrucción y el aniquilamiento, bien por sus propios habitantes o por los pueblos que los rodean.

Albano hizo una pausa. El sol ya había desaparecido tras el horizonte y las tinieblas se iban paulatinamente apoderando del cielo. Se puso en pie y alargó el brazo para ayudar a su amigo a incorporarse.

—Yo había hecho un juramento como futuro caudillo de Salmántica de permanecer fiel a los cartagineses. Pero, en vista de cómo se han ido desarrollando los acontecimientos, es apostar por un caballo perdedor. Lo que nos conviene es posicionarnos del lado de Roma, pero si lo hacíamos siendo yo caudillo de Salmántica, perdería toda credibilidad y el respeto, tanto de mi pueblo como de los pueblos que nos rodean. Contigo eso no ocurrirá y tú serás un gran caudillo.

En ese momento se oyeron gritos y voces en el poblado y los dos jóvenes corrieron en dirección a donde se oían los gritos y las voces. Procedían de la cabaña donde se encontraba prisionero Elburo. Una de las guerreras que le vigilaban yacía en el suelo en medio de un charco de sangre, mientras que la segunda guerrera, espada recta de antenas en mano, trataba de impedir la huida del prisionero, que con la espada de la guerrera herida trataba de deshacerse de la segunda guerrera. Aldair y Albano saltaron sobre Elburo que, sorprendido por la llegada de los dos jóvenes, no pudo impedir el golpe que uno de ellos le propinó en el cuello con su espada. Un chorro de sangre brotó del cuello del prisionero, que cayó de rodillas intentando contener la sangre que se le escurría entre las manos, igual que su vida. Su cuerpo cayó desplomado en medio de un gran charco de sangre. Elburo había muerto. Albano, Aldair y la segunda guerrera corrieron hacia la guerrera que yacía en el suelo, también en medio de un charco de sangre. No pudieron hacer nada por ella. Se había desangrado.

—Me parece que el Consejo de Ancianos ya no tiene que decidir sobre qué hacer con Elburo —comentó Aldair.

—No, ya no es necesario —comentó Albano mientras cerraba los ojos de la guerrera muerta—. Y no te creas que era una decisión sencilla. Siempre es doloroso quitar la vida a alguien. Lo triste es que se ha llevado por delante a esta mujer.

Aldair asintió con la cabeza mientras los dos jóvenes cogían el cuerpo sin vida de la guerrera y lo introducían en la tienda que había servido de prisión a Elburo. Poco a poco los habitantes del poblado se habían ido acercando al lugar, preguntando qué es lo que había ocurrido.

* * *

Himilcón estaba en su lujosa mansión sentado cómodamente, meditando sobre cuál podía ser el futuro de Cartago y el suyo propio, y lo cierto es que no lo veía nada claro. Las noticias que llegaban del norte de África no eran nada esperanzadoras. Aunque Escipión había sido obligado a levantar el sitio de Útica debido a la llegada de los ejércitos de Sifax, rey de Numidia occidental, y de Asdrúbal Giscón con el ejército cartaginés, su ejército permanecía intacto. Únicamente se había retirado a pasar el invierno en un promontorio saliente llamado Gens Cornelia por las tropas de Escipión, en honor a su líder y que él había fortificado.

La llegada de su hija Dido con el hijo de Ajax, Alejo, interrumpieron los pensamientos de Himilcón. Los dos jóvenes, cogidos de la mano, querían notificar al padre de la joven que habían reanudado su relación y que estaban dispuestos a contraer matrimonio, cuanto antes mejor.

—¿Lo sabe tu padre? —preguntó Himilcón a Alejo.

—No. Hemos querido que tú fueras el primero en saberlo, pero en cuanto tú nos des tu consentimiento iremos a notificárselo. A buen seguro que se alegrará de esta noticia.

—Sí, yo también creo que se alegrará. Es una buena noticia y tu padre, después de lo de Anthousa, está necesitado de buenas noticias —le contestó Himilcón—. Ha sido un gran gesto por parte de tu padre no permitir que fuese enterrada en una fosa común y prepararle una sepultura decente.

—Anthousa no se merecía estar en una fosa común. No termino de entender cómo pudo engañar a mi padre de esa manera, cuando yo hubiese jurado que si hubiese sido preciso habría dado la vida por él.

—¡Las mujeres son un mundo inescrutable! —exclamó Himilcón mirando a su hija, que bajó la mirada y enrojeció—. ¿Y no se sabe nada de qué le pudo ocurrir?

—Se sabe que no murió ahogada, sino por los golpes que recibió. Ahora bien, ¿quién se los dio? Eso es lo que no se sabe. En un principio se pensó que podrían haber sido unos ladrones que hubiesen entrado a robar en la tienda. Pero se ha descartado esa hipótesis porque en la tienda no faltaba nada y había bastante dinero. Aunque en la tienda parecía que hubiese habido alguna pelea, la idea de que hubiesen sido algunos ladrones se ha descartado.

—¿Y tu padre qué dice? —preguntó Himilcón.

—Mi padre está convencido de que ha sido obra de Hannón «el Grande». Ofuscado y muy irritado por haberle proporcionado Anthousa una información que no era cierta...

—Sí, la trampa que le tendimos con la falsa información de que Aníbal había entrado en Roma... —comentó Himilcón interrumpiendo a Alejo.

—Efectivamente. Pues mi padre piensa que la emprendió a golpes con Anthousa y se le fue la mano, acabando con ella. Luego se deshizo del cuerpo arrojándolo al mar. Pero eso simplemente es la hipótesis que mi padre considera, porque no hay forma de probarlo. No hay testigos ni ninguna prueba, por lo tanto no se puede hacer nada.

—Sí, si no hay pruebas ni testigos, no se le puede acusar, aunque yo también pienso como tu padre, y Hannón es una persona muy poderosa. Sin un testigo o una prueba no se puede iniciar una investigación contra él. En fin, esperemos que tu padre se recupere y lo supere pronto. ¿Os quedáis a comer conmigo? —les preguntó.

—No, vamos a darle la noticia a mi padre. Queremos que lo sepa cuanto antes y seguramente nos quedaremos a comer con él.

Himilcón se despidió de los dos jóvenes con un abrazo y sonrió al verlos abandonar la estancia igual que habían llegado, cogidos de la mano. Merecían ser felices a pesar de todo lo ocurrido y esperaba que así fuese, a pesar de que el futuro se presentaba con grandes y oscuros nubarrones para Kart-Hadtha y para todos sus habitantes.

* * *

Hannón «el Grande» estaba en su espléndida mansión reunido con algunos de los administradores de sus enormes posesiones y tierras. Los beneficios no habían sido los esperados y los administradores se escudaban en la guerra con Roma, acusando a esta de los pobres resultados que sus campos y posesiones habían dado. Hannón no estaba de acuerdo y acusaba a los administradores cuando menos de incapacidad, cuando no de haberse beneficiado ellos. Estaba decidido a hacer una visita a sus posesiones para ver sobre el terreno la causa de aquellos pobres resultados obtenidos. Un criado interrumpió la riña que Hannón estaba echando a los administradores portando una carta de los sufetes. Le convocaban a una reunión extraordinaria del Senado cartaginés para aquella misma tarde.

Hannón despidió a los administradores, no sin antes advertirles que iba a realizar una inspección de sus posesiones y pobres de ellos como notase alguna irregularidad. Estos, con el susto metido en el cuerpo y la cabeza gacha, abandonaron la mansión. Hannón releyó la carta de los sufetes. Algo no funcionaba bien cuando no era informado previamente de los motivos por los que los sufetes convocaban una reunión extraordinaria del Senado. Recabó información de sus informadores, pero estos no le proporcionaron ninguna noticia que no supiese ya. El ejército cartaginés, mandado por Asdrúbal Giscón, y las tropas númidas de Sifax, después de haber sufrido ingentes pérdidas al ser atacados por los romanos en sus mismos campamentos, habían reunido las últimas reservas de sus tropas, incluyendo mercenarios hispanos, para hacer frente a Escipión. Ambos ejércitos se habían enfrentado en la batalla que se conoció con el nombre de los Grandes Campos, que culminó con la completa victoria romana y la expulsión de Sifax del trono de Numidia. Pero de todo eso Hannón ya había tenido noticias. No era ninguna novedad. Sí, la situación en aquellos momentos para Kart-Hadtha era muy delicada, y quizá el motivo de la convocatoria era saber qué postura tomar. En cualquier caso esa misma tarde saldría de dudas.

La expectación era muy grande y en las afueras de La Balanza se había congregado una enorme multitud ansiosa de saber qué es lo que iba a ocurrir. Los senadores, muy puntuales, ya estaban todos en sus escaños esperando a que los sufetes diesen inicio a la sesión. En esta ocasión nadie había pedido la reunión del Senado, sino que habían sido ellos los que habían convocado la asamblea. Uno de ellos tomó la palabra y durante un tiempo estuvo exponiendo cómo estaba la situación política en aquellos momentos, algo que por lo demás todos los senadores ya conocían. La propuesta que el sufete hacía a la asamblea era ordenar a Aníbal el regreso a Kart-Hadtha para hacer frente a las tropas de Publio Cornelio Escipión. Parecía, por la actitud que mostraban los senadores, que la mayoría de ellos estaban de acuerdo, por lo que se procedió a la votación y la propuesta del sufete fue aceptada. Se pediría a Aníbal que regresase rápidamente a África para evitar que las tropas de Escipión entrasen en Kart-Hadtha.

Hannón «el Grande» levantó el brazo pidiendo que se le permitiese hablar. Los sufetes le dieron la autorización y el líder del partido aristocrático subió al estrado y comenzó a hablar. Estaba de acuerdo con que se obligase a Aníbal a regresar a Kart-Hadtha, pero el ejército del general cartaginés estaba muy diezmado y agotado y él no tenía mucha confianza en que pudiese derrotar a las tropas de Escipión. Por lo tanto, y antes de que las tropas cartaginesas fuesen derrotadas definitivamente, él proponía entablar conversaciones de paz con Roma. Hacerlo en aquellos momentos en los que todavía había un ejército cartaginés operativo supondría que se podrían obtener mejores condiciones que una vez que Aníbal fuese derrotado y ya no hubiese ejército que se pudiese enfrentar a las legiones romanas. Él mismo se ofrecía para formar parte de la comisión encargada de la negociación con Roma, intentando obtener las mejores condiciones posibles.

El Senado, en su mayor parte, autorizó la propuesta de Hannón «el Grande» y aprobó una comisión, encabezada por este, para desplazarse hasta Roma e intentar firmar la paz. Himilcón y algunos de los senadores de su grupo —en esta ocasión se había dado libertad para que cada senador votase según su criterio— votaron en contra. Todavía tenían la esperanza de que Aníbal consiguiese derrotar a Escipión y cambiar la trayectoria de la guerra. Pero en vista de que el Senado decidió aprobar la propuesta de Hannón, Himilcón presionó para estar incluido en la comisión, a pesar de las protestas de Hannón, que no lo quería entre el grupo de senadores que acudirían a Roma. Sin embargo, Himilcón consiguió ser incluido en el grupo.

Aníbal recibió la orden de regresar a Kart-Hadtha al mismo tiempo que la comisión de senadores encabezada por Hannón «el Grande» llegaba a Roma y pedía entrevistarse con el Senado romano. Iban a solicitar un acuerdo para que se pusiese fin a la guerra. Los senadores romanos les recibieron sonriendo. Algunos de ellos ya conocían a Hannón y se alegraban de que este fuese el encargado de negociar con ellos, pero eso no impidió que fuesen duros con las condiciones del tratado de paz.

Roma aceptaba firmar el tratado de paz, pero Cartago tenía que perder todas sus posesiones en África, entregar toda su flota de guerra, con excepción de unas pocas naves, y pagar un tributo, así como reconocer a Masinisa como rey independiente de Numidia. Himilcón, rápidamente, se opuso a aceptar estas condiciones. Sin flota de guerra no podrían proteger a los barcos de transporte que comerciaban por todo el Mediterráneo y serían presa fácil de los piratas. Y reconocer a Masinisa como rey independiente de Numidia sería poner en peligro la propia existencia de Kart-Hadtha. Sin embargo, el resto de senadores que formaban la comisión, elegidos por Hannón, estaban de acuerdo siguiendo los deseos de este, que opinaba que era un buen acuerdo para Kart-Hadtha. Por lo tanto firmaron el acuerdo de paz y regresaron satisfechos a Cartago, a pesar de la opinión en contra de Himilcón.

En la ciudad, una vez que se supieron las condiciones que los romanos habían impuesto para conceder el tratado de paz, hubo división de opiniones, unos a favor y otros en contra, y esperaban ansiosos la llegada de Aníbal y Magón con las tropas cartaginesas.

Aníbal ya había llegado a Kart-Hadtha y lo había hecho sin la compañía de Magón. Este, que después de haber sido derrotado en Hispania, había acudido a apoyar a su hermano, logró desembarcar en Liguria con nuevas tropas de refuerzo para abrir un nuevo frente contra Roma en el norte de la península italiana. Sin embargo fue derrotado por las legiones romanas y resultó gravemente herido en la batalla. Falleció en el transcurso del viaje a Cartago. Los barcos desembarcaron en Leptis Minor (la actual Lamta) y Aníbal, tras dos días de viaje, estableció sus cuarteles en Hadrumetum. Su retorno reforzó la moral del ejército cartaginés, que colocó a la cabeza una fuerza compuesta por los mercenarios que había enrolado en Italia y reclutas locales.

Aquella mañana el día había amanecido lluvioso y tormentoso, con la mar embravecida y olas de varios metros, como hacía mucho tiempo que no se veían. Una flotilla de barcos romanos, debido a las condiciones tan adversas, no tuvo más remedio que refugiarse de la tormenta en el golfo de Túnez. El ejército cartaginés, envalentonado por el regreso de Aníbal, no tuvo reparos en atacar la flotilla de barcos romana que, anclados en el golfo y sin poder hacerse a la mar, no pudieron repeler el ataque cartaginés y fueron pasto de las llamas. Cuando la noticia llegó a la capital el enfado entre buena parte de los senadores fue notorio, coincidiendo en esta ocasión Hannón «el Grande» y Himilcón. No se supo quién había dado la orden de atacar la flota romana, pero el mal ya estaba hecho.

Aníbal pidió entrevistarse con Publio Cornelio Escipión en un último intento de renegociar un tratado de paz con la república romana. Los dos militares sentían una admiración mutua, pero esto no fue suficiente para llegar a un acuerdo. Escipión le reprochó la ruptura del tratado firmado tras la Primera Guerra Púnica, el ataque y la destrucción de Sagunto, aliada de Roma, así como el saqueo y la destrucción de la flotilla romana refugiada de la tormenta en el golfo de Túnez. Si los cartagineses querían la paz tendrían que renunciar a todos sus territorios en África del norte, aceptar como independiente el reino de Masinisa, reducir el tamaño de su flota de guerra, manteniendo únicamente unas pocas naves, y pagar una fuerte indemnización por los daños ocasionados por la guerra.

En esta ocasión los senadores cartagineses en su mayor parte, al igual que el pueblo de Cartago, envalentonados con la presencia de Aníbal y su ejército en territorio africano, rechazaron las condiciones impuestas por Roma. ¡No había otra opción que continuar la guerra!

* * *

Ajax y Alejo habían sido invitados a comer en la mansión de Himilcón. La relación entre los dos jóvenes, Alejo y Dido, parecía que se desarrollaba por buen camino. Atrás había quedado la relación que había tenido la muchacha con el joven íbero y, si bien Alejo no lo había olvidado, parecía que sí la había perdonado y que estaban dispuestos a iniciar una vida juntos, celebrando una boda. Para eso es para lo que se habían reunido en aquella comida en casa de Himilcón. No hubo ningún problema y enseguida llegaron a un acuerdo para celebrar la boda, las condiciones que tenían que pactar, lo que cada joven aportaría al matrimonio y la fecha. Aunque en este asunto el problema era mayor, no por parte de los jóvenes o de sus padres, sino por las circunstancias en las que se encontraba en aquellos momentos Kart-Hadtha, en vísperas de tener una batalla decisiva entre las legiones romanas y las tropas cartaginesas para el futuro de la República.

Terminada la comida y a falta tan solo de concretar una fecha para el enlace matrimonial, la conversación derivó a la batalla decisiva que se avecinaba entre las legiones romanas y las tropas cartaginesas.

—¡No teníamos que haber firmado el tratado de paz con Roma! —comentó Himilcón—. Debíamos haber esperado, una vez que Aníbal regresaba a Kart-Hadtha, hasta ver cómo concluía el enfrentamiento con las legiones romanas.

—¡Para lo que ha servido la firma de ese tratado de paz! —exclamó Ajax—. Hemos tardado más en firmarlo que en romperlo con la destrucción de la flotilla romana refugiada de la tormenta en el golfo de Túnez. Esa acción no ha estado nada bien. A partir de ahora nadie se fiará de nosotros.

—Sí, coincido contigo en que no ha estado nada bien lo que hemos hecho, pero la llegada de Aníbal con su ejército envalentonó a nuestras tropas y no se resistieron a la ocasión de acabar con una flota romana, por pequeña que fuese.

—Pues como Escipión derrote a Aníbal, ese acto de guerra, una vez firmada la paz, nos costará muy caro —comentó Ajax.

—¿No crees que Aníbal pueda derrotar a Escipión? Ha estado arrasando los campos romanos en la península itálica durante casi quince años, venciendo una y otra vez a las legiones romanas que se le han enfrentado y sin recibir tropas de refuerzo de Kart-Hadtha.

—¡Tú lo has dicho! Sin recibir tropas de refuerzo cartaginesas. ¿Con qué ha regresado Aníbal? Yo te lo voy a decir. Ha llegado con lo poco que ya le quedaba en la península italiana, hombres ya cansados, agotados y muchos de ellos heridos, a los que ha añadido los restos del ejército cartaginés en África y los evacuados del ejército de su fallecido hermano Magón en Liguria. Estos se han visto incrementados con los cuatro mil soldados macedonios enviados por Filipo V, hombres sin apenas preparación y, por último, los nuevos contingentes de caballería númida de jefes tribales que aún permanecen fieles a Kart-Hadtha, pero que desde luego no son lo más escogido de la caballería númida.

—Se te ha olvidado mencionar a los ochenta paquidermos, lo que no deja de ser un contingente importante.

—Yo diría que más bien pueden ser un peligro para el propio ejército de Aníbal. Los romanos ya han aprendido a hacerles frente provocando el pánico de los elefantes y que se vuelvan contra sus propios hombres o huyan despavoridos —comentó Ajax.

—Te veo muy pesimista —le dijo Himilcón.

—Lo soy. Cometimos un grave error al atacar a los barcos romanos que se refugiaron de la tormenta en el golfo de Túnez y creo que lo vamos a pagar muy caro. Y también fue un error no conseguir tropas de refuerzo para Aníbal cuando estaba asolando los campos de la península italiana y llegó a las mismas puertas de Roma. Esa había sido la ocasión de darle la puntilla a Roma y acabar con la guerra, saliendo victoriosos de ella. Sin embargo desaprovechamos la ocasión y me temo que ahora lo tendremos que pagar.

—¿No confías en Aníbal? —preguntó Himilcón, pero no esperó la respuesta—. Si fue capaz de traer en jaque a las legiones romanas durante casi quince años podrá derrotar ahora a Escipión, por muy buen general y estratega que sea.

—Aníbal ya no es el que era. Los que lo han visto dicen que está cansado, envejecido y que ha perdido la confianza en los soldados cartagineses, mejor dicho, en el conglomerado de hombres que forman el ejército cartaginés. No, yo no apostaría un solo *shekel* por su victoria. ¡Ojalá me equivoque!

XXX

¡Ajax no se equivocó! El 19 de octubre del año 202 a. C. Hannón paseaba nervioso por el jardín de su inmensa mansión. A pesar de que el otoño ya había comenzado, sin embargo el día parecía más un día de verano en el que el calor había apretado con fuerza. Sin embargo, en aquellos momentos el sol ya declinaba, a punto de ocultarse tras la línea del horizonte, y el cielo comenzaba a teñirse de multitud de colores. Aquella mañana había recibido la noticia de que el ejército cartaginés liderado por Aníbal se había encontrado con las legiones romanas de Publio Cornelio Escipión en las llanuras de Zama Regia, cerca de Kart-Hadtha, y se habían iniciado las hostilidades de lo que a buen seguro sería la batalla definitiva que pondría fin a la Segunda Guerra Púnica.

Hannón había sido informado de que el ejército cartaginés parecía superior en número al romano, aunque no se ponían de acuerdo en el número. Según unos estaría formado por unos treinta o cuarenta mil infantes y unos tres mil jinetes númidas, a los que había que añadir unos ochenta elefantes. Según sus informadores, el ejército del joven Escipión estaría formado por unos veinte mil legionarios, unos catorce mil auxiliares y la caballería, formada por unos cuatro mil jinetes númidas traídos por Masinisa y unos dos mil o tres mil équites romanos. El combate había comenzado con la carga de los elefantes, pero sus informadores habían acudido a informarle y no podían decir qué más había ocurrido. El día había ido transcurriendo sin noticias y de ahí el nerviosismo de Hannón.

Ya se había ocultado el sol tras el horizonte cuando uno de sus criados le informó de que un nuevo emisario había llegado a la mansión. Hannón le chilló al criado que lo llevase a su presencia sin pérdida de tiempo. En cuanto el emisario estuvo ante él, Hannón, gritándole, le preguntó qué había ocurrido. El emisario movió la cabeza de izquierda a derecha.

—Vamos, habla. ¿Qué ha ocurrido? —le increpó.

—Hemos sido derrotados y Aníbal ha escapado con lo que quedaba de su ejército, que no era mucho.

Hannón se dejó caer sobre uno de los bancos del jardín.

—¿Aníbal ha escapado vivo? —preguntó.

—¡Sí! —contestó el emisario.

—Cuéntame cómo ha ocurrido.

—Aníbal inició el combate con la carga de los elefantes, pero se ve que los romanos ya tienen experiencia en enfrentarse a ellos y lo estaban esperando, por lo que abrieron pasillos entre sus filas para que pasasen los paquidermos, al tiempo que los asaeteaban con sus flechas. Aquellos que no fueron alcanzados y muertos huyeron despavoridos hacia el desierto. Una vez neutralizado el ataque de los elefantes, la caballería romana y sus aliados masesilos de Numidia oriental, comandados por Cayo Lelio y Masinisa, comenzaron a atacar y perseguir a la caballería cartaginesa y a sus aliados masesilos de Numidia occidental. Al mismo tiempo se inició el enfrentamiento con la infantería, en la que los romanos fueron disgregando cada una de las dos primeras líneas cartaginesas, hasta que se produjo el encuentro con la tercera línea, formada por los veteranos que Aníbal había traído de la península italiana. Estos consiguieron contener a la infantería romana hasta que Cayo Lelio y Masinisa, al mando de la caballería, atacaron por la retaguardia a los veteranos de Aníbal, que sucumbieron ante la caballería y la batalla quedó decidida. Aníbal no tuvo más remedio que huir con el resto de su ejército para no ser apresado.

—¿Cuántas bajas hemos tenido entre nuestros soldados? —preguntó Hannón.

—No lo sé con exactitud, pero muchas, señor. Supongo que hasta que no se haga el recuento no se sabrá —contestó el emisario.

—¿Pero tú crees que Aníbal, con las tropas que han huido, estará en condiciones de volver a enfrentarse a Escipión?

—No, señor, de ninguna manera. El ejército cartaginés ha desaparecido por completo.

Hannón asintió con la cabeza. Sacó de su túnica una bolsa con monedas y se la lanzó al emisario —que con una agilidad asombrosa la cogió al vuelo—, al tiempo que con la mano le indicaba que se retirase.

—¡Muchas gracias, señor! —exclamó el informador y, haciendo una y mil reverencias, abandonó la mansión de Hannón «el Grande».

* * *

Habían transcurrido algunos días desde que se hubo sabido que los cartagineses habían sido derrotados en las llanuras de Zama y que Aníbal, con los restos de su ejército, había huido a Hadrumetum por temor a una posible persecución por las tropas de Publio Cornelio Escipión, cuando el general cartaginés regresó a Kart-Hadtha. Ajax y Himilcón estaban en la casa del primero. Habían estado hablando de la boda de sus hijos y considerando si tal y como estaba la situación no sería mejor aplazarla y esperar acontecimientos, cuando un criado trajo un mensaje para Himilcón. Era una carta de los sufetes, que convocaban una reunión extraordinaria del Senado cartaginés para esa misma tarde. Himilcón permaneció en silencio después de haber leído en alto la carta.

—¿Para qué crees tú que será esta convocatoria? —preguntó Ajax.

—Supongo que será para ver qué es lo que podemos hacer —contestó Himilcón.

—Pues me parece a mí que es muy fácil saber lo que podemos hacer. Pedir la paz con Roma y aceptar las condiciones que nos impongan, que me temo que no serán nada leves. Más bien todo lo contrario.

—¿Querrás acompañarme a La Balanza? —preguntó Himilcón.

—¿Puedo hacerlo? —preguntó a su vez Ajax—. Es una reunión extraordinaria y a esa no se me está permitido acudir.

—Sí. Yendo conmigo no habrá ningún problema para que puedas entrar.

Himilcón permaneció en casa de Ajax hasta que llegó la hora de ir a La Balanza. Las calles, como siempre, eran un bullir de gente de todas partes que abarrotaba los mercados. Nada indicaba que muy cerca de allí, en las llanuras de Zama, el ejército cartaginés había perdido su última batalla y que el futuro para Kart-Hadtha, la Cartago que llamaban los romanos, no era nada halagüeño. Como pudieron, abriéndose paso entre la gente, llegaron a la plaza donde se encontraba el edificio de La Balanza. Una enorme multitud abarrotaba el lugar a la espera de saber qué es lo que se iba a decidir allí, pues indudablemente algo debían hacer los senadores cartagineses después de que Aníbal, su comandante en jefe, hubiese sido derrotado por el general romano Publio Cornelio Escipión.

A la hora fijada, con estricta puntualidad, uno de los sufetes golpeó el gong indicando el inicio de la sesión. Hannón «el Grande» levantó el brazo indicando que deseaba tener el uso de la palabra, pero en esta ocasión el segundo sufete se la denegó. Era él, el sufete, el que quería hablar. Comenzó su intervención indicando algo que todos los senadores ya conocían. El ejército cartaginés había sido derrotado por las legiones romanas y sus aliados númidas, dirigidos por su rey Masinisa. Las bajas en su ejército habían sido muy numerosas y, aunque la confusión era grande, se especulaba con que las bajas entre sus soldados podían andar alrededor de los veinte mil muertos, junto a once mil heridos y quince mil prisioneros. Los soldados romanos habían capturado ciento treinta y tres estandartes militares y once elefantes, mientras que apenas habían tenido unos mil quinientos muertos y unos cuatro mil heridos.

—Es evidente —continuó hablando el sufete mientras un silencio sepulcral se abatía sobre la sala, tan solo roto por la voz monótona del sufete— que Kart-Hadtha ha perdido todo su ejército, y por lo tanto podemos afirmar que hemos sido derrotados por segunda vez por Roma. Así lo ha reconocido nuestro comandante en jefe Aníbal Barca, y lo único que podemos hacer es solicitar la paz con nuestro mayor enemigo, rezando a nuestros dioses para que esa paz sea lo menos onerosa para nosotros y lo menos deshonrosa posible.

Un murmullo recorrió la sala.

—¡No podemos hacer otra cosa! No tenemos ninguna otra opción. Así lo ha reconocido nuestro comandante en jefe Aníbal Barca, y él mismo se ha ofrecido para llevar a cabo las negociaciones de paz.

Hannón «el Grande» se puso en pie y levantó el brazo ostensiblemente indicando que quería tomar la palabra, pero el sufete que estaba hablando no se la concedió.

—¡No hay de qué hablar! Lo único que nos queda es votar si aceptamos a Aníbal Barca como negociador del tratado de paz, con plena libertad para aceptar o no lo que considere oportuno.

Un murmullo de voces, unas a favor y otras en contra, recorrió la sala adueñándose de ella, pero el sufete que había estado en el uso de la palabra golpeó con fuerza el gong, imponiendo el silencio en la asamblea.

—¡Sin más dilación procedemos a la votación!

En esta ocasión no se hizo brazo en alto como solía ser, sino que los senadores fueron acercándose de uno en uno hasta donde estaban los sufetes y depositaron en una cesta una tablilla de color blanco si estaban de acuerdo con la propuesta o negra si no estaban de acuerdo.

La propuesta para que Aníbal se encargase de la negociación con Roma fue aprobada y se le mandó una comunicación a este, informándole de que tenía plena libertad para negociar el tratado de paz. Hannón «el Grande» abandonó el Senado protestando airadamente. No estaba en absoluto de acuerdo con que se le asignase a Aníbal la tarea de negociar la paz, pues era él quien quería encargarse de esa negociación, pero en esta ocasión no tenía modo de averiguar quiénes eran los que habían votado a favor de esa propuesta, aunque estaba convencido de que bastantes senadores de su grupo lo habían hecho. Por su parte, Himilcón y Ajax salían satisfechos. Estaban convencidos de que Aníbal trataría de conseguir el mejor tratado posible para Kart-Hadtha.

Unas semanas más tarde se tuvo conocimiento de las condiciones que Roma imponía y que Aníbal había aceptado. En una nueva sesión extraordinaria del Senado cartaginés se dieron a conocer estas condiciones.

Cartago perdía todas las posesiones que tenía fuera del continente africano; se le prohibía declarar nuevas guerras sin el permiso del Senado romano; tenía la obligación de entregar a Roma toda la flota militar; tenía que reconocer a Masinisa como rey númida, estando obligada a aceptar las fronteras entre Numidia y Cartago que el rey númida determinase; tendría la obligación de pagar diez mil talentos de plata (es decir, unos doscientos sesenta mil kilogramos) en unos cincuenta años; tendría que aceptar que las tropas romanas de ocupación permaneciesen en África durante tres meses y estaban obligados a entregar cien rehenes, escogidos por el propio Escipión, como garantía de cumplimiento del tratado.

Cuando el sufete terminó de leer las condiciones que Roma imponía y que Aníbal había aceptado un silencio total se produjo en La Balanza y también en el exterior de ella, donde se aglutinaba una gran parte del pueblo cartaginés. Hannón «el Grande», sin haber solicitado la palabra, se puso en pie y empezó a gritar que esas condiciones eran una deshonra para Kart-Hadtha y totalmente inaceptables, por lo que no podían admitirlas. El sufete que había leído las condiciones del tratado de paz conminó a Hannón «el Grande» a que guardase silencio.

—Esas son las condiciones que Publio Cornelio Escipión nos impone. No nos pregunta si estamos de acuerdo o no. El Senado romano ya ha firmado su confirmación y ahora somos nosotros, el Senado cartaginés, los que tenemos la obligación de firmar aceptándolas. Si no lo hacemos las tropas de Escipión arrasarán la capital, violarán y asesinarán a nuestras mujeres y darán muerte a todos los habitantes de la ciudad, sean hombres, ancianos o niños. No tenemos alternativa. O lo hacemos o pereceremos todos, porque ya no tenemos ejércitos que puedan hacer frente a las legiones romanas. Si queremos sobrevivir y que Kart-Hadtha no desaparezca no podemos hacer otra cosa que firmar la aceptación del tratado de paz.

Y efectivamente, el pueblo y el Senado cartaginés no podían hacer otra cosa que firmar el tratado de paz, por mucho que para algunos resultase inaceptable y una deshonra, entre ellos Hannón «el Grande», que seguía protestando a pesar de que el Senado cartaginés ya había decidido. En el año 201 a. C. los dos Senados, el romano y el cartaginés, ya habían firmado el tratado de paz y Publio Cornelio Escipión regresó a Roma, donde en esta ocasión sí fue recibido con todos los honores y se le concedieron los triunfos preceptivos, a la vez que se le otorgaba el sobrenombre de «el Africano». Victorioso y satisfecho en su casa romana, recibió la visita de numerosos amigos y no tan amigos, pero que ahora se arrimaban a la sombra de su popularidad.

—¿No vas a acudir a felicitar a mi marido? —le preguntó Emilia Tercia a Aulus Gelius mientras paseaban a orillas del Tíber, como tantas veces hacían charlando de todo lo divino y humano.

—No lo sé. Nuestra amistad se ha deteriorado mucho. He comprobado que si no piensas como él y actúas como él, no te acepta. Ya conoces las diferencias que tuvimos cuando conquistó Hispania y desde entonces nuestra relación ha sido nula. Ni siquiera estoy seguro de que me recibiese si acudo a felicitarle por su victoria sobre Cartago. Además, no me gusta el comportamiento que tiene contigo, siendo su esposa y la madre de sus hijos. Es superior a mí.

—Bueno, de eso ya hemos hablado muchas veces y ya sabes cómo pienso y por qué lo hago. En cuanto a que te reciba en nuestra casa, vendrás a verme a mí un día en que él esté en casa. Yo te avisaré y te llevaré a su presencia. Simplemente le felicitarás y si se tercia seguir hablando, perfecto y si no, nos retiraremos a mis aposentos. Pero tú ya le habrás felicitado y si no acepta seguir hablando contigo el problema será suyo.

Aulus Gelius cogió la mano de Emilia Tercia y, llevándosela a los labios, depositó un suave beso en ella. Seguía enamorado de aquella mujer, pero ella ya se lo había dejado muy claro. Su amor por ella nunca podría ser correspondido, pero no dejaba de enervarle el trato que recibía de su marido. La mujer, sonriendo, retiró la mano con delicadeza y los dos siguieron paseando. El Tíber discurría suavemente abrazando la ciudad, Roma, en aquellos momentos la más poderosa del mundo conocido.

EPÍLOGO

Hannón «el Grande» no era el único que estaba disgustado con las decisiones que el Senado cartaginés había tomado. Aníbal Barca había sido derrotado, pero no vencido. Había cumplido los cuarenta y seis años y todavía se encontraba con fuerzas para volver a enfrentarse a Roma, pero no en las condiciones en las que se encontraba en aquellos momentos. Estaba convencido de que si el Senado cartaginés no hubiese estado controlado por la facción aristocrática dirigida por Hannón «el Grande» habría conseguido la ayuda y los refuerzos necesarios para poder entrar en Roma venciendo a esta. Durante los casi quince años que había permanecido en la península italiana, derrotando en la mayoría de las ocasiones a las legiones romanas, había solicitado en innumerables ocasiones refuerzos al Senado cartaginés y este, controlado por el grupo aristocrático encabezado por Hannón «el Grande», se los había negado una y otra vez. Si querían que eso cambiase debía apartar del control del Senado al grupo aristocrático, que solo se preocupaba por sus intereses y por ampliar su fortuna, sin tener en cuenta el bien general de Kart-Hadtha. Es por eso que cuando aceptó negociar con Publio Cornelio Escipión el tratado de paz, en él iba incluido su nombramiento como sufete, puesto que se había proclamado líder del grupo o facción bárcida en el Senado.

—Dime si no es para estar enfadado —le comentó Himilcón a su amigo Ajax—. Desde que Amílcar Barca abandonó Kart-Hadtha poniendo rumbo a la península ibérica, yo me he encargado de defender sus intereses y los de su familia aquí, en Kart-Hadtha, y como jefe del partido o facción de los bárcidas me he opuesto siempre a todas aquellas peticiones que el partido aristocrático solicitaba. Unas veces lo he conseguido y otras no. Pero si Amílcar, luego Asdrúbal y por último Aníbal consiguieron ser los dueños de la península ibérica fue en buena medida porque yo dirigía el partido bárcida aquí. ¿Y cómo me lo paga Aníbal? —preguntó Himilcón, pero era una pregunta retórica, puesto que él mismo se dio la respuesta—. Apartándome de la dirección del grupo. Ni siquiera ha tenido la deferencia de hablar conmigo, de preguntarme qué me parecía a mí que él tomase la dirección del grupo o, al menos, si no me lo quería preguntar, hablar conmigo para notificármelo.

—¿No ha hablado contigo? —preguntó Ajax.

—¿Ha hablado contigo? ¡Pues lo mismo conmigo! Ni siquiera le he visto cuando ha regresado de la batalla de Zama y de las negociaciones de paz.

—Pues está muy mal por su parte no haber tenido la deferencia de hablar contigo —contestó Ajax.

—¿Sabes? Cuando me enteré de lo ocurrido me dieron ganas de ir a ver a Hannón y decirle que me apuntaba a su grupo.

—¿No habrás hecho eso? —le preguntó Ajax, deteniendo su paseo y agarrando del brazo a su amigo.

—No, tranquilo. No lo hice ni pienso hacerlo. Fue fruto de un calentón por lo enfadado que estaba.

—¿Y ahora qué piensas hacer? —preguntó Ajax reiniciando el paseo.

Himilcón guardó silencio durante unos momentos, hasta el punto que Ajax creyó que no había oído lo que le había preguntado. Y ya se disponía a repetir la pregunta cuando Himilcón contestó:

—Nada. No pienso hacer nada. Abandono mi escaño de senador en La Balanza. Ya no soy ningún niño, así que haré como tú, disfrutar de los nietos que los dioses quieran otorgarnos y aprovecharé los últimos años que me queden de vida para hacer todas aquellas cosas que hasta ahora mi puesto de senador no me había dejado tiempo para realizar.

Ajax no dijo nada pero entendía a su amigo, aunque no estaba muy seguro de que fuese capaz de desligarse completamente de los asuntos políticos. Estos eran como un veneno que se introducía en la sangre y no era tan sencillo dejarlo. Algo parecido le había ocurrido a él. Después de estar toda su vida dedicado a comerciar con todos los lugares conocidos de la *Ecúmene*, de tener una de las más importantes flotas comerciales de Kart-Hadtha y de asegurar aquellas otras que no le pertenecían, había decidido dejarlo todo en manos de su hijo Alejo y olvidarse de preocupaciones, disfrutando de aquellas cosas tan sencillas y simples como era pasear tranquilamente junto a la orilla de la mar, o disfrutar de una puesta de sol viendo cómo el cielo se iba tiñendo de mil colores. Alejo y Dido se habían casado y la joven estaba esperando su primer hijo, su primer nieto, al que a buen seguro le seguirían algunos más. Se les veía muy felices y disfrutaban de la vida todo lo que el trabajo les permitía. Con la derrota sufrida por Kart-Hadtha ante Roma, su segunda derrota, las cosas se habían puesto más difíciles para el transporte de mercancías por parte de los barcos comerciales cartagineses. Ahora eran los barcos romanos los dueños del Mediterráneo y de todo el comercio que por él se realizaba. Pero estos no tenían creada la infraestructura que los barcos cartagineses tenían ya desde hacía mucho, mucho tiempo y eso había aprovechado Alejo para que les resultase imprescindible a los comerciantes romanos. Los beneficios eran menores que antes, pero aun así seguían siendo muy importantes y siempre podía contar con la opinión que la experiencia de su padre le proporcionaba.

* * *

Albano y Aldair estaban recorriendo y revisando el estado de la muralla del castro de Salmántica. Las últimas lluvias que toda la región había sufrido, fuertes y devastadoras, no solo habían destrozado y embarrado los caminos, sino que habían hecho que algunas chozas se hubiesen venido abajo y algunas partes de la muralla, las más débiles, también.

Era preciso restaurarlas o incluso reconstruirlas en algunos puntos antes que el invierno se les echase encima. Ahora, buena parte de la península ibérica estaba bajo el control de Roma y sus pobladores estaban sujetos al yugo romano, que periódicamente les cobraba una serie de impuestos. Pero cada vez que Roma cambiaba a los gobernadores o pretores que la gobernaban aumentaban los impuestos que debían pagar y la situación se estaba ya volviendo insostenible. De ahí que algunos pueblos se hubiesen rebelado contra Roma y esta no hubiese dudado en mandar a sus legiones contra los pueblos rebeldes.

—Los impuestos que periódicamente tenemos que pagar a Roma cada vez son mayores y ya casi no podemos hacerlo —comentó Aldair mientras observaban una parte de la muralla que no había resistido la embestida de las últimas lluvias y se había venido abajo—. Buena parte de lo que tenemos que pagar a Roma tendríamos que emplearlo en restaurar o reconstruir la muralla. Las dos cosas a la vez no podremos hacer.

Albano asintió con la cabeza. Su amigo y caudillo Aldair tenía razón. Este había resultado un gran caudillo y él se encontraba orgulloso de haberlo propuesto para ese puesto. Desde entonces la amistad entre los dos hombres se había afianzado más. Albano había tomado como esposa a Alda, que acababa de proporcionarle un hermoso retoño que Aldair había apadrinado y la vida había ido transcurriendo, tranquila y monótona, en el poblado hasta la llegada de las legiones romanas, con sus pretores al frente exigiéndoles el pago de una serie de tributos para no arrasar el poblado y esclavizar a sus habitantes. De momento habían podido ir haciéndolo, pero cada vez les costaba más trabajo y tiempo conseguir los tributos que cada vez con más exigencias les imponían. No era de extrañar que algunos pueblos vecinos y amigos suyos con los que comerciaban y tenían tratados de amistad se hubiesen rebelado contra Roma, negándose a pagar los impuestos. Y Aldair se temía que ellos tendrían que hacer lo mismo. O eso o dejar de alimentar a su gente, a sus mujeres, a sus niños y a sus ancianos. Con lo que obtenían en un año bueno podían hacerlo, pero si el año no era bueno, las cosechas no producían lo suficiente y no alcanzaban para pagar a Roma. En ese caso, los gobernadores o los pretores romanos eran inmisericordes, sin tener en cuenta las circunstancias adversas que habían tenido.

—Sí, me temo que al final vamos a tener que negarnos a pagar a Roma los impuestos que nos cobran —exclamó Aldair.

—Sí, yo también creo que no vamos a poder hacer otra cosa. Eso o dejar que nuestro pueblo se muera de hambre —contestó Albano—. Y eso no lo vamos a permitir de ninguna manera.

—¡Pero eso ya sabes lo que significa! —exclamó Aldair.

—Sí, la guerra contra Roma. Una guerra que tenemos perdida de antemano. Nosotros no somos enemigo suficiente para enfrentarnos a Roma. Ya has visto lo que le ha pasado a Cartago, un enemigo casi tan poderoso como Roma y que ha tenido que doblar la rodilla ante las legiones romanas.

—Nosotros solos, por descontado que seríamos aplastados rápidamente. Pero... si conseguimos unir a buena parte de los pueblos de la Península; vettones, vacceos, lusitanos, turdetanos, oretanos... entonces la situación puede cambiar. A Roma ya no le será tan sencillo derrotarnos.

—¿Y tú crees que lograríamos unir a todos esos pueblos? —preguntó Albano.

—Podemos intentarlo —contestó Aldair—. ¿Querrías actuar de embajador de Salmántica para visitar a todos esos pueblos, pidiéndoles un tratado de amistad y de ayuda mutua?

—Sí, puedo intentarlo —contestó Albano.

—Pues escoge unos cuantos guerreros que te acompañen e inténtalo. Ya sabes lo que nos va en ello.

* * *

Aníbal, en el año 196 a. C., fue nombrado sufete y se dedicó, apoyándose en el partido bárcida, a restaurar la autoridad y el poder del Estado, haciendo lo mismo que había hecho su padre cuando llegó a la península ibérica. Tomó toda una serie de medidas que iban encaminadas a que Kart-Hadtha recuperase la fuerza que había tenido en épocas pasadas y que iban en detrimento del partido aristocrático, que seguía dirigido y encabezado por Hannón «el Grande», de manera que este tuviese cada vez menos influencia en el Senado. Estos pronto se dieron cuenta de lo que intentaba Aníbal, viendo en él una seria amenaza para sus intereses, y le acusaron de haber traicionado a su país al no tomar Roma cuando tuvo la oportunidad estando frente a sus murallas.

Y la gota que colmó el enfado del partido aristocrático, alejándole irremediablemente de Aníbal, fue la última medida legislativa que presentó al Senado para su aprobación. En ella se estipulaba que la indemnización impuesta a Cartago por Roma tras la guerra no debía proceder del tesoro de la República, sino de los oligarcas, a través de una serie de impuestos extraordinarios. El Senado, en esos momentos controlado por Aníbal y su partido, aprobó la ley, no sin protestas de Hannón «el Grande» y el grupo de senadores aristocráticos. Un grupo reducido de estos, los que tenían más poder e influencia, se reunieron con Hannón en la mansión de este. En esta ocasión no hubo ni música ni bailarinas que entretuviesen al reducido grupo de senadores. No estaba la situación para músicas y bailes.

—¿Qué es lo que vamos a hacer? —preguntó uno de los senadores.

Todos guardaron silencio esperando que fuese Hannón el que contestase a la pregunta de su compañero. Este se puso en pie y empezó a pasear con las manos en la espalda.

—En el Senado ya hemos perdido la batalla. No estuvimos lo suficientemente diligentes y el grupo de los Bárcidas nos ganó por la mano —comentó Hannón.

—¿Entonces qué vamos a hacer? —preguntó otro de los senadores—. ¿Nos vamos a quedar sin hacer nada viendo cómo la indemnización que hay que pagar a Roma va a salir de nuestras arcas?

—¡Yo no he dicho eso! Que no podamos cambiar ya la decisión del Senado no quiere decir que nos tengamos que quedar con los brazos cruzados —contestó Hannón.

—¿Y entonces qué opciones tenemos? —preguntó el mismo senador.

—Aníbal está intentando, mediante todas las medidas que va tomando con la aprobación del Senado, que Kart-Hadtha vuelva a resurgir y vuelva a ser una potencia capaz de hacer frente a Roma. Eso es lo que tenemos que venderles a los romanos. Que Aníbal está intentando preparar Kart-Hadtha para que vuelva a enfrentarse a Roma. Si los convencemos de eso será Roma la que intervenga, porque los romanos siguen temiendo a Aníbal. Y nosotros tendremos que convencerles de que mientras Aníbal siga vivo y como sufete de Kart-Hadtha, Roma no podrá estar tranquila.

Los senadores guardaron silencio. No estaban convencidos de que eso funcionaría, pero no tenían otra propuesta mejor y, mientras tanto, Aníbal iría vaciando sus arcas y fortaleciendo su poder.

—¿Y cómo lo vamos a hacer? —preguntó otro de los senadores.

—Vamos a mandar una delegación de nuestro grupo, no más de tres o cuatro senadores, a Roma, para convencerles de que Aníbal está tratando de preparar Kart-Hadtha para volver a enfrentarse a Roma. Les exageraremos las medidas que está proponiendo Aníbal y avivaremos el miedo que Roma le tiene. Serán ellos los que tomen las medidas para impedirlo.

Al día siguiente un barco fletado por el grupo aristocrático, tan solo ocupado por Hannón «el Grande» y dos senadores de su grupo, además de la tripulación, antes del amanecer abandonó el *cothon* de Cartago camino de Roma. No tuvieron problemas en la travesía y pronto se encontraron en Roma, donde rápidamente fueron recibidos por el Senado romano. Hannón tenía muy buenas relaciones con muchos de los senadores romanos, que intervinieron para que el Senado romano los recibiese rápidamente.

Hannón «el Grande» expuso los motivos que los habían llevado a Roma, exagerando bastante la situación de prosperidad en la que se encontraba Cartago bajo el mando de Aníbal y enumerando los temores de que el sufete cartaginés, en poco tiempo, estuviese en condiciones de volver a enfrentarse a Roma, pues estaban convencidos de que esa era su intención última.

Los senadores romanos creyeron en su totalidad las acusaciones de Hannón e, indignados, gritaron que no podían consentirlo de ninguna manera. ¡Había que acabar con Aníbal!

En esa misma reunión se acordó enviar a Cartago una delegación de senadores romanos para exigir la entrega de Aníbal. Claro que había que buscar una excusa, pues no podían alegar la denuncia que Hannón y sus dos compañeros acababan de hacer. Y el pretexto que encontraron fue una relación epistolar que el sufete cartaginés había mantenido con Antíoco III de Siria, que en aquellos momentos se estaba preparando para la guerra contra Roma.

Cuando en Cartago Aníbal tuvo noticias de la llegada de la delegación romana exigiendo su entrega, comprendió que su suerte en Kart-Hadtha ya estaba echada. Nada podría hacer contra esa decisión. El Senado cartaginés no se podía oponer a esa entrega, aunque fuese su partido el que tuviese mayoría, por lo que voluntariamente y antes de ser detenido decidió exiliarse. Corría el año 195 a. C.

* * *

Después de haber celebrado sus triunfos sobre Cartago, Escipión ocupó un puesto en el Senado romano. Apenas si tenía treinta y cinco años, por lo que era uno de los senadores más jóvenes, por no decir el más joven, despertando la envidia de muchos de sus compañeros del Senado. Fue elegido censor y cónsul por segunda vez en el año 194 a. C.

Parecía que la suerte le sonreía y todo lo que ansiaba lo conseguía sin esfuerzo, aunque a nivel personal no parece que las cosas le fuesen tan bien. Seguía casado con Emilia Tercia, que le había proporcionado cuatro hijos: Publio Cornelio Escipión, Lucio Cornelio

Escipión, Cornelia la Mayor y Cornelia la Menor, sin embargo la relación entre los cónyuges era prácticamente nula, pues el Africano seguía dedicado íntegramente a los asuntos políticos y sus necesidades personales las cubría con la esclava que le acompañaba a todas partes. Aunque su mujer Emilia Tercia hizo todo lo posible para que la amistad con su antiguo amigo Aulus Gelius se reanudase, Escipión no aceptó siquiera recibirle, por lo que definitivamente la amistad entre ambos desapareció por completo.

En el Senado fue testigo del recrudecimiento de los conflictos externos que amenazaban a la República, como las continuas sublevaciones que se producían en Hispania contra Roma, debido principalmente a la avaricia y crueldad de los gobernadores romanos.

Aníbal, por su parte, inició su exilio de Cartago refugiándose en la corte de Antíoco III, rey de Siria, ofreciéndose como asesor militar, y allí volvió a encontrarse con Publio Cornelio Escipión el Africano cuando este fue uno de los comisionados nombrados por el Senado romano para ir a África para mediar entre Masinisa y los cartagineses y también para ir como embajador a Éfeso en la corte del rey Antíoco. Los dos generales se admiraban mutuamente y hablaron sobre sus preferencias en los asuntos militares y quiénes eran sus estrategas preferidos a lo largo de la historia, pero ni siquiera en eso lograron ponerse de acuerdo. Aníbal no consiguió obtener la total confianza de Antíoco III debido a los celos y la desconfianza de los cortesanos. En ese mismo año, a Escipión el Africano los censores le conferían el título de *princeps senatus*. Y también ese mismo año su hermano Lucio Cornelio Escipión fue elegido cónsul junto a Cayo Lelio Lucio y nombrado general del ejército para enfrentarse a Antíoco III, llevando a su hermano Publio como legado, aunque en realidad fue este quien dirigió al ejército. Antíoco no escuchó los consejos de Aníbal de cómo debía colocar las tropas, haciendo caso a sus cortesanos, que propusieron un plan que fracasó estrepitosamente, consiguiendo Roma una gran victoria. Y en el año 190 a. C., después de que Antíoco III firmara la paz con Roma y ante el temor a ser entregado a los romanos, Aníbal abandonó la corte de Antíoco III, iniciando un largo periplo por los países asiáticos y buscando refugio junto al rey Prusias I de Bitinia, quien estaba en guerra con un aliado de Roma, el rey Eumenes II de Pérgamo. Allí pasó unos años como asesor militar del rey, residiendo en Libisa, en la costa oriental del mar de Mármara, hasta que se convirtió en un invitado molesto y peligroso para el rey bitinio. Cuando tuvo conocimiento de que el Senado romano había mandado al embajador romano Tito Quincio Flaminino con soldados para apresarle, cansado ya de huir, decidió poner fin a su vida ingiriendo un veneno que ocultaba en un anillo que siempre le había acompañado. Tenía sesenta y cuatro años y corría el año 183 a. C.

Sin embargo su mayor enemigo, Hannón «el Grande», no llegó a disfrutar de esta noticia por la que tanto había luchado, pues hacía un tiempo que había fallecido, ya de edad avanzada, en su Kart-Hadtha natal.

Lucio Cornelio Escipión y su hermano el Africano, finalizada la guerra contra Antíoco en el año 189 a. C., regresaron a Roma, donde Lucio Cornelio recibió por el éxito de esa campaña el sobrenombre de «el Asiático». Sin embargo, los últimos años de «el Africano» fueron amargos porque, poco después de su regreso y cuando se pasó la euforia por los triunfos conseguidos, los dos hermanos fueron acusados por sus enemigos, envidiosos de sus éxitos y de su popularidad, de haber recibido sobornos de Antíoco para que le tratasen con poco rigor y de haberse apropiado de una parte del dinero que el soberano había pagado al Estado romano. Se requirió a Lucio Escipión que rindiera cuentas de las sumas de dinero que había recibido de Antíoco y no le quedó más remedio que elaborar las cuentas y presentarlas ante el Senado. Pero cuando estaba en el acto de entrega de las cuentas, su hermano el Africano, indignado por este hecho, arrancó las cuentas de la mano de su hermano y las rompió en pedazos ante el Senado, por lo que su hermano fue llevado a juicio y considerado culpable. Fue condenado a pagar una fuerte multa y lo llevaron a la cárcel, reteniéndole hasta que el dinero fuese pagado. Publio

Cornelio Escipión «el Africano», enfurecido por lo que él consideraba un nuevo insulto a la familia, rescató a su hermano de los oficiales que lo retenían. Las propiedades de Lucio fueron confiscadas y, aunque no eran suficientes para pagar la fuerte multa que le habían impuesto, sus clientes y amigos contribuyeron generosamente para saldarlas, entre ellos principalmente Aulus Gelius, aunque este en ningún momento volvió a verse con el Africano. Este hecho envalentonó a los enemigos de «el Africano» y fue acusado por uno de los tribunos del pueblo de los mismos cargos de los que habían acusado a su hermano. Durante el juicio, «el Africano» no se dignó decir una sola palabra para refutar los cargos que se habían hecho contra él, sino que abandonó Roma y se retiró a su casa de campo en Liternum, donde los tribunos quisieron renovar la persecución. Pero Tiberio Sempronio Graco, tribuno de la plebe y gran admirador de los Escipiones, consideraba que por los servicios prestados a Roma no debían ser tratados como criminales y persuadió al resto de tribunos para que abandonaran la acusación.

Publio Cornelio Escipión el Africano nunca regresó a Roma. Él nunca se sometería a las leyes del Estado, y por lo tanto decidió expatriarse para siempre. Pasó sus últimos días en el cultivo de su finca de Liternum, donde escribió sus memorias, y al morir cumplieron su deseo de que su cuerpo fuera enterrado allí, y no en su país ingrato. Tenía cincuenta y tres años y corría el año 183 a. C., el mismo año en que murió Aníbal.

PERSONAJES

Ajax: Importante naviero cartaginés, dueño de una importante flota y de compañías aseguradoras.

Albano: Joven guerrero vettón, hijo de Cedrick.

Alda: Joven vettona del castro de Salmántica, de inusual belleza.

Aldair: Guerrero vettón del castro de Salmántica y mano derecha de Albano.

Alejo: Hijo de Ajax, al que su padre introducirá en sus negocios.

Amílcar Barca: Fundador de la estirpe de los Barca, una de las principales familias de Cartago y jefe del partido popular enfrentado al partido aristocrático.

Aníbal Barca: Hijo mayor de Amílcar Barca, cuñado de Asdrúbal Jarto «el Bello» y comandante en jefe del ejército cartaginés a la muerte de su cuñado.

Anthousa: Mujer de origen griego, de mediana edad, todavía hermosa, dueña de una tienda de tintes, perfumes y toda clase ungüentos, que mantenía una relación sentimental con Ajax.

Antíoco III: Rey de Siria.

Arzabal: Primo de Amílcar que en un principio se asoció con Ajax.

Asdrúbal Giscón: Militar cartaginés hijo de Giscón.

Asdrúbal Jarto «el Bello»: Yerno de Amílcar y comandante de las tropas cartaginesas en la península ibérica a la muerte de Amílcar.

Asdrúbal Barca: General cartaginés perteneciente a la familia de los Bárcidas, uno de los tres hijos de Amílcar Barca, y hermano de Aníbal y Magón.

Aulus Gelius: Joven romano que aspira a formar parte de los équites o caballería de una legión romana.

Baldo: Uno de los dos sufetes cartagineses.

Bomílcar: Fue un noble cartaginés, general en la Segunda Guerra Púnica.

Cayo Flaminio: Cayo o Gayo Flaminio fue un político y militar de la república romana del siglo III a. C. Fue elegido cónsul por segunda vez en el año 217 a. C.

Cayo Lelio: Político y militar de la república romana. Gran amigo de Escipión el Africano, lo acompañó en sus campañas en Hispania.

Cayo Terencio Varrón: Elegido cónsul en el año 218 a. C.

Cedrick: Caudillo del poblado vettón de Salmántica.

Cneo Pompeyo Escipión: General romano hermano de Publio Cornelio Escipión «el Africano».

Cneo Servilio Gémino: Elegido cónsul en el año 217 a. C. junto a Cayo Flaminio.

Cornelia la Mayor: Hija mayor de Publio Cornelio Escipión Africano.

Cornelia la Menor: Hija menor de Publio Cornelio Escipión Africano.

Dido: Hermosa joven de gran belleza e hija de Himilcón.

Elburo: Joven guerrero vettón del castro de Salmántica dispuesto a derrocar a Cedrick como caudillo.

Emilia Tercia: Hija de Lucio Emilio Paulo y esposa de Publio Cornelio Escipión Africano.

Eshmún: Uno de los principales dioses del panteón fenicio, asociado a la salud o a los poderes de sanación.

Eumenes II: Rey de Pérgamo.

Fabio: Negociador romano en la guerra contra Sagunto.

Hannón «el Grande»: Importante senador cartaginés, miembro de una de las familias más distinguidas de Cartago y jefe del partido aristocrático.

Himilcón: Senador, jefe del partido de los Barca y buen amigo de Ajax.

Indíbil: Rey de los ilergetes, uno de los pueblos ibéricos de la Península.

Lucio Cornelio Escipión: Hijo de Publio Cornelio Escipión Africano.

Lucio Cornelio Escipión el Asiático: Hermano de Publio Cornelio Escipión el Africano.

Lucio Emilio Paulo: Apodado «Macedónico», fue un general y político romano, el miembro más distinguido de la rama Paullus de la *gens* Emilia y hermano de Emilia Tercia. Fue dos veces cónsul.

Magón Barca: General de la familia Bárcida. Hermano pequeño de Aníbal.

Maharbal: Jefe de la caballería de Aníbal.

Marco Atilio Régulo: Político y militar de la república romana, hijo de Marco Atilio Régulo y elegido cónsul. Falleció en la batalla de Cannas en el 216 a. C.

Marco Minucio Rufo: Político y militar romano que ocupó el consulado en el año 221 a. C.

Masinisa: Primer rey de Numidia, con capital en Cirta, hoy Constantina. Rigió sobre su propia tribu, los masilios, y la de los masesilos, originalmente liderados por el procartaginés Sifax.

Melkart: Dios de los fenicios que algunos cartagineses denominarían Baal.

Moloch: Nombre dado por la Biblia a una antigua divinidad cananea, adoptada por los cartagineses y asociada con los sacrificios de niños por medio del fuego.

Polibio: Historiador griego. Nació en Megalópolis en el año 200 a. C. Tras la muerte de su amigo Escipión regresó a Grecia y murió en el 118 a. C. Está considerado uno de los historiadores más importantes debido a que fue el primero que escribió una Historia universal.

Prusias I: Rey de Bitinia.

Publio Cornelio Escipión «el Africano»: Hijo de Publio Cornelio Escipión y sobrino de Cneo Cornelio Escipión. Nació en Roma en el 236 a. C. Fue nombrado cónsul en los años 205 y 194 a. C. Falleció en el año 183 a. C. en Liternum.

Publio Cornelio Escipión: (c. 255-211 a. C.). Militar y político romano del siglo III a. C., miembro de la *gens* Cornelia. Estuvo casado con Pomponia y fue hijo del consular Lucio Cornelio Escipión y padre de Escipión el Africano. Encabezó con su hermano, Cneo Cornelio Escipión Calvo, la primera ofensiva romana en Hispania durante la Segunda Guerra Púnica hasta su muerte.

Publio Licinio Craso: Político y militar romano del siglo II a. C., perteneciente a la *gens* Licinia. Alcanzó las más altas magistraturas del Estado romano durante el transcurso de la Segunda Guerra Púnica, obteniendo en el año 212 a. C. el puesto de *pontifex maximus*, a pesar de ser un *homo novus*.

Quinto Fabio Máximo: Político y general romano. Elegido cónsul cinco veces y dos veces dictador, en 221 a. C. y en 217 a. C., respectivamente.

Quinto Pleminio: Propretor en el 205 a. C. Escipión el Africano le dio el mando de Locri en Brucia.

Sifax: Rey de la antigua tribu númida de los masesilos, situada en la Numidia occidental durante el último cuarto del siglo III a. C. Cuando estalló la Segunda Guerra Púnica entre Roma y Cartago, Sifax se hallaba más próximo a los romanos. Firmó una alianza con ellos en el 213 a. C.

Sofonisba: Hija del rey númida Sifax.

Sosilo de Lacedemonia: Instructor de Aníbal en griego, gramática, retórica, dialéctica y otros conocimientos.

Tanit: También conocida como Tinnit, es la diosa más importante de la mitología cartaginesa.

Tiberio Sempronio Graco: Tribuno de la plebe.

Tiberio Sempronio Longo: Cónsul elegido junto a Publio Cornelio Escipión en el año 218 a. C.

Tito Quincio Flaminino: Embajador romano.

Uxma: El jinete más rápido del poblado vettón de Salmántica.

GLOSARIO

Alae: En la casa romana, al fondo del atrio quedan dos rincones llamados *alae*, donde se colocan los archivos y los recuerdos familiares.

Ampurias: Su nombre significa «mercado», «puerto de comercio». Fue una ciudad griega y romana situada en el noreste de la península ibérica, en la comarca gerundense del Alto Ampurdán. Fue fundada en 575 a. C. por colonos de Focea como enclave comercial en el Mediterráneo occidental.

Auspex: El que se encarga de predecir el futuro fijándose en las vísceras del animal sacrificado, en el canto, en el vuelo de las aves, etc.

Betilo: Betilo (proveniente del término hebreo *Beth-El*, «morada de Dios» o «recuerdo de Dios») es una palabra que denota una piedra sagrada.

Betis: Nombre con el que era conocido en la antigüedad el río Guadalquivir.

Biga: Carro arrastrado por cuatro caballos blancos (cuadriga), como lo hacían quienes celebraban un *triumphus*.

Comitia curiata: Los *comitia curiata* (término latino: *comitia*, de *comire*: «reunirse» y *curia*, presumiblemente de *coviria*: «asociación de hombres», «asamblea curial») o asambleas de las curias son la manifestación más antigua de una asamblea popular en la antigua Roma. Fueron las asambleas principales, que evolucionaron en condición y forma desde la monarquía romana hasta los *comitia centuriata* organizados por Servio Tulio. Durante estas primeras décadas, el pueblo de Roma (*populus*) se organizó en treinta unidades llamadas *curiae*. Las *curiae* eran de naturaleza étnica y, por lo tanto, se organizaron sobre la base de la familia romana primitiva o, más específicamente, sobre la base de los treinta clanes patricios (aristocráticos) originales. Al inicio, las funciones de estas asambleas del pueblo, *comitia curiata*, debieron de ser principalmente religiosas. Participaban en un culto común a través de los sacerdotes reunidos por cada curia. Las *curiae* formaron una asamblea con fines legislativos, electorales y judiciales. Las asambleas de las curias aprobaron leyes, eligieron cónsules (los únicos magistrados elegidos en ese momento) y juzgaron casos procesales. Los cónsules siempre presidieron la asamblea. Si bien los plebeyos podían participar en esta asamblea, solo los patricios (los aristócratas romanos) podían votar.

Censor: Un censor romano era un magistrado de la antigua Roma a cuyo cargo estaba formar el censo de la ciudad y velar sobre las costumbres de los ciudadanos.

Cónsul: El cónsul (en latín, *consul*) era el magistrado de más alto rango de la república romana. El cargo era anual y colegiado, y se elegía a dos cónsules cada año entre ciudadanos mayores de cuarenta y dos años. Su cometido era la dirección del Estado y, especialmente, del ejército en campaña.

Cothon: Nombre con el que se designaba a los puertos cartagineses.

Contestano: El poblamiento contestano hace referencia al poblamiento existente en la Contestania, región de la actual Murcia.

Cuestor: El cuestor fue el magistrado regular de menor rango de la antigua Roma. El cargo formaba parte del *cursus honorum* y sus funciones variaron a lo largo de la historia de Roma.

Cursus honorum: Era el nombre que recibía la carrera política o escalafón de responsabilidades públicas en la antigua Roma. Se instauró durante la República y siguió existiendo durante el Imperio, sobre todo para la administración de las provincias dependientes del Senado.

Dictador: El dictador (*dictator perpetuus*), en época romana, era un cargo escogido por el Senado en tiempos de guerra. Era designado dictador aquel que, por el plazo de seis meses, podía hacer lo que quisiera sin consultar al Senado, en aras de proteger la República.

Dido: En fuentes griegas y romanas, Dido o Elisa de Tiro (en fenicio *Eliša*, 'Išt) aparece como la fundadora y primera reina de Cartago, en el actual Túnez. Su fama se debe principalmente al relato incluido en la *Eneida* del poeta romano Virgilio.

Ecúmene: La *Ecúmene* (del griego οἰκουμένη, *oikouménē*, «[tierra] habitada») es el conjunto del mundo conocido por una cultura. Generalmente se distingue como aquella porción de la Tierra permanentemente habitada, en contraposición a la *anecúmene* o áreas deshabitadas o temporalmente ocupadas.

Edil: Magistrado de la antigua Roma que se encargaba de las obras públicas.

Edil curul: Los ediles curules surgieron durante la república romana, inicialmente para organizar algunas celebraciones. Fue un cargo al que podían optar los patricios y los plebeyos, nacido a imagen de los ediles plebeyos.

Équites: Los équites (del latín *eques*, *equǐtis*, «caballeros») formaban una clase social de la antigua Roma, conocidos allí como *ordo equester* («clase ecuestre»).

Eshmún: Es el dios fenicio de la curación.

Esviaje, puerta en: Las puertas de los castros presentan una organización relativamente homogénea. El esquema habitual ofrece dos tipos bien reconocibles: en embudo y en esviaje. El primero es el más repetido y se formaliza mediante la abertura que ofrecen los dos lienzos de la muralla al incurvarse hacia el interior, formando un callejón en forma de embudo más o menos pronunciado. La estructura es sencilla pero admite variantes. A veces los extremos de la muralla quedan rematados por uno o dos bastiones proyectados hacia el exterior para permitir su defensa frontal, formando un pequeño callejón en embudo. En algunos castros, a la hora de construir la puerta, los tramos de muralla se sobreponen, es decir, tenemos una puerta en esviaje: los dos lienzos adoptan en la entrada una posición paralela, dejando un espacio libre entre ambos para pasar.

Falcata: La falcata es una espada de filo curvado originaria de la Iberia prerromana. Su uso está históricamente asociado con las poblaciones del sureste de la península ibérica durante la conquista de Hispania, donde constituye una de las armas blancas nativas más emblemáticas de la Antigüedad.

Feliciter: «Buena suerte».

Garum: producto gaditano muy apreciado, elaborado a base de hocicos, intestinos hipogástricos y gargantas de escogidos peces: atún, morena y esturión.

Gens: La *gens* era una agrupación civil o sistema social de la antigua Roma y de Grecia. Cada *gens* comprendía a varias familias que se identificaban a través del *cognomen* de los individuos, por lo que sus integrantes eran agnados o gentiles entre sí y estaban dirigidos por varios *pater familias*.

Gerusía: Consejo de Treinta Ancianos, elegidos entre los miembros más antiguos y de más poder económico del Senado.

Gladius: *Gladius* es un término latino utilizado para designar una espada, el cual se aplica de manera moderna al arma utilizada por las legiones de la antigua Roma desde el siglo III a. C. hasta el siglo III aproximadamente, y cuyo origen se remonta a la espada celtíbera de Hispania, siendo por tanto conocida en latín como *gladius hispaniensis*, o «espada hispana». Tenía una longitud estimada de medio metro, aunque se podían hacer a medida del usuario, y una hoja recta y ancha de doble filo.

Gollete: Puertas de bronce y hierro que cerraban y abrían por medio de una cadena para acceder al puerto de Kart-Hadtha.

***Imperator*:** Los textos romanos republicanos emplean el término *imperator* para referirse a los gobernadores provinciales que, al mismo tiempo, eran los máximos dirigentes del ejército en la provincia. Es decir, a quienes ostentaban el *imperium* fuera de los límites estrictos de la ciudad de Roma.

***Impluvium*:** El *impluvium*, palabra proveniente del verbo latino *impluere*, es una especie de estanque rectangular con fondo plano, diseñado para recoger agua de lluvia, que se encontraba en el vestíbulo de las antiguas casas (*domus*) de los griegos, los etruscos y los romanos.

Ínsubros: Los ínsubres o ínsubros fueron un pueblo galo asentado en Insubria, en la actual región italiana de Lombardía. Fueron los fundadores de la ciudad de Mediolanum (Milán). Aunque completamente galos en la época de la conquista romana, eran el resultado de la fusión de los pueblos preexistentes ligur y celta con tribus galas.

***Insulae*:** Construcciones de hasta cinco o seis pisos, casas de apartamentos humildes, donde decenas de familias se hacinaban en sus pequeños apartamentos, que en algunos casos no eran más que un par de habitaciones oscuras y mal ventiladas. Construidas de forma caótica, muy juntas unas de las otras, creando entre ellas una imbricada red de callejones y callejas propensas a los incendios por los materiales con las que estaban construidas.

Karjedón: Nombre con el que los griegos designaban Kart-Hadtha y los romanos Cartago.

Kart-Hadtha: Nombre con el que los fenicios designaban Cartago.

La Balanza: Nombre con el que popularmente se conocía al edificio donde se reunía el Senado cartaginés.

Latinae feriae: Se llamaban fiestas latinas o ferias latinas (en latín, *feriae latinae* o *latiar*) a las fiestas anuales instituidas por Tarquino el Soberbio, rey de Roma, para consagrar la alianza que había hecho con todos los pueblos del Lacio. Se pusieron bajo la invocación de *Iuppiter Latiaris* (Júpiter lacial, es decir, protector del Lacio), cuyo santuario estaba en los montes Albanos, concretamente en el monte Cavo (*mons Latiaris*), cercano a la ciudad de Alba Longa. La duración de las fiestas latinas, que era en su origen de un solo día, se extendió después hasta cuatro.

Liternum: Liternum es una antigua ciudad romana en Campania, cerca de la actual Lago Patria, una aldea del municipio de Giugliano de Campania, en la ciudad metropolitana de Nápoles, Italia.

Magister equitum: El *magister equitum* (traducido como «jefe de caballería» o «mariscal de la caballería») fue un cargo político y militar de la antigua Roma.

Masesilos: Los masesilos (en latín: *massaesylii*) eran una tribu bereber del oeste de Numidia (actual Argelia) y los principales antagonistas de los masilios, ubicados en el este de Numidia.

Melkart: Melkart era una divinidad fenicia de la ciudad de Tiro, a la que estuvo consagrado en un principio el templo de Heracles en la antigua ciudad de Cádiz. Su culto, centrado en el fuego sagrado de las ciudades, se extendió por todas las colonias de Tiro.

Moloch: Moloch (hebreo: מֹלֶךְ *mōlek*, griego Μολόχ, también transcrito como Moloc o Molech) es el nombre dado por la Biblia a una antigua divinidad cananea, asociada con los sacrificios de niños por medio del fuego. Según la tradición rabínica, Moloch era una estatua de bronce con fuego en su interior, dentro del cual se arrojaba a las víctimas.

Modernamente, esta descripción ha sido relacionada con los relatos de autores clásicos acerca de sacrificios de niños realizados en Cartago como parte del culto de Baal Hammón.

Nomenclator: el *nomenclator* era un esclavo que ayudaba a los candidatos políticos a obtener votos.

Ovación: Una ovación (del latín *ovatio*) era una forma menor del *triumphus* (triunfo) romano, en la cual se honraba en la antigua Roma a un general tras una victoria. Se otorgaban cuando no se había declarado una guerra entre Estados enemigos, cuando un enemigo era considerado inferior (rebeliones de esclavos o piratas, por ejemplo) y cuando el conflicto en general se resolvía con poco o ningún derramamiento de sangre o sin peligro para el propio ejército. El general que celebraba la ovación no entraba en la ciudad montando una biga o carro arrastrado por cuatro caballos blancos (cuadriga), como lo hacían quienes celebraban un *triumphus*, sino que cruzaban andando y vestidos con la *toga praetexta* de los magistrados (una toga con una cinta púrpura). El general que celebraba un *triumphus* llevaba puesta la *toga picta*, que era completamente púrpura y estaba adornada con estrellas doradas. También llevaba puesta sobre su cabeza una corona de mirto (sagrada para Venus), en lugar de la famosa corona de laurel de quien celebraba un *triumphus*. El Senado romano no precedía al general y tampoco solían tomar parte los soldados en la procesión.

Pavimentum punicum: Tipo de suelo muy resistente, pulido y estético, fabricado con una argamasa de arena, cal, ceniza y arcilla a la que se le incrustaban fragmentos polícromos de cerámica, vidrio, piedras de colores y teselas de mármol.

Penates: Los romanos daban el nombre de penates o lares a los dioses domésticos, dioses del hogar, genios protectores de cada casa y custodios de cada familia.

Pentecóntero: Una pentecóntera o pentecóntero (griego antiguo πεντηκόντερος, πεντηκόντορος o πεντηκοντήρης) era

un barco de guerra griego impulsado por cincuenta remeros (de ahí su nombre), además de un timonel y quizás otros
marinos. También podía navegar a vela.

Popa: (*popa -e*). Encargado de llevar la víctima al sacrificio.

Praetorium: El *praetorium* o pretorio era el nombre de la
tienda de un general romano dentro del campamento o *cas-
trum*. El término deriva del pretor, uno de los principales
magistrados romanos durante la República. Posteriormente
el pretorio fue utilizado como residencia del procurador de
la provincia romana.

Pretor: Magistrado de la antigua Roma, inferior al cónsul, que
ejercía jurisdicción en esta ciudad o en las provincias. Los
pretores se encargaban de la administración de la justicia.

Princeps senatus: El *princeps senatus* (plural en latín: *principes
senatus*), primer senador o príncipe del Senado, era el senador con mayor dignidad dentro del Senado romano y por
lo tanto él era el primero en hablar después del magistrado
(normalmente cónsul o pretor) que había convocado la reunión del Senado.

Privatus: Dícese del general que ha sido nombrado como general en jefe de una provincia sin tener la categoría de cónsul.

Procónsul: Era una magistratura romana surgida para la administración provincial por delegación del cónsul. Durante la
república romana era la máxima magistratura del Estado,
igualado en poder al cargo de cónsul pero con diferencias
significativas.

Prónuba: Madrina de boda, matrona romana de honor de una
novia, que debía estar casada una única vez y que aún seguía
viviendo con su marido. También un título honorífico para
determinadas deidades femeninas que se creía presidían las
bodas romanas.

Quinquerreme: Un quinquerreme (del griego antiguo
πεντήρης/*pentērēs*, latín *quinquerēmis*, donde *quinque*:
«cinco» y *remus*: «remos») era un barco de guerra propul-

sado por remos, desarrollado a partir del trirreme. Fue usado por los griegos del periodo helenístico y, luego, por la flota cartaginesa y por la romana, desde el siglo IV a. C. hasta el siglo I a. C.

Sagun: Corta túnica de lana burda, usada por los celtíberos.

Sangre, río: Nombre con el que denominaban al río Tinto.

Sella: Taburete de tijera de soportes en X sobre zapatas transversales utilizada por los romanos principalmente.

Shiglu: Moneda utilizada en Cartago.

Sofonisba: Sofonisba fue una aristócrata cartaginesa de la Segunda Guerra Púnica. Hija del general Asdrúbal Giscón, jugó un papel central en el juego de alianzas de Numidia durante la guerra antes de poner fin a su vida para evitar caer en manos de los romanos. Cuando Sofonisba aún era muy joven, su padre la prometió como esposa al heredero númida Masinisa, a cuyo lado Asdrúbal combatiría en Hispania contra los romanos, para afianzar la alianza entre Numidia y Cartago. Sin embargo, el Senado de Cartago anuló los esponsales sin el conocimiento de los implicados y la prometió en su lugar a Sifax, otro gobernante númida de mayor poderío que hasta entonces había estado aliado con Roma.

Sufete: El sufete era un miembro del Senado de Cartago, similar al senador romano, pero perteneciente a una aristocracia más cerrada, a la cual no se podía acceder salvo por nacimiento. Era un cargo electivo al que se podía presentar cualquier miembro de dicha clase.

Tablinum: En la arquitectura romana, un *tablinum* o *tabulinum* era una sala generalmente situada al fondo del *atrium* y opuesta al vestíbulo de la entrada, entre las *alae*; estaba abierta a la parte trasera del peristilo mediante una gran ventana o con una antesala, celosía o cortina.

Tabulae nuptiales: Durante la ceremonia (en una boda) se leían las capitulaciones matrimoniales pactadas ante diez testigos y se consignaban en unas tablillas, las *tabulae* nupciales.

Tagus, rey: El rey Tagus, también denominado Tago o Tagum, fue un líder de la Hispania prerromana que vivió alrededor de 221 a. C. y del que tenemos noticia por ser protagonista indirecto de la muerte de Asdrúbal «el Bello», debido a que un siervo suyo fue el asesino del caudillo cartaginés.

Tanit: Tanit es la diosa más importante de la mitología cartaginesa. Equivalente a la diosa fenicia Astarté, era la divinidad de la luna, la sexualidad, la fertilidad y la guerra, así como la consorte de Baal y patrona de Cartago. Fue adorada también en Egipto e Hispania, en especial en Ibiza.

Tartessos: (En griego antiguo, Τάρτησσος, *Tártēssos*, en latín, *Tartessus*). Es el nombre por el que los griegos conocían a la que creyeron primera civilización de Occidente. Posible heredera del Bronce final atlántico, se desarrolló en el triángulo formado por las actuales provincias de Huelva, Sevilla y Cádiz, en la costa suroeste de la península ibérica, así como en la de Badajoz durante el Bronce tardío y la primera Edad del Hierro. Se presume que tuvo por eje el río Tartessos.

Toga picta: («Toga pintada»). Teñida de púrpura sólido, bordada en oro y puesta sobre una *tunica palmata* decorada de manera similar; utilizada por los generales en sus triunfos. Durante el Imperio, era utilizada por cónsules y emperadores. Con el tiempo se hizo cada vez más elaborada y se combinaba con elementos de la *trabea* consular.

Toga praetexta: La toga pretexta o *praetexta*, blanca con el borde púrpura, era un tipo de toga utilizada por los antiguos romanos en las grandes ocasiones. Tenían derecho a llevarla los niños (menores de dieciséis años), los senadores y los que hubieran alcanzado una alta magistratura (sentándose en una silla curul). Era de lana y se tejía en la propia casa.

Toga trabea: Utilizada por los ciudadanos équites. Puede haber sido una forma más corta de toga, o una capa, envoltura o faja que se usaba sobre una toga. Era blanca, con una franja roja o púrpura.

Trabea: Se llama *trabea* o trábea a una parte del vestido que usaban los romanos y se ponían sobre la túnica.

Tribuno: Cada uno de los magistrados que elegía el pueblo romano reunido en tribus, y tenían facultad de poner el veto a las resoluciones del Senado y de proponer plebiscitos.

Triclinium, triclinia: Singular y plural de los divanes sobre los que los romanos se recostaban para comer.

Trirreme: El trirreme (en griego τριήρης/*triérês* en singular, τριήρεις/triérêis en plural) era una nave de guerra inventada hacia el siglo VII a. C. Desarrollado a partir del pentecóntero, era más corto que su predecesor, un barco con una vela, que contaba con tres bancos de remeros superpuestos a distinto nivel en cada flanco, de ahí su nombre. Los trirremes aparecieron en Jonia y se convirtieron en el buque de guerra dominante en el mar Mediterráneo desde finales del siglo VI a. C. hasta el siglo IV a. C. A partir de estas fechas fue desplazado por el quinquerreme, hasta que tras el dominio del Mediterráneo por Roma de nuevo fue utilizado debido a su efectividad por el Imperio romano hasta el siglo IV.

Triumphator: Al que se le concede un *triumphus*.

Triumphus: El *triumphus* (triunfo) era una ceremonia civil y un rito religioso de la antigua Roma, que se llevaba a cabo para celebrar y consagrar públicamente el éxito de un comandante militar que había conducido a las fuerzas romanas a una victoria al servicio del Estado o, original y tradicionalmente, a uno que había culminado con éxito una campaña militar en el extranjero.

Triunviros: Legionarios que hacían las veces de policía en Roma o ciudades conquistadas. Con frecuencia patrullaban por las noches y velaban por el mantenimiento del orden público.

Turmae: Una *turma* (del latín «enjambre, escuadrón», plural *turmae*) era una unidad de caballería en el ejército romano de la República y el Imperio. Cada legión de infantería estaba acompañada por trescientos ciudadanos de caballería (équites). Este contingente se dividía en diez *turmae*. Según Polibio, los miembros del escuadrón elegían como oficiales a tres decuriones o decurios («líderes de diez hombres»), de los cuales el primero en ser elegido actuaba como comandante del escuadrón y los otros dos como suplentes. Como en épocas anteriores, estos hombres provenían de las dieciocho centurias del orden ecuestre, las clases más ricas del pueblo romano, que podían darse el lujo de mantener tanto el caballo como su equipamiento.

Ubi tu Gaius, ibi ego Gaia: Es una fórmula de matrimonio latina, pronunciada por la novia frente a su esposo, y significa: «Donde tú serás Gaius, allí yo seré Gaia», es decir, «donde tú estés, yo estaré». Con esta fórmula, en el rito solemne del matrimonio romano, la novia se compromete a tomar el nombre del novio y a cohabitar con él.

Vélites: Los vélites (del latín *veles*, en singular; *velites*, en plural) constituían una unidad de infantería ligera que luchaba al frente de la legión romana en tiempos de la República. Eran los soldados de escaramuza de los ejércitos de la república *romana*. Caracterizados por una piel de lobo, eran expertos jabalineros.

AGRADECIMIENTOS

Una novela histórica como esta no habría sido posible sin la colaboración de un buen número de personas que de una u otra manera han ayudado a su elaboración, especialmente todos aquellos historiadores y escritores que estudiaron a fondo el periodo en el que transcurre esta novela y cuyas publicaciones me han permitido elaborar los diferentes acontecimientos y escenarios en los que se desarrolla. Publicar aquí la lista de autores y publicaciones consultadas sería exhaustivo y aumentaría innecesariamente el número de páginas de esta novela. Quiero hacer una excepción con el historiador y arqueólogo David Sánchez Nicolás que, además de haber leído toda la novela, ha revisado con rigor los capítulos que hacen referencia al castro de Salmántica y a los vettones, haciendo indicaciones muy precisas sobre ellos.

También quiero agradecer a la editorial ALMUZARA, personalizado en Rosa García Perea, el haber confiado una vez más en mi trabajo y darme toda clase de facilidades para que esta novela vea la luz.

A todos ellos muchas gracias.

Y para terminar una puntualización.

Todos los hechos históricos que se relatan en esta novela se ajustan al más estricto rigor histórico, pero en cualquier caso no deja de ser una novela, que no ha de estar sujeta al rigor de una obra histórica y en la que al novelista se le permiten ciertas licencias, siempre que no alteren el discurrir histórico.

Este libro se terminó de imprimir, en su primera edición, por encargo de la editorial Almuzara, el 8 de diciembre de 2023. Tal día del 1491: entran en Granada (España) siete caballeros cristianos, entre ellos Hernán Pérez del Pulgar, para conferenciar secretamente con Boabdil acerca de las condiciones de entrega de la ciudad.